Jessica Wismar

Eloise

Hinter den Mauern des Feindes

© Annika Kitzmann

Neujahr 1990 wurde **Jessica Wismar** als zweite von vier Töchtern geboren. Was mit dreizehn Jahren als emotionales Ventil diente, wurde über die Jahre zu einer Leidenschaft und Texte, die zunächst nur für sie selbst bestimmt waren, dürfen jetzt auch andere begeistern. Als Mittlere war es für Jessica schon immer wichtig auch die andere Seite zu verstehen, was sie in ihre Charaktere einfließen lässt. Dadurch werden die Figuren facettenreich, was einen bis zum letzten Wort mitfiebern lässt.

*Ich widme diesen Roman der Liebe meines Lebens,
weil du mich jeden Tag etwas besser machst.*

Kapitel 1

Der Umhang wehte hinter ihr her. Einen Haken um die Kisten in der Gasse schlagen, dann mit dem Fuß gegen die Wand treten, um sich in die entgegengesetzte Richtung zu bewegen, ohne das Tempo drosseln zu müssen. Sie hatte gelernt, wie man um Häuserecken herumkam, ohne langsamer zu werden. Sie hatte es lernen müssen. Das Knattern, das ihr Umhang im Luftzug ihres Sprints machte, war ein vertrautes Geräusch, eines, das sie gerne hörte. Ein leichtes Schmunzeln schlich sich in ihre Mundwinkel und schon ging es um die nächste Ecke. Wie sie in diese Situation gekommen war? Wie immer natürlich.

Sie huschte in ein Geschäft, nahm in einer fließenden Bewegung den Umhang ab und faltete ihn so, dass die hellblaue Innenseite ihres grauen Umhangs nach außen über ihrem Arm lag. Die Idee mit den zweifarbigen Kleidungsstücken hatte sie von den Reichen. Diese liebten es, ausgefallene Kleidung zur Demonstration ihres Reichtums zu tragen. Über so modischen Mist musste sie sich wirklich keine Gedanken machen. Sie hatte ganz andere Probleme. Aber diese Idee mit dem wendbaren Mantel war genial für sie, wenn sie mitten in der Masse untertauchen wollte. Das Verschwinden direkt vor deren Augen hatte sie inzwischen perfektioniert. Es war viel einfacher, mitten in der Öffentlichkeit unsichtbar zu werden als in einer dunklen Gasse. Mitten in der Menge rechnete niemand damit.

»Junge Dame, das ist kein Geschäft für Leute wie dich«, empfing sie einer der Verkäufer und trat hinter seiner Kasse am Tresen vor. Er trug ordentliche Kleidung, kein Fleck, nicht einmal ein Fussel war auf seinem dunklen Herrenanzug. Im Gegensatz zu dem Fetzen, den sie trug.

In ihrem speckig grauen Shirt waren überall kleine Löcher, der Saum war ausgefranst und Dreck hatte das gute Stück auch nicht wenig abbekommen. Ihre Jeans sah fast noch schlimmer aus. Offene Knie, notdürftig geflickte Löcher, die bereits wieder einrissen, und Schlammspritzer sogen sich an den Hosenbeinen fest.

»Ich wollte es mir nur mal ansehen«, erklärte sie sich und tat so, als würde sie sich für die Ware interessieren. Feine Mode für die Reichen der Gesellschaft. Das war doch sehr authentisch …

Sie sah aus wie ein Gossenmädchen, dessen Rolle sie sehr gerne spielte. Kein Geld, um sich täglich etwas zu essen zu leisten, und so mager, dass man ihr die neunzehn Lebensjahre nicht ansah.

Aber selbst wenn man ihr wahres Alter erkannte, würde niemand sie für die große Ketzerin halten. Deren Reden, Weisheiten, Weitsicht und kluge, besonnene Herangehensweise hatten das Bild einer gestandenen Frau in die Köpfe der Menschen gepflanzt; und ihre Anhänger schürten dieses Bild, wann immer sie konnten.

In diesem Moment rannten die Ordensbrüder draußen am Geschäft vorbei. Sie spannte sich an. Würde er den Zusammenhang begreifen? Die Schritte der kleinen Gruppe, die eigentlich gerade hinter ihr her war, waren noch nicht verhallt, da warf der Verkäufer ihr schon einen wissenden Blick zu. Verdammt.

Dieser hier war leider etwas scharfsinniger als die meisten anderen. Er hob eine Augenbraue und schaute demonstrativ hinter ihr auf die Straße. »Ich denke, ich rufe einen Nicolaner. Vielleicht will sich der auch nur mal ansehen, was du so an deinem Körper versteckt hast.«

Sie schnaubte. Kleider machten eben Leute, besonders in der heutigen Zeit. Zum Glück hatte niemand auch nur die geringste Ahnung, was sie vor ihnen verbarg. Das hieß, das stimmte nicht ganz.

»Security!«, rief er und sofort kam der Wachmann vom Eingang auf sie zu.

Bevor dieser sie mit seinen Pranken fassen konnte, duckte sie sich drunter hinweg, sodass er die Luft umarmte. Sie war flink und wendig. Flinker und wendiger, als sie sein sollte, als irgendjemand sein sollte. Aber man lernte die außergewöhnlichsten Dinge, wenn man Hunger hatte.

Eloise ließ sich tiefer in den Laden treiben. Der Verkäufer huschte hinaus vor die Tür und entzündete einen vorbereiteten Holzhaufen, der sofort anfing heftig zu rauchen. Auf diese Weise wurden die Nicolaner auf den Ort eines Verbrechens aufmerksam gemacht. Das war ein Kommunikationssystem, das sich in den letzten zehn Jahren etabliert hatte. Die Organisation, die frühere Generationen als Polizei kannten, war auf ein Minimum zusammengeschrumpft, und nach der großen Katastrophe hatten staatliche Organisationen wie die Polizei einfach kein Standing mehr gehabt. Sie waren dem Erdboden gleichgemacht worden und durch eine an Hass grenzende Ablehnung innerhalb der Gesellschaft auch nie wieder neu entstanden. Sie waren nach der großen Katastrophe niedergemacht, ihre Autos und Gebäude niedergebrannt und jeder, der mit einer Uniform herumlief, war angegriffen worden.

In den ersten zwanzig Jahren nach der Katastrophe waren alle staatlichen Organisationen, die versucht hatten Ordnung in das zu bringen, was übrig geblieben war, von den Menschen angegriffen worden. Selbst die Armeen. An die Stelle des Staats war schließlich der Glaube getreten.

Sie wartete hinter einem Kleiderständer darauf, dass der Wachmann auf sie zukam, doch er stand nur da und sah sie grimmig an. Sein adretter Anzug im Marineblau der Diener der Reichen spannte über den dicken Muskeln des Mannes. Er würde von seiner Statur eher ins Hafenviertel passen als hier in einen Laden der Reichen.

Sie federte auf ihren Fußballen und machte sich bereit zu reagieren, doch dann wurde ihr klar, dass der Wachmann lediglich vorhatte den Ausgang zu sichern, bis die Nicolaner hier waren. Das trieb ein wildes Grinsen auf ihr Gesicht.

Diese Idioten. Wussten sie denn nicht, dass sie ein weitläufiges Netz an Fluchtwegen in der Stadt hatte? Unter den Armen war es allgemein bekannt. Wie ignorant musste man sein, um die niedere Bevölkerung so zu unterschätzen?

Eloise zog sich rückwärts in eine Umkleidekabine zurück und achtete nicht auf die Frau, die sich panisch das Kleid vor die Brust hielt und schrie.

Ihre Rundungen und die scheinbar makellose Haut interessierten Eloise wenig, aber was dahintersteckte ... Keine Narben von Krankheiten, gegen die sie behandelt worden war. Keine hervorstehenden Knochen, da sie täglich ausreichend zu essen bekam.

Dank der *Katastrophe* war der Spalt zwischen Arm und Reich noch größer geworden. Während die Reichen sich extravagante Luxusgüter leisteten, kämpften die Armen in ihren Drecklöchern ums Überleben und fühlten sich manchmal mehr wie Sklaven denn wie freie Menschen.

Eloise stemmte Arme und Beine gegen die Kabinenwand aus glattem Kiefernholz und kletterte den kurzen Abstand bis zur Decke. Dort hob sie eine Zierleiste an, der man zuvor nicht angesehen hatte, dass sie lose war. Sie hievte sich durch das Loch in die Zwischenebene. Eigentlich ein dämlicher Schachzug, denn die abgehängten Decken in den Geschäften hielten keine Last aus. Aber sie konnten alle nicht wissen, dass hier ein Zugang zu einer ihrer Fluchtstraßen war.

Ihr Gewicht auf den Stützstreben balancierend hob sie ihre Beine bis hinauf zur Betondecke, in der ein durch die abgehängte Decke verborgenes Loch war, der Zugang. Sie schob sich hinauf durch das Loch im Beton, stützte sich dabei an den rostigen, rauen Stahlstreben ab, die aus der Masse in das Loch ragten, und kroch dann den Gang entlang, den es eigentlich gar nicht gab. Damit verriet sie ihnen zwar einen ihrer Fluchtwege, aber für Situationen wie diese waren die Wege schließlich angelegt worden. In Notfallsituationen musste sie dann ab und zu einen ihrer Wege verraten, das ließ sich nicht vermeiden.

Eloise robbte auf ihren Unterarmen den niedrigen Gang entlang. Schon um zu krabbeln war dieser Gang nicht hoch genug. Sie passte kaum hindurch und bei der kriechenden Bewegung kam natürlich neuer Schmutz auf ihre Kleidung und der Mantel, den sie immer noch festhielt, war ganz schön lästig in dem engen Schacht. Ständig blieb das gute Stück an der rauen Oberfläche oder weiteren Metallstreben hängen. Sie musste penibel darauf achten, dass ihr Mantel nicht an den rauen Oberflächen oder Metallstreben hängen blieb und riss. Zumindest hatte es den Vorteil, dass die Nicolaner, die sie so gern verfolgten, nicht hinterherkamen. Einmal war einer in einem der Fluchtgänge stecken geblieben und wäre darin auch verreckt, wenn sie nicht eine ihrer Mäuse losgeschickt und einen Pöbel verursacht hätte, der dann den entscheidenden Tipp in seine Rufe eingebaut hatte.

Das Richtige zu tun bedeutete, ihre Hilfe jedem Menschen anzubieten auch jenen, die sie jagten und töten wollten. Eloise hatte vor sieben Jahren entschieden einfach nur das Richtige tun zu wollen, damit ein paar mehr Menschen die Chance auf Gerechtigkeit hatten und das hatte sie dann auch getan. Sie hatte sich nicht von Angst und Gefahr bremsen lassen. Ihr Leben, es war nichts wert gewesen. Wovor hätte sie also Angst haben sollen und für was sollte es eine Gefahr geben?

Natürlich konnte es passieren, dass das Richtige zu tun nicht die Gerechtigkeit nach sich zog. Denn Gerechtigkeit war etwas anderes als das Richtige. Jeder Mensch bestimmte subjektiv für sich selbst, was er für richtig hielt. Moral und Ethik dagegen sagten einem, was gerecht war. Nur hatten diese Werte in der heutigen Zeit wenig Platz in der Gesellschaft. Die Werte ihrer Zeit waren je nach Viertel sehr unterschiedlich, aber immer auf das Ich zentriert.

Ja, so hatte es damals angefangen, mit dem inbrünstigen Wunsch, für mehr Gerechtigkeit zu sorgen. Damals hatte sie nichts zu verlieren gehabt. Sie hatte nie eine Legende werden wollen, hatte sie wirklich nicht.

Aber jetzt war das anders. Sie hatte etwas bewegt. Sie stand für Hoffnung. Jetzt gab es Dinge, die sie fürchtete, Dinge, für die ihr Handeln eine Gefahr darstellte. Das machte es schwerer, das Richtige zu tun. Aber sie behielt ihre Überzeugung bei und kämpfte weiter. Alles, was sich geändert hatte, war, dass sie Hilfe brauchte. Allein konnte sie nicht gegen einen ganzen Glauben und seine Anhänger ankämpfen. Aber sie fand Freunde. Fand Menschen, die dachten wie sie. Viele Menschen. Arme Menschen.

Eloise kam am Ende an und ließ sich auf die Mülltonnen gleiten. Sie sprang runter in die Gasse und schlenderte dann zu ihrem Versteck im Westviertel. Sie hatte in jedem Viertel einen Unterschlupf und mehrere sichere Häuser, in denen sie zur Not untertauchen konnte.

Gemütlich schlenderte sie durch einen Hintereingang in ein Lokal. Sie grüßte die Menschen in der Küche, die wie immer in hektischer Betriebsamkeit durch den Raum wuselten. Die Leute hier waren an ihren Anblick gewöhnt und ahnten vermutlich auch, wer sie war. Aber es war einfacher nur ein Gossenmädchen in ihr zu sehen, das irgendwie mit der großen Ketzerin zu tun hatte. Wer würde schon gerne zugeben, dass ein hageres neunzehnjähriges Mädchen alles in dieser Stadt auf den Kopf stellte? Und da die große Ketzerin vor sieben Jahren das erste Mal in Aktion getreten war, müsste es im Grunde noch ein Kind gewesen sein, das gegen die Ungerechtigkeit aufgestanden war, die ihnen allen widerfuhr. Man glaubte lieber an ein Bild einer Person, als sich einzugestehen, dass man von einem Kind gerettet wurde.

»Hallo«, grüßte Ernie, der Küchenjunge, als sie durch den Hintereingang in die Küche trat. Der Junge trug eine dreckige Schürze um seine Hüfte und das ehemals weiße Hemd war voll mit Flecken, die vor allem nach Tomatensoße aussahen. Seine roten Haare standen wirr von seinem Kopf ab und ein feiner Schweißfilm ließ seine Stirn glänzen.

»Ernie.« Sie nickte ihm zu.

»Hunger?«

Sie hob eine Augenbraue und musterte ihn neugierig.

»Der Schlachter hat seine Reste gebracht«, erklärte Ernie.

»Noch Brauchbares dabei?«

»Diesmal schon ...« Ernie grinste verhalten und sie erwiderte es.

»Echt? Cool.«

»Das war *sie*«, erklärte Ernie mit diesem Strahlen in den Augen, das sie alle hatten, wenn sie von der großen Ketzerin sprachen.

»Davon gehe ich aus«, bestätigte Eloise. »Schließlich ist das ihre Aufgabe.«

Er nickte groß. »Aber sie kann auch nicht jede Ungerechtigkeit rächen. Da ist es toll, dass sie so schnell bei uns eingegriffen hat.«

»Nicht schnell genug«, seufzte sie so leise, dass er es nicht hörte, da er sich gerade zur Köchin umdrehte, die nach ihm gerufen hatte.

Sie hatten Ernies Mutter und zwei weitere aus der Belegschaft des *Shine* verloren. Die letzte Lieferung des Metzgers hatte viel verdorbenes Fleisch enthalten. In ihrem Hunger hatten sie es dennoch für ihre eigene Versorgung zubereitet und drei waren an den Folgen gestorben. Die Belegschaft bekam sowieso nur einmal die Woche Nahrungsmittel für sich selbst, alles andere ging in den Restaurantbetrieb. Wenn jemand Essen verlor, das für den Betrieb gedacht war, sei es auch nur durch einen Unfall und gar nicht durch Mundraub, so wurde derjenige beim ersten Mal ausgepeitscht. Beim zweiten Mal bekam er die Hand abgehackt und beim dritten Mal dann den Kopf. Diese Regeln waren der blanke Irrsinn.

Meistens ersetzten sie also irgendwie Essen, das verbrannt oder durch ein Versehen heruntergefallen war, damit niemand diese grausamen Strafen ertragen musste. Das machte sie noch ärmer, als sie sowieso schon waren, aber immerhin hielten sie fest zusammen und retteten einander. Die Reste des Metzgers, der diesen Laden belieferte, waren alles, was sie für sich hatten, um nicht zu verhungern. Ernie war mager, weit magerer als es ein Junge vor der Pubertät sein sollte. So konnte er nicht richtig wachsen und reifen.

»Ich bringe dir eine Portion«, verkündete er.

Eloise schüttelte ihren Kopf. »Du weißt doch, dass ich nichts von euch möchte.«

»Aber du bist so dünn«, beschwerte er sich.

Eloise zuckte mit den Schultern. Es wäre vernünftig sich immer erst selbst zu stärken, damit sie auch Kraft hatte, für andere einzustehen. Damit sie rennen und fliehen konnte. Aber das würde sie über andere erheben und das fand sie nicht richtig. Also nahm sie niemals von denen, die selbst nichts hatten. Das bedeutete aber, dass sie selten etwas bekam, denn jene, die hatten, waren auch nicht bereit zu geben.

Also ging sie wieder einmal hungrig die abgetretenen Stufen hinauf und ließ sich auf die alte Matratze fallen, die auf den staubigen Holzplanken des Dachbodens lag. Ein Zustand, den sie inzwischen gewöhnt war. Eloise seufzte.

Wie so oft lag sie nach ihrer Tour in einem ihrer sicheren Verstecke und dachte auch jetzt darüber nach, was sie noch tun konnte. Darüber wie sie zum Beispiel Ernie helfen konnte die Nahrung zu bekommen, die er eigentlich so dringend brauchte und kam wie immer bei diesem Problem zu keiner befriedigenden Lösung. Ihre Gedanken schlugen eine andere Richtung ein. Wie seltsam fehlplatziert dieser bullige Wachmann in diesem Geschäft der Reichen heute gewirkt hatte. Aber auch hier verweilte sie nicht lange. Wie so oft kam sie bei grundlegenderen Dingen an. Dabei, was die Leute aus ihr gemacht hatten. Die Legende und all die Dinge, die sie angeblich wollte und dachte, erstaunten sie immer wieder. Sie war den Menschen nicht böse. Sie verstand es. Die Leute wollten hoffen können. Also hatten sie aus ihr eine Rebellin gemacht. Eine Ketzerin, die den Glauben verabscheute.

Wieder seufzte sie schwer. Wenn es doch nur so einfach wäre.

»Na du alte Socke«, erklang eine neckende Stimme, die sie schmunzeln ließ, aus den Schatten bei der Tür.

»Hallo, Mac.«

»Ich habe von deinem kleinen Stunt heute gehört. Nette Nummer. Aber der Tunnel dürfte jetzt verloren sein.« Mac setzte sich neben ihre Matratze auf die Holzplanken in den Schneidersitz.

»Ich weiß, aber ich hatte keine Wahl. Ein Inquisitor war auf der Straße, nicht weit von dem Laden.« Sie richtete sich auf, stellte die Beine neben der Matratze auf den Boden und legte ihre Unterarme auf ihren nackten Knien ab, die durch die Löcher ihrer Jeans drückten.

»Ich weiß. Den Berichten nach war er dir dicht auf den Fersen. Wie konnte das passieren?«, wollte Mac wissen. Er sah sie mit seinen hellen Augen an und forderte mit seiner ganzen Körpersprache eine Antwort ein. Das leicht gereckte Kinn und die verschränkten Hände verrieten seine Einstellung zu den Dingen, die sie heute getan hatte.

»Die Umstände haben sich geändert«, erwiderte sie nur.

»Du und dein scheiß Herz«, schnaubte er. Was anderes hatte sie nicht erwartet. Allerdings ließ sie seinen Ausbruch wie immer unkommentiert – an seine provozierende Wortwahl hatte sie sich längst gewöhnt und er hatte seine feste Meinung zu ihren Beweggründen.

Aber es war schließlich ihr Herz gewesen, dass das alles begonnen hatte. All das hier, alles, was sie in diesen sieben Jahren zustande gebracht hatte, war durch ihr Herz entstanden.

Mac war einer der wenigen, die Bescheid wussten. Damals, als er ihr das Leben gerettet und herausgefunden hatte, wer sie war, hatte er es nicht glauben können, war enttäuscht gewesen und beleidigte sie seither in einer Tour.

Das Leben zeichnete sie alle. Einen jeden von ihnen und jeder ging anders damit um. Mac war zynisch geworden. Er trug den Hass wie ein Schutzschild. Nur durch ihre Anwesenheit und die Hoffnung, für die sie stand, hatte er aufgehört sich ständig zu prügeln. Seit jenem Tag hatte er keine Schlägerei mehr angefangen und auch nicht mehr mit den Fäusten seine Meinung vertreten. Er war ruhiger geworden. Nicht weniger zynisch, aber ruhiger. Er war nicht mehr von ihrer Seite gewichen. Auf seine kaputte Weise war er ein treuer Gefährte.

Neben ihm gab es noch Lis. Sie wusste nicht nur, dass Eloise die große Ketzerin war, als Heilerin hatte sie alle Geheimnisse entdeckt. Geheimnisse, die sie das Leben kosten konnten, wenn die falschen Leute sie herausfanden. Geheimnisse, die unter die Haut gingen.

»Ich sage es den Tunnlern«, fuhr er mit ihrem ursprünglichen Thema fort. Er ließ es zu, dass sie ihre Unstimmigkeit nicht ausdiskutierten. Jeder hatte seine Meinung und würde den anderen nicht überzeugen. Das wussten sie beide.

»Woher wusstest du, dass ich in dieses Versteck kommen würde?«, wollte sie wissen.

»Es war eines von drei möglichen und da war die Sache mit dem Metzger. Du musstest dich doch überzeugen.« Er zuckte mit den Schultern während er mit seinem Finger im Staub vor sich Formen zeichnete.

Eloise nickte nur. Er kannte sie eben. Er kannte sie sogar so gut wie niemand sonst in dieser Welt. Er war treu und er mochte sie. Es war nicht fair, das Leben. Das wusste sie und hatte es akzeptiert. In einer anderen Situation, in einer anderen Welt, da könnte sie den Mann vor sich mit diesen schönen grünen Augen lieben. Sie könnte ihm näherkommen und sich ihm öffnen. Aber sie lebten nun einmal in dieser Welt. Und in dieser Welt war der ganze verdammte Orden inzwischen hinter ihr her.

Sie durfte niemanden nah an sich heranlassen, den sie im Falle eines Falles mit in den Abgrund ziehen würde. Ihr Herz, so großer Antrieb es auch für ihre Sache war, war schließlich auch ihre Schwachstelle. Wenn die das irgendwann einmal verstanden, würde es nicht mehr lange dauern, bis sie sie erwischten. Sie hatte das Gefühl, dass dieser Tag nicht mehr so weit entfernt war.

Der neue Omni des Kriegerhauses war zu klug. Er würde sie sicher bald analysieren. Wenn die Inquisitoren sich an ihn wandten, würde er sie binnen weniger Monate festsetzen.

Deshalb ließ sie ihn beobachten. Sie musste wissen, was er machte. Die Berichte allerdings malten ein seltsames Bild. Eines, das sie wirklich nicht von einem der Anführer des Ordens erwartet hatte. Sie hatte sich daraufhin ein eigenes Bild machen müssen und konnte seither nicht mehr schlafen, ohne an ihn denken zu müssen.

»Der Metzger wird es andernorts versuchen«, erklärte sie im Aufstehen, um nicht mehr an den Omni des Hauses der Krieger denken zu müssen.

»Dann wirst du ihn wieder besuchen.«

Eloise schüttelte ihren Kopf.

»Ich hasse es, wenn du das tust«, warf er ihr vor und ballte seine Hände zu Fäusten. Er war wütend auf sie, vermutlich sogar enttäuscht. Aber sie konnte nicht von ihren Prinzipien abweichen, nur, weil er das nicht auf die Kette bekam. Sie wandte sich ab und starrte an die Dachschräge vor sich. Zwischen den Holzbalken hingen diverse Spinnenweben, die verdeutlichten, wie wenig dieser Raum genutzt wurde.

»Ich weiß.« Sie hätte ihm gern mehr gegeben. Verständnis oder sogar ihr Einlenken. Aber das ging nicht. Er war nicht wichtiger als *die Sache*. Niemand war wichtiger als *die Sache*. Seufzend verschränkte sie die Hände hinter ihrem Rücken und hob ihren Kopf. Sie schaute hinauf zum Giebel, wo die Decke marode und teilweise löchrig war. Das leise Trappeln von Nagetieren erklang in der Stille, die zwischen ihnen entstanden war.

Sie hörte ihn hinter sich aufstehen. »Sie sind Abschaum«, presste er zwischen zusammengebissenen Zähnen hindurch. Die Abscheu ließ ihn seine Stimme erheben.

»Nicht alle, Mac«, erklärte sie sanft, während sie sich wieder zu ihm umdrehte. Sie wusste, es war leichter, die Dinge zu verallgemeinern, nicht zwischen den Übeltätern, die laut und auffällig waren, und jenen zu unterscheiden, die gutherzig waren. Aber einfacher bedeutete eben nicht richtig und schon gar nicht gerecht.

Was die Menschen wohl sagen würden, wenn sie wüssten, was sie wirklich alles tat? Würden sie wie Mac zwischen Abscheu und Anerkennung schwanken? Würden sie irgendeinen großen Plan in ihr Verhalten interpretieren? Der Mob konnte brutal und ungerecht sein. Sie würden sie sicher hassen.

»Wenn du den Metzger durch Nicolaner festsetzen lässt, werden Ernie und die anderen nichts mehr zu essen bekommen«, wandte Mac ein, der versuchte ihr ein schlechtes Gewissen zu machen. Das hasste sie. Aber es war nichts Neues, weshalb sie jetzt auch keine Wut empfand, sondern Resignation.

Eloise seufzte. In Momenten wie diesen fühlte sie sich wie die Vierzigjährige, für die man sie hielt. Es kam ihr so vor, als könnte sie gar nichts bewegen. Sie schaffte es ja nicht einmal, ihrem treusten Begleiter die Augen zu öffnen, obwohl sie es immer und immer wieder versucht hatte. Erfolglos, wie sich herausstellte. Der Hass und der Neid auf jene, die es so viel besser hatten, saß einfach zu tief.

»Wir finden eine andere Lösung«, entschied sie. Es war leichter ihn von seinem Hass abzulenken, als ihn zu überzeugen.

»Warum? Du könntest –«

»Nein!« Sie streckte ihm ihre Hand auf halber Höhe abwehrend entgegen und sah ihn fest an. Sie war mit ihrer Geduld am Ende. »Warum müssen wir das immer wieder diskutieren? Wir machen das nicht. Das ist Erpressung und Korruption. Das ist falsch! Ich habe ihm eine zweite Chance gegeben. Wenn er sie wegwirft, muss er bestraft werden. Wo kommen wir hin, wenn niemand eine Strafe befürchten muss? Oder wenn, wie du nicht müde wirst mir vorzuschlagen, ein ausgewählter Kreis an Anhängern keine Strafen befürchten muss. Das ist organisiertes Verbrechen, Mac. Das ist das Gegenteil von dem, wofür ich stehe!«

Mac murrte nur leise vor sich hin. Er wusste das im Grunde. Sie hatten das schließlich mehr als nur einmal durchgekaut. Deshalb verstand sie nicht, warum er es wieder vorschlug.

Es klopfte und dann trat eine ihrer Mäuse ein. Mia war eines von vielen verwaisten Kindern dieser Stadt. Kinder, die früher aufgrund von Hunger und Krankheit oft den Tod gefunden hatten. Bis sie irgendwann Teil von ihrem Netzwerk geworden waren. Erst waren es nur wenige gewesen, die nur geblieben waren, weil sie ihnen zu essen gegeben hatte, wann immer sie konnte. Doch dann war mehr daraus geworden. Die Mäuse hatten begonnen sich zu organisieren und waren jetzt die wichtigste Säule ihres Netzwerkes. Aber für Eloise waren sie inzwischen mehr als das. Sie waren das, was einer Familie für sie am nächsten kam.

Das kleine Mädchen war außer Atem, es musste gerannt sein. Die Maus kam zu ihr gehuscht und warf Mac einen nervösen Blick zu. Eloise ging in die Hocke, als die Maus zu ihr trat und ihr sofort zuflüsterte, was sie zu berichten hatte.

»Marktplatz. Inquisitor und drei Nicolaner. Willi und Berta.« Ein kurzer Bericht, der ihr alle Informationen lieferte, die sie brauchte. Eloise stand auf, um sich zu bewaffnen und ihren Mantel zu tauschen.

»Der Mann mit Herz ist in der Menge aufgetaucht. Getarnt.«

Sie wirbelte herum. Verdammt. Das war gefährlich. Sie durfte diesem jungen Omni von sich nur so wenig wie möglich preisgeben. Wenn sie auftrat, musste sie das Gossenmädchen spielen. Sie durfte keine Unterstützung haben und keinen grandiosen Fluchtweg.

»Ernie hat Essen«, sagte sie zur Maus und wollte aufbrechen.

»Ich begleite dich«, entschied die Maus.

»Ich auch«, brummte Mac.

Sie sah von der Maus zu Mac. Sie hatte keine Zeit zu streiten. Also kehrte sie die Anführerin heraus. Sie sah ihm fest in die Augen. »Nein!«

»Wag es ja nicht, heute Abend nicht nach Hause zu kommen«, verlangte er. Wenigstens diskutierte er nicht. Sie war offenbar autoritär genug aufgetreten.

Sie nickte und spürte wieder den vertrauten Schmerz darüber, dass sie ihn nicht in ihr Herz lassen durfte.

Einen kurzen Moment noch sahen sie einander in die Augen, dann preschte sie los, der kleinen Maus, die schon vorgerannt war, hinterher. Mia gehörte zu den klügsten Mäusen. Das Mädchen hatte die Entscheidung wahrgenommen, noch ehe sie Mac ihr *Nein* an den Kopf geschmissen hatte.

Sie huschten durch die Gassen der Hinterhöfe und rannten um Ecken, als wären es gerade Gassen. Wie schon vorhin auf ihrer Flucht nutzte sie die Wände der engen Gassen, um sich im Rennen mit ihrem Fuß daran abzustoßen und so schneller um die Kurven zu kommen. Seitdem die Mäuse ihren Laufstil nachgeahmt und erlernt hatten, war keine von ihnen mehr erwischt worden, obwohl ihre kindlich kurzen Beine sie eigentlich langsamer machten als die ausgewachsenen Nicolaner.

Die Menschen, die sie vorbeirennen sahen, wandten ihre Köpfe schnell ab. Eloise wusste nicht, ob es war, weil man lieber nichts wusste, oder ob ihnen klar war, dass sie zur großen Ketzerin gehörte und deshalb geflissentlich wegsahen. Sie hoffte auf zweites. Sie versuchte ihnen allen durch ihre Handlungen als große Ketzerin klarzumachen, wie wichtig es war zusammenzuhalten, wie die Menschen in Ernies Küche. Gemeinsam konnten sie das Leid besser ertragen, sie konnten besser überleben.

»Fünfzig«, keuchte die Maus und sie verfielen in einen locker schlendernden Gang, als würden sie rein zufällig hier auftauchen. Als wären sie nicht gerade zehn Minuten im Vollsprint bei dieser sengenden Mittagshitze gerannt.

Fünfzig Meter, um runterzukommen. Nicht viel Zeit, aber genug. Sie war so gut trainiert, wie kaum ein Mensch in dieser Stadt. Sie konnte zehn Minuten rennen, ohne langsamer zu werden. Sie konnte sich in fünfzig Metern so weit herunteratmen, dass ihr Puls und ihre Atmung dem Ruhezustand glichen. Das war wichtig, um zu überleben und so viele wie möglich zu retten. Eine Motivation, jeden Tag über seine Grenzen hinaus zu trainieren. Wenn es Leben retten konnte, war der Schweinehund so leicht zu überwinden. Und der Schweiß, der ihren Rücken hinunterrann, war bei der feuchtheißen Luft, die fast immer in der Stadt herrschte, auch nichts Ungewöhnliches.

Die Maus zog sich die Kapuze in die Stirn und tauchte in der Menge unter. Eloise dagegen spielte das verwirrte Gossenmädchen, das neugierig wissen wollte, was hier vor sich ging. Dabei war sie so aufdringlich, dass sie immer weggeschubst wurde. Das löste eine Unruhe aus, bei der man sie immer weiter beiseitestieß. Die Menge geriet in Bewegung und am Ende fiel sie auf alle viere, mitten auf den Platz, auf dem das Schauspiel stattfand.

Sie motzte über ihre aufgeschürften Hände und tat so, als hätte sie nicht begriffen, wo sie gerade hineingestolpert war.

»Steh auf!«, befahl ein Mann direkt vor ihr.

Sie hob mit geschocktem Blick ihren Kopf und bekam große Rehaugen, als sie seine Robe erkannte.

»Herr, ich verstehe nicht«, stammelte sie und sah sich ängstlich um.

»Du hast hier nichts zu suchen. Geh zu dem Gesindel zurück, das dich losgelassen hat, oder ich peitsche dich aus«, drohte er.

Eloise spielte ihre Rolle perfekt. Sie jammerte voller Panik und gestikulierte wild und ängstlich. Aber im Grunde scannte sie nur die Situation. Aus irgendeinem, sicherlich fadenscheinigen Grund war Willi an den Peitschenpfahl gebunden und Bertie kniete vor dem Hinrichtungsbalken. Da musste etwas eskaliert sein. Egal was der Grund war, sie musste die beiden retten.

»Ich schwöre, ich habe nichts getan. Ich bin streng gläubig«, versicherte sie panisch weiterhin in ihrer Rolle. Der Nicolaner durfte nicht erkennen, warum Willi und Bertie sie so interessierten.

Der Nicolaner verdrehte genervt die Augen. »Das sind die beiden da auch.«

»Was haben sie gemacht?«, hauchte sie schockiert, als wäre die Tat beinahe zu böse, um danach zu fragen. Wenn sie gläubig waren und trotzdem wie Ketzer behandelt wurden, musste es schließlich schlimm sein.

»Die Frau hat den Inquisitor angegriffen!«

»Nein!«, hauchte sie und hob in gespieltem Entsetzen die Hand vor den Mund. Angegriffen? Bertie war ein Herz von einer Seele. Sie war gerecht und achtete nur darauf, dass sich niemand an ihrem Marktstand vordrängelte.

»Und der Mann da?« Eloise blickte zu Willi hinüber.

»Der musste festgebunden werden, weil er ihre gerechte Strafe verhindern wollte. Wenn er sich nicht besinnt, wird er ausgepeitscht werden!«, verkündete der Nicolaner überzeugt.

»Ihr seid eine Schande für den Glauben«, rief Bertie plötzlich in das Gemurmel der Zuschauer hinein, was sie alle zum Schweigen brachte.

Der Nicolaner neben Eloise wirbelte fassungslos herum und ging auf Bertie zu. Die Gelegenheit nutzend heftete sie sich scheinbar neugierig an seine Fersen und näherte sich so Bertie und Willi.

»Blasphemie!«, schrie der Inquisitor, der neben dem Hinrichtungsbalken stand. Es war derselbe Mann, der sie vorhin gejagt und nicht erwischt hatte. Sicher war er deshalb besonders reizbar. »Du wirst dein Haupt verlieren, Ungläubige!«

Der Nicolaner vor Eloise ging auf wenige Meter heran. Wie eine Motte, die vom Licht angezogen wurde, folgte sie ihm. Damit sie nah genug war, um einzugreifen. Sie schlich weiter, als der Nicolaner stehen blieb, und begaffte Bertie. Erst jetzt bemerkte der Nicolaner sie.

»Hey, du Gossenmädchen. Was machst du hier?« Er packte sie grob am Arm.

»Fesseln!«, befahl der Inquisitor zornig.

Die beiden anderen Nicolaner kamen auf sie zu, aber sie schlug wild um sich und verheddert sich mit dem ersten Nicolaner. Sie stolperte in Berties Richtung und sie fielen zusammen. Im Fallen klammerte sie sich am Richtblock fest, an den Bertie gebunden war und löste scheinbar in tollpatschiger Unabsichtlichkeit die Kette. Wie aus dem Nichts tauchten zwei Mäuse auf und schafften Bertie fort. Sie tauchten schneller in der Menge ab, als irgendjemand begreifen konnte.

Eloise rangelte immer noch mit dem Nicolaner in gespielter Panik. Schließlich packte der Mann sie und zwang sie auf die Knie.

»Beim Herrn. Sie ist weg! O weh, die große Ketzerin ist bestimmt hier«, hauchte sie mit starrendem Blick auf den Richtblock gerade laut genug, dass die Umstehenden sie hören konnten.

Daraufhin brach ein großes Durcheinander aus. Die Menge geriet in Bewegung, schrie durcheinander und sorgte so dafür, dass wirklich jeder von Berties Flucht und der Einmischung der großen Ketzerin erfuhr. Die Menschen rannten in alle Richtungen.

Im Gewusel befreite jemand auch Willi, während der Inquisitor Befehle brüllte und die drei Nicolaner verzweifelt versuchten diese auszuführen. Aber immer wieder wurden sie angerempelt. Das war der richtige Zeitpunkt. Eloise kam auf die Beine und bahnte sich ihren Weg. Es war schwer, nicht eine sichere Route einzuschlagen, sondern das Chaos als Fluchtweg zu nutzen.

Tatsächlich kam sie nicht sehr weit. Sie wurde aus dem Strom heraus in eine Seitengasse gerissen, als sie gerade den Knoten gelöst hatte, mit dem der Nicolaner sie gefesselt hatte, und wurde gegen eine Wand gepresst. Sie keuchte überrascht, als sie ihn erkannte. Der Mann mit Herz, wie ihre Mäuse ihn getauft hatten. Er hatte sie zielsicher aus der Menge herausgezogen. War der Tag bereits gekommen? Hatte sie sich mit dieser Aktion enttarnt?

»Das Gossenmädchen«, murmelte er und musterte sie eingehend. »Bist du etwa noch dünner geworden?«

Das überraschte sie jetzt aber. Sie hatte ja viel erwartet, wenn er sie letztlich einmal stellte, diese Aussage in diesem Ton wirkte allerdings eher wie Sorge. Wie oft hatte er sie denn schon gesehen, dass er das überhaupt beurteilen konnte? Sie biss zornig ihre Zähne zusammen.

»Also nicht mehr so redselig und tollpatschig wie gerade auf diesem Platz.« Sie wandte sich zur Seite und versuchte ihm in die Hand zu beißen, doch er war natürlich auf eine Reaktion gefasst gewesen.

Im Bruchteil einer Sekunde zog er seine Hand zur Seite und hielt sie an ihrem Oberarm fest, außerhalb der Reichweite ihrer Zähne. Als Krieger war er stark und schnell. Es hatte sicher einen guten Grund, warum so ein junger Kerl Omni des Kriegerhauses geworden war.

Er lachte. »Spiel nur die Gossenratte. Ich weiß längst, dass mehr hinter dir steckt.«

Sie versuchte sich loszumachen, obwohl seine Worte sie entsetzten, doch sein Griff war fest.

»Warum hast du mich beschatten lassen?«, fragte er.

Das haute sie jetzt wirklich um. Sie vergaß sogar völlig sich gegen seinen Griff zu wehren. Fest presste sie ihre Lippen aufeinander und schluckte, um ihre Überraschung zu verbergen. Wieso wusste er das? Wie hatte er das überhaupt bemerken können? Sie musste herausfinden, was er wusste. Sie war so angespannt, dass es beinahe wehtat.

»Ah, das sah nach echter Überraschung aus. Du hast nicht geglaubt, dass ich es wusste.« Er betrachtete sie mit seinen graublauen Augen. Augen, die sie plötzlich bannten. »Also warum hast du mich beschatten lassen?«

Sie schluckte schwer. Dann fand sie endlich ihre Stimme wieder. »Ihr müsst Euch am Kopf gestoßen haben, Herr. Seht mich doch an. Ich bin ein Gossenmädchen. Wie sollte ich jemanden bezahlen?«

»Diese kleinen Kinder, die ganz eindeutig im Schatten für die große Ketzerin arbeiten, die haben nur auf deine Aktion auf dem Marktplatz gewartet. Sie haben auf *dich* gewartet. Ich habe die letzten Wochen bemerkt, wie sie mich beschattet haben. Und ich habe dich gesehen, viele Male. Zufällig an Orten in meiner Nähe. Für meinen Geschmack zu viele Zufälle. Sie haben mich für dich ausspioniert. Die einzige Alternative wäre, dass ihr alle für die große Ketzerin arbeitet und mich für sie ausspioniert«, schloss er.

»Ich arbeite für niemanden«, entgegnete sie impulsiv, weil das ein rotes Tuch für sie war. Sie hatte sich nie für etwas verkauft und das hatte sie verdammt viel gekostet. Das Einzige, was sie hatte überleben lassen, war der Schutz, der es einem brachte, sein eigener Herr zu sein. In einer Welt wie der ihren war dies der einzige Weg, um vor Übergriffen durch die Mächtigeren sicher zu sein.

»Das habe ich mir schon gedacht«, flüsterte er nahe bei ihr. Eloise hielt die Luft an. Er war so nah. Ein irritierender Impuls jagte durch ihren Körper. Er war der Feind, das durfte sie nicht vergessen. Auch wenn sein frischer, männlicher Duft ihr gerade in die Nase stieg und etwas in ihr auslöste, das sie so noch nie empfunden hatte.

»Also wieso lässt du mich beschatten, Gossenmädchen?«, wiederholte er.

»Wenn sich ein Omni in die Gossen schleicht und dann auch noch in Klamotten eines Bettlers getarnt, dann muss ein gutes Gossenmädchen doch herausfinden, was er vorhat«, erklärte sie.

Er hatte schon begriffen, dass sie mehr war als das einfache Gossenmädchen. Dann konnte sie ihn auch durch ihr Wissen verunsichern. Sie hatte sich zu unterlegen gefühlt. Das mochte sie nicht. Er sollte ruhig wissen, dass sie keinesfalls die Schwächere in dieser Szene war.

Er schmunzelte. »Und wenn ein Omni herausfindet, dass er beschattet wird, muss er herausfinden warum.«

Eloises Augen weiteten sich. Er war ihr, wirklich ihr und nicht dem Gossenmädchen, dichter auf den Fersen, als sie für möglich gehalten hatte.

»Ich muss zugeben, du bist eine gute Schauspielerin und sehr geschickt darin, so eine Situation wie gerade auf dem Marktplatz scheinbar zufällig zu lösen.«

»Ich weiß nicht, was Ihr meint, Herr«, erwiderte sie fest und fand zu ihrer Form zurück.

»Ich habe dich genau beobachtet. Du hast die Menge genutzt und mit diesen Kindern zusammengearbeitet. Du hast die Nicolaner mit ihren eigenen Waffen geschlagen. Ich bin beeindruckt«, gestand er. Kurz war sie durch sein Lob geschmeichelt. Aber sie durfte sich nicht umsäuseln lassen. Sie musste wachsam bleiben und ihre Rolle aufrechterhalten. Egal, wie viel er möglicherweise schon wusste. So konnte sie ihn vielleicht sogar in seiner Interpretation verunsichern.

»Warum tarnt Ihr Euch, Herr?«, verlangte sie von ihm zu erfahren.

Er lachte leise. »Wir beide wissen warum. Du hast mich schließlich beobachten lassen.«

Eloise schluckte. Also war ihr Eindruck richtig. Er hatte ein großes Herz und tat Dinge für die Leute, die er als Omni eigentlich nicht tun sollte. Verdammt. Er war einer von den Guten.

Plötzlich trat ihm jemand unerwartet die Beine weg. Eloise wusste, es war eine ihrer Mäuse und so zögerte sie nicht. Sie rannte. Die Kleine überholte sie und wies ihr den Weg. Der Marktplatz war an der Grenze zwischen Arm und Reich errichtet. Sie rannten also ins Nordviertel, weg vom Orden und dem Mann mit Herz. Wieder rannten sie so lange wie nötig.

Erst als sie sich unbeobachtet fühlten, schlüpften sie in ein sicheres Haus hier im Nordviertel.

Kaum dass sie im Inneren war, wandte sie sich an die Maus.

»Jetzt musst du aber was essen.«

Die Maus lächelte und wollte schon wieder davonhuschen, da packte Eloise das Mädchen am Kinn und schaute ihm fest in die Augen.

»Danke, Mia«, flüsterte sie und die Maus lächelte schüchtern.

Eloise ließ sie wieder los. Dann kehrte sie zu ihrem Alltag zurück. »Du hast dich aber nicht an die Regeln gehalten. Er weiß jetzt, dass er recht hat. Vorher war es nur ein Verdacht.«

»War es nicht und das weißt du. Er wusste es, also konnte ich dich auch befreien. Du hast dich nicht selbst befreit, also wird er nicht auf die Idee kommen, dass du sie bist. Er glaubt jetzt nur, dass du dich ihrer Mäuse bedienen kannst.« Mia zuckte mit den Schultern.

Eloise nickte schließlich zögerlich und gab ihr recht. »Aber wenn ich wirklich gefangen genommen werde ...«

»Ich weiß. Wir alle wissen es und wir haben es geschworen. Heißt nicht, dass wir es richtig oder klug finden, aber wir wissen es«, murrte sie, dann verschwand sie. Die Maus würde sicher nichts mehr essen heute Abend, genauso wie sie selbst.

Eloise seufzte und ging dann die Stufen hinunter in den Keller, wo sie sich wieder auf eine ihrer Matratzen fallen ließ und die Beine anzog. Schlafen half gegen den Hunger, also versuchte sie das zu tun. Es blieb bei einem Versuch, denn der Mann mit Herz ging ihr natürlich nicht mehr aus dem Kopf. Er war besser als sie befürchtet hatte. Ja, er war einer von den Guten, aber er war ihr schon viel zu nah. Er würde bald herausfinden, wer sie war, und sie dann auch stellen. Er war besser als sie. Besser vernetzt, besser ausgebildet, womöglich auch ein besserer Kämpfer. Er würde sie schnappen, das wurde ihr klar. Sie hatte nicht mehr lang, um zu bewegen, was sie noch bewegen musste.

Eloise stand wieder auf und ging zu einem der Geheimverstecke in der Mauer des Kellers. Sie umschloss mit ihren Fingerkuppen einen Backstein, fummelte ihn aus der Mauer heraus und holte dann Kohlestift und Papier aus der kleinen Kammer dahinter hervor. Mehr stand ihnen nach dieser Katastrophe nicht mehr zur Verfügung. Sicherlich gab es noch rare Güter, wie Kulis zum Beispiel, aber diese kosteten unermesslich viel, da sie nicht nachproduziert werden konnten. Also konnten sich auch nur die Reichen der Gesellschaft solche Güter leisten. Und die Armen mussten sich mit Kohlestiften zufriedengeben. Aber das war es nicht, was Eloise bewegen wollte, auch wenn jemand eines Tages dafür kämpfen sollte, diese Ungleichheit zwischen Arm und Reich zu verringern. Es ging in ihrem Kampf nicht um Gleichberechtigung zwischen arm und reich oder Mann und Frau oder gläubig und ungläubig. Davon waren sie zu weit entfernt, als dass sie diesen Kampf in der Zeit führen könnte, die ihr noch zur Verfügung stand. Bei ihrem Kampf ging es um Menschenrechte.

Um jene Rechte, die für alle gelten sollten, aber in der Gesellschaft nach der Katastrophe schnell nur noch für die Reichen gegolten hatten. Jetzt wurde Recht gekauft und nicht mehr gesprochen. Das war es, was sie ändern wollte. Das war es, wofür sie kämpfte. Also schrieb sie, denn Worte waren eine Waffe, gegen die der Orden nichts ausrichten konnte … Die einzige Waffe dieser Art.

Kapitel 2

Mia schlenderte die Gassen entlang und nutzte die Schatten, wie es ihr die große Ketzerin beigebracht hatte. Es gab sie, solange Mia denken konnte, weshalb sie eines der wenigen Kinder war, die mit Hoffnung aufgewachsen war. Sie hatte keine Eltern wie die meisten Gossenkinder. Aber sie hatte etwas Besseres, sie hatte die große Ketzerin, eine große Schwester, die sich um alle kümmerte, die Hilfe brauchten. Diese Frau gab denen zu essen, die hungerten, und half allen, die Hilfe brauchten. Sie kämpfte gegen Ungerechtigkeit und löste Streit und Konflikte jeder Art. Außerdem lehrte sie Barmherzigkeit und Nächstenliebe. Zwei Güter, die in dieser Stadt nicht existiert hatten, als Mia geboren worden war.

Sie erinnerte sich nicht an diese Zeit. Sie kannte die Stadt VK nicht. Es war eine neue Zeit angebrochen, als diese Frau begonnen hatte zu handeln. Die Älteren teilten daher die Zeit ein in VK und MK – vor der Ketzerin und mit Ketzerin. Das hatte sich etabliert und doch hatten es die Nicolaner immer noch nicht begriffen. Sie hatten ihre große Schwester einmal als Bedrohung gesehen. Erst als sie einen weiteren Namen bekommen hatte, erst als man sie Rebellin nannte, hatte der Orden begonnen sich mit ihr zu beschäftigen. Das war so lächerlich, wo sich doch zu diesem Zeitpunkt rein gar nichts geändert hatte. Mia verstand nicht einmal, warum man sie Rebellin nannte.

Sie hatte viele Namen. Die meisten waren gute Namen. *Die Hoffnung.* Das war ihr Lieblingsname. *Das Herz.* Das war ihr erster Name gewesen und auch dieser gefiel Mia wirklich gut. Die Mäuse nannten sie alle am liebsten *große Schwester*. Mia auch. Es war ein schöner Gedanke, eine große Schwester zu haben, die sich um einen kümmerte.

Mia huschte in die dunkle Seitengasse und ließ sich dann in den Kanal hinab. Sie schmunzelte immer, wenn sie in den Tunneln unter der Stadt verschwand. Der Orden selbst hatte sie auf die Idee gebracht. Das und das Training ihrer großen Schwester hatte dafür gesorgt, dass sie seit fast zwei Jahren niemanden mehr verloren hatten. Vorher war ihre Zahl immer etwa gleich geblieben. Sie hatten so viele an den Orden verloren, wie sie neue dazugewonnen hatten. Jetzt aber wuchsen sie stetig weiter an.

Mia hörte die anderen Mäuse noch nicht, obwohl sie kaum noch hundert Schritte von ihrem Lager entfernt war. Sie hatten etwas entdeckt, draußen in den alten Ruinen, das richtig eingesetzt den Schall davon abhielt, ihr Lager zu verraten. Es war einer der Rohstoffe der alten Welt, die den Verfall über die Jahre überlebt hatten. Metall und viele Baumaterialien wurden mit der Zeit spröde und rissig. Plastik aber nicht. Daher gab es beinahe unerschöpfliche Vorkommen draußen in den Ruinen und die Mäuse hatten entdeckt, wie man es sinnvoll nutzen konnte.

Die Tunnel unter der Stadt waren ein weitläufiges Netzwerk, das vor allem unter der alten Ruine gigantische Ausmaße annahm. Es war wie eine Stadt unter der ehemaligen Stadt. Die Tunnler hatten dieses Netz erkundet und einige verschüttete Wege wieder so weit stabilisiert, dass man sie als Fluchtwege nutzen konnte. So waren die Mäuse in der Lage, jederzeit überall zu verschwinden und andernorts wiederaufzutauchen.

Daher konnten sie die Plastikvorkommen in der alten Ruine in aller Seelenruhe abtragen und hier unten nutzen. Sie hatten entdeckt, dass manches Plastik gut schmelzbar war und nutzten dieses als Verbindungsmittel zwischen den Plastikflaschen, die sie als Wand aufgeschichtet hatten. Es war wirklich perfekt für ihre Zwecke nutzbar.

Mia schritt die Gleise entlang. Mia, wie auch alle anderen Menschen ihrer Zeit, hatten nie eine U-Bahn fahren sehen. Aber das Netz unter der zerstörten Stadt, dessen Ausläufer bis unter ihre neu errichtete Stadt reichten, war Zeugnis dieser alten Technik. Ab und an verschlug es Tüftler hier herunter, die einen Weg suchten, die liegengebliebenen und oft verschütteten Wagons in irgendeiner Form doch noch zu nutzen, doch sie alle scheiterten. Die

Wagen waren viel zu massig, um sie zu bewegen, und schon vor langer Zeit geplündert worden. Die Tunnler hatten ihr einmal erklärt, dass die Wagen früher von selbst gefahren waren. Das konnte sie sich nicht vorstellen. Wie sollte irgendetwas diese Wagen bewegen? Doch auf dem Schwarzmarkt hatte sie einmal von Elektrizität gehört, die Maschinen antreiben konnte. Mia hielt das für ein Hirngespinst. So etwas gab es nicht. Jedenfalls hatte sie so was noch nie gesehen und auch sonst niemand, den sie kannte.

Mia und die Mäuse liebten es in den Wracks zu spielen, aber da die Wagen das Einzige waren, was Anhänger des Ordens mal nach hier unten verschlug, mieden sie die alten Wagen die meiste Zeit. Doch Besuche des Ordens waren hier unten sehr selten, ihre Interessen lagen mehr an der Oberfläche, vermutlich weil sie keine Ahnung hatten, was sich hier unten alles abspielte.

Der Orden ... früher hatten sie immer gesagt, sie hätten eine Maus an den Glauben verloren, aber ihre Schwester hatte ihnen nach und nach beigebracht, dass nicht der Glauben, sondern böse Menschen, die den Glauben nur vorschoben, sie holten. Nach und nach hatte sich ihre Begrifflichkeit geändert. Das und ihr Verhalten in den letzten zehn Monaten erweckten ein Bild, das keiner aussprach. Die Mäuse wussten es alle. Aber keiner sprach es aus, weil alle Angst vor der Wahrheit hatten. Wenn man es nicht aussprach, konnte auch niemand dieser Wahrheit lauschen und sie verbreiten. Sie hatten alle Angst, was in den Straßen los sein würde, wenn das erst einmal herauskam.

»Hey, Mia, ist sie sicher?«, wollte Luke wissen. Er hatte ihr vorhin auf dem Platz geholfen Bertie rauszuschleusen.

»Ja«, erwiderte Mia.

»Gut«, brummte Murat, der im Feuer stocherte. Sie drei waren die ältesten Mäuse. Nicht vom Alter her, sondern von der Zeit her, die sie hier waren. Der Orden hatte sie als Ratten bezeichnet. Ihre Schwester hatte erklärt, dass sie eher ihre Mäuse waren, denn der Begriff Ratte wäre viel zu negativ geprägt für das, was sie ihr bedeuteten. Ein Gedanke, den Mia sehr schön fand. Außerdem hatte ihre große Schwester ihnen erklärt, dass Mäuse neugieriger seien als Ratten und selbst an scheinbar unerreichbare Orte gelangen könnten. Mäuse wären eine unterschätzte Tierart, da man sie für schwach hielt.

Deshalb, da stimmte Mia ihrer großen Schwester zu, war der Begriff der bessere für sie. Für den Orden waren sie sicher Ratten. Sie waren eine Pest für den Orden, ein Schädlingsbefall, den sie einfach nicht in den Griff bekamen. Und da Ratten in den Kanälen lebten, waren sie schließlich hierhergezogen. So hatte der Orden dafür gesorgt, dass sie an einen sicheren Ort gingen und sich ihm entziehen konnten. Das war ironisch und die Form von Zusammenhang, die Mia sehr genoss.

»Ich habe den Mann mit Herz im Chaos verloren«, motzte Leanne.

»Ich weiß«, seufzte Mia und ließ sich auf den Haufen Stoff fallen, der ihr Bett war. Sie war eine der Letzten, die nicht auf einer Matratze schlief. Ihre große Schwester stattete sie so gut aus, wie sie konnte. Wann immer sie eine Matratze in die Finger bekam, gab sie sie ihnen. Manche hatten sie auch aus den Ruinen geborgen, wenn die Reichen ihre ausgemusterten Luxusgüter durch ihre Diener dorthin bringen ließen.

»Das wird nicht wieder vorkommen«, versprach die Achtjährige. Sie gehörte zu den Besten, obwohl sie so jung war.

»Schon gut. Wir haben alle versagt.«

»Was meinst du damit?«, fragte Luke aufgebracht.

»Der Mann mit Herz hat bemerkt, dass wir ihn beschattet haben und nach heute die Verbindung mit unserer großen Schwester erkannt«, gestand sie ihnen und sie alle schwiegen.

Die Erwachsenen glaubten immer, sie würden viele Dinge nicht verstehen. Die dachten immer, sie wären noch zu jung, um die Zusammenhänge zu verstehen. Nur *sie* wusste, zu was die Mäuse imstande waren. Und wie es außer ihrer großen Schwester niemand erwarten würde, begriff ein jeder hier, wie gefährlich die Situation geworden war.

»Sie hat es geahnt«, flüsterte Leanne leise.

Den Verdacht hatte Mia auch schon gehabt.

»Denkst du?«, wollte Murat wissen.

Kurz zögerte Leanne, doch dann nickte sie. »Ja. Sie ist anders geworden. In den letzten zehn Monaten hat sie sich verändert«, gab Leanne ihre Gedanken preis.

Also sah Leanne die Sache genauso wie sie. Die Kleine hatte es auch begriffen. Ihre große Schwester hatte von Anfang an gesehen, dass dieser eine gefährlich werden konnte. Leanne und sie selbst hatten es nur begriffen, weil sie beide die Hoffnung aller so oft sahen und ihr so oft dienten. Und sie waren die ersten Mäuse.

Die Jungs hatten es schließlich noch nicht begriffen. Das war beängstigend. Keiner hatte es kommen sehen, keiner außer ihr selbst. Es hatte schon seinen Grund, weshalb sie erreicht hatte, was sie erreicht hatte. Kaum einer sah die Dinge so klar wie ihre große Schwester. Das machte sie mächtig, weit mächtiger, als sie gerne sein wollte. Mia folgte ihr genau deshalb so bedingungslos. Wer Macht hatte, gierte meist nach mehr davon. Sie nicht. Sie nutzte ihre Macht für das Rechte, aber niemals für etwas Eigennütziges. Und sie strebte nicht nach mehr. Das mochte Mia.

»Zehn Monate ... ist das nicht der Zeitpunkt gewesen, als er Omni seines Hauses wurde?«, überlegte Luke mit gerunzelter Stirn.

»Ist also der Tag gekommen«, murmelte Murat.

»Was für ein Tag denn?«, hakte Leanne herausfordernd nach.

Die Jungs schauten sich kurz gegenseitig an. Der Blick, den sie tauschten, war unheilverkündend. Das war nicht gut. Sie hatten etwas vor, etwas Dummes. Normalerweise würde Mia nun sofort zu ihrer Schwester eilen, ein paar Worte tauschen und dann untertauchen für drei oder vier Tage. Aber ihr Instinkt warnte sie. Sie musste mehr wissen. Ihre Schwester würde mehr Informationen brauchen. Sie hatte die Jungs schon einige Male vor Dummheiten bewahrt. Dabei hatte Mia keine Ahnung, woher ihre Schwester immer wusste, was die Jungs planten.

Mias Blick huschte zu Leanne. Vielleicht war sie ja nicht die Einzige, die ihre Mitmäuse schützte, indem sie petzte.

»Was für ein Tag?«, wiederholte Leanne streng. Manchmal vergaß Mia, dass Leanne drei Jahre jünger war. Es war mehr, als wäre sie genauso alt. Sie verstand die Dinge in einer eigentümlichen und manchmal beängstigenden Klarheit.

Die Jungs schwiegen.

»Ihr wollt ihn umbringen«, schnaubte Leanne. »Das ist so typisch Junge und so dumm.«

Mia blieb beinahe die Luft weg. Sie übte sich darin, nicht zu reagieren, aber das war angesichts der wütenden und ertappten Mienen der Jungs schwer.

»Sie würde es euch nie verzeihen. Ihr wärt die längste Zeit Mäuse gewesen«, eröffnete ihnen Leanne.

»Na und? Wenn wir sie dadurch retten, dann zahle ich diesen Preis gerne«, blaffte Luke.

Diese tiefe Treue und Loyalität. Mia hatte nie gesehen, wie ein anderer Mensch als ihre Retterin das in einem von ihnen wachgerufen hatte. Straßenkinder waren vernachlässigte, gezeichnete Charaktere voller Wut und Unverständnis. Die große Schwester aber hatte sie nicht nur alle gerettet, sondern eine tiefe Bindung zu jedem Einzelnen aufgebaut. Jeden behandelte sie individuell. Jedem gab sie das, was er brauchte, wonach er sich sehnte. Sie war alles, für jede einzelne Maus. Mia verstand nicht, wie sie das bei ihrer stetig wachsenden Zahl immer noch hinbekam. Aber jeder sah sie einmal die Woche mindestens.

»Wenn sie den Mann mit Herz tot sehen wollte, hätte sie das heute selbst tun können«, warf Mia ein, was den heftigen Streit, der gerade zwischen Luke und Leanne entbrannt war, sofort erstickte.

»Soll heißen?«, fragte Murat ruhig.

»Er hat sie aus der Menge in eine Gasse gezerrt. Ich habe sie ganze fünf Minuten beobachtet, bevor ich eingegriffen habe. Sie hat nicht nur bestimmt zehn Gelegenheiten verstreichen lassen, ihn kaltzumachen, sie hat auch ihre Rolle des Gossenmädchens weitergespielt«, berichtete sie den anderen.

»Das würde sie nur tun, wenn sie damit rechnet, ihm noch weitere Male zu begegnen. Sie will ganz offensichtlich, dass er lebt«, begriff Leanne.

Mia nickte nur.

Die Jungs bissen ihre Zähne zusammen.

»Er ist eine Gefahr für sie«, beharrte Luke.

»Und das weiß sie«, wandte Mia ein und fixierte Luke. »Wenn du ihn ausschaltest, ohne dass sie es will, könntest du einen Plan, der womöglich seit zehn Monaten Bestand hat, zunichtemachen. Überleg doch mal. Sie hat uns ihn bewachen lassen. Beinahe ein halbes Jahr. Nur uns vier. Sie vertraut uns. Sie weiß um seine Fähigkeiten, sonst hätte sie nicht nur die Fähigsten von uns geschickt. Sie kennt ihn durch unsere Berichte vermutlich besser als die Bastarde in diesem Orden ihn kennen. Sie hat die Konfrontation in Kauf genommen, weshalb sie als Gossenmädchen kam und nicht als große Ketzerin. Sie plant etwas mit ihm. Also hüte dich einzugreifen!«

»Mal ganz davon abgesehen, dass ihr alles, was sie ist mit Füßen tretet, wenn ihr einen gütigen Menschen ermordet, nur weil er eine Gefahr sein könnte. Sie achtet das Leben und bestraft nur die Ungerechten. Niemals würde sie damit leben können, wenn ihr einen Unschuldigen umbringt«, ergänzte Leanne. »Egal welchen Preis für sie zu zahlen ihr bereit seid, damit ladet ihr unserer Schwester diese Schuld auf die Schultern. Ihr könntet unsere Retterin mit so einer Aktion brechen. Gerecht zu sein ist alles für sie. Wenn ihr beide in ihrem Namen ungerecht seid, was meint ihr, was das alles für Konsequenzen hat ... für sie ... und für eure Brüder und Schwestern«, ergänzte Leanne.

Luke, der gerade eben noch mit gerecktem Kinn und geballten Fäusten selbstsicher Leannes herausforderndem Blick begegnet war, gab seine Angriffshaltung auf und ließ sich nun neben Murat vors Feuer fallen. Die beiden starrten trübsinnig in die Flammen. Sie fühlten sich jetzt so hilflos, wie Leanne und sie schon seit einigen Augenblicken, seit sie begriffen hatten, dass der Mann mit Herz eine große Gefahr war. Eine Gefahr, der sich ihre große Schwester vollkommen bewusst war, die sie aber nicht zu bekämpfen gedachte. Mia hatte Angst. Angst um die anderen Mäuse, Angst um ihre Sicherheit. Aber vor allem Angst um ihre große Schwester, ihre Retterin. Etwas lag in der Luft und es schmeckte nach Gefahr.

**

Er saß an dem kleinen Tisch in seinem Schlafzimmer seinem Freund gegenüber und wusste nicht, wie er dieses Gespräch beginnen sollte, wenn er es denn überhaupt führen wollte. Es war sehr gefährlich, die Dinge auszusprechen, die in seinem Kopf herumgingen. Gefährlich für ihn und sein Haus. Aber er brauchte jemanden, mit dem er sprechen konnte. Er hätte mit Leonie gesprochen, immerhin war sie seine Frau und vermutlich die Einzige, der es egal wäre, dass der Orden in Gefahr war. Aber sie beide hatten es nie über eine oberflächliche Freundschaft hinausgeschafft. Deshalb lebte Leonie auch bei seiner Familie und nicht mit ihm zusammen im Ordenshaus in seinen Gemächern.

»Sagst du mir jetzt, was du willst?«, forderte Kagar ihn auf. »Du druckst schon seit Tagen herum.«

Kastor hob seinen Blick und sah seinen ältesten Freund unverwandt an. Sie saßen einander gegenüber an dem kleinen Tisch in seinen privaten Räumen. Was er vielleicht gleich aussprechen würde, durfte nicht an fremde Ohren gelangen. Diese Worte waren, wenn überhaupt, nur für seinen engsten Freund bestimmt. Kastor versuchte immer noch herauszufinden, ob er diese Dinge aussprechen sollte oder nicht.

Da seufzte Kagar genervt auf, stellte sein Weinglas vor sich auf den Tisch und lehnte sich vor. Er stützte seine Unterarme auf seinen Beinen ab und verschränkte seine großen Hände zwischen den Knien. »Du trägst etwas mit dir herum, alter Freund. Seit Wochen, wenn nicht gar Monaten. Du wirst es mir anvertrauen, wenn du so weit bist. Ich will nur, dass du weißt, dass mir klar ist, dass es um eine unangenehme Wahrheit geht, um etwas mit weitreichenden Folgen, denn sonst hättest du nicht so lange gebraucht, um dich mir anzuvertrauen. Ich weiß das, Kas. Wenn du bereit bist, werde ich es auch sein.«

Kastor musterte seinen Freund und ein Teil der Last fiel von seinen Schultern ab. Kagar hatte einige Dinge ungesagt gelassen, aber es war klar, wie er zu diesen Dingen stand. Er würde, egal wie erschütternd die Wahrheit womöglich war, ein treuer Freund sein und Kastor nicht verraten. Die Angst vor dem Verrat war ihm bis zu diesem Moment gar nicht klar gewesen.

»In der Zwischenzeit kann ich dir von einem interessanten Vorfall heute erzählen. Erinnerst du dich an Vapor?«

»Natürlich. Er gehört unserem Haus an«, murrte Kastor.

Kagar lachte leise. »Du hast recht. Das vergesse ich gerne mal. Der Typ ist so lächerlich.« Kagar grinste und rang damit auch ihm ein Schmunzeln ab.

Vapor war lächerlich. Und er hasste Kastor dafür, dass er Omni geworden war und nicht Vapor selbst. Der wurde nur Inquisitor. Dennoch war er ehrgeizig und die Berufer hatten ihn heute Morgen zum Hausinquisitor ernannt.

Ein höchst ärgerlicher Umstand, mit dem Kastor sich noch befassen musste. Der Hausinquisitor stand in manchen Dingen sogar über dem Omni des jeweiligen Hauses. Nicht überm Rat der Omni, aber über einem einzelnen schon. Das passte diesem Emporkömmling natürlich herzlich gut, aber Kastor befürchtete, dass Vapor völlig ungeeignet für so viel Verantwortung war. Das hatte sich auch heute direkt gezeigt. Die Szene auf dem Marktplatz war eine Schande für den Orden. Seit dem Ende seiner Ausbildung versuchte er in der Stadt das Bild und das Ansehen des Ordens zu verbessern, aber Vapor vernichtete seine mühseligen Bemühungen mit Aktionen wie heute.

»Der Kerl hat heute tatsächlich eine Marktständerin hinrichten lassen wollen. Einfach nur weil sie ihn nicht sofort bedient hat, als er an ihren Stand kam. Aus sicherer Quelle heißt es, dass sie ihm erklärt hätte, er müsse warten, bis er dran sei. Das hat er als Angriff gewertet und sie zum Hinrichtungsblock bringen lassen.« Kagar lachte laut.

Kastor konnte darüber nicht lachen. Dass es ein so alberner Grund war, beunruhigte ihn mehr, als er sagen konnte.

»Komm schon, das ist lustig«, animierte ihn Kagar.

»Ist es nicht. Er beschmutzt das Ansehen des Ordens in der Stadt.«

Kastor konnte seine Wut kaum noch beherrschen.

Kagars Lachen war wie weggewischt. »Gefährliche Worte, mein Freund.«

Das wusste er selbst, das musste sein Freund ihm nicht sagen. Kastor spürte, wie seine Schultern leicht herabsanken. Er fühlte sich ohnmächtig gegen dieses Gefühl der Wut. Er konnte nichts ausrichten und sollte es nicht einmal wollen. Doch er konnte es nicht ändern, er verabscheute, was Vapor in der Stadt anrichtete.

Erst schien Kagar noch etwas sagen zu wollen, doch dann wurde seine Miene wieder heiter und er erzählte weiter, als hätte Kastor nicht unverblümt gesagt, dass er das Verhalten des Inquisitors missbilligte. Der Einzige, der das durfte, war der oberste Inquisitor ... Vapors Vater.

»Auf jeden Fall hat so ein tollpatschiges Gossenmädchen Chaos gestiftet. Sie ist gestolpert und hingefallen. Dann ist in dem Durcheinander auch noch die Marktständerin in der Menge verschwunden. Es wird gemurmelt, dass die große Ketzerin involviert gewesen sei. Auf jeden Fall sind die Marktständerin und ihr Ehemann untergetaucht. Das hat Vapor vor der Gilde ziemlich lächerlich gemacht.«

»Verdient.« Kastor hielt es nicht mehr aus auf seinem Stuhl. Er konnte sich kaum noch beherrschen. Er war so wütend. Also wandte er sich von seinem Freund ab und ging zum Kamin.

»Okay, das war das zweite Mal. Jetzt musst du sprechen oder ich gehe und tue so, als hätte ich dich heute Abend nicht getroffen«, erklärte Kagar sehr ernst.

Kastor seufzte tief. Er rieb sich über das Gesicht. Er hätte das hier gerne nie tun müssen, aber er brauchte eine zweite Meinung, einen wachen Verstand, um zu sehen, ob er verrückt wurde.

»Ich war da«, flüsterte Kastor. Er blickte auf die Kalte Asche im Kamin. Der Ruß hatte bereits den gesamten Kamin geschwärzt.

Kagar schwieg, was Kastor nun doch zu seinem Freund blicken ließ. Was er sah, überraschte ihn. Kagar sah ihn unverwandt an. Er wusste schon, dass Kastor heute auf dem Marktplatz gewesen war.

»Miki hat dich in der Menge erkannt.«

Miki war ein treuer Anhänger und achtete Kastor sehr. Da war es logisch, dass er mit so einer seltsamen Beobachtung zur rechten Hand des Omni ging und nicht gleich zu einem Inquisitor.

»Ich war unvorsichtig«, gestand Kastor. Als dieses Mädchen in den Kreis der Schaulustigen gefallen war, hatte es ihn gefesselt. Er hatte seine Ruhe und Gelassenheit, seine gesamte Besonnenheit einfach verloren. Nur ein Blick auf sie, der Moment, in dem er sie erkannt hatte, und es war dahin mit den Dingen, die ihm in jahrelangem Training beigebracht worden waren.

»Wie konnte das passieren?«, fragte Kagar berechtigterweise. Er war schließlich der Beste von ihnen. Wie hatte es dazu kommen können, dass ausgerechnet er unvorsichtig gewesen war?

Kastor begann vor seinem Sideboard auf und ab zu laufen. Jetzt war er an dem Punkt angekommen, an dem er reden oder schweigen musste. Er musste sich entscheiden. Doch im Grunde hatte er sich schon entschieden. Er kam nicht drum herum, Kagar mit hineinzuziehen. Es ging nicht anders und niemandem sonst vertraute er so sehr wie diesem starken Krieger, diesem großen Mann, der sein engster Vertrauter war. Schließlich blieb er stehen und sah Kagar direkt in die Augen.

»Dazu, mein Freund, muss ich etwas weiter ausholen. Ich werde Dinge sagen müssen, die dir nicht gefallen werden und du solltest dir vorher überlegen, ob du sie hören willst«, begann er das schwierigste Gespräch seines Lebens.

Kagar lehnte sich zurück, überschlug seine Beine und musterte seinen Freund nur ruhig und abwartend. Kastor hatte schon geahnt, dass der dunkle Krieger vor ihm sich für ein Gespräch wie dieses gewappnet hatte, bevor er dieses Büro betreten hatte, aber er hatte ihm einfach noch eine Chance geben müssen, dieser Situation zu entkommen.

Kastor setzte sich wieder seinem Freund gegenüber an den Tisch. Seine Anspannung hatte sich gelegt, jetzt da er die Entscheidung getroffen hatte, seine Gedanken zu offenbaren. Er begann seine Geschichte.

»In der Nacht vor der Wahl ging ich zum ersten Mal hinaus. Ich tarnte mich und schlich durch die Gassen. Ich wollte sehen, was der Orden nach Mirandas' Meinung angerichtet hatte.« Mirandas war der letzte Omni, der bei seiner Abdankung verkündet hatte, dass der nächste Omni ein Schlachtfeld übernahm und eine Menge Fehler wiedergutzumachen hätte. Fehler, die Mirandas selbst, aber auch die anderen Omni begangen hätten. Kastor war bis zu diesem Zeitpunkt kaum außerhalb der Mauern gewesen. Er hatte es sehen müssen.

»Was hast du entdeckt?«, fragte Kagar.

»Nicht das, was ich erwartet hatte. Ich habe eine Legende entdeckt. Ich habe Liebe und Barmherzigkeit gefunden. Ich habe viel Gutes gefunden.«

Kagar runzelte seine Stirn. »Ich verstehe nicht«, gestand er.

Natürlich verstand er nicht. Hätte irgendjemand Kastor dasselbe gesagt, er hätte es niemals geglaubt. Aber niemand hatte ihm davon erzählt, er hatte es mit eigenen Augen gesehen und konnte es jetzt nicht mehr leugnen. Anfangs hatte er versucht andere Ursachen für das Erlebte zu finden, andere Hintergründe, einen anderen Weg, es zu interpretieren, aber das ging nicht. Die Wahrheit sprang ihn inzwischen regelrecht an, wann immer er die Mauern des Ordens verließ.

»Ich trug keine Ordensrobe, sondern einfache Kleidung. Ich gab mich als Bettler aus, der neu in der Stadt war. Ich wurde im Nordviertel in eine Küche geholt. Mir wurde zu essen und zu trinken gegeben. Als ich meine Freude über so viel Güte zum Ausdruck brachte, antwortete man mir, dass sie gelernt hätten, barmherzig zu sein. In den Kreisen der Armen halte man zusammen. Man helfe einander und stehe füreinander ein. Ich sagte, dass der Glauben wohl stark in ihnen sei. Da erkannte ich zum ersten Mal, dass Mirandas recht hatte. Sie hassten den Glauben. Nicht den Orden, nein den Glauben, weil sie beide gleichsetzten.«

»Aber warum haben sie sich dann wie wahre Gläubige benommen?«, fragte sein Freund verwirrt.

Kastor musste innerlich schmunzeln. Er war ja genauso verwirrt gewesen wie Kagar jetzt. Er hatte Wochen gebraucht, um dahinterzukommen. Er hatte ja kaum einfach nachfragen können.

»Das wollte ich auch wissen. Bei späteren Besuchen erzählten sie mir dann irgendwann die Legende einer Frau. Die Legende einer liebenden Mutter einer ganzen Stadt. Sie sprachen von ihr wie von einer Heiligen. Es hat eine halbe Ewigkeit gedauert, bis ich erkannte, von wem sie sprachen«, gestand er.

»Die große Ketzerin«, schlussfolgerte Kagar und Kastor bestätigte es.

»Das Bild, das uns von dieser Frau gemalt worden war, wollte sich einfach nicht mit den Berichten dieser grundguten Menschen vereinbaren lassen«, gab Kastor seine Gedanken preis.

»All diese Dinge sind Übertreibungen, mein Freund. Das, was sie dir erzählten, ist weit mehr, als sie ist. Kein Mensch kann so sein, wie die Legenden der Armen sie malen«, beruhigte ihn Kagar. Er griff nach dem Weinglas, wollte anscheinend unterstreichen, dass es keinen Grund zur Sorge gab. Jedoch verriet er sich, als er einen zu hastigen Schluck trank. Ein Tropfen rann das Glas hinab.

»Ja. Da stimme ich dir zu. Aber gilt das dann nicht auch für die Geschichten, die wir hier über sie hören?«, warf er ein.

Kagar, der gerade sein Glas abstellte, hielt für einen klitzekleinen Moment inne.

»Was immer sie ist, sie hat eine ganze Stadt voller armer Menschen dazu gebracht, Barmherzigkeit und Nächstenliebe zu leben. Jetzt sag mir, was ist es, was der Glaube von seinen Anhängern zu aller Oberst fordert?«, fragte Kastor rhetorisch.

Kagar schluckte schwer. Er brauchte nicht aussprechen, auf was für einem gefährlichen Pfad sich Kastor gerade befand. Alle Bewegung war aus seinem Freund verschwunden. Wie zu einer Säule erstarrt hielt Kagar einfach nur seinen Blick und ließ sich auf den Gedanken ein, angespannt ob der Dinge, die Kastor noch offenbaren würde.

»Das ist lange her. Wie ich dich kenne, hast du weitergeforscht«, überging Kagar die Offenbarung, die Kastor gerade angedeutet und doch nicht ganz ausgesprochen hatte.

»Da hast du recht«, bestätigte Kastor.

»Was hast du erfahren?«

»Die große Ketzerin tauchte vor sieben Jahren auf der Bildfläche auf. Sie wurde damals das Herz genannt. Sie half und war warm und voller Güte. Damals hatten sie und der Orden keinerlei Berührungspunkte.«

»Sieben Jahre?« Kagars Stimme rutschte ein wenig in die Höhe. »Bist du dir sicher?«

»Absolut«, bestätigte er.

»Aber ... wir sind erst seit ... was sind es? Zwei Jahren hinter ihr her?«, überlegte er.

Kastor nickte. »Zwanzig Monate.«

Kagar pfiff leise. »Wieso zu diesem Zeitpunkt?«

»Wenn ich richtig recherchiert habe, dann nur aus einem Grund. Zu diesem Zeitpunkt wurde sie die Rebellin genannt«, eröffnete Kastor das grausamste Detail seiner Erkenntnisse. Seiner Einschätzung nach hatte nämlich der Orden sie erst zu der vermeintlichen Gefahr gemacht, die er heute in ihr sah.

»Ein Name? Es geht um einen Namen?«, fragte Kagar verwirrt. »Aber sie ist doch eine Ketzerin.«

»Genau daran zweifle ich inzwischen«, sprach er es nun offen aus.

Kagar klappte die Kinnlade herunter.

»Der Orden war es, der ihr diesen Namen gab. Es war ein Inquisitor, der sie als Erster eine Ketzerin nannte. Da sie dem Orden aber nicht ins Netz ging, egal wie ausgefeilt die Falle auch war, bekam sie den Beinamen ›Große‹. Wir haben sie selbst erschaffen. Und das während ihre vermeintlich blasphemischen Reden die Leute genau zu dem animieren, was der Glauben uns lehrt«, fasste er die gesamte grausame Wahrheit in Worte. Sie jagten eine Unschuldige, um sie für etwas hinrichten zu lassen, was sie selbst ihr angedichtet hatten, obwohl sie eigentlich die Werte des Glaubens verbreitete.

»Deshalb gehst du als einfacher Bruder auf die Straßen und ermunterst andere auch dazu. Du willst, dass den Leuten klar wird, dass der Glauben für dieselben Dinge steht, die auch sie lehrt«, überlegte Kagar.

Kastor nickte. »Der Glaube, der wahre Glaube, nicht das, was einige verblendete Fanatiker daraus gemacht haben, und das, was ihre hochgepriesene Retterin lehren, sind ein- und dasselbe«, flüsterte er.

»Das ist ein großer Haufen Scheiße, vor dem du da stehst«, begriff Kagar und schluckte schwer.

Kastor nickte. Genau das traf den Nagel auf den Kopf.

»Was hast du jetzt vor?« Kagar lehnte sich zurück und verschränkte die Arme. Der große Krieger mochte die Situation ganz offensichtlich nicht. Er erkannte scheinbar wie verzwickt Kastors Lage war und sah im Moment keine einfache Lösung, sonst wäre die Körpersprache eine andere.

»Ich bin noch nicht fertig, Kagar.«

»Schieß los.«

»Ich bin oft hinaus. Mal getarnt als Bettler, mal als einfacher Bruder. Nach einigen Monaten hatte ich den Eindruck, dass man mir folgte. Ich dachte erst an den Orden, aber irgendwann begriff ich, dass immer Kinder in der Nähe waren, wenn ich hinausging. Nach einigen Tagen erkannte ich sie wieder. Es waren immer dieselben Kinder an ganz unterschiedlichen Orten in der Stadt. Vier Stück, zwei Jungen und zwei Mädchen. Arme Kinder, die fürchterlich dünn waren. Aber es waren dieselben, auch wenn sie immer unterschiedliche Lumpen trugen und immer komplett anderes Verhalten an den Tag legten.«

»Der Orden würde wohl kaum Kinder mit deiner Beschattung beauftragen«, dachte Kagar mit.

»Ganz genau. Aber nach und nach wurde deutlich, dass sie mich tatsächlich beschatteten und dass sie wussten: Der Ordensbruder, der hinausging, um zu helfen, war derselbe wie der Bettler aus einer anderen Stadt. Sie durchschauten mich. Vier kleine verwahrloste Kinder. Ich begann sie mir genauer anzusehen und sie ebenso zu beobachten. Lach mich ruhig aus, aber ich glaube, dass sie ausgebildet waren.«

»Erzählt man sich nicht, dass die große Ketzerin verschiedene Netzwerke aufgebaut hat, die ihr all das ermöglichen, was sie tut?«, warf Kagar ein.

»Das ist auch mein Gedanke gewesen. Heute bin ich mir dessen sogar sicher.«

»Weiter«, forderte Kagar.

»Vor drei Monaten begegnete ich ihr das erste Mal«, fuhr er fort.

»Wem?«, wollte Kagar sofort wissen.

»Dem Gossenmädchen. In einer Kneipe, in der ich als Bettler saß, brach eine Schlägerei aus. Es waren ein paar reiche Jungspunde, die den Nervenkitzel in einer Kaschemme suchten. Sie benahmen sich wie die reichen Pinkel, die sie waren, und so eskalierte es. Das Mädchen tauchte wie aus dem Nichts auf. Ich dachte, ich hätte sie vorher einfach nicht bemerkt. Sie stolperte mit ihrem Bier mitten in die Menge. Die Gruppe stob auseinander. Zu meiner großen Überraschung gingen die Männer aus der Bar nicht weiter auf die reichen Halbstarken los. Sie waren besudelt und immer noch zornig, doch sie setzten die Schlägerei nicht fort. Das Mädchen eilte mit Servietten zu einem der Pinkel und tupfte sein Hemd ab. Sie entschuldigte sich groß, aber er packte sie am Arm und schleuderte sie auf den Boden.« Kastor musste bei der Erinnerung schmunzeln. Er hatte damals eingreifen und sie beschützen wollen. Einfach weil sie so jung und schwach gewirkt hatte und er ein Krieger war, der wusste, was sich gehörte. Aber sie hatte seine Hilfe gar nicht gebraucht. Sie sah vielleicht aus wie eine schwache junge Frau, aber das war sie absolut nicht. Sie war das absolute Gegenteil von hilflos und schwach. Er erwischte sich dabei, wie er versonnen sein Weinglas zwischen seinen Fingern drehte. Er nahm einen Schluck, um darüber hinwegzutäuschen und fuhr fort.

»Die Wut im Raum wurde zu echtem Zorn. Aber keiner ging auf die Eindringlinge los. Das Mädchen rappelte sich wieder auf und ich weiß noch wie überrascht ich war, dass alle im Raum auf seine Reaktion zu warten schienen. Die vier Halbstarken aus dem Westviertel lachten sie aus, doch das Mädchen straffte seine Schultern und sah die Männer fest an. ›Mutig, in eine ihrer Bars zu kommen und die anzugreifen, die von ihr geschützt werden‹, hat sie den Reichen an den Kopf geworfen. ›Die Ketzerin kämpft gegen den Orden‹, hat einer der drei Pinkel geantwortet und sie hat nur gelacht. Das Mädchen hat erklärt, dass man, wenn man schon so dämlich und unwissend sei, wenigstens so schlau sein sollte, zu fliehen, wenn man in Gefahr war. Die vier haben die Drohung verstanden und sind getürmt.« Kastor schwenkte den Wein in seinem Glas. Die tiefrote Flüssigkeit schwappte in Kreisen an der Glaswand hinauf. Er würde diesen Moment nie vergessen, als ihm zum ersten Mal der Gedanke gekommen war, wer dieses Gossenmädchen in Wirklichkeit sein könnte.

Er hob seinen Blick und schaute durch das hohe Fenster hinaus in die Nacht. Wo sie wohl gerade war? Nach der Szene heute auf dem Markt war sie sicher wieder untergetaucht. Ob sie wohl auch noch über die Szene zwischen ihnen heute nachdachte? Ihm jedenfalls ging sie nicht mehr aus dem Kopf.

»Natürlich habe ich die Ohren besonders weit aufgesperrt an diesem Abend. Ich bekam verschiedene Eindrücke. Erstens: die große Ketzerin hat solche Spelunken, die unter ihrem Schutz stehen, in der ganzen Stadt. Sie nennen sie Bars der Barmherzigkeit. Selbst im Westviertel, wo nur die Reichen leben. Zweitens: In diesen Bars herrschen strenge Regeln. Regeln der Menschlichkeit, des Respekts und der Achtsamkeit. Wer diese Regeln missachtet, fliegt hinaus, ohne Wenn und Aber. Drittens: Das kleine tollpatschige Gossenmädchen war weit mehr, als es einen glauben machen wollte.«

Kagar saß ruhig da und sah ihn gefasst an. »Weiter«, verlangte er, obwohl es so schien, als wüsste er bereits, worauf Kastor hinauswollte. Denn alles, was Kastor bisher erzählt hatte, würde reichen, um einen Ordensbruder heftig aufzuregen. Während Kagar auf seine Erklärung wartete, wirkte er nicht wütend oder abwertend, sondern als wäre er für die Dinge offen, die Kastor zu sagen hatte. Das half ihm fortzufahren.

Also nickte er und fuhr bereitwillig fort. »Ich habe sie seither noch einige weitere Male gesehen. Als Gossenmädchen spielt sie eine Rolle, dessen bin ich mir inzwischen sicher. Sie erinnert mich stark an Anton, wenn er auf Mission ist. Ihre Körpersprache und die Körpersprache der Menschen in ihrer Umgebung weisen darauf hin, dass sie mehr ist, als sie zu sein vorgibt. Ich habe sie inzwischen zwölfmal gesehen. Zwölfmal ist sie zufällig in eine eskalierte Situation gestolpert und hat durch ihre Tollpatschigkeit die Wut entschärft. Jede dieser zwölf Situationen sind zugunsten der Beschuldigten, der Armen und bittenden Menschen ausgegangen. Heute hatte sie sichtlich Hilfe dabei.«

»Also hat sie Bertie befreit. Sie war das tollpatschige Mädchen, das auf den Platz gestolpert ist«, fasste Kagar für sich zusammen. »Du willst sagen. sie ist mit voller Absicht dort aufgetaucht und hat mit voller Absicht die Marktständerin und ihren Ehemann befreit? Wer hat ihr geholfen?«

»Die Kinder.«

Kagars Augen weiteten sich. »Die Kinder, die dich beschattet haben?«

Kastor nickte.

»Das ist unmöglich«, entfuhr es Kagar. Er war zu demselben Schluss gekommen wie Kastor und wollte es nicht glauben. Verständlich in Anbetracht der Informationen, die Kastor ihm heute gegeben hatte.

»Ich habe sie beim Flüchten aus der Menge gezerrt und sie in einer Gasse gestellt«, eröffnete Kastor seinem Freund.

»Bist zu wahnsinnig?!«

Kastor lächelte. Sein Freund hatte ganz offensichtlich erkannt, wer das Gossenmädchen wirklich war.

»Ich bin mir sicher, du hast den Zusammenhang auch erkannt. Obwohl ich zugeben muss, dass es mir unglaublich erscheint bei dem, was wir über diese Frau zu wissen glauben«, entfuhr es Kagar. »Aber sie zu stellen in so einer Gasse, das war gefährlich, Kastor. Wenn sie herausgefunden hätte, wer du bist, könntest du tot sein!«

»Sie wusste ganz genau, wer ich war«, gestand ihm Kastor.

»Kas!«

»Ich habe sie zur Rede gestellt, weshalb sie mich beschatten lässt. Im Zuge dieses Gesprächs wurde klar, dass sie weiß wer und was ich bin. Sie hat mich ganz klar als Omni bezeichnet und mir dennoch nicht ein Haar gekrümmt. Ich ließ sie glauben, ich verdächtigte sie nur eine Komplizin zu sein, nicht die Ketzerin selbst, aber ich habe ihr in die Augen geblickt und Herr hilf mir, sie weiß ganz genau, was ich weiß. Ich habe nie in solche Augen geblickt, Kagar. Zum ersten Mal habe ich verstanden, was Mirandas meinte, als er uns lehrte, dass die Augen das Tor zur Seele seien«, gestand Kastor.

Kagar sah zum ersten Mal gequält aus. Bei allem, was Kastor ihm heute eröffnet hatte, quälte ihn ausgerechnet das?

»Mein Freund, schlag dir das wieder aus dem Kopf«, brummte Kagar.

»Was denn?«, wollte er wissen.

»Dass sie gut ist. Dass sie warm ist. Dass du sie finden und ihr gemeinsam den Glauben wieder in die Herzen aller bringen könntet«, sagte Kagar sanft, aber bestimmt.

»Das ist doch gar nicht das –«

»Doch mein Freund. Du hast einen untrüglichen Instinkt, wie das Wesen eines Menschen ist. Nachdem du heute zum ersten Mal mit ihr gesprochen hast, sagt dir dein Instinkt, wie ihr Wesen ist. Er sagt dir, was du bereits seit zehn Monaten ahnst. Aber die Inquisition wird niemals zulassen, was du dir wünschst. Du bist Omni. Wenn du tust, was du dir wünschst, wirst du die Häuser spalten und den Orden in einen internen Krieg führen. Die Parteien existieren doch längst. Wenn du handelst, wie du es dir wünschst, wird alles vernichtet werden, was hier seit Jahren bestand hat«, ermahnte ihn Kagar.

Kastor biss sich auf die Lippe. Das wusste er. Er wusste es und konnte den Wunsch in seinem Herzen doch nicht zum Schweigen bringen. Weil ein Gedanke ihn bitter quälte. »Wenn wir das weiterhin zulassen, wenn wir weiterhin zulassen, dass Unschuldige in unserem Namen, im Namen unseres Glaubens, gequält und misshandelt werden ... haben wir dann nicht verdient, was du uns ausmalst? Sind dann nicht wir die Ketzer, weil wir die Augen vor dem verschließen, was unrecht ist?«, fragte Kastor mit gedämpfter Stimme. Er traute sich nicht diese Worte lauter auszusprechen. Sie waren gefährlich.

Kagar wurde kreidebleich. Er lehnte sich zurück, als wollte er Abstand zwischen sich und Kastor bringen. Er distanzierte sich. »Du suchst meine Meinung gar nicht«, sagte er leise und zog sogar seine Hände vom Tisch zurück an seinen Körper. Der Rückzug war mehr als deutlich.

»Doch, mein Freund. Aber du bist zu exakt demselben Schluss gekommen wie ich. Nur scheust du dich dir einzugestehen, was die Konsequenz ist.«

»Du wolltest wissen, ob ich die Dinge auch so deute«, begriff Kagar. Der große Krieger runzelte seine Stirn. Dann schienen seine Gedanken abzuschweifen, denn sein Blick glitt nach links. Es wirkte, als würde Kagar in die Ferne blicken und nicht auf Kastors Sideboard, das neben dem Kamin stand. Offenbar hatte Kagar einen Geistesblitz, denn seine Züge hellten sich auf und er richtete seine ganze Körperhaltung wieder Kastor zu. Selbst seine Hände fanden zurück auf den Tisch und Kagar lehnte sich leicht vor.

»Kas, wir müssen falsch liegen. Hast du nicht gesagt, dass sie vor sieben Jahren auftauchte?«, klammerte sich sein Freund an einen Strohhalm, um nicht einsehen zu müssen, dass Mirandas mit seiner dunklen Ankündigung recht hatte.

»Ist es nicht beschämend, dass ein kleines Mädchen, vielleicht zehn Jahre alt, den Glauben wahrhaft verfolgt hat, während wir es zu einer Geächteten gemacht haben?«, fragte Kastor.

Sein Freund kaute auf seiner Unterlippe herum. Er wandte seinen Blick ab und verschränkte die Arme vor der Brust. Kastor hatte seine Hoffnung gedämpft. »Ich möchte alles wissen, was du zusammengetragen hast«, entschied Kagar schließlich. Immerhin schaltete sein Freund nicht auf stur. Er hatte scheinbar noch nicht entschieden, was er mit alldem anfangen würde, aber er wollte die Entscheidung nicht aufgrund von schlechten oder sogar falschen Informationen treffen – das sah Kastor in seinen Augen und das rechnete er ihm hoch an. Doch jetzt, da sein Freund zu demselben Schluss gekommen war, jetzt da er ganz offensichtlich nicht verrückt war, da würde er sich nicht mehr davon abbringen lassen, das zu tun, was getan werden musste. Egal ob Kagar an seiner Seite stand oder ihm gegenüber.

»Du weißt bereits, dass es vor sieben Jahren begann und man sie damals das Herz nannte. Ihre Güte und Wärme wurden gepriesen und man erzählte sich von ihr, weil sie das war, was die Menschen eigentlich im Glauben suchten. Eine ehemalige Hure vertraute mir an, dass das kleine Mädchen, das allen half, damals im Nordviertel lebte. Sie scharte andere ihres Alters um sich, die sie unterstützten, denn der Bedarf war groß unter den Armen. Diese Hure vertraute mir an, dass das Mädchen erst jemandem außerhalb der ärmsten Viertel auffiel, als es ein anderes aufnahm, das wegen Diebstahls gehetzt wurde.« Kastor nahm einen Schluck seines Weins und genoss die herbe erdige Note dieses Tropfens. Kagar ahmte die Handlung nach, was ihm verriet, dass sein Freund konzentriert und innerlich aufgewühlt war.

Sie hatten als Krieger so einige Strategien gelernt, das Gegenüber zu lesen und selbst dabei so wenig wie möglich preiszugeben. Das Spiegeln war ihnen allen dabei in Fleisch und Blut übergegangen, um nicht durch intuitive Handlungen etwas preiszugeben, was das Gegenüber nicht wissen sollte und Kagar spiegelte gerade sein Verhalten. Kastor fragte sich, ob Kagar einfach nur unsicher war oder tatsächlich etwas aktiv vor ihm verbergen wollte.

»Dann musste das Netz des Mädchens größer geworden sein, denn kurz darauf hörte man von *sicheren Bars*, die Bars der Barmherzigkeit, von denen ich dir vorhin erzählt habe, in denen jeder willkommen war, der Nächstenliebe und Barmherzigkeit achtete. Zu etwa diesem Zeitpunkt muss sie ihr Netz an Kämpfern aufgebaut haben, denn bis alle gelernt hatten, dass in den sicheren Bars diese Regeln wirklich durchgesetzt wurden, hat es einige blutige Auseinandersetzungen gegeben. Das war die Zeit, in der man sie das Licht nannte. Kurz darauf bekam sie den Namen Hoffnung. Sie hatte einen fairen Handel fernab der Zölle der Reichen aufgebaut. Eine Handelsstraße, die offenbar von Kindern geleitet wurde. Es ging vielen dann besser, bis die schwarze Seuche die Stadt heimsuchte. Während der Seuche gab man ihr den Namen Retterin. Keiner konnte mir dazu genaue Informationen geben. Jeder Bericht malte ein übertriebenes Bild: Sie soll nicht nur Hospitäler für Arme eingerichtet haben, sondern auch freiwillige Heiler aus dem Haus der Heiler des Ordens beschäftigt haben, die den Armen bei der Bekämpfung der Seuche halfen. Sie soll Flugblätter mit Informationen über die Seuche verteilt haben, für den Fall, dass man sich keine Behandlung im Hospital leisten konnte. Und das sind nur die Dinge, die ich mehrfach gehört habe. Man dichtete ihr heilende Gaben an, sie hätte Kinder vorm Sterben gerettet, und noch weit abstrusere Dinge. Zu dem Zeitpunkt war sie meiner Schätzung nach fünfzehn. Ein Jahr später, als die Stadt sich weitestgehend erholt hatte, begehrte sie zum ersten Mal gegen Urteile des Ordens auf. Urteile, die für Außenstehende gerne mal ungerecht und menschenfeindlich ausgesehen haben könnten. Da bekam sie den Namen Rebellin. Da wurde der Orden auf sie aufmerksam und kurz darauf bekam sie den Namen Ketzerin.«

»Das klingt alles so absurd. Beinahe als wäre sie ein Übermensch. So viel kann doch keiner leisten und dabei auch noch so altruistisch sein. Zumindest kein Einzelner. Könnte es nicht sein, dass es sich eigentlich um eine Gruppe handelt und dein Gossenmädchen nur eine dieser Gruppe ist? Hat man die große Ketzerin denn jemals gesehen? Hat irgendjemand sie schon mal zu Gesicht bekommen?«, gab Kagar zu bedenken und hatte damit nicht ganz unrecht.

»Wann immer ich nach ihrem Aussehen gefragt habe, habe ich die unterschiedlichsten Beschreibungen bekommen. Entweder weiß keiner, wie sie aussieht, oder sie schützen sie. Wenn ich meine Hilfe anbot, erklärte man mir, dass ich den Menschen in meiner Umgebung helfen sollte, dann würde ich auch ihr bei ihrer Arbeit helfen. Wenn ich Worte in Richtung Aufstand sprach, wurde mir erklärt, dass dies der falsche Weg sei. Man dürfe sich nicht von

Ungerechtigkeit zu derselben bringen lassen. Man solle solchem Unrecht mit Größe und Barmherzigkeit begegnen, nur so komme man aus dem Teufelskreis aus Hass und Blut heraus.«

»Das kling nicht gerade nach einer Rebellin.«

»Nein, eher nicht.«

Kagar schüttelte seinen Kopf und nahm sein Weinglas vom Tisch. Er lehnte sich zurück, überschlug wieder seine Beine und nippte dann an seinem Wein. Er hatte das Spiegeln aufgegeben. Welche Worte auch immer das ausgelöst hatten, aber sein Freund wirkte jetzt ruhiger.

»Wie genau sahen diese Nachforschungen aus?«

»Ich habe einige der sicheren Bars besucht. Als Bettler natürlich. Ich habe immer etwas zu essen und eine Schlafstätte bekommen. Nie wurde ich weggeschickt, obwohl deutlich ist, dass sie selbst nicht viel haben. Sie alle leiden Hunger und doch helfen sie einem Bettler. Ich weiß nicht, wie sie die Menschen so berühren konnte. Aber ich weiß, dass ich es herausfinden muss«, schloss er.

Kagar rieb sich mit seinen Fingern über seine Lippen und sein stoppeliges Kinn. Dann stellte er sein Weinglas ab und sah Kastor fest, aber ruhig und ohne jede Wertung an. »Du bist dir der Gefahr bewusst, Kas. Das sehe ich. Ebenso sehe ich, dass ich dich nicht aufhalten kann. Ich wünschte, ich könnte es, weil ich große Angst vor dem habe, was du lostrittst. Ich habe Angst vor dem, was dir passieren wird. Aber ich kann keine Worte finden, mit denen ich dich abhalten könnte.«

»Und Taten?«, fragte er nach, um herauszufinden, ob Kagar versuchen würde ihn aufzuhalten.

»Nein, mein Freund. Ich weiß nur noch nicht, ob ich an deiner Seite stehen, oder deine Nähe von nun an meiden werde. Ich weiß nicht, ob ich mutig genug bin, dir beizustehen«, gestand er.

Kastor nickte. »Ich hatte Monate, die mich auf heute vorbereitet haben. Du nur Minuten. Ich verlange nicht, dass du jetzt schon weißt, wie du handeln wirst. Aber ich musste mich jemandem anvertrauen, musste wissen, ob ich verrückt bin. Diesen Schritt zu gehen, das ist keine Kleinigkeit.«

»Wahrlich nicht. Da stimme ich dir zu«, brummte er.

»Ich werde wohl morgen wieder hinausgehen. Ich habe vor sie zu suchen. Wobei ich tatsächlich glaube, dass sie mich finden wird, ehe ich ihr auch nur nahe komme.«

»Wie alt denkst du, ist sie?«, wollte Kagar wissen.

»Vielleicht achtzehn. Der Hunger hat sie sehr dünn gemacht. Aber ihre Augen sprechen von mehr Reife, als ihr Körper vermuten lässt. Sie könnte körperlich problemlos als sechzehn durchgehen«, gestand er.

Kagar runzelte seine Stirn. »So jung? Was für Narren wir bisher waren.«

Kastor nickte. Das waren sie und nicht nur in Bezug auf das Alter dieser Frau. Diese Hure, sie hatte ihm noch etwas erzählt. Etwas, was ihn schwer beschämte, aber was er nicht preisgeben wollte, weil es, wenn es stimme, allein ihr Geheimnis war, und nur sie sollte es jemals verraten, kein anderer. Aber er wusste es und es verfolgte ihn in der Nacht. Es verfolgte ihn bis in seine Träume.

Kapitel 3

Eloise schlug ihre Augen auf und blinzelte in der Dunkelheit. Ihr Blick war nach oben gerichtet gegen den tiefhängenden Holzboden der sicheren Bar, in deren Keller sie lag. Hier unten war es angenehm kühl, ganz im Gegensatz zu draußen in den engen Straßen des Nordviertels. Das tropische Klima machte ihre dürftige Kleidung und den Mangel an Wohnungen allerdings nicht so schlimm. Dennoch konnten die Nächte kalt werden und in einer kurzen Spanne des Jahres war selbst der Tag bitter kalt. Diese Winter waren zwar immer nur kurz, forderten aber jedes Jahr einige Leben.

Sie merkte, dass sie nicht allein war. Erst verfiel ihr Körper in den Angriffsmodus, doch dann entdeckte sie Mac, dessen Hand immer noch an ihrem Oberarm lag. Er hatte sie wohl geweckt. So müde wie sie war, musste es noch mitten in der Nacht sein.

»Bertie und Willi sind in Sicherheit. Wir haben sie aus der Stadt geschleust. Ein Hofgut eine Meile vor der Stadt, im nördlichen Teil der alten Ruinen. So können ihre Kinder sie besuchen und sie müssen in keiner anderen Stadt leiden, in der es keine Samariterin wie dich gibt«, berichtete Mac, als er sah, dass sie wach war.

Sie richtete sich auf und Mac ließ ihren Oberarm los. Eloise nahm den zerschlissenen Pulli neben der Matratze und schlüpfte hinein. Ihren Mantel, den sie als Decke genutzt hatte, schob sie beiseite und setzte sich in den Schneidersitz ihrem Freund zugewandt.

»Du hättest mir ruhig eine Nachricht zukommen lassen können, dass es dir gut geht. Als sich die Menge auf dem Markt aufgelöst hat, bist du einfach verschwunden«, brummte er und blickte auf den Boden. Er war unsicher und wütend. Vermutlich war er sogar verletzt, dass sie ihn nicht beruhigt hatte. Ihn nicht hatte wissen lassen, dass es ihr gut ging.

Sie lächelte sanft. Sie strich über seinen Arm, der jetzt auf der Matratze aufgestützt war. Er saß an der Kante und schaute in den Raum. Das alles hier und ihre Nähe, ohne ihr wirklich nah zu sein, kostete ihn mehr als sie beide zugeben wollten. Das wurde ihr in Momenten wie diesem besonders schmerzlich bewusst.

»Ich bin nach Hause gekommen, wie du gefordert hast und die Mäuse wussten, wo ich bin«, erwiderte sie.

Sie hatte darüber nachgedacht, ihn wissen zu lassen, dass sie sicher war, aber sie hätte ja auch sonst niemandem Bescheid gegeben. Und wenn sie es bei ihm täte, wäre dies zu nah an einer Beziehung.

Außerdem musste man, wenn man ein Geist war, diesem Bild auch gerecht werden. Man konnte schon nicht überall gleichzeitig sein. Wenn man aber ein Geist war, reichte oft die Möglichkeit, dass man gleich auftauchen könnte, aus, um Personen von Dummheiten abzuhalten oder eskalierende Situationen mit einer entsprechenden Erinnerung an diese Möglichkeit zu lösen. Sie beide wussten das, denn Mac hatte es ihr schließlich erklärt.

»Die Mäuse mögen mich nicht«, beschwerte er sich und wandte seinen Blick ab.

»Daran bist du ganz allein schuld«, erinnerte sie ihn.

Mac schnaubte nur die Wand an. Natürlich wusste er das selbst.

Sie seufzte. »Du warst einmal wie sie. Wir beide waren es, als wir mit alldem anfingen. Wir waren auch Waisen genauso arm und vielleicht noch ein bisschen hungriger. Warum fällt es dir so schwer, sanfter zu ihnen zu sein?«

Wieder bedrängte sie der Gedanke, dass ihre Zeit bald um wäre, und so kam das Bedürfnis auf, sie alle sicher unterzubringen, ihre Mäuse, Melli und auch Mac. Melli und Mac waren im zweiten Jahr zu ihr dazugestoßen und zwei von nur wenigen, die die schwarze Seuche überlebt hatten. Sie begleiteten sie schon so lange.

Melli aber gehörte inzwischen eine sichere Bar, unter deren Boden sie sich gerade befanden. Vermutlich hatte Mac so erfahren, wo sie war. Melli und er waren schließlich seit langer Zeit befreundet. Nur hatte sie inzwischen geheiratet und Kinder bekommen, sie war untergebracht und würde durch Eloises Verschwinden nicht zu sehr erschüttert werden. Mac allerdings war da anders. Ebenso wie ihre Mäuse. Natürlich hatte sie einen Notfallplan, aber sie wünschte sich mehr für ihre Engsten tun zu können.

»Ich war wie sie. Genau darum geht es. Diese Zeit damals …« Er ließ den Satz unvollendet. Aber er brauchte ihn auch nicht zu Ende zu bringen. Eloise war selbst wie sie gewesen.

Keiner von ihnen wollte an diese Zeit erinnert werden, an die Zeit davor. An die Einsamkeit und den Schmerz. Der Kampf ums blanke Überleben tagein, tagaus, das wollte niemand mehr ertragen und niemand wollte daran erinnert werden, was sie alle für das Überleben getan hatten. Zu was sie aus Überlebenswillen bereit gewesen waren. Der Hunger war der grausamste Antrieb, den es im Leben gab. Er kannte beinahe keine Grenzen. Man tat Dinge … so grausame Dinge …

Es entstand ein Schweigen, in dem sie beide ihren eigenen grausamen Geheimnissen aus dieser dunklen Zeit nachhingen.

»Keiner weiß es, aber man munkelt in den Bars bereits, dass du es warst. Erst recht, da Bertie und Willi offensichtlich aus der Stadt gebracht wurden«, durchbrach er die Stille. Er wollte das Thema wechseln und sie ließ das gerne zu. Auch sie wollte nicht in dieser dunklen Vergangenheit schwelgen.

Sie nickte nur. Damit hatte sie gerechnet.

»Lis hat den hier gebracht«, murmelte er jetzt und lieferte ihr endlich den Grund, weshalb er sie geweckt hatte. Immerhin hätte er ihr auch morgen noch von Berties und Willis neuer Bleibe und den Gerüchten in den Bars erzählen können.

Er gab ihr einen Brief und sah interessiert auf den Umschlag. Offenbar hatte er nicht gelesen, was drinstand, denn der Brief war noch verschlossen.

Eloise nahm das Papier entgegen und öffnete den zugeklebten Briefumschlag. Zwar hatte ihr Lis das Lesen und Schreiben beigebracht, aber die Notizen in Geheimcodes zu verbergen, war ihre eigene Idee gewesen, und sie hatte mit Lis auch das geübt.

Sie riss den Umschlag auf, entfaltete das Papier darin und las die Nachricht, die aus einer Kombination aus Symbolen, strichen und Zahlen bestand. Die Symbole standen für Eigennamen, dort war eine Sonne, die Eloise selbst darstellte und ein Schwert für den Mann mit Herz. Die Striche ergaben Verben und die Zahlen konnten zu Worten zusammengesetzt werden, indem man das Alphabet bei E begann und dem E die 1 zuordnete. Einen Moment lang starrte sie auf die Zeilen. Dann las sie die Worte noch mal und musste einfach ungläubig auflachen.

»Was ist?«, fragte Mac unsicher. Ihr Lachen hatte ihn beunruhigt. Zu Recht.

Die Tränen liefen ihr einfach die Wangen hinunter. Sie konnte gar nicht sagen, wieso sie gerade weinte. Auf der einen Seite war es erleichternd, dass der Tag, vor dem sie sich lange gefürchtet hatte, endlich gekommen war – was absurd schien, weil dieser Tag vermutlich ihren Tod bedeutete. Auf der anderen Seite hatte sie bittere Angst vor dem Ende. Nicht davor, dass es endete, sondern *wie*.

Würden sie grausam mit ihr sein? An ihr vielleicht sogar ein Exempel statuieren? Sie sollte traurig sein, dass sie nun keine Zukunft mehr hatte, aber schon das, was ihr bisher an Zeit geschenkt worden war, hatte sie nicht erwartet und war daher um jeden Tag froh gewesen. Sie war so aufgewühlt und durcheinander. Kein Gedanke und keine Emotion ergaben für sie gerade Sinn. Da stand es, in klaren kurzen Formulierungen. Und sie konnte nur auf das Papier starren und keine Ordnung in ihre Gedanken oder Gefühle bringen. Wüsste sie es nicht besser, würde sie behaupten, sie habe gerade einen Schock.

»Was ist los?«, fragte er nun drängender.

»Man weiß, wer ich bin.« Fünf kleine Worte. Fünf Worte, die ihr Ende bedeuteten.

Seine Augen weiteten sich. Er sprang auf seine Beine, fuhr sich durch die Haare, bevor er begann im Raum auf und ab zu laufen und vor sich hin zu murmeln, auf der Suche nach einer Lösung. Aber sie wusste schon, dass es keine gab. Eloise hatte sich schon oft mit dem möglichen Ende auseinandergesetzt. Sie hatte es gemusst. So vieles hatte sie angestoßen und bereits bewegt. Dinge, die zerstört werden könnten, wenn sie einmal vom Orden erwischt und dann als Ketzerin hingerichtet würde. Deshalb hatte sie sich weit mehr als einmal mit diesem Szenario auseinandergesetzt. Aber jetzt … jetzt da der Moment gekommen war … da wünschte sie sich für einen kurzen Augenblick, dass sie nicht sterben musste, dass es irgendeinen Ausweg gab. Durch das tiefe Fenster seitlich am oberen Ende der Kellerwand sah sie in die pechschwarze Dunkelheit der Nacht. Gedämpft erklang das nahe Krächzen eines Papageis. Ob es ein danach gab?

»Wer?«, blieb Mac wie angewurzelt stehen.

»Wie, wer?«, fragte sie irritiert nach. Sie war so mit ihren Gedanken abgedriftet, dass sie vollkommen den Faden verloren hatte.

»Wer weiß, wer du bist?«, präzisierte er seine Frage. Mac sah von oben auf sie herab und zog seine Augenbrauen zusammen. Sein Blick war vorwurfsvoll. Er stemmte sogar die Arme in die Seiten.

»Der Orden«, wich sie aus und konnte nicht verhindern, dass sie ihren Blick abwandte.

»Woher weiß sie das?«, wollte er wissen.

Mit »sie« meinte er Lis; und Eloise fand die Frage auch dämlich. Woher sollte sie es schon wissen? Lis war schon seit Jahren ihre Spionin innerhalb des Ordens. Natürlich hatte sie gelauscht. Sie versorgte sie hier gerade nicht zum ersten Mal mit wichtigen Informationen.

»Du hast recht. Wenn sie herausgefunden haben, wer die große Ketzerin ist, dann weiß es natürlich der ganze Orden«, beantwortete Mac seine eigene Frage.

Na ja. Ganz so war das nicht. Lis hatte nur den Omni mit dem Herzen belauscht. Dass er es wusste, hatte sie schon geahnt. Vorhin in der Gasse, da war es, als wäre alles zwischen ihnen klar gewesen. Aber er hatte keinerlei Anstalten gemacht, sie in Gewahrsam zu nehmen.

Lis glaubte nicht, dass er vorhatte sie zu verhaften. Aber was sollte der Omni sonst vorhaben? Außerdem kannte Eloise den Inquisitor Vapor sehr gut. Er hasste den Mann mit Herz, fast genauso sehr wie er sie hasste. Er würde ihn ausspionieren, da war sie sich sicher und so über kurz oder lang herausfinden, was auch der Omni schon wusste. Sie war nicht mehr sicher. Sie hatte es ja gewusst. Sie musste ihn aufsuchen und herausfinden, was da vor sich ging.

»Mac«, begann sie ruhig. »Du und ich haben bereits darüber geredet. Je häufiger ich tätig werde, desto höher steigt die Wahrscheinlichkeit, dass sie herausfinden, wer ich bin«, erinnerte sie ihn.

Er biss seine Zähne zusammen. »Gilt noch, was du damals von mir verlangt hast?«, wollte er wissen und Eloise hielt seinem bohrenden Blick stand. Er kannte die Antwort. Auch wenn er sie nicht wahrhaben wollte, so kannte er sie doch ganz genau. Deshalb schwieg sie und hielt lediglich seinem Blick stand. Manchmal war es besser, das Offensichtliche nicht noch einmal auszusprechen. Manchmal war ein einfacher Blick der Standhaftigkeit ein viel deutlicheres Signal und dadurch auch wirkungsvoller.

»Ich hasse dich manchmal so sehr, dass es mir körperlich wehtut«, warf er ihr vor.

Sie lächelte gequält. Das wusste sie. Aber ändern konnte sie es nicht. Sie hatte *die Sache* immer und immer wieder über sich selbst gestellt und war dabei von Anfang an absolut konsequent gewesen, was ja auch der Grund war, weshalb sie sich schon mit dem Szenario, das nun auf sie wartete, auseinandergesetzt hatte. Daher würde sie sicher nicht ausgerechnet jetzt anfangen sich über *die Sache* zu stellen. Das Wohl vieler war nun mal wichtiger als das Überleben eines Gossenmädchens.

»Du könntest fliehen.«

»Nein«, war die einfache Antwort.

»Wenn sie dich öffentlich hinrichten ...«

»Wirst du an meiner Stelle den Kampf weiterführen. Die Mäuse brauchen Hilfe, den anderen zu helfen. Ihr alle wisst, was im Falle eines Falles zu tun ist. Ich habe euch darauf vorbereitet. Von Anfang an«, erinnerte sie ihn.

»Wieso nimmst du das so locker hin?«, fragte er aufgebracht und warf sogar seine Hände in die Luft. Mac war vollkommen aufgewühlt

Eloise zuckte mit den Schultern. »Ich weiß nicht. Vielleicht, weil ich wusste, dass der Tag kommen würde«, überlegte sie.

»Ich weiß nicht, ob ich das kann«, murmelte er.

»Nicht um mich kämpfen?«, fragte sie mit ruhiger Stimme nach, weil sie schon ahnte, was in ihm vorging.

Mac nickte benommen. Er schluckte schwer und starrte auf seine Füße.

»Ich bitte dich darum. Die Menschen brauchen dich. Du kennst die Netzwerke und sie kennen dich. Die Stadt braucht dich«, rief sie ihm die Gründe ins Gedächtnis.

»Die Stadt braucht dich!«, schlug er ihr zornig entgegen.

»Nein«, lachte sie. »Die Stadt braucht Hoffnung und die Menschen brauchen einander. Beides Dinge, die auch mein Geist ihnen geben kann, solange da einer ist, der meinen Geist hochhält.«

»Gib diese Aufgabe doch Melli«, entgegnete er trotzig und wandte sich von ihr ab. Er lief zum Fenster, dessen Scheibe bereits angelaufen und dessen Rahmen so verzogen war, dass man es gar nicht mehr öffnen konnte.

»Ich gebe sie aber dir. Du kannst sie gerne an Melli abgeben, wenn ich nicht mehr bin, aber ich gebe sie dir«, entschied sie fest.

»Warum?«

»Weil du diese Aufgabe genauso sehr brauchst wie sie dich«, gestand sie vollkommen ehrlich.

Er kannte die Strukturen und alle, die in den jeweiligen Netzwerken etwas zu sagen hatten, kannten ihn. Deshalb brauchte die Aufgabe ihn. Aber er brauchte sie ebenso sehr. Eloise hatte große Angst, dass er wieder in den alten Hass abrutschen würde und dann würde er nicht mehr lange leben. Er würde sich in eine Schwierigkeit nach der anderen bringen. Er musste etwas zu tun haben, etwas, das ihm genug Hoffnung gab, um weiterzumachen wie bisher.

Er setzte sich resigniert an Ort und Stelle auf den Boden. Mit schmerzverzerrtem Gesicht lehnte er sich an die kalte Kellermauer und zog die Beine an.

»Das ist nicht fair.«

»Das Leben ist nie fair.«

Er schnaubte. Einen Moment lang schwiegen sie beide. Einen Moment lang erwogen sie beide, wer von ihnen sturer war, wer den größeren Willen hatte. Dann kroch er näher und legte seinen Kopf in ihren Schoß. »Ich sterbe, wenn du stirbst. Innerlich wird mich das töten. Das weißt du, oder?«, murmelte er und drückte ihre Wade, auf der seine Hand lag.

Sie spürte, wie ihre Wade feucht wurde. Er weinte. Vielleicht hatte sie unterschätzt, wie viel ihr Tod ihn kosten würde. Vielleicht war das aber auch eine ganz natürliche Reaktion, wenn man einen geliebten Menschen verlieren würde. Mac würde zurückbleiben mit dem Schmerz und all den Herausforderungen. Ihr wurde bewusst, wie unfair das war. Sie hatte bisher immer nur ihre eigenen Emotionen diesbezüglich gesehen. Mac zeigte ihr gerade sehr deutlich, dass es auch ihn traf. Er zeigte all seinen Schmerz. Das trieb auch ihr nun die Feuchtigkeit in die Augen. Sie hatte immer gehofft, dass sich Mac irgendwann an jemand anderes hängen würde, wie Melli es getan hatte. Eloise hatte seine Nähe nie gesucht, seine Sehnsucht nie gestillt, obwohl es eine Zeit gegeben hatte, in der ihre Sehnsucht seiner entsprach. Und doch hatte sich Mac nie abgewandt und sein eigenes Glück gesucht. Er war immer bei ihr geblieben und hatte nie verborgen, wie er fühlte. Sie war seine Sonne, so hatte er es immer wieder gesagt. Ohne sie würde er eingehen wie eine Pflanze, der das Licht entzogen worden war.

Eloise streichelte sein kurzes, strubbeliges Haar und ließ ihn trauern. Wenn er jetzt trauerte, war er vielleicht eher bereit stark zu sein, wenn er es musste. Sie wusste nicht, was die nächsten Tage bringen würden, nur dass es wilde Tage werden würden und dass danach alles anders sein würde. Man hatte sie enttarnt. Etwas, mit dem sie viel früher gerechnet hatte. Vorurteile waren es, die sie bisher vor der Entdeckung geschützt hatten. Natürlich musste es einer von den Guten sein, der das Geheimnis letztlich lüftete.

Das Leben war allzu oft ironisch. Sie hatte sich schon lange davon verabschiedet, auf die Gerechtigkeit zu warten, die jemand wie sie verdient hatte. Das Leben schenkte einem nichts. Wenn man Gerechtigkeit wollte, musste man selbst dafür sorgen. Erst hatte sie Selbstjustiz geübt, aber dann hatte sie begriffen, dass das nur eine weitere grausame Form von Qual war, eine, der man sich selbst auslieferte.

Selbstjustiz war keine Form der Gerechtigkeit, sie sah nur so aus. Eloise hatte das am eigenen Leib erfahren und daraus gelernt. Die bittersten Lektionen hielt immer das Leben selbst für einen bereit. Daher hoffte sie auf gar nichts. Sie sorgte dafür, dass die Dinge ein bestmögliches Ende nahmen. Nicht selten scheiterte sie dabei, aber ebenso oft sorgte sie für ein gutes Ende wie heute auf dem Marktplatz. Deshalb hatte sie von Anfang an dafür gesorgt, dass alle vorbereitet waren. Jeder, der sie kannte, die Barbetreiber, die Händler, die Vögel der Handelsstraße und die Mäuse in den Tunneln. Sie alle kannten den Plan für *danach*. Keiner wollte ihn wahrhaben, aber sie kannten ihn.

Es würde weitergehen, wenn sie nicht mehr war. Nur deshalb verfiel sie gerade nicht der Verzweiflung. Sie hatte eines Tages entschieden, dass *die Sache* größer war und mehr wert als ihr Leben. An diesem Tag hatte sie den Plan für danach entworfen und dann eine Grenze überschritten: Sie war zum ersten Mal selbst aktiv geworden.

Dieser Tag war der schönste und schrecklichste zugleich gewesen. Es war der Tag, an dem ihre Sache zum ersten Mal in greifbare Nähe gerückt war, an dem all die Dinge, die sie angebahnt hatte, Wirklichkeit geworden waren. Aber auch der Tag, an dem sie bewusst entschieden hatte, dass der Tod eine mögliche Konsequenz war, die sie in Kauf nahm. Und zwar kein ruhiger Tod, sondern eine Tortur in der Öffentlichkeit, eine Hinrichtung zur Abschreckung. Das zu begreifen war furchtbar gewesen und angsteinflößend, aber es hatte den Erfolg nicht geschmälert, der seither mit ihren Taten einherging.

Die Menschen glaubten und hofften, sie waren warm und barmherzig miteinander. So ungerecht das Leben auch zu ihnen war, sie ließen sich davon nicht mehr unterkriegen. Das Leben zerstörte in dieser Stadt niemanden mehr, weil sie einander auffingen. Grausamkeit war zu ertragen, wenn sie Nächstenliebe und Barmherzigkeit begegnete.

Den Rest der Nacht verbrachten sie in dieser Position. Mac lag in ihrem Schoß und sie streichelte durch sein Haar. Es beruhigte sie beide, dieser Moment, und so schwiegen sie und ignorierten die Welt und das, was morgen kommen würde.

***

Mia schlenderte durch die alte Ruine, an deren Rand ihre Stadt irgendwann einmal entstanden war. Sie waren noch vor Sonnenaufgang losgegangen. Warme Sonnenstrahlen tauchten die die verwitterten Steine der Ruinen in das sanfte Hellgelb des Morgens. Sie mochte das warme Rot des Abends lieber, aber dieses helle Gelb erfrischte und motivierte sie für den Tag.

Wie immer waren sie durch die Tunnel des alten Schienennetzes hierhergelangt und dann durch einen Schacht, eine alte Metallleiter hinauf an die Oberfläche gekommen. Sie hatten vor einiger Zeit begonnen die alte Stadt strukturiert nach brauchbaren Ressourcen abzusuchen, Ruine für Ruine. Im heutigen Suchtrupp begleiteten sie fünf Mäuse, eine davon war Leanne.

Seite an Seite liefen sie gerade zu dem großen Platz, von dem aus sie ihre Suche begonnen hatten. Der Platz war groß und rechteckig. Breite Häuserschluchten liefen von diesem Platz aus in die verschiedenen Himmelsrichtungen. Der Platz war übersichtlich und sie hatten einfach Häuserschlucht für Häuserschlucht abgearbeitet.

Manche von ihnen endeten früh, weil ein Gebäude eingestürzt war und der Schutt ihnen den Weg versperrte. Andere hatten viele Abzweigungen. Aber durch die große offene Fläche und den letzten stehen gebliebenen Turm weit und breit, war der Platz einfach gut zu finden und eine geniale Orientierung. Man musste nur auf einen Geröllhaufen klettern und schon konnte man diesen seltsam spitzen Turm mit den lächerlich vielen Verzierungen erblicken. Der spitz zulaufende Turm ragte weit über die anderen Gebäude hinaus. Es sah aus, als hätte jemand immer kleiner werdende Rechtecke aufeinandergestapelt und schließlich erst einen Zylinder und dann einen Kegel oben draufgesetzt. Im letzten rechteckigen Gebäudestück prangte eine gigantische Uhr mit seltsamen Strichen anstelle von Zahlen.

Mia mochte diesen Turm. Er zeigte ihr, was die Menschen vor der großen Katastrophe vollbracht hatten. In diesem Turm waren die Schieben zwar alle zerbrochen und an der einen Seite fehlte ein Stück, als hätte ein gigantischer Hund ein Stück herausgebissen, aber es war auch so feine Arbeit im

Stein und das Glas war wunderschön bunt und stellenweise bildete es Menschen ab. Es war so kunstvoll, wie Mia nichts Vergleichbares kannte. Sie hatte schon in den Häusern der Reichen buntes Glas gesehen, aber nicht als Fensterscheibe.

»Wer beschattet ihn heute?«, wollte Leanne von ihr wissen, als sie gerade von dem holprigen Weg auf den Platz traten. Früher einmal war der Weg sicher eben gewesen, aber überall war aus dem Teer der Straße und zwischen den Steinen am Rand der Straßen die Natur durchgebrochen. Wurzeln und allerlei Pflanzen hatten sich das Grau der Stadt zurückerobert.

»Luke«, antwortete sie ruhig.

Leanne nickte und schaute sich dann auf dem Platz um. Sie versuchte sich offenbar zu orientieren, denn ihr Blick schweifte über den Platz, an dessen Rand nur noch der große Turm halbwegs erhalten geblieben war. Die anderen Gebäude waren zum Teil, oder sogar ganz eingefallen.

»Denkst du, er wird etwas Dummes tun?«, fragte sie besorgt.

»Nein, ich glaube, wir konnten ihn überzeugen.«

»Gut.« Mehr sagte Leanne nicht und gab auch sonst keine Regung, die Mia ihre Gedanken hätte verraten können. Sie lief weiter und Mia und die anderen vier folgten der jungen Maus.

Mia konnte Leanne nie so ganz einschätzen. Das Mädchen wirkte mit seinem blonden Haar, den strahlend blauen Augen und mit den runden und kindlichen Gesichtszügen eigentlich zu lieblich, zu sanft. Man sah ihr ihre innere Stärke nicht an. Absolut nicht. Ein Außenstehender würde Leanne vermutlich schön nennen … und sie unterschätzen.

»Welches ist heute dran?«, wollte die junge Maus wissen.

»Das dritte Gebäude auf der rechten Seite.«

»Das mit diesem riesigen runden Fenster?«, fragte Leanne aufgeregt und drehte sich mit glänzenden Augen zu Mia um.

»Genau das.« Mia lächelte, denn das kleine blonde Mädchen hüpfte vor Freude und rannte los.

Erst hatte Leanne gemosert und gemotzt, dass sie heute nicht in den Hafen durfte. Sie liebte nichts so sehr wie die Arbeit im Hafen. Aber Mia hatte sich daran erinnert, dass Leanne damals bei ihren ersten Erkundungen in den Ruinen unbedingt in dieses Gebäude gewollt hatte, und deshalb ihre große Schwester gebeten, Leanne heute für den Sammeldienst einzuteilen.

Als Mia mit den anderen vier in die Gasse trat, stand Leanne bereits hundert Schritte entfernt vor dem Gebäude. Ihr Blick war nach oben gerichtet, hinauf zu dem runden Fenster, das noch zu etwa zwei Dritteln erhalten war. Die junge Maus stand auf einem Steinhaufen, der Teil des Geröllberges des Hauses auf der gegenüberliegenden Straßenseite war.

Mia hielt einen Moment inne und sog den Anblick in sich auf, während die anderen vier schon zu Leanne aufschlossen. Sie liebte diese Häuserschlucht wie keinen anderen Teil der großen Ruinen. Am Anfang der Straße standen die Häuser relativ eng, zumindest die Wände, die nicht eingefallen waren, hier waren nur so etwa zwanzig Meter zwischen den Häusern. Es gab natürlich engere Schluchten, aber von denen war keine mehr begehbar.

Das, was einmal der Weg zwischen den Häusern gewesen sein musste, war aufgerissen. Ein schmaler Fluss mit blaugrünem Wasser schlängelte sich zwischen den Häusern entlang. Das leise Plätschern beruhigte Mia. Es holte sie aus ihrer alltäglichen Anspannung, die der tägliche Überlebenskampf unweigerlich in ihre Muskeln trieb. Das Geräusch des leise plätschernden Wassers, wenn der Fluss über die Steine der ehemaligen Straße gurgelte, brachte sie an einen Ort weit weg vom Hunger des Alltags.

Die Teile des Weges, die nicht als Flussbett dienten, erinnerten nicht einmal mehr an den ursprünglichen Weg wie auf dem Platz. Allerdings waren überall verstreut die Zeugnisse des Lebens vor der großen Katastrophe. An der Stelle, an der der Fluss direkt links an der Häuserfront entlangfloss, war von dem Stein der Häuserwand nichts mehr übrig. Es sah aus, als hätte das Wasser alles um die großen Metallstreben weggespült. Doch das Metall war vollkommen rostig, hatte allerdings noch diese seltsame Form eines Rechtecks, das in der Mitte dünner war als an den Rändern.

Rechts lagen auf gewölbtem Boden Teile von Gebäuden. Sie hatten hier ein seltsames Metallding mit zwei Rädern gefunden. Es hatte Griffe vorne und einen Sitz weiter hinten. Sie hatten schon oft überlegt, was das gewesen sein könnte. Sicher eine Art Fortbewegungsmittel. Vielleicht wurde es ja genauso bewegt, wie die Wagen unter der Erde in den Tunneln.

Aber am meisten mochte Mia das ganze Grün. Überall hatten die Pflanzen den Stein durchbrochen und überdeckt. Am Boden sprossen mittelgroße Bäume aus den Ritzen im Stein. Die Häuserwände, die noch standen, waren zu großen Teilen überdeckt mit Moosen, Farnen und anderen Pflanzen. Manche Bäume wuchsen auch direkt aus einer Häuserwand. Ihr Blick wanderte immer höher, als sie das ganze Grün auf sich wirken ließ. Weder in den Tunneln noch in der Stadt gab es wirklich viel Grün. Diese Häuserschlucht war Mias persönliches Paradies. Die Äste und Lianen reichten oft von einer Seite der Häuserschlucht bis zur anderen. Das Blätterdach tauchte die ganze Szenerie in ein grünliches, gedämpftes Licht.

»Mia, komm schon!«, forderte Leanne mit aufgeregt winkenden Händen.

An der Stelle, an der Mia stand, am Eingang zum großen Platz, bog der Fluss nach rechts ab und verschwand unter einer Ruine. Der Steinhaufen war so dicht, dass Mia nicht hatte herausfinden können, wohin das Wasser verschwunden war. Allerdings musste sie durch den Lauf des Flusses diesen einmal überqueren, um zu den anderen zu kommen.

Jede Maus nutzte hier einen anderen Weg. Manche nutzten den Baumstamm, der halb über das Flussbett wuchs und sprangen dann hinüber. Mutigere Mäuse nutzten eine der Lianen. Dabei waren nicht selten welche von ihnen in den Fluss gefallen, was nicht ungefährlich war, da die Strömung stärker war, als sie aussah. Und wenige, eigentlich nur Leanne und sie, hangelten eine der Metallstreben entlang, die von dem Gebäude hier am Anfang der Häuserschlucht herausgebrochen und hinübergekippt war, wo sie an der Ruine des Gebäudes rechts von ihr lehnte, unter dem der Fluss verschwand. Mia liebte es, wenn ihre Beine, so wie jetzt gerade, über dem blaugrünen Wasser baumelten. Drüben angekommen musste sie ein Stück abklettern, weil Abspringen auf dem Geröllhaufen die ersten zweimal zu Verletzungen geführt hatte. Aber Leanne und sie liebten diesen Weg und gingen ihn auch jedes Mal.

Mia lief an der rechten Ruinenreihe entlang und gelangte zu den anderen fünf. Leanne sah wieder ehrfürchtig hinauf zu dem runden Fenster.

»Was denkst du, wie sieht es von innen aus?«, fragte sie aufgeregt.

»Wir werden es gleich herausfinden.« Mia musste grinsen. Sie hatte Leanne selten so aufgeregt erlebt. Das runde Fenster hatte es der jungen Maus schon lange angetan. Sie hatte schon oft sinniert, wie es wirklich aussah. Von außen waren die Scheiben grünlich angelaufen und man konnte die Motive kaum mehr erkennen.

»Das werden wir«, rief Leanne und ging los. Gemeinsam traten sie durch einen hohen Bogen unter dem Fenster hindurch. Sie wussten schon, dass man von hier das Fenster nicht sehen konnte, man musste sicher hinein. Also stiegen sie zu fünft den Teil der Treppe hinauf, der noch erhalten war. Sie traten durch eine aus den Angeln gebrochene Holztür und dann auf ein Podest aus Stein. Der Raum war hoch und es führten weitere Treppen von hier aus weg. Leanne drehte sich um und schaute hinter sich. Mia ahmte das sofort nach, doch da war nur eine Steinwand.

»Wir müssen nach da oben.« Leanne zeigte auf ein Geländer aus Stein. Die anderen stimmten ihr zu und Leanne war schon dabei, die erste Treppe hinaufzueilen, als Mia sie zurückpfiff.

»Zusammenbleiben! Du weißt, die Ruinen sind nicht immer stabil.«

Leanne verzog ihr Gesicht, wartete aber brav auf ihre Mitmäuse. Als sie alle auf der kleinen Ebene angekommen waren, auf der Leanne gewartet hatte, schauten sie sich erst einmal um und versuchten die Stabilität der weiteren Stufen zu beurteilen. Von hier aus führten zwei weitere Treppen hinauf zu der Ebene mit dem Steingeländer. Eine Treppe links herum, die andere rechtsherum. Sie wollten nach rechts, doch diese Treppe hatte Löcher und ein Teil war weggebrochen. Das war eigentlich nie gut bei Treppen. Die linke Treppe sah besser aus.

»Was denkst du?«, wollte Laura von Mia wissen. »Die rechte sieht nicht gut aus.«

Mia nickte zustimmend.

»Dann links rum?«, fragte Laura weiter.

»Aber ich will da hoch«, beschwerte Leanne sich. »Ihr müsst ja nicht mit!«

»Leanne!«, ermahnte Mia sie. Vielleicht war es doch ein Fehler gewesen, die Kleine mitzunehmen. Sie bekam im Hafen im Grunde immer ihren Willen. Das führte dazu, dass Leanne sich eigentlich nie jemandem unterwarf. Das machte sie unfassbar erfolgreich, aber in instabilem, gefährlichem Gebiet wie hier konnte sie das ihr Leben kosten.

»Schon gut«, murrte Leanne. »Aber ich komme da noch hoch«, entschied sie.

»Sieh mal, die Ebene mit dem Geländer scheint einmal rundherum zu gehen«, bemerkte Laura und zeigte hinter Mia. Sie drehte sich um und hatte den Eindruck, dass Laura recht hatte. Sie nickte und konnte nicht verhindern, dass Leanne sich auch schon auf den Weg machte. Da die linke Treppe relativ stabil wirkte, folgte sie Leanne bald schon nach. Allerdings achteten sie alle darauf, dass höchstens zwei gleichzeitig auf der Treppe waren.

Leanne lief voran und war schon an der ersten Raumecke angekommen, als Mia gerade als Letzte erst die Treppe verließ. »Denkt dran, weshalb wir eigentlich hier sind«, rief sie lauter, weil sie den Eindruck hatte, dass Leanne alle angesteckt hatte. Keine andere Maus achtete auf die Umgebung und auf brauchbare Materialien.

»Komm schon, Mia. Das können wir auch danach machen!«, erwiderte ausgerechnet die sonst eher ruhige und vernünftige Ayla.

Mia seufzte resigniert auf. Sie hatte keine Chance. Sie alle waren zu neugierig und hatten sich von Leannes Aufregung anstecken lassen. Sie hatten es alle sogar so eilig, dass Mia rennen musste, um zu ihnen aufzuschließen. Na gut, dann eben erst die Neugier befriedigen und dann ihre eigentliche Aufgabe erfüllen.

Leanne hielt vor einem Torbogen an und wirkte ehrfürchtig. Mia kam als Letzte vor dem Torbogen an und war gespannt, welcher Anblick sie erwarten würde.

Es war weit besser als in ihrer Fantasie. Sie standen alle fünf am Eingang in einem hohen Raum und starrten ehrfürchtig und mucksmäuschenstill vor diesem Torbogen. Der Blick gehoben und das Innere verzückt staunend. Mia wollte keinen Ton von sich geben. Der Moment hatte etwas Gewaltiges.

In die Außenwand des Gebäudes war ein riesiges rundes Fenster in die

Steinwand eingelassen. Es hatte schwarze verschlungene Ornamente und das Glas wurde von innen nach außen immer heller. Der mittlere Punkt war blutrot und nach außen hin schien das Rot zu zerfließen. Das Licht, das durch das zerbrochene Drittel fiel, war als einzelne Strahlen zu erkennen.

»Es sieht aus wie die Körperbemalung der Wüstennomaden«, flüsterte Leanne.

Leannes Worte hatten den Bann für Mia gebrochen und so machte sie endlich das, wofür sie eigentlich hergekommen waren. Sie betrachtete den Raum genauer. »Holz und Bücher«, war das schlichte Ergebnis ihrer Bestandsaufnahme.

»Das Holz sieht nicht gut aus. Zu viele Löcher, sicher schon morsch«, befand Laura und Ayla stimmte ihr zu.

»Trotzdem würde ich gerne näher ran«, gestand Leanne.

»Aber das ist zu gefährlich«, widersprach Laura. Aber Mia war sich sicher, dass Leanne das wusste. Sie hatte sehnsüchtig, nicht entschlossen geklungen.

»Ich weiß.« Leanne drehte sich um und ließ ihren Blick durch die Halle wandern. »Drei Türen, nicht viel.«

Auch Mia wandte sich von dem beeindruckenden Raum ab, nachdem sie seinen Anblick in sich aufgenommen hatte, damit sie nie wieder vergessen würde, wie das warme Sonnenlicht in gebündelten Strahlen in den Raum geschienen hatte und wie auch hier drinnen, im Gebäude, einige Pflanzen ihren Weg gefunden hatten.

»Also drei Türen, drei Teams?«, fragte sie.

»Wir sind sechs. Das passt doch«, stimmte Laura zu.

Okay, dann war das entschieden. Zwei Mäuse gingen nach rechts, weiter den Gang entlang und auf die Tür zu, an der sie noch nicht vorbeigekommen waren. Die anderen wandten sich mit Mia zurück nach links und zwei bogen in die erste Tür auf ihrem Weg ab.

Leanne und sie gingen zusammen in den letzten Raum. Die Tür war nicht verschlossen und ließ sich leicht öffnen. Der Raum war sehr staubig. Hier hatten es keine Pflanzen hineingeschafft, was an dem Mangel an Licht liegen konnte. Sie sahen kaum etwas. Die einzige Lichtquelle war die Tür.

»Na super«, motzte Leanne und trat in den Raum. Sie gab extra den Weg zur Tür frei, damit sie sich nicht selbst das Licht nahm.

Mia ahmte das Verhalten nach, denn es war klug. Dann standen sie eine Zeit lang einfach still da. Ihre Augen würden sich an die Dunkelheit gewöhnen, das wussten sie. Also warteten sie, bis es so weit war.

»Denkst du, er wird sie fangen?«, fragte Leanne plötzlich und traf Mia unvorbereitet. Einen Moment lang hatte Mia nicht einmal verstanden, wen Leanne überhaupt meinte.

»Ich denke, sie glaubt das«, gestand sie.

Mia sah eine vage Bewegung in Leannes Richtung. Sie glaubte, dass die junge Maus nickte. Aber das hatte Mia auch nicht anders erwartet. Leanne war klug und hatte die Situation längst erfasst. Das hatte sie gestern Abend schon. Das konnte eigentlich nicht der Grund sein, weshalb sie fragte. Also wartete Mia auf die Frage, die Leanne eigentlich stellen wollte.

»Denkst du, sie will das vielleicht sogar?«, fragte Leanne nun sehr leise.

Aha, das war es, was sie eigentlich wissen wollte. Und Mia verstand den Gedanken. Er war ihr auch schon gekommen.

»Ich weiß nicht«, drückte sie sich erst einmal vor einer Antwort.

»Schon klar, aber was *denkst* du?«, bohrte Leanne weiter. Sie würde Mia nicht so einfach davonkommen lassen.

»Ich denke nicht, dass sie das will. Ich wünschte, sie hätte einen großen Plan, dass sie den Omni irgendwie umdreht und mit ihm den Orden bekämpft, weil er die inneren Strukturen kennt. Ich wünschte, sie würde an einem Plan arbeiten, wie sie diese Bastarde vernichtet. Aber ich glaube es nicht. Unsere Schwester arbeitet eigentlich immer für das Gute nicht gegen das Böse.«

»Wie meinst du das?«

»Na zum Beispiel auf dem Marktplatz gestern. Sie hat dafür gearbeitet, dass Bertie nicht bestraft wird und sie und Willi freikommen. Für das Gute. Sie hätte ja auch dafür sorgen können, dass der Inquisitor im Durcheinander von der Bildfläche verschwindet. Wir alle wissen, dass er ein großer Faktor ist, der, wenn er nicht mehr wäre, uns allen das Leben erleichtern würde. Aber so etwas würde sie nie tun. Sie arbeitet nicht gegen das Böse. Sie stachelt nie den Hass an, den sie so leicht nutzen könnte, um die Grausamen loszuwerden.«

Leanne antwortete nicht sofort. Aber das verstand Mia. Es war eine große Erkenntnis, die sie gerade geteilt hatte. Es war etwas Grundlegendes an ihrer großen Schwester. Etwas, das so wirkte, als würde es das Gute eigentlich nur bremsen. Aber Mia war sich sicher, dass ihre große Schwester einen guten Grund dafür hatte. Sie war nicht so erfolgreich und groß, weil sie unbesonnen handelte oder sinnlose Dinge tat. Sie war immer vorbereitet, kam mit jedem Problem ziemlich gut klar und berührte die Menschen. Sie hatte sicher auf für diese erst mal dumm wirkende Einstellung einen guten Grund. Nur weil Mia ihn noch nicht verstand, hieß das nicht, dass es falsch war, was sie machte.

»Du hast recht«, antwortete Leanne schließlich.

Offenbar hatte die jüngere Maus darüber nachgedacht und vermutlich in ihren Erinnerungen nach Belegen für oder gegen Mias Beobachtung gesucht.

»Mia?«

Leannes Stimme war unsicher.

»Ja?« Was würde wohl jetzt kommen? Mia wusste nicht, ob sie es wirklich wissen wollte. Sie hatte Leanne eigentlich noch nie unsicher erlebt.

»Ich habe Angst«, flüsterte Leanne in die Dunkelheit.

Eine Gänsehaut bildete sich in Mias Nacken und auf ihren Armen. Leanne hatte nie Angst. Zumindest zeigte sie nie Angst.

»Wovor?«

»Vor dem Gesamtbild.«

Mia runzelte ihre Stirn. Damit hatte sie jetzt nicht gerechnet.

»Wie meinst du das?«

»Sie kämpft nicht gegen das Böse, nicht gegen den Orden. Sie will von allen Nächstenliebe und Barmherzigkeit, wie es der Orden eigentlich lehrt. Sie weiß, dass der Mann mit Herz sie fangen wird, aber sie verhindert es nicht. Sie hasst den Glauben nicht, hasst eigentlich niemanden wirklich ... Mia, was ist, wenn die Menschen das begreifen, ohne zu verstehen, warum sie das macht?«, fragte sie leise.

Dann würden die Menschen sie hassen. Sie würden sich verraten fühlen und alles, was ihre Schwester bisher erreicht hatte, würde in sich zusammenbrechen.

»Das wäre schlimm«, fasste Mia ihre Gedanken zusammen.

»Ja, das wäre es. Und alles nur, weil sie nicht verstehen würden, warum sie so handeln muss. Warum sie so ist.« Leanne klang traurig.

Mia war irritiert. »Weißt du es denn?«

Einen Moment herrschte Stille.

»Denk nach Mia, du weißt es auch«, flüsterte Leanne und wirkte dabei nicht mehr unsicher. Im Gegenteil. Sie wirkte absolut sicher. Nur schien sie nicht zu wollen, dass andere lauschten, warum sonst sollte sie immer noch flüstern?

Mia dachte nach. Aber sie kam nicht drauf. Sie hatte natürlich viele Ideen. Zum Beispiel, dass ihre Schwester vielleicht in einem Aspekt zu weich war. Oder dass sie im Grunde gläubig war und daher nicht wirklich gegen den Orden handeln konnte. Sie hatte viele Ideen, aber keine erschien ihr eine Antwort für alle Facetten zu sein, die Leanne angesprochen hatte.

»Es ist der einzige Weg, wie das alles funktionieren kann, Mia!«

»Wieso?«

»Weil man niemandem folgt, der hasst. Hass ist zwar eine mächtige Leidenschaft, von der man sich mitreißen lässt, aber sie ist das Gegenteil von Größe. Man folgt Größe, nicht einer Leidenschaft, die nichts weiter kann als zu zerstören. Nicht zu hassen, ist der einzige Weg, um führen zu können. Nicht zu hassen, bedeutet aber alle zu verstehen, zu tolerieren und zu akzeptieren.«

»Wieso weißt du das?«, entfuhr es Mia. Wie konnte bitte ein junges Mädchen auf so einen Gedanken kommen?

»Der Nomade hat es mir erklärt«, gestand Leanne.

Mia war überrascht, dass die kleine Maus mit dem Nomaden über ihre große Schwester gesprochen hatte. Aber schon nach wenigen Atemzügen wurde ihr klar, dass das gar nicht überraschend sein sollte. Leanne liebte den Nomaden. Er kam ungefähr alle drei Monate in den Hafen, um stellvertretend für seinen Stamm zu handeln und sich mit den wichtigsten Gütern zu versorgen, die ihnen ihr Lebensraum nicht bot. Leanne liebte es, den Mann auszufragen. Darüber wie das Leben in der Wüste war, über trockene Tage und kalte Nächte, über Märchen und Legenden der Nomadenstämme und so vieles mehr. Sie sprach mit ihm über beinahe alles, also warum nicht auch über die große Ketzerin.

Jetzt, da sie sich nicht mehr wunderte, drangen die Worte in ihr Bewusstsein vor. Sie hörten sich erschreckend logisch an. Mia nickte sogar unbewusst, als ihr klar wurde, dass das genau der Grund war, weshalb die Mäuse ihrer Schwester folgten. Sie hatten alle schon viel Hass in ihrem Leben gesehen und hatten alle ganz unterschiedliche Narben von diesen Begegnungen davongetragen. Narben der Haut und Narben der Seele. Hass mieden sie. Hass war vergiftend und zerstörerisch, da hatte Leanne recht. Sie folgten ihrer Schwester, weil sie nie hasste. Sie milderte die Narben, weil sie verstand. Wie hatte ein Fremder das so einfach verstehen können?

»Hey, Leute, Volltreffer!«, erklang Lauras Stimme von weiter weg.

»Sehr gut. Hier sind wieder nur Bücher«, motzte Leanne und wandte sich der Tür zu.

Mia brauchte noch einen Moment. Sie war noch zu aufgewühlt. Auf der einen Seite war jetzt die Angst um ihre Schwester viel begründeter. Wenn sie sich nicht gegen das Böse wehrte, was würde dann passieren, wenn der Mann mit Herz sie erst einmal enttarnt hatte? Schließlich würde ihre Schwester sich wohl kaum wehren, nicht wahr? Und sie würde auch niemals einen dieser Grausamen angreifen, die für das Leid verantwortlich waren. Nicht richtig zumindest, mit der Absicht, ihn aus dem Weg zu schaffen. Wenn die Leute das begriffen, würden sie es nicht verstehen. Immerhin hatte ihre Schwester genau für so etwas den Namen Rebellin bekommen. Man hatte sehr viel mehr in ihre Handlungen interpretiert, als sie eigentlich bedeuteten. Das durften sie nicht verstehen, das wäre beinahe schlimmer, als wenn ihre Schwester gefangen und hingerichtet werden würde, dann das würden den Menschen den Glauben an das Gute, ihre Hoffnung nehmen. Das durfte nicht passieren. Niemals!

»Mia? Kommst du?«, erschien Leanne, die schon losgelaufen war, in der Tür.

»Ich komme«, antwortete sie, verbarg ihre Sorge und Angst in sich und ging den anderen beim Sammeln helfen. Sie würden die Sachen verteilen, selbst nutzen oder auf dem Schwarzmarkt einen guten Preis dafür bekommen. Alles wie immer. Aber Mia hatte ein ungutes Gefühl. Leanne hatte das mit ihren Worten in ihr ausgelöst. Ihre Schwester sagte immer: *Nichts kann bleiben, wie es ist. Alles ändert sich.* Wenn das so war, dann war jetzt die entscheidende Frage: Wie?

Kapitel 4

Irgendwann war Mac eingeschlafen. Sie hätte sich gerne zu ihm gelegt, aber es trieb sie hinaus. Sie musste dem Mann mit Herz noch einmal in die Augen schauen. Sie musste ihn finden. Eine Unruhe, wie sie sie bisher nicht gekannt hatte, hatte sie ergriffen und trieb sie seit Sonnenaufgang immer weiter in Richtung der Festung. Vielleicht hatte sie den Schock langsam überwunden und realisierte jetzt, was auf sie und ihre Leute zukommen würde.

Sie nutzte verschiedene ihrer sicheren Straßen. Die meisten Schritte ging sie auf den Dächern. Gerade als die Sonne aufging, bezog sie Stellung auf einem Wellblechdach in der Nähe des Tors. Der Orden hatte irgendwann eine Mauer um sein Gelände errichtet. Das Tor war aus schwerem Holz und gigantisch groß. So groß, dass die mannshohe Tür winzig wirkte. Eine Tür, die in diesem Moment geöffnet wurde.

»Du weißt schon, dass wir den Mann mit Herz überwachen«, motzte Luke neben ihr. Sie hatte ihn nicht kommen hören, was bemerkenswert war.

»Ich weiß«, lächelte sie. Die Mäuse waren stets gewissenhaft und gut in ihren Aufgaben. Sie hätte nie erwartet, dass diese heimatlosen Kinder einmal zu ihrer wichtigsten Säule und so etwas wie Familie für sie werden würden.

»Warum wartest du dann hier auf ihn?«, wollte ihre Maus wissen.

»Ich muss ihn sprechen«, gestand sie.

Sie spürte Lukes Blick auf ihr. Ein Lächeln huschte über ihr Gesicht, als der Mann mit Herz aus der kleinen Tür trat. Er trug wieder die grauen Roben eines einfachen Bruders. Die Roben reichten bis auf den Boden, hatten keine Ärmel und wurden in der Taille durch einen Gurt zusammengehalten. Manche Roben hatten Kapuzen, andere nicht. Sie hatte noch nicht herausgefunden, welche Kapuzen hatten.

Heute wurde er von einem Mann begleitet, der durch die ebenfalls grauen Roben genauso wenig verbergen konnte, dass er ein Krieger war wie der Mann mit Herz selbst. Ihre Statur verriet sie.

»Schwester«, flüsterte Luke ängstlich. Er ahnte es. Das wurde ihr gerade klar.

Sie drehte sich zu ihm um und packte ihn an den Armen. »Du weißt, was du tun musst, was ihr tun müsst, wenn ich nicht mehr bin«, erinnerte sie ihn.

Luke erstarrte für einen Moment, dann öffnete er den Mund, um etwas zu sagen. Sie sah genau den Moment, in dem aus Schock ein Aufbegehren wurde. Er wollte etwas ohne Zweifel Dummes vorschlagen. Gerade Jungs lösten die Probleme in ihrer Zeit gerne mit ihren Körpern und nicht mit dem Verstand.

»*Die Sache* ist wichtiger als ein einzelnes Leben«, flüsterte sie und Luke schloss seinen Mund wieder. Aufgewühlt blickte er zwischen ihren Augen hin und her. Er war noch nicht bereit sie aufzugeben, das sah sie genau.

»Dann lass mich seines beenden«, warf er sich in die Brust.

Diese so inbrünstig gesprochenen Worte berührten sie, streichelten ihr Inneres und hoben sie einen Moment hoch. Doch ebenso sehr erschreckten diese dunklen Worte Eloise. Er meinte das vollkommen ernst. Er war bereit ein unschuldiges Leben zu nehmen, um ihres zu retten.

Sie versuchte ruhig zu bleiben, was ihr schwerfiel. Sein Kampf für sie berührte sie tief und trieb ihr die Tränen in die Augen. Alle, die ihr so unendlich viel bedeuteten, sie alle würden bitter leiden. Eine Erkenntnis, die sie bisher gekonnt vor sich selbst versteckt hatte. »Nicht, Luke. Er ist einer von den Guten und das weißt du. Es konnte nicht immer so bleiben, wie es war.«

»Wieso nicht?«, wollte er mit trotzigem Blick und geballten kleinen Fäustchen wissen. Sie schluckte schwer.

»Weil sich alles immer verändert. Ich habe mehr erreicht, als ich je für möglich gehalten hätte. Ich wünsche mir nur, dass mein Tod nicht alles zunichtemacht.«

»Wieso läufst du dann direkt in seine Arme?«, fragte er berechtigterweise.

»Weil er einer von den Guten ist«, flüsterte sie mit brüchiger Stimme. Sie hoffte. Sie konnte einfach nicht anders. Aber sie hoffte, dass sie von ihm einen ruhigen Übergang und einen möglicherweise nicht ganz so grausamen Tod gewährt bekam.

Luke verstand es sofort. Er nickte und biss sich auf die Lippen.

Sie dachte, dass er sie jetzt gehen lassen würde, dass er sie verstanden und ihre Entscheidung akzeptiert hatte. Ihr Blick hob sich und schweifte zu dem Mann, der vor dem Tor ein paar Worte mit seinem Begleiter gewechselt hatte und jetzt den Weg in Richtung Marktplatz einschlug. Er würde damit jeden Moment genau an ihrer Position vorbeikommen. Eloise drehte sich im Schatten des Nachbarhauses an die Kante, als der Mann mit Herz wenige Schritte von ihr entfernt war. Sie hatte wirklich gedacht, Luke hatte sie verstanden und ließ sie nun alleine das tun, wofür sie hergekommen war. Doch als sie leise in der Gasse auf dem Boden landete, direkt vor der Nase der beiden graugewandeten Männer, da hörte sie kaum zeitverzögert ein zweites Paar Füße, das neben ihr landete.

Verdammt.

Der Omni bekam große Augen und musterte sie dann intensiv. »Damit habe ich wirklich nicht gerechnet«, gestand er.

»Du weißt, wer ich bin. Was dachtest du denn?« Sie verschränkte die Arme vor ihrer Brust und sah mit Genugtuung, dass es die beiden Männer überraschte, dass sie bereits wusste, was die beiden herausgefunden hatten.

Natürlich überraschte sie das, denn immerhin musste ihnen jetzt klar sein, dass sie einen Spion innerhalb der Mauern hatte. Aber sie wollte ja auch, dass sie wussten, wie mächtig sie war. Sie stellte sich zwar, aber nicht ohne ihre Würde zu behalten und dem Feind Respekt abzuverlangen. Das war der einzige Weg, der sie in die Position brachte über das *danach* und ihre Hinrichtung zu verhandeln.

»Dein Netzwerk reicht ohne Zweifel weiter, als wir für möglich gehalten haben«, gestand der Mann mit Herz.

»Was ist dein Plan?«, wollte der andere Krieger wissen und musterte sie mit wachsamem Blick.

Eloise durfte sich nicht von seiner breiten und großen Statur und den starken Muskeln, die er unter der Robe verbarg, täuschen lassen. Er beobachtete sowohl die Umgebung als auch die winzigen Bewegungen, die von Eloise ausgingen, sodass sie ihn nicht mit einer unerwarteten Aktion überraschen konnte.

»Du weißt, dass wir dich enttarnt haben, und stellst dich uns dann mit nichts weiter als einem kleinen Jungen entgegen?«, fragte er höhnisch.

Eloise legte ihren Kopf leicht schief und betrachtete ihn abschätzend. Es war klüger, nicht darauf zu antworten, denn immerhin war das genau das, was sie hier gerade vorhatte. Ihr Blick wanderte zurück zum Omni, den sie nun mit festem Blick ansah.

»Dieser hat ein gutes Herz. Er ist einer von den Guten«, eröffnete sie, während sie mit dem Kinn zu dem Krieger nickte, der den Mann mit Herz begleitete. Dann richtete sie sich wieder direkt an den Krieger. »Und dieser Junge hier könnte Euch in weniger als drei Minuten umbringen, ohne dass Ihr wüsstet, wie Euch geschieht, großer Krieger.« Sie lächelte süffisant.

Der Krieger schnalzte verächtlich mit der Zunge. Er wollte gerade etwas erwidern, als ihm der Mann mit Herz eine Hand auf den Arm legte und leise »Genug« sagte. Der große Mann schnaubte nur, gehorchte dann aber. Das klärte dann auch ihr Verhältnis für sie. Der Omni stand ganz klar über seinem Begleiter.

»Was willst du, Gossenmädchen?«, fragte der Omni ruhig.

Eloise musste lächeln. »Was wirst du jetzt tun, da du mich enttarnt hast?«

Er schwieg.

»Da nicht der gesamte Orden auf den Straßen ist, um mich zu stellen, gehe ich davon aus, dass du es nur diesem einen hier gesagt hast. Das bedeutet, du suchst eine Lösung, die keinen Bürgerkrieg auslöst. Das begrüße ich sehr. Lasst die Meinen in Ruhe, jagt weder meine Kinder noch andere Menschen, die mir treu ergeben sind. Seid nachsichtig, wenn die Menschen aus Trauer eine Dummheit begehen«, forderte sie.

Die beiden Männer runzelten ihre Stirn. Dann trat Erkenntnis in den Blick des Mannes mit Herz.

»Du ergibst dich gerade«, stellte er fest und sowohl Luke als auch der andere Krieger starrten Eloise fassungslos an. Sie spürte Lukes bohrenden Blick regelrecht und hatte die Bewegung in den Augenwinkeln wahrgenommen.

»Sofern du mir versprichst, dein Möglichstes zu tun, meine Forderungen zu erfüllen.«

»Schwester«, flüsterte Luke verzweifelt und zog an ihrem Shirt.

Eloise ging in die Knie und presste ihn an ihre Brust. »Sei stark, meine Maus«, flüsterte sie.

Luke biss sich auf die Lippe und schenkte den beiden Kriegern einen hasserfüllten Blick.

»Nicht, meine Maus«, flüsterte sie. »Es ist das Leben, das uns quält. Gib die Schuld nicht jenen, die im System gefangen sind und eigentlich ein gutes Herz haben. Wir müssen selbst für ein gutes Ende sorgen, aber niemals indem wir das verraten, wofür ich mein Leben lang gekämpft habe«, flüsterte sie, während sie sein Gesicht in ihre Hände nahm. Sie küsste ihn auf die Stirn und schaute in seine verzweifelten Augen, als sie durch ein Geräusch abgelenkt wurde, über ihre Schulter blickte und hinter dem Omni eine Gruppe von Männern aus dem Tor des Ordens treten sah. Einen erkannte sie sofort. Das war gefährlich.

»Lauf«, flüsterte sie und richtete sich auf. In dem Moment, in dem Luke in den Schatten verschwand, wandte die Gruppe sich in ihre Richtung und kam schnellen Schrittes auf sie zu. Sie nahm an, dass Luke rechtzeitig verschwunden war und diese Männer ihn nicht mehr gesehen hatten.

»Omni, welch eine Überraschung Euch hier in diesem Aufzug zu begegnen«, begrüßte der Mann, der der Gruppe voranschritt, sie, als er bei ihnen ankam. Sie hatte es richtig gesehen. Es war Vapor und der Inquisitor grinste breit. Eloise sah genau, wie sehr er den Omni hasste, und sie sah auch, dass sich der Omni dessen bewusst war.

»Inquisitor. Die Überraschung ist ganz meinerseits.« Er lächelte kalt. Der

Mann mit Herz konnte also auch bedingungslose Härte und Macht ausstrahlen. Das sah sie gerade zum ersten Mal an ihm.

Der Inquisitor verzerrte sein Gesicht zu einer lächelnden Fratze und ließ seinen Blick über sie drei schweifen. Er musterte Eloise besonders intensiv.

»Was bist du denn?« Es war keine echte Frage, sondern eine angeekelte Feststellung. Sie dachte, dass der Mann mit Herz dennoch antworten und verkünden würde, wer sie war und dass er sie gestellt hatte, doch er sagte etwas ganz anders.

»Eine Suchende, Inquisitor. Ich wollte sie gerade hineinholen. Ich habe die Woche schon ein paar Gespräche mit ihr geführt und sie ist bereit dem Orden beizutreten.«

Er verwirrte sie. Wieso hatte er nicht verkündet, dass er die große Ketzerin gestellt hatte? Hier waren genug Männer, um sie festzusetzen, selbst wenn sie plante wegzulaufen. Er wollte sie doch nicht tatsächlich in den Orden holen. Das ergab keinen Sinn.

Auf der anderen Seite war Luke in den Schatten verschwunden. Vielleicht vermutete er eine Falle. Oder – und sie wusste genau, dass da die Hoffnung aus ihr sprach – der Omni wollte sie gar nicht hinrichten lassen und suchte nach einer Alternative. So oder so waren ihre Chancen am besten, wenn sie sich auf dieses Spiel einließ.

»Wir dachten an das Haus der Heiler«, ergänzte der zweite Mann. »Sie wäre sicher eine Bereicherung.« Er lächelte und wirkte dabei nicht im Mindesten, als würde er lügen. Entweder war er der spontanste und aufmerksamste Mensch, der ihr je begegnet war, oder der Omni und sein Begleiter hatten bereits darüber gesprochen, was sie mit ihr anfangen würden, wenn sie sich stellen sollte, oder sie sie gefangen hätten. Sie verstand hier gerade gar nichts mehr. Wieso sollten der Omni und sein Krieger etwas anderes als eine Hinrichtung für sie planen, das ergab einfach keinen Sinn.

Für einen Moment lang hing Stille zwischen ihnen, eine angespannte gefährliche Stille, in der der Inquisitor und seine Gruppe wie Widersacher wirkten. Aber ehe der Inquisitor etwas sagen konnte, wandte sich der Omni an Eloise.

»Geh doch schon mal hinein«, bat er freundlich. »Du erinnerst dich sicher an das Haus meiner Familie. Dort werde ich gleich zu dir stoßen.«

Eloise wusste nicht, was sie hier gerade spielten, aber Hoffnung war ein starker Antrieb und sie wollte nicht sterben. Also ergab sie sich dem Szenario, nickte ergeben und faltete andächtig die Hände, ehe sie ihr Haupt senkte. Sie schritt zum Portal und dann durch die Tür. Sie war erleichtert genau zu wissen, wo das Haus seiner Familie war. Lis hatte darauf bestanden, dass sie sich so viele Informationen wie möglich aneignen sollten. Eloise könne nicht wissen, welche davon ihr am Ende das Leben retten würde, aber sicher wäre es das Wissen, das ihr den Arsch retten würde, und nicht Glück.

Kaum, dass sie durch das Tor war, wandte sie sich nach links und schritt scheinbar ruhig über die große Wiese, auf deren anderer Seite am Rand des kleinen Obsthains das Haus seiner Familie stand. Dort saßen seine Mutter und seine Schwester, Marla und Viktoria. Sie war froh, dass sie sich an ihre Namen erinnerte, auch wenn sie den beiden gegenüber nicht verraten durfte, dass sie sie bereits kannte.

Die Mutter saß an einem kleinen Tischlein und entkernte Pflaumen, während die Schwester auf dem Boden saß und einen Korb flocht. Die Jüngere von beiden schaute gerade scheinbar zufällig auf und entdeckte Eloise. Sie stockt und stupste dann ihre Mutter an. Eloise betrachtete die beiden. Die ältere Frau war sicher schon Anfang vierzig mit einem erwachsenen Sohn, aber sie wirkte eher wie Anfang dreißig. Ihre Hände waren beim Entkernen flink gewesen und ihre Haltung wirkte auch noch eher jung. Der Blick, mit dem sie Eloise entgegensah, war offen und abwartend. Die Kleine dagegen hatte ihre Stirn gerunzelt und betrachtete sie mit Argwohn im Blick. Vermutlich urteilte man mit fünfzehn Jahren noch schneller als im Alter. Allerdings hatte sie die Erfahrung gemacht, dass ältere schneller und leichter mit ihrem Urteil waren als jüngere Geister.

Eloise trat auf das Grundstück und begegnete dem Blick der Frau, die ruhig die Pflaumen beiseitegelegt und ihre Hände in den Schoß gelegt hatte.

»Ja bitte?«

»Euer Sohn hat mich hergeschickt. Er ist mit dem Inquisitor draußen. Ich bin mir fast sicher, dass sie gleich gemeinsam hierherkommen werden und prüfen wollen, ob ich die bin, für die euer Sohn mich ausgegeben hat.« Was sie über diese Familie wusste, sagte ihr eindeutig, dass sie offen und ehrlich sein musste, wenn die Situation nicht doch noch eskalieren sollte.

»Und bist du das?«, fragte die Frau einfach in aller Seelenruhe, als käme täglich ein heruntergekommenes Gossenmädchen in ihren Obstgarten und deutete an, dass ihr Sohn für das Mädchen gelogen hatte.

Eloise schüttelte nur ihren Kopf.

»Wer sollst du sein?«, verlangte sie zu wissen.

»Eine Suchende, die dem Orden beitreten will.«

»Eine dämlichere Lüge konnte er sich wohl nicht einfallen lassen«, schnaubte seine Schwester.

»Ruhig. Das zählt jetzt nicht. Hol deinen Vater und Leonie«, wies die Mutter sie an.

»Warum ist die Lüge dämlich?«, wollte Eloise von der älteren Frau wissen.

»Weil er Omni ist. Die missionieren nicht«, erklärte sie.

Eloise runzelte ihre Stirn.

»Das überrascht dich?«, fragte seine Mutter, während Viktoria davoneilte.

»Ja. Er war in den letzten Monaten ständig draußen. Ich dachte er wäre hinaus, *weil* er Omni geworden ist, nicht *obwohl*«, gestand sie.

Die Mutter musterte sie eindringlich, wodurch Eloise gerade klar wurde, wie viel sie durch diesen Satz über sich verraten hatte. Doch noch ehe sie das irgendwie relativieren konnte, wurden Stimmen hinter ihr laut. Eloise tat so, als hätte sie die Stimmen nicht gehört und setzte sich zu den Füßen der Mutter.

»Was tust du da?«, wollte Marla wissen.

»Sie kommen. Ich würde sagen, ihr habt mir gezeigt, wie man flicht«, meinte sie und setzte die Arbeit fort, die seine Schwester begonnen hatte.

»Hör mir gut zu, Mädchen. Was immer du im Schilde führst, du solltest verbergen, wie es in deinem Herzen aussieht!«, drohte die Frau.

Eloise schaute verwirrt auf. »Wie bitte?«, wovon sprach die Frau?

»Er ist verheiratet. Er ist ein guter Mann.«

Das wusste sie selbst. Worauf wollte seine Mutter hinaus? Die Art, wie sie das eben gesagt hatte und wie sie Eloise gerade ansah ... Wollte die Frau andeuten, dass Eloise ein romantisches Interesse an ihrem Sohn hatte? Das war absurd!

Aber so absurd das auch war, sie hätte schwören können, dass Marla es ganz genau so meinte. Und verdammter Mist, wenn sie an die Szene in dieser Seitengasse des Marktplatzes gestern dachte, könnte sie nicht einmal sagen, dass diese Andeutung Schwachsinn war. Sie wusste allerdings selbst noch nicht, was in ihrem Herzen war, wenn da denn überhaupt etwas war, wie konnte diese Frau es dann wissen?

»Ich schwöre, dass ich nicht vorhabe –«

»Dann tu es auch nicht!«, schnitt die Frau ihr das Wort ab und bestätigte Eloise, was sie eben noch nur befürchtet hatte. Aber sie hatte wirklich nicht vor irgendetwas zu tun. Sie hatte gerade ganz andere Sorgen, also nickte sie einfach nur. Sie wusste auch wirklich nicht, was sie sonst hätte tun sollen.

»Ah, Frauen bei der Arbeit. Was für ein schönes Bild«, verkündete Vapor mit ätzender Stimme. Sie hasste diesen Mann. Er war für die meisten Grausamkeiten in der Stadt verantwortlich. Wenn er sie nicht selbst beging, dann jemand, der durch seine Worte vergiftet worden war.

»Inquisitor! Welch eine Freude, Euch in unserem bescheidenen Heim begrüßen zu dürfen.« Seine Mutter lächelte und Eloise sah, wie falsch ihr Lächeln war. Diese Frau spielte nicht besonders gut. Vermutlich begriff das auch der Inquisitor.

»Ich bin dienstlich hier, Marla«, erklärte Vapor und sie zog eine Augenbraue hoch.

Eloise musterte den Inquisitor verstohlen. Wie immer waren seine schwarzen Haare in einer Welle nach hinten gekämmt. Sein Gesicht war glatt. So glatt, dass sie es befremdlich fand. Insgesamt war aalglatt das Wort, mit dem sie ihn beschrieben hätte. Seine Züge waren ebenmäßig und auf eine Weise sogar schön zu nennen. Aber seit dem ersten Tag hatte genau das dazu geführt, dass sie ein ganz mieses Gefühl bei diesem Mann hatte.

Er war mit vier Nicolanern gekommen. Wofür brauchte er so viele Begleiter? Was hatte der Mann vor?

In diesem Moment schlug eine Tür zu und ließ sie alle in die Richtung blicken, aus der das Geräusch gekommen war. Sein Vater trat aus dem Haus und kam direkt auf sie zu. Er hatte eine sehr gerade und aufrechte Haltung. Sein Blick war fest und entschlossen auf die Gruppe gerichtet. Und dennoch waren seine Züge nicht gnadenlos. Er war eindeutig entschlossen und strahlte durch seine Körpersprache Stärke aus. Seine sehnigen Muskeln und seine nicht geringe Größe waren bei dieser Ausstrahlung durchaus hilfreich. Aber Eloise wusste auch, dass er sanft und gerecht sein konnte. Er urteilte niemals vorschnell und war ein besonnener Weggeselle. All das wusste sie über ihn, obwohl sie ihm heute zum ersten Mal persönlich begegnete. Aber sie wusste beinahe über jedes Ordensmitglied so viele Details. Das lag an ihrer Überzeugung, dass man vor allem an mangelnden Informationen scheiterte und nicht an Pech. Daher hatte sie über die letzten fünf Jahre so viele Ordensmitglieder ausspionieren lassen, wie sie hatte mit ihren Netzwerken stemmen können. Dadurch wusste sie auch, dass kaum eine Familie dieser hier das Wasser reichen konnte, sowohl was innere Stärke als auch Charaktergröße anging.

»Ah, Balian stößt auch zu uns«, freute sich der Inquisitor. »Wie wäre es dann, Kastor, wenn du auch noch deine Frau zu uns holst. Dann sind alle da.«

Das stimmte nicht. Seine Schwester war nämlich im Haus geblieben. Das war vermutlich besser so, denn was immer der Inquisitor plante, Eloise hatte absolut kein gutes Gefühl dabei.

Der Mann mit Herz ging mit knirschenden Zähnen davon. Sein Vater sagte ihm noch kurz, dass Leonie hinterm Haus bei den Kirschen sei, dann verschwand der Mann mit Herz.

»Nun Balian, die Begegnung mit diesem Straßenmädchen war etwas seltsam. Ich würde gerne wissen, was ihr über sie wisst«, verlangte der Inquisitor.

»Was ich weiß?«, fragte Balian verwirrt.

»Ja«, beharrte der Inquisitor.

»Ich habe das Mädchen zwar noch nicht kennengelernt, aber Kastor hat von ihr erzählt. Er hat erzählt, dass sie eine Suchende ist, und er hofft sie hier unterzubringen«, berichtete Balian und Eloise staunte, wie aufmerksam diese Familie war und wie furchtbar schnell sie schaltete.

»Das Haus der Heiler war im Gespräch«, ergänzte seine Mutter und Eloise musste sich zusammenreißen ihre Überraschung nicht zu zeigen. Sie kam nun absolut nicht mehr mit. War das alles abgesprochen gewesen? Marla konnte kaum wissen, was der Begleiter draußen vor den Toren gesagt hatte. Sie hatte es ihr schließlich nicht gesagt. Das war beeindruckend.

Der Inquisitor schaute zwischen den beiden hin und her.

Dann wanderte sein Blick zu Eloise und er musterte sie streng. Sie verlagerte ihr Gewicht im Sitzen so, dass die auf ihren Knien saß und faltete die Hände im Schoß. Sie gab das Bild andächtiger Unterwerfung, genau das, was dieser Mistkerl von einer wie ihr erwarten würde.

Hinter sich hörte sie Schritte. Offenbar war der Mann mit Herz zurück und sicher begleitete ihn seine Frau.

»Nun Marla, der Glaube hat wohl andere Pläne mit diesem Mädchen. Das Haus der Heiler mag eine nette Idee sein, aber ihre Berufung liegt woanders«, erklärte der Inquisitor leise, sodass ihn der Omni nicht hören konnte. Seine Mutter kniff leicht die Augen zusammen und musterte Eloise abschätzend.

»Perfekt, jetzt sind alle versammelt«, eröffnete Vapor seine Verkündung. »Kastor und Leonie, die Inquisition annulliert eure Ehe!«

Entsetztes Schweigen senkte sich über den Garten.

»Wieso?«, wollte Leonie wissen.

Ihre Stimme war sanft und hörte sich rau an. Eloise konnte die Frau nicht sehen, da sie und der Omni in ihrem Rücken standen, aber irgendwie klang die Stimme der Frau eher alt.

»Hört auf mit dem Theater. Ihr habt die Ehe nie vollzogen. Das ist wider die Natur. Er mag dich ja geheiratet haben, um aus einer Ketzerin eine Gläubige zu machen, aber er hat versagt. Als Omni ist es seine Pflicht, ein Vorbild für seine Glaubensbrüder zu sein. Es wird Zeit, dass diese Farce beendet wird.«

»Aber Leonie ist gläubig. Sie praktiziert den Glauben«, widersprach Marla.

Eloise nickte eifrig und zitierte die Schrift des Glaubens. »Ein wahrer Gläubiger handelt nach dem Glauben und spricht nicht nur die Worte des Glaubens.«

Alle starrten sie beinahe überrascht an. Niemand hatte erwartet, dass sie sich in diese Diskussion einmischte und schon gar nicht, indem sie die Schriften zitierte. Es gab für die Armen keine Bildung. Daher war es überraschend, wenn ein Gossenmädchen die Worte dann auswendig kannte.

»Du kennst die Schrift?«, wollte Vapor wissen.

»Natürlich, Herr. An jedem offenen Tag kam ich her, um die Schriften in der großen Halle zu studieren.« Sie nickte wieder, als wäre sie das naive kleine Mädchen, das sie gerade mimte. Das war nicht einmal eine Lüge gewesen. Eine ganze Zeit lang hatte sie genau das getan, um zu verstehen, wie etwas, das als Grundlage für so viele menschenfeindliche und ungerechte Handlungen diente auch ebenso oft Menschen Halt gab und Güte hervorbringen konnte. Sie hatte den Glauben verstehen müssen, um unterscheiden zu können, wer den Glauben für sich beugte und wer wirklich im Sinne des Glaubens handelte. Das Ergebnis war unbefriedigend gewesen, aber sie hatte Lis getroffen und den Orden kennengelernt. Insofern hatte sie doch einige Erkenntnisse gewonnen. Wenn auch nicht die, wegen derer sie gekommen war.

»Dann sag uns doch, was in der Ehe von Gläubigen erwartet wird«, verlangte Vapor ganz offensichtlich in der Hoffnung, gleich allesamt demütigen zu können.

»Die Ehe ist ein Verbund zwischen einander respektierenden und achtenden Menschen. Ihre Frucht sind die Kinder des Glaubens, die den Glauben in die nächste Generation tragen«, zitierte sie.

»Genau. Kinder! Aus einer Ehe sollen Kinder entstehen«, höhnte der Inquisitor. »Ohne Vollzug können keine Kinder entstehen. Und ohne Kinder ist es keine Ehe und somit eine Farce, die ich heute beenden werde.«

Eloise blinzelte irritiert und wandte sich scheinbar fragend an den Inquisitor. »Was ist mit dem zweiten Grundsatz der Ehe, Herr?«

»Was soll damit sein?«, fragte er mit angewidertem Blick. Er schien sie nicht einmal für würdig zu halten ihn anzusprechen. Er sah auf sie herab wie auf Dreck, der seine Kleidung beschmutzte.

»Die Schrift sagt: Frauen, die nicht durch Kinder gesegnet werden, dienen als wahre Gläubige der Gemeinschaft, in dem sie anderen Frauen bei der Erziehung der Kinder der Gemeinschaft zu wahren Gläubigen helfen«, zitierte sie weiter.

Die Stille, die nun entstand, war angespannt. Eloise hoffte, dass ihr scheinbar unschuldiger Einschub seine Meinung änderte, aber sie glaubte es eigentlich nicht.

»Er ist Omni und muss Kinder in die Welt setzen«, beharrte der Inquisitor wie erwartet. Die bedingungslose Härte, mit der er seine Worte äußerte, erstickte jede Hoffnung, die wider besseren Wissens in ihr entstanden war. Der Inquisitor hatte seine Entscheidung getroffen. Und dennoch konnte sie sich dem Schicksal, das dieser Mann ohne Zweifel für sie plante, nicht einfach beugen. Dieser Mistkerl hatte schon zu oft die Menschen um sie herum gequält, ohne dass sie es hatte verhindern können. Das jetzt war nur die Spitze eines ganzen Berges an Szenen, die nicht hätten passieren dürfen, wenn das Leben gerecht wäre.

»Aber nur der Herr darf eine Ehe beenden. Das steht doch bei den Regeln der Ehe, oder nicht?«, fragte sie mit unsicherem Blick und gerunzelter Stirn, als hätte er sie mit seinen Worten verunsichert. Aber so schwer wie jetzt gerade fiel es ihr selten, ihre Rolle zu spielen. Sie war so wütend. Immer wieder hatte sie sich darin geübt, sich nicht über eine ungerechte Wendung aufzuregen. Sie hatte den Leuten schließlich vorleben müssen, dass man einen Schicksalsschlag besser mit Größe begegnete. Aber sie wusste, wie schwer das war. So wie jetzt gerade.

Sie war nicht blöd, sie hatte längst begriffen in welche Richtung dieser Mann gerade arbeitete. Der Inquisitor annullierte diese Ehe in ihrem Beisein und was seine Pläne, die der Herr angeblich mit ihr hatte, waren, war in diesem Zusammenhang auch kein wirkliches Geheimnis mehr. Wenn sie eins und eins zusammenzählte, ergab sich ein schlimmes, schlimmes Bild.

»Ich bin Inquisitor. Meine Aufgabe ist es, den Willen des Herrn durchzusetzen, Straßengöre!«, zischte er und sie wusste, sie durfte jetzt nicht mehr widersprechen. Also nickte sie nur eingeschüchtert und senkte wieder ihren Blick auf ihre gefalteten Hände in ihrem Schoß. Leben, selbst wenn es hinter den Mauern des Feindes war, war besser als sterben ... oder?

»Hiermit annulliere ich die Ehe zwischen Omni Kastor und Leonie. Sie wird dem obersten Inquisitor vorgeführt werden. Er muss entscheiden, ob sie eine Ketzerin ist und den Ketzertod sterben wird«, verkündete der Inquisitor.

Marla keuchte und Balian trat an ihre Seite. Er legte den Arm um seine Frau und hob sein Kinn.

»Wir werden Fürsprecher sein.«

»Ihr werdet selbst überprüft, sollte Leonie als Ketzerin eingestuft werden. Sie lebt ja inzwischen seit zwei Jahren hier«, knurrte der Inquisitor auf Balians mutigen Vorstoß hin.

Zwei Nicolaner, die den Inquisitor begleitet hatten, gingen nun um Eloise herum und führten die Frau ab. Eloise bekam zum ersten Mal einen Blick auf Leonie und musste ihre Überraschung unterdrücken. Sie sah wirklich alt aus. Die Frau war vom Alter her sicher näher an Marla dran als an dem Mann mit Herz. Eloise hatte sie schon ab und zu in den Gärten der Familie gesehen, aber sie wäre nie darauf gekommen, dass das Leonie sei. Töricht eigentlich, da man ja bei ihrer Person ebenso einem großen Irrtum, das Alter betreffend, unterlag. Sie ließ sich von Oberflächlichkeiten ebenso blenden wie die Menschen, die sie jagten. Dumm!

»Nun zu dir, Straßenmädchen«, grinste er höhnisch. Außer bei diesem Mistkerl. Da täuschte das glatte, beinahe schöne Äußere absolut nicht über das widerliche Innere hinweg.

»Wenn sich der Omni so rührend um dich bemüht hat, finde ich, er sollte das auch weiterhin tun. Es scheint, dass du der Schriften kundig bist. Du bist die perfekte Braut für ihn«, erklärte der Inquisitor und keiner widersprach. Sie alle hatten es ebenso kommen sehen wie Eloise selbst.

»Ich, Herr?«, fragte sie überrascht, als könnte sie nicht glauben, was er eröffnet hatte.

»Du«, bestätigte er.

»Seht sie Euch doch an, Vapor. Sie ist noch ein Kind«, knurrte der Omni.

Sie war sich sicher, dass er das nur sagte, weil er genauso wenig ihr Mann, wie sie seine Frau werden wollte. Dennoch versetzte es ihr einen Stich, dass er sie als Kind bezeichnete. Sie war alles andere als ein Kind. Sie war eine Frau, auch wenn ihr Körper sich weigerte, das preiszugeben. Und sie war nicht irgendeine Frau, sie hatte unfassbar viel bewegt. Verdammt, seit wann war sie denn so eitel geworden? Sie sollte sich zusammenreißen und versuchen einen Weg zu finden, das hier zu verhindern. So wie der Mann mit Herz es ja auch tat.

Vapor musterte sie eingehend. »Das wirkt nur so, weil sie so dünn ist. Ein paar Wochen mit richtiger Nahrung und ihr werdet eine Frau in ihr erkennen. Ist doch eine schöne Abwechslung, mal so ein junges Ding im Bett zu haben«, witzelte er.

Der Blick, den der Inquisitor dem Omni zuwarf, glich einem wütenden Starren. Sie konnte sich gut vorstellen, dass die beiden Männer gerade mit ihren Blicken austrugen, wer sich diesmal durchsetzte. Immerhin entstand ein Moment der Stille, indem der Inquisitor einfach nur beharrlich über sie hinwegstarrte. Schließlich schnaubte der Inquisitor und neigte sich zu ihr herab. Offenbar hatte der Omni gewonnen. »Wie alt bist du, Straßenmädchen?«

Lügen. Sie könnte einfach lügen. Aber der Kerl hatte recht. Wenn sie besser genährt wäre, würde man bald die Lüge erkennen. Also die Wahrheit und zwar die ganze, sodass dieser Mistkerl sich immer noch nicht sicher sein konnte, ob sie nicht doch zu jung für diese absurde Idee war.

»Ich weiß es nicht, Herr. Man schätzt es nur, denn ich bin auf der Straße aufgewachsen«, gestand sie.

Kurz senkte sich Stille über die Gruppe, doch dann hakte Vapor nach. Natürlich hakte er nach. Dieser Mann gab nicht so leicht auf. Nicht wenn er den Omni, den er so hasste, ärgern konnte.

»Was schätzt man denn?«, fragte er ein wenig ungeduldig.

»Neunzehn«, flüsterte sie.

Ein leises Rascheln erklang. Sicher hatte sie alle hier mit ihrem Alter überrascht. Sie wusste ja selbst, dass sie jünger aussah mit ihrem hageren Körper, dem jegliche Kurven fehlten. Etwas, das bisher ein grandioser Vorteil gewesen war. Jetzt allerdings wünschte sie sich zum ersten Mal, dass sie weiblicher aussehen möge. Ein lächerlicher Gedanke, da ihr klar wurde, *für wen* sie weiblicher aussehen wollte, wenn sie schon seine Frau werden sollte. Wie konnte sie so dumme Gedanken haben? Das war doch sonst nicht ihre Art!

»Perfekt. Dann habt ihr sogar ein Jahr Puffer, falls die Schätzung nicht so genau ist.« Vapor grinste über sie hinweg. Eloise spürte den Blick des Omni in ihrem Rücken.

»Wenn das der Wille des Herrn ist, Inquisitor, so werde ich mich beugen«, ergab sich der Mann mit Herz.

Sie seufzte innerlich schwer. Er war ihre letzte Hoffnung gewesen. Als Omni sollte er doch die Macht haben, diese Ehe zu verhindern, oder nicht? Sollte er nicht selbst wählen dürfen, wen er ehelichte? Sie war verwirrt, aber sie konnte auch kaum einen klaren Gedanken fassen, denn das hier war einem Todesurteil gleichbedeutend, zumindest was ihre Aktivitäten als Beschützerin der Armen anging. Sie konnte von innerhalb der Mauern nicht mehr tun, was sie bisher getan hatte, und niemand durfte wissen, wo sie war. Also musste die Frau, die sie bis heute gewesen war, auf eine Weise dennoch sterben.

Als sie in diese Gasse getreten war, da hatte sie den Tod in Kauf genommen. Doch das Gespräch hatte gewirkt, als hätte der Omni nicht vor, sie hinrichten zu lassen. Sie hatte gehofft, dass sie weiterhin ihrer Sache dienen könnte, doch dann war der Inquisitor aufgetaucht und dieses Schlamassel hatte seinen Lauf genommen. Verheiratet mit ihm ... Das würden die Menschen nicht verstehen. Sollte das jemals jemand herausbekommen, würde man es wie einen Verrat an den Armen empfinden ... im Bett mit dem Feind. Wer würde sich schon die Zeit nehmen und hinterfragen, wie es dazu gekommen war? Die Massen würden sie hassen und alles niedermachen, was sie so mühsam über Jahre hinweg aufgebaut hatte. Wut und Neid würden wieder in den Herzen der Menschen vorherrschen. Das durfte nicht passieren. Dann wäre einfach alles vergebens gewesen.

Es gab nur einen Schluss, die große Ketzerin war heute gestorben. Von nun an war sie einfach nur noch Eloise, das Gossenmädchen. Vielleicht, nur vielleicht, konnte sie hier an seiner Seite dennoch ihrer Sache dienen, aber sie durfte nicht mehr sein, wer sie gewesen war. Sie musste all die Bezeichnungen ablegen, die man ihr die letzten sieben Jahre gegeben hatte. Von heute an musste sie wieder den ehemaligen Namen benutzen. Den Namen ihres Schmerzes, den Namen der Verzweiflung und Dunkelheit. Ihren eigenen Namen.

»Vier Tage sind kaum genügend Zeit«, beschwerte Balian sich, der so ungehalten wirkte wie in dem ganzen Gespräch noch nicht.

»Es ist genügend Zeit«, wiegelte der Inquisitor ab. Sie musste etwas verpasst haben. Vier Tage wofür? Für die Eheschließung? Das war wirklich zu wenig Zeit. Eloise wollte sich schon wehren, als ihr klar wurde, dass es keinen Unterschied machte, wie viele Tage sie noch hatte, bis sie seine Frau wurde. Sie hätte beinahe gelacht. Es war irrwitzig. Diese Wendung, das hätte doch keiner vorhersehen können. Also wirklich. Bis vor wenigen Minuten hatte er noch eine Frau gehabt, da hätte doch niemand auch nur ahnen können, dass sie in wenigen Tagen seine Frau sein würde. Bis vor wenigen Minuten war die Option schließlich noch vollkommen unmöglich gewesen.

»Bevor ich euch verlasse, möchte ich dir noch etwas mit auf den Weg geben, Straßenmädchen. Steh auf.« Er lächelte und Eloise rann es eiskalt den Rücken runter. Sie erhob sich und hatte Mühe, ihr Kinn nicht zu recken und weiterhin das schwache Gossenmädchen zu mimen. Sie war angespannt wegen seiner Formulierung.

Diesen Gesichtsausdruck kannte sie. So lächelte er, wenn er seinen Sadismus im Namen des Glaubens voll ausleben konnte. Sie würde sicher gleich eine Menge Schmerzen zu erdulden haben. Dafür brauchte so ein Mensch wie er nicht mal einen wahren Grund. Es reichte ihm, dass seine Pläne durchkreuzt worden waren – von wem auch immer. Diesmal ging es darum, den Omni zu demütigen, unter dessen Schutz sie als seine Verlobte nun stand, würde ihm zusätzlich Befriedigung schaffen.

»Sei so gut und sag uns, was einen wahren Gläubigen ausmacht«, bat er.

Verdammt. Sie wusste jetzt worauf das hinauslaufen würde.

»Immerhin wirst du die Frau eines Omni. Wir müssen doch sichergehen, dass du den Glauben gut vertrittst.«

»Die Grundsätze eines wahren Gläubigen«, begann sie.

»Erstens: Ein wahrer Gläubiger kennt die Schrift, um dem Herrn dienen zu können. Zweitens: Ein wahrer Gläubiger handelt nach dem Glauben und spricht nicht nur die Worte des Glaubens. Drittens: Ein wahrer Gläubiger sucht andere Gläubige, wenn er zweifelt, um zurück zum Glauben zu finden. Viertens: Ein wahrer Gläubiger betet täglich. Er wäscht sich vor dem Gebet, um in sich einzukehren und ausgesuchte Worte an den Herrn zu richten. Er reinigt Körper und Geist, ehe er das Wort an den Herrn richtet. Fünftens: Ein wahrer Gläubiger kennt die Strafe der Sünde, damit er die Sünde nie begehen mag. Sechstens –«

»Das genügt«, unterbrach der Inquisitor sie an genau der Stelle, an der sie es erwartet hatte. Er würde sie gleich die Strafe der Sünde lehren, damit sie eine wahre Gläubige war. Diese Worte konnte man sich drehen, wie man es wollte. Und seine Interpretation war nicht zu widerlegen. Sie war schon zu oft Zeuge dessen geworden, was nun auch, dank einer verdrehten Interpretation von gut gemeinten Worten, auf sie zukam.

»Die Braut des Omni sollte eine wahre Gläubige sein, also musst du die Strafe der Sünde kennen, wie du gerade selbst zitiert hast.«

»Es reicht, Vapor«, zischte der Omni zornig.

»Inquisitor«, verbesserte ihn Vapor.

»Kennt ihr denn die Strafe der Sünde?«, blaffte der Omni ungehalten. Sie hatte gehört, wie er sogar einen Schritt gegangen war, vermutlich auf Vapor zu. Der Mann mit Herz konnte seine Wut kaum noch bezwingen, was gefährlich werden konnte. Vapor hatte mehr Macht, als selbst sie für möglich gehalten hatte, wenn er einfach so die Ehe eines Omni annullieren konnte. Sie machte sich sofort Sorgen, was der sadistische Mistkerl noch für sie bereithielt, wenn der Mann mit Herz sich jetzt auf die Provokation einließ.

»Schon gut.« Eloise drehte sich um und packte die geballte Faust des Mannes, der schon bald ihr Ehemann sein würde, ein Gedanke, den sie entschieden beiseiteschob. »Ich möchte eine wahre Gläubige sein. Er hat recht, ich habe es selbst zitiert. Es steht in der Schrift und ein wahrer Gläubiger handelt nach der Schrift, er kennt nicht nur die Worte«, erinnerte sie ihn und sah ihm fest in die Augen. Was genau trieb sie hier? Sehnte sie sich so sehr nach dem Schmerz? Nein, natürlich nicht. Es war nur der einzige Weg, diese Situation endlich zu beenden. Vapor würde nicht ruhen, ehe er jemandem Schmerzen zugefügt und es genossen hatte.

Der Omni hielt ihren Blick und biss seine Zähne zusammen.

In dem Moment wurde sie an der Schulter gepackt, um sie zurück auf die Knie zu drücken.

»Nein!«, schrie sie entschieden und wand sich los. Sie sah den Inquisitor fest und mit erhobenem Kinn an. »Das ist nicht nötig«, erklärte sie ruhig, aber entschieden und nickte zu dem Nicolaner, der sie gerade auf die Knie hatte zwingen wollen. Sie würde hier nicht jammern oder betteln. Peitschenhiebe konnten nicht schlimmer sein, als das, was das Leben täglich für sie bereithielt. Sie hatte schon so viele Menschen gesehen, die nach einer Auspeitschung wieder hatten an die Arbeit gehen müssen. Das würde sie auch hinbekommen. Mit einem tiefen Atemzug und den Omni anblickend kniete sie sich wieder hin.

Mit zerknirschtem Gesicht ging der Mann mit Herz ihr gegenüber auf die Knie und umfasste ihre Unterarme. Sie erwiderte den Griff und spürte die starken Muskeln seiner Unterarme unter der erhitzten Haut. Sie sahen einander fest in die Augen und drückten einander die Unterarme, um sich gegenseitig Halt zu geben. Sie hatte das Gefühl, ihm würde die nun folgende Demonstration der Strafe für die Sünde genauso große Schmerzen bereiten wie ihr.

Jemand zerrte an ihren Klamotten und schnitt, vermutlich mit einem Messer, ihr Shirt oben am Kragen ein, um ihre blanke Haut freizulegen. Den Rest riss er und entblößte so ihren Rücken. Eloise hielt einfach den Blick unverwandt auf die graublauen Augen des Omnis gerichtet. Sie würde nicht schreien, das nahm sie sich fest vor.

Das leise schleifende Geräusch, das die Peitsche auf dem sandigen Boden machte, als der Nicolaner das Leder bewegte, ließ sie in Erwartung des ersten Schlags ihren Körper anspannen. Ein leiser Schritt, der leicht sandige Boden knirschte unter der Schuhsohle. Das Leder seines Schuhs knarzte ganz leise, als er sein Gewicht verlagerte.

Eloise biss ihre Zähne fest zusammen. Nicht schreien. Sie atmete tief ein, versuchte die verspannten Muskeln etwas zu lockern. Sie wartete und wartete. Wann begann er denn nun? Es war Wahnsinn, den ersten Schlag herbeizusehnen, damit es endlich anfing, aber dieses Warten zermürbte einen. Das Warten war da beinahe schlimmer, weil die Vorstellungskraft immer das übertrumpfte, was man schon erlebt hatte. Da sie in all der Zeit stets im Hintergrund agiert hatte und nur sehr selten in Erscheinung getreten war, war sie nie erwischt und bestraft worden. Allerdings konnte sie nicht glauben, dass zehn Peitschenhiebe schlimmer waren, als das, was sie im Alter von zwölf Jahren erlebt hatte. Nichts würde je an den Schmerz von damals herankommen.

Sie hörte ein leises Sausen, dann knallte die Peitsche und sie zuckte zusammen. Kein Schmerz. Der Nicolaner übte sich nur in der Handhabung. Sie spürte kalten Schweiß auf ihrer Stirn und packte die Arme, die in ihren Händen ruhten, fester. Sie kam mit ihren Fingern geradeso halb um seine Arme rum.

Der Schmerz kam unvorbereitet. Da war kein Knall gewesen, nur das Geräusch, wie das Leder der Peitsche auf ihrer Haut aufkam. Viel leiser als der Knall zuvor. Aber das Geräusch verschwamm vor dem Schmerz. Das Brennen trieb ihr die Tränen in die Augen. Sie war diese Art von Schmerz nicht gewohnt. Sie kannte Schmerz, er war ihr Begleiter durchs Leben, aber dieser hier war ungewohnt und deshalb auch deutlich präsenter, als sie es erwartet hatte. Der einzige Trost war, dass jetzt nur noch neun weitere Schläge kamen.

Sie versuchte zu atmen und ihren zusammengepressten Kiefer zu öffnen, da folgte schon der zweite Schlag und ihr entwich ein Keuchen. Sie kippte leicht nach vorne, doch dann atmete sie schnell, um den Schmerz wegzuatmen. Sie versuchte die verkrampften Muskeln zu beruhigen. Sie wusste, wie man den Schmerz erträglicher machte. Entspannen und atmen! Sie musste schneller mit dem Schmerz umgehen als beim ersten Schlag, denn gleich würde der nächste folgen.

Schon ging der dritte Schlag auf ihren Rücken nieder und sie keuchte wieder. Sie konnte nicht vollkommen still sein. Sie musste atmen und dann wich die Luft bei einem Schlag eben stoßweise aus ihrer Lunge. Sie krallte ihre Nägel in die Unterarme. So war der Schmerz leichter zu ertragen. Ihr Rücken brannte. Es war eigentlich nur ein Brennen. Ein starkes Brennen, aber ein Brennen. Seltsam, es fühlte sich irgendwie kühl an.

»Sie braucht nicht die volle Strafe, um den Schmerz zu kennen«, versuchte Balian mit ruhiger Stimme den Inquisitor aufzuhalten. Doch Eloise kannte dessen Antwort, ehe er sie sprach und so blendete sie ihn aus. Nachdem sie nach vorne gekippt war, hatte sie dem Mann mit Herz nicht mehr in die Augen geblickt, doch jetzt richtete sie sich wieder etwas auf.

Der vierte Schlag. Sie kniff Augen und Mund zusammen, aber sie hielt sich aufrecht und fand seine Augen. Sie sah, was sie zuvor erwartet hatte. Er litt mit ihr. Seine Augen schwammen, so bewegt war er. Er schwankte zwischen Trauer und Zorn. Sie sah seinen Konflikt, sah wie mit jedem Schlag sein Zorn an Boden gewann. Sah, wie er sich bemühte seinen Zorn zu bändigen, um für sie da sein zu können. Sie sah den Schmerz in seinen Augen und die Wut in seinen Muskeln. Er war ein einziger tobender Konflikt. Aber vielleicht halluzinierte sie auch. Immerhin fühlte ihr Rücken sich jetzt sehr heiß und nicht mehr kalt an. War ... war das etwa Blut?

Fünf.

Ihr Atem raste. Sie hatte sich kaum noch unter Kontrolle.

Sechs.

Der Schmerz benebelte sie. Begann alle ihre Sinne einzunehmen und ihre gesamte Konzentration zu binden.

Sieben.

Zehn war auf einmal eine so große Zahl. Eloise zitterte am ganzen Körper. Sie wollte nur mal kurz durchatmen. Bitte. Nur kurz einmal neu sammeln, dann konnte sie das schaffen.

Acht.

Tränen sammelten sich in ihren Augen. Sie konnte nicht mehr. Bitte. Aufhören. Sie schrie ihr Flehen in sich hinein. Schmerz betäubte ihre Sinne. Sie sah kaum noch klar und doch klammerte sie sich an seine Augen, diese blaugrauen Kreise, die sie unverwandt anblickten. Das war die einzige Möglichkeit, jetzt noch mit dem Schmerz umzugehen. Mit dem nicht enden wollenden Schmerz, der noch weiter zunehmen würde. Sie hielt sich daran fest, selbst als sie seine Arme schon nicht mehr spürte, sah sie noch seine Augen. Ihr Blickfeld schrumpfte von außen nach innen. Sie wusste, was das bedeutete. Sie verlor ihr Bewusstsein. Aber warum? Sie hatte schon so oft gesehen, wie jemand ausgepeitscht wurde. So war das nicht gewesen. Sie hatten frühestens ab dem siebten Schlag geblutet und die wenigsten hatten ihr Bewusstsein verloren.

Sie dachte noch, dass es schön war, dass der Schmerz plötzlich in einem dumpfen Schleier verschwand, als sie das Gefühl für die Lage ihres Körpers komplett einbüßte. Sie wusste, sie würde das Bewusstsein verlieren, wusste, sie konnte dagegen nicht ankämpfen und versuchte es doch, während sicher schon der nächste Schlag auf sie niederging. Sie wusste es nicht, denn sie spürte es nicht mehr.

***

Kastor sah lange, bevor sie das Bewusstsein verlor, die Anzeichen. Sie hielt bis zum letzten Schlag durch, bevor sie in sich zusammensackte.

»Das waren zehn«, zischte Marla.

Kastor wartete nicht, bis ihm dieser Dreckskerl bestätigte, dass er fertig war. Er hob sie vorsichtig hoch, versuchte dabei nicht ihren Rücken zu berühren, und legte sie sich über die Schulter. Er bekam dabei einen Blick auf ihre zerfetzte und blutige Kleidung. Er sah auch einen Teil ihrer Haut, die an mehreren Stellen aufgerissen war und blutete. Er wäre fast auf Vapor losgegangen. Doch ihr lebloser Körper, der über seiner Schulter hing, machte es ihm unmöglich, auf diesen Bastard loszugehen. Er musste sich jetzt um sie kümmern, mit Vapor musste er sich später beschäftigen.

»Holt eine Heilerin«, knurrte er und warf einen kurzen Blick zurück. Dort stand der Vollstrecker und an seiner Peitsche klebte feuchter Dreck. Ihr Blut war der Klebstoff, der den Dreck am Leder hielt. Ihm wurde übel vor Zorn. Daneben stand Vapor mit einem so triumphierenden und genießenden Lächeln, dass er den rasenden Zorn kaum noch unter Kontrolle halten konnte.

Sein Vater trat zwischen das Haus und den Inquisitor mit seinen zwei Getreuen, als wollte er sie aufhalten, falls sie beabsichtigten weiter auf dieses Mädchen einzuschlagen. Seine Mutter war schon verschwunden. Sie war sicher schon vor seinem Befehl losgerannt, eine Heilerin zu holen.

Da Kastor nicht wusste, was das Mädchen brauchen würde, brachte er es in das Schlafgemach seiner Eltern. Dort stand das einzige größere Bett. Er legte sie vorsichtig ab und achtete dabei darauf, dass ihr Rücken niemals unten war.

»Wie sie in diesem Zustand heiraten soll, ist mir ein Rätsel.« Victoria, die in den Rahmen der Tür getreten war, verschränkte ihre Arme vor der Brust. Sie lehnte dort am Holz und musterte die Bewusstlose.

Kastor hatte sie auf den Bauch gelegt. Obwohl er sich hilflos fühlte, hielt er seinen Verstand beisammen und überlegte, was er tun könnte, anstatt nutzlos herumzustehen. Wasser! Die Heiler würden sicher nach Wasser verlangen.

»Ich brauche Wasser«, murmelte er und wollte hinausgehen, doch seine Schwester legte ihre Hand gegen seine Schulter und hielt ihn auf. »Der Topf steht schon auf dem Feuer. Das Wasser hat bereits gekocht und kühlt jetzt ab. Ich habe auch schon alle Tücher und Lappen herausgelegt, die wir haben und den Alkohol. Ich habe sofort angefangen, als ich erkannte, was der Inquisitor vorhatte«, gestand sie und senkte ihren Blick. »So musste ich nicht zusehen.«

Kastor nickte. Er war so geladen. Er wollte auf irgendetwas einschlagen ... oder wenigstens etwas tun.

Sie stöhnte.

Dieser Laut traf ihn wie ein Schlag in die Magengrube. Er zuckte zusammen und atmete schwer. Er war schuld an ihrem Zustand. Nicht direkt natürlich, das nicht. Aber er hatte es nicht verhindert. Er hatte sie nicht beschützen können, obwohl sie nun seine Verlobte war. Sie war seine Verantwortung. Er konnte sie kaum ansehen, so sehr schämte er sich, dass er sie nicht hatte vor diesem Schmerz bewahren können.

Er ballte seine Hände zu Fäusten. Er musste sich zusammenreißen. Er durfte seiner Wut nicht nachgeben, sonst würde er rausstürmen und diesen Bastard mit der Peitsche verprügeln, wie er es verdient hatte. Aber das ging nicht. Er war der Omni des Hauses der Krieger. Er durfte sich nicht von seinen Emotionen leiten lassen, egal wie berechtigt das auch war.

Also fuhr er herum und marschierte zu ihr zurück. Er setzte sich neben dem Bett auf den Boden und ergriff ihre Hand. Das war alles, was er gerade tun konnte. Er schaffte es ja nicht einmal, seine Wut zu beherrschen. Er würde sich später irgendwie abreagieren müssen, vielleicht beim Boxen. Ansonsten würde seine Wut ihn doch noch eine Dummheit begehen lassen. Aber das musste warten, da lag eine blutende Frau im Bett seiner Eltern und die sollte bald schon seine Frau werden. Ein beängstigender Gedanke.

Kastor musterte die Frau genauer. Sie sah so dünn aus. Ihre Wangenknochen stachen deutlich heraus und auch am Rücken konnte er deutlich ihre Knochen gegen ihre Haut drücken sehen. Zumindest an den Stellen, an denen die Haut nicht aufgerissen war. Als sein Blick wieder zurück zu ihrem Gesicht glitt, sah er direkt in ihre braunen Augen.

»Es tut mir so leid«, flüsterte er.

Sie lachte leise.

»Mich hätte mehr erwartet«, murmelte sie.

Er schluckte. Sie hatte recht. Wenn er offenbart hätte, was er wusste, wären die Peitschenhiebe nur die erste Strafe gewesen. Der Orden hätte ein Schauspiel aus der Hinrichtung gemacht. Ein öffentliches Schauspiel, in die Länge gezogen. Etwas, um all ihre Anhänger Gehorsam zu lehren.

Vielleicht war die Aussicht auf diese Brutalität der Grund, weshalb er sie nicht verraten hatte. Selbst dann nicht, als ihm klargeworden war, dass der Inquisitor sie an ihn binden wollte. Er wusste, er hatte sie nicht verraten können, weil sie unschuldig der Verbrechen war, für die man sie jagte. Sie war eine von den Guten.

Er verstand allerdings nicht, warum er zugelassen hatte, dass Vapor sie ihm zur Frau gegeben hatte. Da Vapor nun Hausinquisitor war, hatte der Mann diese Macht, aber Kastor hätte sich entschiedener wehren sollen, selbst wenn die Chancen so schlecht standen.

Erst war er empört gewesen, doch dann hatte er sie genauer betrachtet. Er hatte ihren von Hunger gezeichneten Körper gesehen, ihre schmächtige Statur. Dann das verfilzte Haar und ihr schmutziges Gesicht. So sah sie jedes Mal aus, wenn er sie sah. Aber das alles, das erregte zwar sein Mitleid, aber es war nicht der Grund, um zuzulassen, dass Vapor sie ihm zur Frau gab.

Es waren ihre Augen. Das Strahlen. Diese Lebensfreude, die Fähigkeit, selbst in der grausamsten Situation etwas Gutes zu finden. Es war das, was hinter diesen Augen lauerte, der Verstand, der sie zu dieser Legende hatte werden lassen und das Herz, das der Antrieb hinter all ihren Handlungen zu sein schien. Das war es gewesen, was ihn hatte schweigen lassen.

Es beschämte ihn sehr, dass er sich nicht gegen eine Neuvermählung gewehrt hatte, obwohl Leonie gerade erst gegangen war, aber er würde für sie sprechen und für sie tun, was er konnte. Er war erst einundzwanzig und hatte Bedürfnisse, die er seit zwei Jahren komplett unterdrückt hatte, weil ihre Beziehung nie auf diese Ebene gekommen war und er dennoch ein treuer Gefährte gewesen war. Das war ihm wichtig gewesen. Das hieß aber nicht, dass es ihn nichts gekostet hatte. Er war ein junger Mann! Aber im Moment brauchte er noch gar nicht in diese Richtung zu denken. Im Moment war einzig und allein wichtig, dass die junge Frau vor ihm gesund wurde. Also hielt er einfach nur schweigend ihre Hand und wartete, denn mehr konnte er nicht tun. Er wartete auf den Heiler, damit jemand ihr endlich Linderung verschaffen konnte.

Die Haustür ging und einige eilende Schritte erklangen im Flur. Leise Stimmen, dann Victoria, die ihnen den Weg wies. Hilfe kam. Aber er war abgelenkt, denn sie hatte ihre Augen geöffnet und sah ihn wieder an wie vorhin auch schon. Die ganze Zeit hatte sie ihn angesehen. Sie hatte ihn so unverwandt angesehen, dass er allein bei der Erinnerung direkt wieder eine Gänsehaut bekam. Sie hatte keinen Schmerzenslaut über ihre Lippen gelassen, nur gekeucht hatte sie. Sie hatte sich stattdessen an ihm festgehalten, als gäbe ihr seine Nähe tatsächlich Kraft. Er verstand das nicht, verstand sie nicht.

Es war eine Heilerin, die an das Bett trat und Anweisungen gab. Sie untersuchte den Rücken und die Wunden.

Aber Kastor nahm sie kaum wahr. Er sah nur in diese hellbraunen strahlenden Augen und konnte nicht fassen, wie stark sie war. Es wunderte ihn nicht, dass sie es zur Legende gebracht hatte. Sie ertrug den Schmerz und doch wurde der Blick nicht stumpf. Man konnte das Feuer in ihr nur erahnen, aber es musste stark brennen. Sie war ein so faszinierendes Wesen, dass er nicht erwarten konnte sich mit ihr zu unterhalten. Vorhin in der Gasse, da hatte sie sich opfern wollen, um all jene zu beschützen, die ihr etwas bedeuteten. Und das waren viele Menschen. Beinahe die gesamte Stadt.

Sie war so viel mehr als dieser zerbrechliche kleine Körper. So viel mehr, von dem er nur den Hauch einer Ahnung hatte. Er wollte sie kennenlernen, sie verstehen und herausfinden, welche Dinge nun stimmten. Er sollte anders denken, das wusste er. Er sollte die Ketzerin in ihr sehen, aber das konnte er nicht. Nicht nach all den Dingen, die er herausgefunden hatte und nicht nach den wenigen Momenten, die er sie erlebt hatte. Schon nach diesen wenigen Momenten hätte er sie heiliggesprochen, wenn er dazu in der Lage wäre.

»Alle raus«, entschied die Heilerin.

»Ich bleibe«, beharrte er, doch sie entzog ihm ihre Hand und schob ihn von sich. Eine Geste, die einen unerwarteten Schmerz in ihm auslöste. Es fühlte sich kalt und dumpf an, wie sie ihn so von sich wies.

Aber er stand auf, ohne sich etwas anmerken zu lassen und verließ als Letzter den Raum. Er schloss die Tür hinter sich und starrte auf den Boden. Er wollte wieder zurück in den Raum. So sehr, dass er die Stille im Flur erst nicht bemerkte.

»Wann erklärst du uns, was hier gerade passiert ist?«, stellte seine Mutter ihn zur Rede.

Kastor schluckte. Sie hatte gerade eine wichtige Freundin verloren. Ihr kompletter Fokus lag auf Leonie. Seiner sollte auch auf seiner Frau liegen … auf der Frau, die bis vor wenigen Minuten noch seine Frau gewesen war. Aber das lag er nicht. Sein Fokus lag auf der Frau, die in wenigen Tagen seine Frau werden würde.

»Ich werde für Leonie sprechen. Sie wird nichts zu befürchten haben. Ich gehe davon aus, dass sie die Festung wird verlassen müssen, aber nicht mehr«, erklärte er so ruhig, wie er konnte. Der Aufruhr in seinem Innern kostete ihn jedoch jeden Funken Beherrschung, den er aufbringen konnte und so begann er auf und ab zu tigern.

Sein Vater packte ihn an der Schulter und sah ihm fest in die Augen. Kastor wich dem bohrenden Blick seines Vaters aus. »Ich glaube, deine Mutter hat dich gebeten, die Dinge zu erklären, nicht über Leonies Zukunft zu sprechen.« Auch wenn sein Vater ruhig gesprochen hatte, raubten diese Worte Kastor doch jede Möglichkeit, weiter auszuweichen, weshalb es sich eher anfühlte, als hätte sein Vater ihn angeschrien.

»Vapor hat Rache genommen. Das ist passiert«, erklärte er leise, weil es gefährliche Worte waren, die er sprach. »Er ist seit gestern Hausinquisitor. Damit steht er im Rang über mir. Es berechtigt ihn, solche Entscheidungen wie die heute zu treffen.«

»Er hat dieses Mädchen beinahe umgebracht. Die Peitschenhiebe waren viel zu fest. Was hat sie ihm getan?«, wollte Marla wissen.

»Nichts. Sie war nur zur falschen Zeit am falschen Ort. Er dachte, sie bedeutet mir etwas. Also hat er sie gequält«, begriff er in diesem Moment und der Zorn kehrte in vollem Umfang zurück.

»Rache wofür?«, fragte sein Vater.

»Dafür, dass Kastor Omni ist«, antwortete seine Mutter für ihn.

Balian runzelte seine Stirn und schüttelte dann leicht seinen Kopf. »Ein schöner Einstieg in den Orden ist das.«

Kastor lachte humorlos auf. Das war die größte Untertreibung, die ihm einfiel. Auf der anderen Seite hatte sie recht, sie hätte es weit schlimmer getroffen, wenn er offenbart hätte, wer sie war. Allerdings änderte das nichts daran, dass ihr Start hier im Orden ein unnötig schmerzvoller war.

Sein Vater betrachtete ihn forschend, aber Kastor schüttelte den Kopf. Dazu müsste er zu weit ausholen. Er konnte seiner Familie nicht sagen, wer sie in Wirklichkeit war. Damit würde er sie alle in Gefahr bringen. Tatsächlich musste er dringend mit Kagar sprechen. Dieses Wissen zu verbergen, wenn sie ein Geist in der Stadt war, war etwas vollkommen anderes, als wenn sie hier drinnen, an seiner Seite lebte.

»Und hat Vapor recht?«, wollte seine Mutter wissen.

»Womit?«, fragte er verwirrt. Der Kerl konnte per se nicht recht haben.

»Bedeutet sie dir etwas?«, hakte sie nach.

Kastor schnaubte ungehalten. »Ich habe gestern zum ersten Mal mit ihr gesprochen. Ich kenne sie im Grunde nicht«, wiegelte er ab.

»Das habe ich nicht gefragt«, beharrte seine Mutter und er stockte. Er starrte sie an.

Dann nickte seine Mutter auch noch, als wäre jetzt alles klar. Nichts war klar. Nein, sie bedeutete ihm nichts. Er kannte sie schließlich nicht. Aber irgendwie brachte er diese Worte nicht heraus.

Seine Mutter griff nach seiner Hand und drückte sie. »Elisabeth ist eine der fähigsten Heilerinnen. Sie wird ihr helfen können«, sprach sie ihm Mut zu.

Ihm wurde die Situation gerade zu viel. Er würde sich hier sicher nicht rechtfertigen und klarstellen, dass er wohl kaum irgendetwas für dieses Gossenmädchen empfand. Also riss er sich los und stürmte aus dem Haus. Er brauchte Luft!

**

»Stell dir meine Überraschung vor, dich hier zu sehen«, murmelte Lis, als sie eine der größeren Wunden mit geübter Hand nähte. »Ausgerechnet im Haus des Omni. Dass ich dich ausgepeitscht antreffe, ist weniger überraschend, als dass du im Haus seiner Familie bist.«

»Mich überrascht es genauso«, gestand Eloise ihrer ältesten Freundin.

Einen Moment lang schwiegen sie und Eloise spürte nur den ziehenden Schmerz der Nadelstiche.

»Gestern dachte ich, ich würde dich nie wiedersehen. Zumindest nicht lebendig und frei«, gestand Lis leise und mit Schmerz in der Stimme.

»Ich weiß«, flüsterte sie.

»Ich kenne dich. Ich wusste, wenn ich dich warne, würdest du dich stellen. Nun sag mir, Kleines, was ist passiert?«

Kleines. Eloise hatte diese Anrede nicht besonders gemocht. Immerhin war Lis gerade mal zwei Jahre älter als sie. Aber sie verstand, wieso die Heilerin das tat. Die Heilerin passte auf Eloise auf, sogar in Situationen, in denen Eloise das gar nicht wollte. Manchmal hatte sie das Gefühl, Lis brauchte es, sie zu bemuttern, was sicher durch ihre erste Begegnung entstanden war. Und weil sie Lis ihr Leben verdankte, ließ sie auch diese Anrede zu. Diese Anrede hatte inzwischen sogar etwas Warmes für sie bekommen.

Ein leises Knarzen verriet, dass sie einen Lauscher hatten.

»Komm rein«, rief Eloise und Lis verspannte sich. Sie hielt in ihrer Arbeit inne und blickte sicher zur Tür. Erst passierte nichts und Eloise spürte, wie ihre Freundin sich schon wieder entspannte, da wurde die Klinke heruntergedrückt und seine Schwester öffnete die Tür. Sie sah aus, als wäre sie unsicher, ob sie zornig sein sollte. Sie stand da und blickte mit Wut in den Augen auf sie beide herab.

»Komm rein«, ermunterte Eloise sie.

Das Mädchen sah seinem Bruder ähnlich. Eloise schätzte sie auf fünfzehn Jahre. Ihre braunen Haare fielen in Wellen um ihr Gesicht. Mit kürzeren Haaren hätte sie sicher Locken. Ihre Mandelaugen erweckten einen lieblichen Eindruck, aber der Zug um ihren Mund verriet ihre Stärke. An diesem Mädchen war außer den Augen nichts Liebliches, da war sie sich sicher.

Seine Schwester zögerte noch kurz, doch dann trat sie ein und schloss die Tür hinter sich. Sie trat näher und musterte sie beide mit wachsamem Blick.

»Was willst du wissen?«, fragte Eloise sie ruhig.

Lis war sehr ruhig, aber Eloise spürte ihre Anspannung. Logisch. Bei dem, was sie gerade offenbart hatte, war ihr Leben in Gefahr, wenn die Kleine entschied jemandem davon zu erzählen. Falls sie gehört hatte, was gerade gesprochen worden war.

»Ihr kennt euch.«

Eine Feststellung, keine Frage.

»Ja«, antwortete Lis. »Sie war zwölf, als ich sie fand und das erste Mal behandelte. Seither laufen wir uns immer mal wieder über den Weg. Die Stadt ist kleiner, als man meinen sollte.«

Das Mädchen musterte sie beide und wirkte überrascht.

»Dich wundert es, wie lange wir uns schon kennen, nicht wahr?«, mutmaßte Eloise. »Schließlich ist Lis kaum älter als ich.«

Das Mädchen nickte.

»Ich wurde im Orden geboren und habe schon lange vor dem Beginn meiner Ausbildung durch Beobachtung gelernt«, erzählte Lis. »Ich fand die Kleine hier, als ich auf dem Weg zum Marktplatz war, und sie wollte sich nicht helfen lassen, von niemanden. Außer von mir. Mich ließ sie an sich heran. Ich begriff bald warum und versuchte auch nicht sie von etwas anderem zu überzeugen. Also habe ich getan, was ich konnte.«

»Du warst vierzehn«, murmelte Victoria.

»Ja«, bestätigte Lis und wickelte einen Verband um die Wunden. Er diente weniger zum Schutz oder zur Heilung, sondern vor allem dazu, anderen zu verbergen, was darunter vorging, denn das durfte niemand wissen.

»Ich gehe jetzt. Ihr beide unterhaltet euch«, entschied die Heilerin.

»Warte, Lis. Du musst noch etwas für mich tun«, hielt Eloise sie auf und wünschte zum ersten Mal, seine Schwester möge verschwinden.

»Was denn?«, wollte sie wissen.

»Du musst wissen, dass ich wohl in vier Tagen heiraten werde«, fiel sie direkt mit der Tür ins Haus.

Lis erstarrte in der Bewegung und sah sie ungläubig an, und noch ehe sie etwas fragen konnte, bestätigte das Mädchen: »Es stimmt, sie heiratet meinen Bruder.«

Es dauerte einen Moment, in dem sich Elisabeths Augen weiteten und Eloise das Gefühl hatte, ihre Freundin würde mit jeder Sekunde roter werden. Dann stemme Lis die Arme in die Seite und brach mit einem Gezeter los, das Eloise schon so ähnlich erwartet hatte. Lis nahm sich ihr gegenüber nie zurück und sprach offen aus, was sie von Eloises Entscheidungen hielt.

»Was hast du dir dabei gedacht? Bist du von allen guten Geistern verlassen? *Wer zur Hölle hat dir ins Gehirn geschissen?*« Sie würde noch weiter geifern, wenn Victoria sie nicht gebremst hätte.

»Der Inquisitor hat es entschieden, nicht sie.«

Ein netter Versuch, Eloise zu verteidigen, aber dass die Umstände nicht ganz sauber waren, war ihrer Freundin sicher schon klar gewesen.

Die Heilerin verschränkte die Hände vor der Brust. »Wie soll das funktionieren? Im Ernst, wie stellst du dir das vor?«, verlangte sie streng zu erfahren.

»Es gibt nur eine Möglichkeit«, antwortete Eloise.

Langsam dämmerte Lis, was der Gefallen war, um den sie sie bitten wollte. Es gab schließlich nur eine Möglichkeit, alle zu schützen. »Das bringt sie um«, flüsterte Lis matt, als sie endlich akzeptierte, was Eloise plante. Sie wartete darauf, dass Eloise zurücknahm, was sie angedeutet hatte. Aber das würde nicht passieren, denn es gab keine andere Option.

»Nein. Ich habe für alles Vorsorgen getroffen«, beruhigte Eloise ihre Freundin.

Lis atmete tief ein und aus. Sie rieb sich die Stirn, als suchte sie nach einer anderen Möglichkeit, aber es gab keine andere. Die Menschen mussten glauben, dass die große Ketzerin tot war. Sonst würde man nach ihr suchen und sie vermutlich auch finden. Es würde einen Bürgerkrieg auslösen, wenn man versuchte sie aus den Mauern herauszuholen. Genau das, was Eloise seit so vielen Jahren zu verhindern suchte.

»Und Mac?«, seufzte Lis resignierend. Sie hatte akzeptiert, was Eloise von ihr verlangte und klopft nun die wichtigsten Eckpunkte ab. Sie wollte wissen, wem gegenüber sie wie viel preisgeben sollte.

»Er muss die Wahrheit kennen, aber verdeutliche ihm die Endgültigkeit. Ich heirate! Er soll entscheiden, ob er es den Vieren sagt, aber sonst niemand«, entschied sie.

»Hörst du dir eigentlich zu? Mit mir sind es dann sechs Leute. Wie soll das denn so geheim bleiben?«, blaffte die Heilerin und schien seine Schwester völlig zu vergessen.

»Meine Entscheidung steht. Erklären kann ich es dir gerne wann anders«, wiegelte Eloise ab. Die Heilerin warf Victoria einen taxierenden Blick zu, schnaubte wütend und verließ dann den Raum.

Eloise seufzte schwer auf. Das war gelaufen, wie sie es erwartet hatte.

»Du wirst mir jetzt einige Dinge erklären, sonst hole ich den Inquisitor zurück und verhindere diese Ehe«, drohte das Mädchen und verschränkte die Arme vor seiner Brust. Ihre braunen Augen funkelten vor Zorn. Es sah schön aus, mehr wie Bernstein denn wie braun.

»Was möchtest du wissen?«, fragte Eloise ruhig.

»Warum nennst du sie Lis?«

Eloise musste leise lachen. »Das ist alles? Nachdem was du gehört hast, willst du das wissen?«

Das Mädchen zuckte mit den Schultern.

»Warum?«, hakte sie nach.

»Ich stelle die Fragen«, zischte das Mädchen und Eloise musste lächeln. Sie hatte ja gewusst, dass an Victoria wenig Liebliches war.

»Bevor ich dir das Geheimnis meines Lebens verrate, möchte ich wissen, wie du heißt«, forderte sie leise.

»Wieso?« Victorias Blick war trotzig. Sie verschränkte sogar die Arme vor der Brust und reckte ihr Kinn in die Luft.

»Namen haben für mich einen besonderen Wert. Ich finde es sehr wichtig, dass man den Namen einer Person kennt, besonders wenn man ihr viel von sich preisgeben wird«, beharrte Eloise. Sie hatte ihren eigenen Namen die letzten sieben Jahre nicht mehr benutzt. Man hatte sie vieles genannt, aber kaum jemand hatte gewusst, wie sie wirklich hieß, nicht einmal die Mäuse wussten das. Jetzt allerdings brach eine neue Zeit an. Sie brauchte einen neuen Namen für diese neue Ära und es fühlte sich richtig an, ihren ursprünglichen, ihren eigenen Namen jetzt wieder zu benutzen.

Das Mädchen zögerte.

»Ich heiße Victoria.«

Eloise nickte sachte. Dann flüsterte sie: »Mein Name ist Eloise, aber ich habe ihn schon sehr viele Jahre nicht mehr benutzt. Die Frau, die du als Elisabeth kennst, hat mich nach der schlimmsten Nacht meines Lebens gefunden. Sie war vierzehn Jahre. Zu jung für das, was ich darstellte. Zu jung für die Gräuel dieser Nacht. Und doch blieb sie bei mir, rettete mich. Elisabeth passte für mich dann nicht mehr zu ihr. Ich verändere die Namen von Menschen, die mir etwas bedeuten. Ich forme sie leicht, um meine Zuneigung hineinlegen zu können. Mein Leben ist sehr einsam. Es ist die einzige Form von Zuneigung, die ich anbieten kann«, entblößte sie sich vollkommen vor der jungen Frau.

Victoria trat einen Schritt näher und setzte sich dann auf den Boden. Sie legte ihre Füße in den Schneidersitz, legte ihre Unterarme auf ihren Oberschenkeln ab und sah dann erwartungsvoll zu ihr auf. Sie machte sich bereit für die Geschichte.

»Ich weiß nicht, wer meine Eltern sind oder woher ich stamme. Das Erste, woran ich mich erinnern kann, ist das Bordell, das mein Zuhause war, solange ich denken konnte. Ich vermute, dass ich das Kind einer Hure bin. Die Mädchen waren so gut zu mir, wie sie konnten. Sie versteckten mich vor dem Besitzer, sie wollten mich vor ihrem eigenen Schicksal bewahren und das ging auch viele Jahre gut. Ich besorgte Erledigungen für sie, wusch ihre Wäsche und reinigte, was immer sie mir brachten. Ich hatte nicht viel zu essen und schlief in einem Karton in einer Kammer. Wir alle haben gedacht, dass es funktionieren würde. Im Sommer, als ich der Schätzung nach zwölf Jahre alt war, begriffen wir, dass wir gar nichts versteckt hatten. Der Bordellbesitzer wusste von meiner Existenz und hatte bisher nur immer weggeschaut. Zur Sommersonnenwende aber kam er und zerrte mich aus meinem Karton. Er zerrte mich in den Lumpen, die ich anhatte, auf eine Bühne und versteigerte mich. Dass ich mich mit Händen und Füßen wehrte, trieb den Preis nur in die Höhe. Ich begriff es nicht, sonst hätte ich stillgehalten. Aber Männer, die sich ein Mädchen für eine Nacht kaufen, ein Kind, noch vor der Fruchtreife, solche Männer genießen es, wenn sich das Kind auch noch wehrt.«

Eloise rechnete es Victoria hoch an, dass sie nur ihre Hände zu Fäusten geballt hatte und sonst keine Regung zeigte. Die Augen der jüngeren Frau wirkte etwas zu feucht, aber das war auch schon das größte Anzeichen einer Emotion, das sie preisgab.

»Es war die schlimmste Nacht meines Lebens. Ich erspare dir die Details. Nur so viel, er lud mich in einer Gasse ab, als er fertig mit mir war. Ich hatte meinen Lebenswillen verloren. Ich hatte keine Kraft und auch keinen Grund zu kämpfen, also blieb ich liegen und driftete vor Schmerz in ein Delirium ab. Es war Nacht, als er mich ablud, und Tag, als Lis mich fand. Ich weiß nicht, was dazwischen passiert ist, ich hatte aufgegeben. Aber Lis war nicht bereit mich aufzugeben, obwohl ich es ihr so schwer machte, wie ich nur konnte. Dieser Vorfall hat mich sehr verändert. Ich habe im ersten Jahr verschiedene Phasen durchgemacht. Am Anfang habe ich Lis dafür gehasst, dass sie mich nicht hatte sterben lassen, also kämpfte ich gegen Lis. Dann irgendwann wendete mein Hass sich gegen die Männer dieses Rings. Ich nahm Rache. Ich tat schlimme Dinge. Dinge, die ich schwer bereut habe, nachdem ich sie begangen hatte. Irgendwann verstand ich, dass sie mir weit mehr angetan hatten als nur diese eine Nacht. Sie hatten mich zu etwas Dunklem gemacht, von Hass und Schuld zerfressen. Sie hatten mich zu einem Monster gemacht und mir wurde klar, dass ich sie nur besiegen konnte, wenn ich mich nicht mehr selbst verriet. Nicht mehr rachsüchtig handelte. Ein Mensch ist das, wie er handelt, nicht wie er spricht oder denkt. Ich war böse, aber das wollte ich nicht sein. Also änderte ich es und fand zu Barmherzigkeit und Nächstenliebe. Ich lernte Schuld anzunehmen und Hass mit Güte zu begegnen. Es war hart. In einer Welt wie der unseren wird man für Güte ausgelacht. Man wird als naiv beschimpft, wenn man Mitleid hat. Man wird ausgelacht für Selbstlosigkeit. Aber ich ließ mir nicht noch einmal von jemand anderem diktieren, wer ich zu sein hatte. Ich hatte mich gefunden und die Prinzipien, für die ich kämpfen wollte. Ich war von der Zahl her dreizehn, aber ich war nie ein Kind gewesen. Erst hatte ich Sklavendienste für die Huren getan, dann hatte man mich vergewaltigt und schließlich hatte ich begonnen für die Dinge zu kämpfen, die ich für richtig hielt. Eine Kindheit hatte ich nie.

Das hat man mir genommen. Das hat das Leben mir genommen«, beendete sie ihre Geschichte. »Jetzt weißt du etwas von mir, das sonst niemand weiß. Nicht einmal Lis.«

Victoria schluckte.

Einige Atemzüge lang sahen sie einander nur in die Augen, die aufwühlenden Situation verdauend. Denn auch für Eloise war das ein belastender Austausch gewesen. Sie hatte sich nie jemandem auf dieser Ebene anvertraut.

»Hast du ihn umgebracht?«, wollte Victoria irgendwann wissen.

»Später, ja«, gestand Eloise.

»Später?«

»Ich wollte ihn leiden lassen, also habe ich mir erst die anderen vorgenommen und ihn bis zum Ende aufgehoben.«

Victoria schluckte wieder.

»Wie viele?«, fragte sie mit zittriger Stimme.

»Vier«, sagte Eloise leise. Ihre Gesichter würde sie nie vergessen. Auch nicht die Laute des Todes. Sie hatte grauenvolle Dinge getan und wünschte, sie hätte es nie getan. Sie wusste nicht, wie sie je dazu in der Lage gewesen war. Sie war so kaltblütig und organisiert vorgegangen.

»Der Bordellbesitzer?«, fragte Victoria.

Sie nickte.

»Wer noch?«, wollte sie wissen.

»Er selbst, der Diener, der die gesamte Zeit im Raum war und dafür gesorgt hat, dass ich nicht abhauen konnte, und der Nicolaner, der bestochen wurde, als man die Kutsche anhielt, weil ich aus Leibeskräften schrie«, zählte sie die vier Personen auf.

Es waren alles schreckliche Menschen gewesen, aber sie war nicht Richter und auch nicht Henker. Es war unrecht, Selbstjustiz zu üben, auch wenn es verständlich war. Eine Gesellschaft konnte nicht funktionieren, wenn man sich rächte. Es gab Missverständnisse, falsche Beschuldigungen und mildernde Umstände. Selbstjustiz war aus gutem Grund unrecht.

Der Nicolaner hatte eine totkranke Tochter gehabt und Geld für ihre Medizin gebraucht, weil sie sonst gestorben wäre. Eloise konnte nicht verzeihen, was er ihr angetan hatte, aber sie konnte ihn verstehen und den Tod hatte er für diese Aktion wahrlich nicht verdient gehabt. Dinge, die sie erst im Nachhinein herausgefunden hatte.

Der Mann, der mit im Raum gewesen war … Er war gebrochen gewesen. Ihr Vergewaltiger benutzte ihn als Sexsklaven. Er misshandelte den Mann tagein, tagaus. Vielleicht war der Mann froh gewesen, dass er eine Nacht keine körperliche Misshandlung erdulden musste. Sie würde es nie erfahren. Würde nie wissen, ob er schon zu abgestumpft gewesen war, das Unrecht zu erkennen, oder diese Nacht für ihn ebenso eine Misshandlung gewesen war wie für sie.

In einer Welt wie der ihren waren solche Schicksale nichts Ungewöhnliches. Die Menschen stumpften ab, sahen das Leid anderer nicht mehr, weil sie selbst so unglaublich litten. Die Armen litten ohne Aussicht auf Besserung. Das Leid … das war ihr Leben. Ein hoffnungsraubender Zustand. Das war es, was sie begriffen hatte und was den Anstoß gegeben hatte zu kämpfen. Es ging nicht darum, es wirklich besser zu machen. Sie hatte nie geglaubt, dass sie so etwas Großes zustande bringen würde. Nein, es war darum gegangen, die Hoffnung zurück in ihre Leben zu bringen. Hoffnung war der mächtigste Antrieb, den es gab.

»Was hast du seither getrieben?«, riss Victoria sie aus ihren Gedanken.

»Jeden Tag versuche ich das Richtige zu tun. Jeden Tag kämpfe ich darum, jenen zu helfen, denen es schlecht geht und andere auf das Leid aufmerksam zu machen.«

Sicher würden diese Worte ihre Identität nicht verraten, trotz der Dinge, die Victoria vorhin schon gehört hatte. Man hielt sie hier schließlich für eine Ketzerin. Die große Ketzerin nannte der Orden sie. Dabei tat sie nie Dinge, die dem Glauben zuwider waren. Sie hielt sich an die Grundsätze des Glaubens, denn eigentlich stand er für genau das, was die Menschen brauchten. Nur schienen das die meisten Vertreter des Ordens vergessen zu haben. Aber sie hatte sie alle beobachtet. Es gab Gute und Schlechte unter ihnen. So wie überall im Leben. Es gab nicht nur Gut oder nur Böse. In jedem Menschen lauerten beide Seiten. Eine Erkenntnis, die es ihr erlaubt hatte, sich selbst zu verzeihen.

»Das klingt, als würdest du den Glauben leben«, begriff Victoria erstaunt. »Warum bist du nicht früher zum Orden gekommen?«

»Ich hatte den Eindruck, draußen mehr ausrichten zu können«, räumte Eloise ein.

Victoria lehnte sich vor und flüsterte beinahe ehrfürchtig. »Du kennst sie, nicht wahr? Du hast ihr geholfen.«

»Wem?«, fragte Eloise nach.

»Der großen Ketzerin«, flüsterte das Mädchen.

In diesem Moment wünschte sie sich so sehr die Wahrheit sagen zu können, aber das konnte sie nicht. Sie mochte das Mädchen. Victoria war mutig und selbstbewusst, sie versuchte die zu schützen, die sie liebte, half ihrer Mutter bei der Arbeit und wirkte aufmerksam und aufgeschlossen. Ihr erster Eindruck war durch und durch positiv. Aber die Wahrheit würde die junge Frau nur in Gefahr bringen. Dann erst begriff Eloise wie seltsam es war, dass Victoria mit beinahe Ehrfurcht von der großen Ketzerin sprach. Müssten sie in diesem Hause nicht die Frau hassen?

»Nein, das habe ich nicht«, sprach sie die Wahrheit und ließ doch eine Lüge zurück.

Victoria runzelte ihre Stirn und musterte sie ernst. »Du verbirgst etwas«, mutmaßte sie ganz richtig.

»Sogar eine Menge. Ich kann dir nicht alles erzählen. Wenn ich dir etwas sage, ist es die Wahrheit, aber ich kann dir nicht alles sagen, Vicki«, entschuldigte sie sich.

Das Mädchen musterte sie mit leicht verzogenem Mund. Sie runzelte ihre Stirn und nickte dann leicht. »In Ordnung. Für den Moment lasse ich dich damit durchkommen. Du brauchst mir aber nicht zu schmeicheln. Ehrlichkeit ist mir wichtiger«, entschied sie sehr reif.

Wie gesagt, das Leben war hart in ihren Zeiten. Härter als es sein müsste, weil die Menschen verlernt hatten, füreinander da zu sein und einzustehen. Vicki war viel zu reif für ihr Alter. Sie hatte sicher auch schon ein Schicksal, das sich nicht wie ein Märchen las. Sie hatte auch schon gelitten. Das Leben unterschied bei seinen Schicksalsschlägen nicht zwischen Arm und Reich. Es zeichnete jeden Menschen.

»Schmeicheln?«, fragte Eloise verwirrt nach.

»Du hast mich Vicki genannt, nicht Victoria; und vorhin hast du erklärt, das machst du bei Menschen, die dir etwas bedeuten. Wir kennen uns nicht lange genug, damit ich dir etwas bedeuten könnte«, erklärte sie fest.

Eloise schmunzelte.

»Ich schmeichle nicht. Schmeicheln bringt einen vielleicht weiter, aber es tut den Menschen weh, wenn ihnen klar wird, dass man das Lob nicht ernst gemeint hat. Mehr noch, als wenn man es erst gar nicht ausgesprochen hätte. Ich versuche daher niemandem je zu schmeicheln. Dein wacher Verstand und deine Stärke beeindrucken mich. Ich habe es nicht bewusst gemacht, aber ich sehe nicht, dass es geschmeichelt wäre. Es fühlt sich richtig, an dich Vicki zu nennen. Es sei denn, du willst das nicht«, erklärte sie.

Victoria sah sie eine Weile lang forschend an. Schließlich erhob sie sich und ging zur Tür. »Ruh dich jetzt aus. Du sollst in vier Tagen den Eid sprechen. Ich weiß zwar noch nicht, wie das bei den Wunden, die sie dir heute zugefügt haben, gehen soll, aber du wirkst auch weit munterer, als du eigentlich solltest.«

Da sagte sie was. Eloise musste sich was einfallen lassen. Wenn er das auch noch über sie herausfand, würde er sie doch noch verraten. Er durfte das nicht wissen. Niemand durfte das über sie wissen, das hatte erst die alte Susanna aus dem Bordell und später dann das Leben selbst ihr eingetrichtert. Sonst wäre bald die ganze Stadt hinter ihr her und der Orden des Lichts würde für jemanden wie sie sogar gegen den Orden des Glaubens in den Krieg ziehen.

Also setzte sie sich auf und bewegte ihren Rücken. Sie keuchte leise, als sie ihre unnatürlich schnell verheilenden Wunden wieder aufriss. Das würde zwar Narben geben, aber besser Narben als Krieg.

Kapitel 5

Mia stand da und konnte nicht glauben, was sie da gerade hörte. Sie war in der letzten Stunde der Verzweiflung nahe gewesen und hatte vor Zorn auf den Orden losgehen wollen. Luke, Leanne und Murat waren Feuer und Flamme für den Plan gewesen, auch wenn Luke gestanden hatte, dass sie das niemals wollen würde. Sie hatten alle nicht vernünftig sein können. Aber was Mac ihnen gerade offenbart hatte, änderte alles.

»Ich weiß gar nicht, warum ich euch das erzähle. Sie hat uns verraten«, blaffte der Mann und nahm einen kräftigen Schluck aus der Flasche, die er schon mit hier herunter in die Tunnel gebracht hatte.

»Hat sie nicht«, schrie ihn Luke an. »Sie hat uns gerettet.«

Mia gab ihm recht. Ihre Schwester würde nicht in dieses Schicksal einwilligen, wenn sie nicht glauben würde, dass dies der beste Weg war, der Sache zu dienen. Allerdings war sie überrascht, dass Luke genauso klar sah wie sie.

»Was wisst ihr schon? Ihr seid Kinder!«

Mia lachte. »Du warst auch mal wie wir. Ihr beide wart kaum älter, als du zu unserer Schwester gefunden hast. Seither bist du ihr nicht mehr von der Seite gewichen und doch vertraust du ihr nicht.«

Der Mann wandte seinen Blick ab und biss seinen Kiefer fest zusammen. Sein Adamsapfel bewegte sich stark, als er mit angespannten Muskeln schluckte. Dann setzte er die Flasche ein weiteres Mal an und nahm einen kräftigen Schluck der bernsteinfarbenen Flüssigkeit. Vermutlich selbst Gebrannter.

Das war so typisch Erwachsener. Sie redeten Blödsinn, aber wenn man sie darauf hinwies, konnten sie es nicht zugeben. Sicher war das der Grund, weshalb ihre Schwester die wichtigsten Arbeiten immer ihren Mäusen überlassen hatte.

»Also sollen wir dafür sorgen, dass der Plan für danach in Gang gesetzt wird«, begriff sie und wandte sich an die anderen Mäuse.

»Was sind ihre Anweisungen an euch?«, wollte sie wissen.

»Ich habe die Druckerei«, verkündete Murat.

»Dann schnell, wir sind im Grunde schon spät dran«, jagte ihn Mia davon und sofort rannte die Maus los. In zwei bis drei Stunden würde das Schreiben in der ganzen Stadt verbreitet sein. Die Bars würden bestückt werden und jeder würde die Botschaft erhalten.

»Ich habe den Hafen«, gab Leanne ihre Aufgabe preis.

»Okay. Was denkst du? Jetzt oder nach Murat?«

»Jetzt«, entschied Leanne. »Je früher desto besser«,

»Brauchst du Unterstützung?«

Leanne grinste verschlagen. Das war ein Nein. Mia nickte ihr zu und die Maus huschte davon. Sie verschwand lautlos in den Schatten. Sie war einfach die Beste von ihnen. Acht Jahre und schon die Kontrolle über die härtesten Brocken der Stadt, nirgendwo sonst waren diejenigen, mit denen sie zu tun hatten, so rau und ruppig wie im Hafenviertel. Ihre Schwester hatte eine gute Wahl getroffen, wenn auch eine mutige. Aber Mia hatte schon immer gewusst, dass die Frau, die ihre große Schwester geworden war, etwas hatte, das allen anderen fehlte. Seit Mia sie das erste Mal gesehen hatte, hatte sie es gespürt. Sie hatte gewusst, dass diese eine, nur diese, das Elend besiegen konnte, das sie alle ihr Leben nannten.

»Ich habe die Mäuse«, flüsterte Luke und Mia staunte. Aber sie hätte es wissen müssen. Ihre Schwester hatte ihnen allen die Aufgabe gegeben, die sie im Falle eines solchen Verlusts am Leben und auf dem richtigen Pfad halten würde. Sie hatte nicht geahnt, dass nur die Legende sterben musste, nicht die Frau, die sie ausfüllte. Niemand wäre darauf gekommen, dass es eine Alternative zu dem scheinbar unausweichlichen Schicksal gab. Niemand hätte geahnt, dass es im Orden jemanden gab, der bei der Entdeckung ihrer Identität nicht sofort eine Hexenjagd ausrufen würde. Jetzt sollte der

Kerl sie auch noch heiraten. Das war schon seltsam und unfassbar. Aber es ermöglichte ihrer großen Schwester weiterzuleben. Das war erst einmal alles, was zählte.

»Dann geh. Sie brauchen deinen Trost und deine Kraft. Wir müssen alles zusammenhalten. Diese ersten Tage sind entscheidend.« Mia trat zu ihm, legte ihm die Hand auf die Schulter und musterte ihn. »Es ist schon immer um *die Sache* gegangen, nicht um sie«, erinnerte sie den dunkelblonden, aufgewühlten Jungen.

Er presste die Lippen zusammen und nickte. Er kämpfte mit den Umständen, aber er kam damit klar. Dafür würde sie sorgen. Ihre große Schwester hatte das Gesamtbild nie aus den Augen verloren und Unglaubliches geleistet. Dinge, die erst einmal nicht in die Waage fielen, aber in der Summe rettete sie die Menschen. Ihr Werk war es, das überleben musste. Die sicheren Bars, die Nächstenliebe und Barmherzigkeit, die fairen Handelssysteme, der Schutz der Unschuldigen, all das musste überleben und weitergeführt werden. Und das ging nur, wenn jemand das Gesamtbild im Auge behielt.

Diese Aufgabe hatte ihre große Schwester ihr übertragen. Mia hatte diese Verantwortung erst für zu groß gehalten, aber dann hatte ihre große Schwester es ihr erklärt. Diese Rolle, diese Verantwortung, das konnte nicht jeder auf seinen Schultern tragen. Man musste wissen, dass jeder Mensch Gutes und Schlechtes in sich trug. Man musste seine eigenen Gefühle hinunterschlucken können. Man musste das große Ganze immer im Auge behalten, egal wie schwer einem die jeweilige Entscheidung vielleicht fiel. Und man musste mit Einsamkeit klarkommen.

Mia hatte damals geschnaubt und gesagt, dass sich das nach einem kaputten und masochistischen Menschen anhörte. Ihre Schwester hatte geantwortet, dass es ein Mensch war, der furchtbar großes Leid überlebt und sein Herz dennoch nicht verloren hatte. Ein starker, gütiger Mensch. Da war ihr das Lachen vergangen.

Sie hatte das nicht wissen können, und doch hatte sie es irgendwoher gewusst. Und sie hatte sich dabei selbst verraten. Mia war vollkommen egal, welches Leid ihrer großen Schwester widerfahren war. Darum ging es nicht und deshalb war sie auch nicht neugierig gewesen. Es ging darum, dass sie in dieser Hinsicht gleich waren.

Mia würde diesen Tag nie vergessen. Sie würde nie vergessen, wie sie sich gefühlt hatte. Groß und gebeugt zugleich. Sie musste im Grunde die neue große Ketzerin werden. Nein ... sie musste die neue Retterin werden. Große Ketzerin war schon immer der falsche Name für sie gewesen. Mia wüsste gerne, was auf dem Blatt stand, das Murat gerade holte.

Mia wandte sich von dem Mann ab, der eigentlich die Aufgabe geerbt hatte, die Entscheidungen zu treffen. Der Mann, dem sie ihre Beobachtungen und Ideen mitteilen sollte, betrank sich gerade weiter. Er würde ihr nicht nützlich sein, auch wenn er es für ihre große Schwester gewesen war. Dennoch musste sie ein Auge auf ihn haben, denn er war ihrer Schwester wichtig genug, dass er die Wahrheit kannte. Sie würde sich mit ihm befassen, wenn er verarbeitet hatte, dass er seine Freundin verloren hatte – denn das hatten sie. Sie war jetzt hinter diesen Mauern.

Mia war sich sicher, dass sie ihrer Sache weiterhin dienen würde, dass sie weiterhin kämpfen würde, nur eben jetzt als eine andere Person mit anderen Voraussetzungen und unter anderen Bedingungen, aber sie würde weiterkämpfen. Jeder, der das nicht glaubte, war ein Idiot. Dieser hier würde das auch noch verstehen. Zur Not würde sie es ihm einbläuen. Vielleicht war das alles auch ein großes Glück, weil sie jetzt von innen und außen am großen Ganzen arbeiten konnten. Sie dort und Mia hier. Vielleicht würde dadurch die Wende kommen, die sich alle so sehr erhofften.

***

Kastor war in der Trainingshalle und legte all seinen Zorn in jeden Schlag hinein. Er trainierte mit einem Dummy, da er sich nicht beherrschen und dennoch niemanden ernsthaft verletzen wollte.

Die Tür fiel ins Schloss. Jemand kam oder ging. Was kümmerte es ihn.

»Du beunruhigst deine Männer«, meldete Kagar sich und Kastor hielt in der Bewegung inne. Sein Schweiß rann ihm den Rücken und die Brust herab. Er hatte bemerkt, wie die Stimmung in der Halle angespannt geworden war und wie einige ihr Training beendet hatten, aber er hatte sich nicht beherrschen können und wollte das gerade auch gar nicht, daran änderten auch verunsicherte Krieger nichts. Also hatte er weiter auf die Puppe eingeprügelt. Bis jetzt gerade eben.

»Der Tag ist sicher einer der ereignisreichsten deines Lebens«, brummte Kagar und kam über den Kampfboden auf ihn zu. Kastor hatte sich immer noch nicht umgedreht, aber er hörte die von der Matte gedämpften Schritte.

Kastor konnte immer noch nur auf den Dummy vor sich starren. Seine Knöchel waren inzwischen geprellt und die Haut über ihnen war aufgeschürft. Er hatte es nicht einmal wirklich bemerkt. Das Chaos in ihm war so allumfassend, dass er nicht wusste, wie er Ordnung in seine Gedanken bringen sollte.

Kagar trat in sein Sichtfeld und musterte ihn. »Leonie?«, fragte er ruhig.

»Ich war schon beim obersten Inquisitor. Er wusste nicht, was Vapor angerichtet hat. Er hat mir versichert, dass meine Aussage ausreicht, um sie als Gläubige zu bestätigen. Er wird ihr die Wahl lassen, ob sie meiner Mutter in den Gärten zur Hand geht oder die Festung verlassen will«, berichtete Kastor, was er erreicht hatte, ehe er sich seiner Wut hingegeben hatte.

»Das ist doch gut«, betonte Kagar, der offenbar in Leonies Schicksal einen möglichen Grund für Kastors Stimmung gesehen hatte.

»Ja«, presste er zwischen seinen Zähnen hindurch und begann wieder auf den Dummy einzuschlagen. Keine Technik, keine einstudierten Abfolgen. Einfach nur rohe Gewalt.

»Kas!«, griff Kagar mit eindringlicher Stimme nach seinen feuernden Armen und zog ihn zu sich herum.

Kastor atmete schwer und starrte ihn an.

»Ich weiß, dass du aufgewühlt bist.«

»Ich habe mich nicht gewehrt!«, zischte er und Kagar stockte, vielleicht auch, weil Kastor zu leise und angewidert gesprochen hatte.

»Gewehrt?«

»Gegen die Annullierung«, brachte er mit stoßweiser Atmung heraus.

Kagar biss seinen Kiefer zusammen. Offenbar hatte sein Freund nun verstanden, was Kastor gerade so aufwühlte.

»Es ist alles gut für sie ausgegangen. Das war der einzige Grund für deine Ehe mit ihr. Also gibt es keinen Grund für dich, dich jetzt so zu zerfleischen«, sagte Kagar entschieden, aber leise.

Kastor schnaubte wütend. »Zu diesem Zeitpunkt wusste ich das aber noch nicht.«

»Hör auf. Du bist auch nur ein Mensch. Du warst in den letzten zwei Jahren ein Märtyrer. Keiner könnte es dir vorwerfen, dass du für einen kurzen Moment geschwankt hast«, ermahnte ihn Kagar und hatte recht damit. Aber es entschuldigte nicht, dass Kastor nicht gehandelt hatte. Es erklärte sein Versagen, aber es entschuldigte es nicht.

»Es ist vorbei und es ist gut ausgegangen. Du hast andere Dinge, mit denen du dich auseinandersetzen musst«, erinnerte ihn Kagar.

»Dagegen habe ich mich auch nicht gewehrt!«

»Weil du mal wieder jemanden retten wolltest.«

Ein guter Grund. Einer, der ihm bisher nicht selbst eingefallen war. Er könnte einfach nicken und sich selbst einreden, dass das der Grund gewesen war.

»Diesmal nicht«, platzte er heraus, ehe er es verbergen und in sich hineinfressen konnte.

Kagar musterte ihn ruhig und ... verdammt!

»Lächelst du?!«, fuhr er seinen Freund an.

Das vertiefte das Lächeln zu einem Grinsen. »Entschuldige, aber ich finde es toll, dass du diesmal eine Frau bekommst, die du auch attraktiv findest«, feixte er.

»Das ist nicht lustig!«, knurrte er.

»Doch, Kas«, lachte Kagar sogar. »Du bist so an diese seltsame Distanz zwischen Mann und Frau gewöhnt, dass du gar nicht mehr weißt, wie es sein sollte.«

»Hör auf mir Dinge in den Mund zu legen. Nur weil sie jung ist, heißt das nicht, dass wir ... Das wird nicht passieren! Wir werden zu dieser Ehe gezwungen! Hast du das schon vergessen? Ich bin nicht Vapor. Und überhaupt, hast du sie mal angesehen? Sie ist heruntergehungert und hat gerade große Schmerzen, da ist das, was deiner Meinung nach zwischen Mann und Frau normal ist, wirklich das Letzte, woran sie und auch ich gerade denken. Außerdem, hast du vergessen, wer sie ist?«, warf er seinem Freund vor.

Kagar hatte ihn doch falsch verstanden, er fand nicht ihren Körper attraktiv, wie sollte er auch? Ihr Körper war der Beweis eines harten und entbehrungsreichen Lebens. Er fand das, was in ihr schlummerte, anziehend, ihre Güte, ihre Größe und ihre Kraft.

»Bist du jetzt unter die Snobs gegangen? Sie ist ein Straßenmädchen, aber sie ist hübsch und klug ist sie auch«, ermahnte sein Freund ihn dadurch indirekt, vorsichtig mit seinen Worten zu sein, man wusste nie, wer gerade zuhörte. Offensichtlich sah Kagar auch kein Problem darin, wer sie war.

»Für dich wäre kein Problem, wer sie ist?«, hakte Kastor unsicher nach.

Kagar wägte kurz ab, dann formulierte er eindeutig bedacht.

»Vielleicht im ersten Moment schon. Aber es ist das Wesen eines Menschen, das zählt, nicht wahr? Mir kam sie gütig, mutig und selbstlos vor. Aber das kannst du besser beurteilen. Vermutlich kennt sie keiner so gut wie du.«

Das erinnerte ihn daran, dass er vor der Geschichte mit Vapor davon überzeugt war, dass sie Gutes tat und nicht gegen den Glauben arbeitete. Aber sein Freund gab ihm noch mehr. Er gab ihm seinen Segen.

Kagar hatte nur einen kurzen Blick auf sie und ihr Wesen erhalten. Doch das hatte gereicht ihn zu überzeugen. Kastor war also nicht allein damit, dass sie einen enormen Einfluss auf ihn hatte. Dieses Mädchen war beängstigend berührend. Es ängstigte ihn, sie so sehr in sein Leben zu lassen, wie er sich das gerade vorstellte und sogar ein wenig wünschte.

»Es ist heute noch etwas passiert«, begann Kagar in Kastors Gedanken hinein ein neues Thema.

Kastor schnaubte lachend. »Etwas, das mit der Annullierung und Verlobung mithalten kann?«

»Durchaus.«

Kastor verspannte sich. Er war wieder vollkommen ernst. »Was ist passiert?«

»Die große Ketzerin ist tot«, erklärte sein Freund mit hohler Stimme.

Was bitte sollte das? Er verstand nicht, worauf Kagar hinauswollte.

»Die Nachricht hat sich schon in der gesamten Stadt verbreitet. Es ist vor einer Stunde bei uns angekommen«, berichtete sein Freund.

Kastor war fassungslos. Was plante sie? Wollte sie, dass man sie befreite?

»Wir müssen uns sofort rüsten. Warum hat man mir nicht früher Bescheid gesagt?«, warf er seinem ersten Mann vor und wollte schon losmarschieren, doch da hielt Kagar ihm einen Zettel hin.

»Deswegen.«

Kastor nahm den Zettel entgegen und las ihn.

Nachruf einer liebenden Schwester

Es ist nicht üblich, den eigenen Nachruf zu schreiben, aber ich bin auch keine Frau wie jede andere. Mein Leben lang habe ich mich als Schwester von euch allen empfunden. Ich habe euch all meine Liebe gegeben und versucht Gutes in euere Leben zu bringen. Erst war ich allein, aber dann kamen weitere, die mich unterstützten. Ich verstand, dass es etwas Großes werden könnte, dass wir mehr Leuten helfen könnten, wenn wir mehr wären. Das Herz der Stadt entstand. Wir sind so viele, die Gutes in das Leben von anderen bringen, ich wünsche mir, dass dies nicht aufhört, jetzt da ich nicht mehr für die Dinge kämpfen kann, die Glück in unser Leben bringen. Hört nicht auf, Gutes zu tun. Barmherzigkeit und Nächstenliebe. Meine Engsten werden weitermachen, lasst sie nicht allein.

Kastor las den Zettel wieder und wieder. Erst suchte er fieberhaft nach der versteckten Botschaft, aber wenn er an die Frau dachte, die er kennengelernt hatte, dann meinte sie das hier voll und ganz ernst. Unglaublich gewiss, aber sie meinte das ernst.

»Wie reagieren sie?«, wollte er von seinem Freund wissen.

»Wer immer ihre Engsten sind, sie haben ganze Arbeit geleistet. Wo du gehst und stehst, wird die Kunde von ihrem Tod verkündet immer verbunden mit diesem Nachruf. Die Stadt ist in Trauer verfallen. Kein Hass, keine Wut. Keine Fackeln, nicht einmal der Hauch eines Aufstands. Es ist, als hätte sich ein schwarzes Tuch über die Stadt gesenkt. Bis auf das Westviertel hängen in jeder Straße Trauertücher an den Türen. Sie tragen Blumen zu verschiedenen Orten in der Stadt, unterhalten sich über ihre Taten, erinnern sich an das, was diese Frau für sie bewegt hat. Es macht einen ehrfürchtig. Es ist, als würden sie eine Heilige zu Grabe tragen.«

Im Rat der Omni hatten sie schon oft darüber gesprochen, wie sie einen Aufstand nach dem Tod der großen Ketzerin verhindern sollten. Sie hatten diese Frau fast zwei Jahre gejagt und jeden Monat hatten sie geglaubt ihrer bald habhaft zu werden, weshalb sie darüber gesprochen hatten, wie sie das Volk ruhig halten konnten, wenn es so weit käme. Mit diesem Szenario hatte keiner von ihnen gerechnet. Nicht einmal er, der sie noch am ehesten verstanden hatte.

»Denkst du, sie ist vielleicht gar nicht tot?«, fragte Kagar ihn im Grunde, ob das Teil eines größeren Plans sein könnte.

Kastor schüttelte seinen Kopf. »Nein, wenn sich alle so verhalten wie du sagst, können wir davon ausgehen, dass sie tot ist.«

»Also?«, fragte Kagar.

»Also habe ich jetzt Zeit, mich mit meiner Verlobten zu beschäftigen«, brummte er. Es wurde Zeit, dass er sich mit ihr unterhielt. Sie hatten einiges zu besprechen. Er faltete das Blatt und steckte es in seine Tasche.

»Du weißt ja, wo du mich findest«, brummte Kagar. Das war seine Art zu sagen: Halt mich auf dem Laufenden.

»Wie immer«, versprach Kastor und verließ dann die Halle.

Er hatte Mühe, nicht zu hetzen. Er schlug ein zügiges, aber nicht auffallend schnelles Tempo an. Vom Haus der Krieger, in dessen nördlicher Ecke die Zweikampfhalle lag, eilte er an der Schmiede mit angelagerter Waffenkammer vorbei, an den Stallungen auf der Südseite des Platzes und an den Koppeln.

Er war der jüngste Omni, ein fähiger Krieger. Was er anpackte, das funktionierte! Aber heute war das absolut nicht so gewesen. Nachdem er entschieden hatte hinauszugehen, um sie wiederzufinden, ab da war ihm im Grunde dieser Tag entglitten. Vapor war heute der Mächtigere gewesen und auf ihre Weise war auch das Gossenmädchen stark gewesen. Sie hatte klug gegengehalten, ohne zu zeigen, dass sie es tat. Nur er war vollkommen überflüssig gewesen.

Er hatte ursprünglich mit ihr sprechen wollen, die Situation etwas klarer analysieren und eine Idee für einen Ausweg finden wollen. Na das war ja jetzt dank dieses chaotischen Tages nicht mehr nötig. Er ertappte sich, wie er zynisch schnaubte.

Kastor hasste es, wie er sich gerade fühlte. Er war nicht mehr Herr der Lage. Er hatte nichts in der Hand gehabt, rein gar nichts. Es war grauenvoll. Aber selbst, wenn er sich der Situation ergab, selbst wenn er losließ und akzeptierte, dass er heute keinerlei Macht gehabt hatte und die Dinge nun waren, wie sie eben waren, selbst dann war noch so viel Chaos übrig. Er kannte sie ja im Grunde nicht.

Vielleicht war seine Befürchtung, der vorgetäuschte Tod wäre Teil eines großen Plans, nicht so unbegründet, wie er Kagar gerade gesagt hatte. Vielleicht täuschte sie gerade alle genial, um in den Orden zu kommen? Wer konnte das schon wissen. Bevor dieses Chaos passiert war, wäre er sich absolut sicher gewesen, er war sich immer in allem sicher gewesen, aber der heutige Tag hatte ihm diese Sicherheit geraubt. Allerdings bekam er seine Sicherheit nicht zurück, indem er sich in der Zweikampfhalle verkroch und sich körperlich auslaugte.

Es war schon dunkel, als er im Südteil der Festung angekommen war und den Garten seiner Eltern betrat. Die Grillen zirpten kaum noch, so spät war es schon. Nur noch einige Vogelrufe schallten durch die Dunkelheit. Es gab weniger Geräusche in der Nacht und so lag der Garten seltsam still da.

Er merkte, dass er langsamer wurde. Dass er wusste, dass er ein Gespräch mit ihr führen musste, hieß nicht, dass er entspannt in die Situation ging. Ein tiefer Seufzer entrang sich seiner Kehle, als er die Holztür öffnete. Er trat in das Haus seiner Eltern und lauschte dem vertrauten Knarzen der Holzdielen im Eingangsbereich. Der Duft des Holzes drang ihm in die Nase und gab ihm das Gefühl von Heimat. Hier war er aufgewachsen.

Die Anspannung ließ ihn flach und angestrengt atmen. Er wollte nicht weitergehen und wusste doch, dass er es musste. Er stellte sich vor, wie sie in diesem Zimmer sitzen und ihn anfunkeln würde. In seiner Vorstellung war sie älter und hatte einen starken Willen. Sie war hart und ablehnend.

Ihm war inzwischen klar, dass seine Vorstellung vielleicht noch weiter von der Realität entfernt war, als er auch nur geahnt hatte. Sie würde schließlich nicht einmal sitzen, denn sie hatte zahlreiche offene Wunden am Rücken. Sie würde liegen und Schmerzen haben. Diese Erkenntnis ließ ihn innehalten, mit der Hand auf der Klinke liegend und nah an der Tür, die er gerade noch hatte beherzt öffnen wollen.

Ein leises Lachen erklang hinter ihm.

Er fuhr herum und musterte die Person im Türrahmen zur Küche. Sein Vater stand dort und lehnte an der Wand. Sein wettergegerbtes Gesicht zeigte ein Schmunzeln. Seine gesamte Körperhaltung war die eines weisen Mannes, der über eine Handlung eines jüngeren amüsiert war. Kastor hatte sich schon lange nicht mehr einfältig gefühlt. Dieser Tag schien immer besser zu werden.

Kastor ließ seine Hand wieder sinken. »Was ist?«, fuhr er seinen eigenen Vater an. Kastor war es gewohnt, im Befehlston zu sprechen, allerdings vermied er es sonst, das seiner Familie gegenüber auch zu tun. Er war gerade einfach nicht in Form.

Sein Vater machte es noch schlimmer, in dem er einfach nur überlegen lächelte. Kastor stieß ungeduldig die Luft aus.

»Es ist einfach schön zu sehen.« Sein Vater lächelte, ohne auch nur annähernd preiszugeben, worüber er sich so köstlich amüsierte.

»Was denn?«, blaffte er und zeigte damit viel zu offen, wie ohnmächtig er sich in dieser ganzen Situation fühlte. Wo war nur seine sonst so gelassene Überlegenheit hin?

»Dass deine zukünftige Frau dich aus der Ruhe bringen kann.«

Was sollte das denn heißen? So ein Blödsinn. Und überhaupt, er ließ sich ja wohl von nichts und niemandem aus der Ruhe bringen. Das konnte sein Vater sich so was von in die Haare schmieren.

»Entschuldige mich, ich muss mit meiner Verlobten reden«, entgegnete er kühl in dem Bemühen, seine Überlegenheit zurückzugewinnen. Er packte die Klinke, riss die Tür zum Schlafzimmer seiner Eltern auf und stürmte hinein. »Wir müssen reden!«

Wie er vor der verwirrenden Szene mit seinem Vater geschlussfolgert hatte, lag sie auf dem Bauch im Bett seiner Eltern. Sie zog aufgrund seiner Attacke, denn anders konnte man seine gepfefferten Worte im gewohnten Befehlston kaum nennen, einfach nur eine Augenbraue hoch.

Kastor atmete tief ein und aus, ging zurück zur Tür und schloss sie. Dann kam er zu ihr ans Bett, setzte sich neben dem Bett auf den Boden und seufzte resigniert. »Entschuldige, das kam heftiger raus, als ich geplant hatte«, gestand er und ihre Züge wurden sofort sanft.

Sie nickte und blickte ihn verständnisvoll an. »Die Situation ist für uns beide hart. Für dich vielleicht härter als für mich«, überlegte sie kurz. »Ja, sehr wahrscheinlich sogar.«

»Inwiefern?«, wollte er wissen.

Sie lächelte und sah ihn auf eine Weise an, die sein Herz seltsam holpern ließ. Seine Brust fühlte sich irgendwie eng an und eine leichte Gänsehaut überzog seinen Nacken.

»Ich weiß von dir, dass du einer von den Guten bist. Du weißt von mir wahrscheinlich nur das, was die Leute hier über mich so reden. Außerdem war mein Leben deutlich näher an einer Katastrophe als deines. Diese Entwicklung ist beinahe eine Gnade im Vergleich zu dem, womit ich gerechnet habe. Aber nur für mich. Für dich muss es die absolute Katastrophe sein«, schloss sie und bewies seltsamen Weitblick.

Einen Weitblick, den er einer Frau in ihrem Alter eigentlich nicht zutraute. Ihre Worte waren so wahr und durchdacht, dass er schlucken musste. Wie konnte sie so in ihn blicken? Wie konnte sie das Chaos in ihm klarer formulieren als er selbst. Er war nicht in der Lage gewesen, den Grund für seinen inneren Aufruhr so genau zu identifizieren.

»Du wirkst ziemlich lebendig an deinem Todestag«, flüsterte er. Diese Frage hatte ihn hergetrieben und es war auch leichter für ihn, sich mit dieser Thematik auseinanderzusetzen als mit der verwirrenden Zukunft, die auf sie beide wartete.

»Sei sehr vorsichtig mit dem, was du sagst. Die Wände haben Ohren und Holz ist nicht gerade das beste Material, um Laute zu schlucken«, ermahnte sie ihn leise.

»Du sprichst von meiner Familie«, entgegnete er entrüstet.

»Ganz genau. Wenn sie wüssten, was du weißt, wären sie in großer Gefahr«, flüsterte sie eindringlich und verpasste ihm einen verbalen Schlag in die Magengrube. Wieder hatte sie im Sinne jener gehandelt, die um sie herum waren. Sie hatte den Schutz seiner Familie im Sinn gehabt, sonst nichts.

Er seufzte schwer. Das würde sehr viel schwerer werden, als ihm bisher schon klar gewesen war.

»Okay, ich werde vorsichtig sein«, räumte er ein.

Sie sah ihm fest in die Augen, schien etwas zu suchen. Vielleicht wie ernst er es meinte. Irgendwann wirkte sie zufrieden. Dann flüsterte sie: »Die große Ketzerin ist heute gestorben. Das ist sie wirklich. Aus dieser Festung kann ich nicht mehr tun, was ich bisher getan habe. Nicht als diese Person.«

Er musterte sie skeptisch, fand jedoch nicht den Hauch einer Lüge oder einer Hinterlist. Ihre Ausführung war noch dazu vollkommen logisch. Sie hatte natürlich recht, dass sie als seine Frau kaum das tun konnte, was sie zuvor getan hatte.

»Wieso willst du nicht fliehen?«, entschlüpfte es ihm. Immerhin konnte sie das tun. Wie erfolgreich sie sich vorm Orden verbergen konnte, hatte sie doch jahrelang unter Beweis gestellt.

Sie lächelte sanft und wieder bildete sich die Gänsehaut in seinem Nacken.

»Es ist nicht mehr wie früher. Der Orden weiß jetzt, wer ich bin«, erinnerte sie ihn, dass er ihr Geheimnis kannte. Doch er verstand nicht, warum sie sich nicht wehrte.

»Sieh mich nicht so an. Was soll ich denn machen? Du könntest mich jagen und die bedrohen, die mir wichtig sind. Wenn ich fliehe, bringe ich alle in Gefahr, die mir wichtig sind«, gab sie ihre Beweggründe preis und hatte Mühe, ihre Stimme leise zu halten.

»Du bist bereit jemanden zu heiraten, den du hasst, nur um Leute zu schützen, die so bereitwillig glauben, dass du tot bist?«, fragte er provozierend. Im Grunde glaubte er nicht, dass sie ihn hasste. So wirkte sie einfach nicht.

»Ich war bereit für sie zu sterben!«

Es schmeckte ihm nicht, dass sie nicht widersprochen hatte, als er gerade behauptet hatte, sie würde ihn hassen. Er hatte sie provozieren wollen, doch jetzt hatte er sich im Grunde selbst nur geärgert.

Ein Mensch wie sie war nicht fähig, jemanden zu hassen. Sie war so selbstlos, dass es ihn schockierte. Was sie heute Morgen in der Gasse gesagt hatte, meinte sie vollkommen ernst. Er kannte keinen Menschen, der zu solch uneingeschränkter Selbstaufopferung bereit war, weder gläubig noch Ketzer. Ausgerechnet dieses junge Mädchen sollte ihn nun lehren, was die Schriften des Glaubens ihm nie hatten glaubhaft vermitteln können. Und doch war sie ein einziges Rätsel.

»Warst du das wirklich oder wolltest du dir nur Zutritt zum Orden verschaffen?«, fragte er forschend. Er konnte nicht einfach gutgläubig annehmen, was sie ihm erzählte.

Sie lachte leise. »Ihr habt einmal in der Woche offenes Haus. Ich war schon zahllose Male im Orden, habe die Schriften studiert, mir die Gebäude genau angeschaut, Fluchtwege gesucht und gefunden, die Menschen beobachtet und den Ort in mich aufgenommen.«

Er konnte nicht glauben, was sie ihm sagte, aber es passte zu ihr. Sie war durchorganisiert. Selbst ihren Tod schien sie durchgeplant zu haben. Sie hatte sich auf alle Eventualitäten vorbereitet. Ob sie sich auch in irgendeiner Form auf die Folter vorbereitet hatte? Eine grausige Frage. Aber intuitiv würde er sie bejahen. Wie sie vorhin stumm den Schmerz ertragen hatte, wie sie Kraft in seinem Anblick gesucht und scheinbar gefunden hatte. Das hatte ihm großen Respekt und einen Funken Ehrfurcht abgerungen. Er starrte sie an und versuchte schlau aus ihr zu werden.

»Wenn sie tot ist, wer bist du jetzt?«, fragte er nach. Er war jetzt ruhiger, auch wenn er nicht wusste wieso.

»Das Mädchen, das ich mit zwölf begraben habe«, flüsterte sie rau, als würde sie dieses Geständnis viel kosten. »Mein Name ist Eloise.«

Kastor musterte sie ruhig, sah, wie Schmerz und etwas wie Angst in ihren Augen standen. Da lag etwas in ihr begraben. Vielleicht etwas, das sie nachhaltig geprägt hatte, dass ihr als Antrieb für ihren Kampf diente. Was immer es war, sie war zwölf gewesen. In seinen Augen zu jung für ein prägendes Ereignis, egal welcher Art. Er erinnerte sich an das grausige Geheimnis, das ihm die Hure über sie erzählt hatte und er schluckte schwer.

»Ich bin Kastor«, antwortete er und spürte, wie die Atmosphäre knisterte. Mit dem Moment, in dem sie sich nun gegenseitig erstmals vorgestellt hatte, waren sie aus ihren bisherigen Rollen herausgetreten und standen sich nun einfach als Mann und Frau gegenüber.

Er spürte, wie er alles ablegte, was bisher zwischen ihnen gestanden hatte, die Jagd nach ihr, die Gerüchte, die er gehört hatte, der Omni, der er war, der treue und loyale Krieger. Alles legte er ab und gab seinem Wesen Raum, um es ihr zu zeigen.

Und sie machte genau dasselbe, streifte die Ketzerin und das Gossenmädchen ab und gewährte ihn einen Blick auf die Frau hinter der Maske. Kas spürte die Aufregung in sich aufkeimen. Die Neugier erwachte und ein sanftes Staunen überlagerte alles andere, was ihn bis eben noch so aufgewühlt hatte.

Gerade entstand etwas zwischen ihnen. Etwas sehr Fragiles und doch seltsam Intensives. Sie gaben einander etwas von sich preis, ohne es direkt auszusprechen. Für den Moment hätte er die ganze Nacht hier sitzen und mit ihr reden können, sie kennenlernen können. Er war sich fast sicher, dass das nicht passieren würde, da das, was zwischen ihnen entstand, eben noch sehr zart war und sie sicher noch nicht bereit war, ihm alles von sich zu offenbaren. Er zumindest fühlte sich nicht dazu in der Lage, dieser noch so fremden

Frau sein gesamtes Leben zu offenbaren. Aber für den Moment wünschte er es sich. Er wollte sie entdecken, wirklich sie, die Frau hinter der Legende und er wollte sich ihr vorstellen, sein Wesen. Dieses Bedürfnis kannte er nicht, hatte er noch nie in seinem Leben gespürt.

»Kas«, murmelte sie leise und er zuckte zusammen. Sie bemerkte es.

»Entschuldige. Ist es dir nicht recht, wenn ich deinen Namen verändere?«, fragte sie, als wüsste sie gar nicht, dass Kagar ihn so nannte. Vielleicht wusste sie das ja wirklich nicht. Hatte Kagar ihn je in ihrer Gegenwart angesprochen?

Er musterte sie und suchte wieder nach Anzeichen für Falschheit. Doch er fand erneut keine. »Wie kommst du auf Kas?«, fragte er.

Zum ersten Mal sah er Scham in ihren Zügen. Er sah, wie sie errötete und sich versuchte zurückzuziehen. Sie haderte mit sich, rang um eine Antwort und schließlich gab sie ihm eine. Eine, die er wirklich nicht erwartet hatte.

»Ich verändere Namen von Menschen, die ... die in meinem Leben eine Rolle spielen. Es ist meine Art, ihnen zu zeigen, dass ... ich ... Auf diese Art sage ich ...«

Er hatte sie nie so unsicher erlebt. Sie hatte alles bisher mit so einer Selbstsicherheit bestritten und auch das Gossenmädchen, das sie gespielt hatte. Diese schüchterne Scham, das sprach den Beschützer in ihm an und weckte seine Zuneigung. Ein sanftes Gefühl regte sich in ihm. Der Impuls, ihr über die Wange zu streichen, die so süß errötete, kam in ihm auf.

»Zuneigung«, flüsterte er, weil er durchaus verstanden hatte, was sie nicht hatte ausdrücken können.

Sie sah ihn mit großen Augen an. Nicht wirklich überrascht, und doch ein wenig entblößt, ob der treffenden Wortwahl. Schließlich nickte sie. Sie wirkte auf einmal so unbedarft. Eine Facette von ihr, die er bisher nicht kannte. Er hatte sie nie so gesehen und auch nie davon gehört, dass sie so wäre. Irgendwie machte es den Moment besonders. Sie traute sich ihm diese Facette von sich zu zeigen. Sie öffnete sich ihm. Vielleicht auf eine Weise, wie sie sich bisher noch nie jemandem geöffnet hatte. Der Gedanke fühlte sich schön an. Das würde nämlich bedeuten, dass er für sie besonders war.

»Wie kannst du Zuneigung für mich empfinden?«, wollte er wissen. Er hatte ja schon geahnt, dass sie ihn nicht wirklich hasste, aber dass sie ihn darüber hinaus sogar mögen sollte, war neu und fiel ihm auch schwer zu glauben.

Nun lächelte sie wieder mit diesem sanften, warmen Blick, der ihn völlig durchdrang.

»Meine Mäuse haben dich den Mann mit Herz genannt. Ich musste sehen, wer meine treuen Mäuse so nachhaltig beeindruckt hatte, also bin ich dir gefolgt. Ich habe gesehen, wie groß dein Herz ist, dass du einer von den Guten bist und deine Macht nicht nutzt, um deine Ziele zu erreichen und jene zu unterdrücken, die weniger haben, sondern dazu jenen zu helfen, die deiner Hilfe bedürfen. Du bist einer von den Guten«, wiederholte sie und sah dabei beinahe selig aus.

Er schluckte schwer. Ihre Stimme zeugte von Respekt und ihre Worte weckten ein warmes Bild von seiner Person. Ein Bild, das er schön fand, das er aber nicht unbedingt an die große Glocke hängen würde, denn er war schließlich Omni des Hauses der Krieger. Man erwartete wahrlich anderes von ihm. Wenn er daran dachte, dass er damals hinausgegangen war, um sie zu jagen, beschämte ihn die Beschreibung.

Wie oft hatte er das Leid um sich ignoriert und war an den Menschen vorbeigegangen, um sie zu finden. Erst nachdem sein Verdacht geweckt war, hatte er begonnen die Menschen, an denen er vorbeiging, wahrzunehmen. Erst dann hatte er nicht mehr einfach vorbeigehen können. Erst dann, als er begriffen hatte, für was für einen Menschen die Armen sie hielten. Erst dann, als ihre Handlungen ihm indirekt die Augen geöffnet hatten.

Kastor stolperte über eine Erkenntnis, die ihn aber nicht wirklich überraschte. Auch er empfand Zuneigung für sie. Mehr eine Form, die auf Respekt ihren Handlungen gegenüber basierte, aber nüchtern betrachtet mochte er sie.

»Wie geht es dir?«, wollte er nun wissen. Er musste das Thema wechseln. Er brauchte eine Erholung von entblößenden Wortwechseln. Es war spannend einander zu entdecken, aber es war auch anstrengend, so viel von sich preiszugeben, wenn man noch besorgt darüber war, was das Gegenüber mit diesen Einblicken anfing. Als Omni des Kriegerhauses war das Sich-Entblößen etwas, worin er wirklich keine Übung hatte.

»Den Umständen entsprechend gut. Die Heilerin hat mich behandelt und deine Schwester hat mir Gesellschaft geleistet.«

»Sind die Schmerzen schlimm?«, fragte er nach und wollte es doch lieber nicht wissen. Er hatte es zugelassen. Er hatte so einiges heute zugelassen. Dinge, gegen die er nicht gewusst hatte, wie er sich hätte wehren sollen, aber er hätte es wenigstens versuchen sollen.

Noch ehe sie antworten konnte, platzten die nächsten Worte aus ihm heraus. »Es tut mir leid.«

Sie hatte den Mund geöffnet, um zu antworten. Jetzt schloss sie ihn wieder und sah ihn fragend an. Er hatte sie überrascht. Ein seltsam befriedigendes Gefühl.

»Es gibt nichts, für das du dich entschuldigen müsstest. Ich bin dir zu großem Dank verpflichtet. Ich verdanke dir mein Leben.«

Er wandte den Blick ab. Er wollte nicht daran erinnert werden. Er hatte eigentlich noch nicht entschieden gehabt, was er mit ihr anfangen würde. Jetzt wurde sie seine Frau. Sie hatte es akzeptiert und scheinbar alles Nötige in die Wege geleitet. Sie hatte ihr altes Leben einfach aufgegeben und sich in ihrem neuen bereits beeindruckend klug verhalten. Sie hatte die Rolle als wahre Gläubige ausgezeichnet gespielt. So gut, dass man es ihr wirklich abnehmen könnte. Irgendwie hatte sie sich mit seiner Schwester angefreundet, was an ein Wunder grenzte und jetzt legte sie verdammt viel von sich offen, damit er sie kennenlernen konnte.

»Ich habe es nicht verhindert«, beharrte er auf dem Schuldgefühl.

Sie wusste sofort, wovon er sprach. »Hättest du es denn verhindern können?«, fragte sie betont nach, sodass es schon suggerierend wirkte.

»Ich weiß nicht. Vielleicht. Ich hätte es versuchen müssen!«, warf er sich selbst vor.

Sie lachte leise. »Soweit ich mich erinnere, wolltest du es versuchen. Ich habe das allerdings nicht zugelassen. So gesehen bin ich selbst dran schuld«, meinte sie leichthin. Wir konnte sie das so locker sehen?

»Außerdem hast du mir geholfen es durchzustehen. Noch etwas, für das ich dir danken möchte«, setzte sie noch einen oben drauf.

»Hör auf!«, fuhr er sie verzweifelt an. Er ertrug diese Aufopferung nicht. Sie machte es schon wieder! Sie hätte alles Recht, wütend und enttäuscht zu sein. Aber nein, sie drehte es lieber so, dass sie selbst an ihrer Lage schuld war. Und er konnte ihr nicht einmal logisch widersprechen. Aber emotional sprach für ihn einfach alles dagegen.

Sie schwieg. Sie beharrte nicht auf etwas und drang nicht weiter in ihn. Sie ließ ihm Zeit, die Wut über seine Handlungsunfähigkeit heute Morgen zu bezwingen. Er rang mit sich und atmete schwer. Doch schließlich sah er ein, dass er in dieser Situation hätte den größten Schaden anrichten können, wenn er es auf einen Machtkampf angelegt hätte. Eine Erkenntnis, die ihm nicht schmeckte und die sie offenbar schon lange vor ihm gehabt hatte.

»Deine letzte Frau ...«, wechselte sie nun das Thema, wofür er dankbar war.

»War gütig und freundlich«, beendete er ihre Frage mit seiner Antwort, denn er wusste, dass sie darauf nicht hinausgewollt hatte.

Sie schluckte und schien nach Worten zu suchen. »Geht es ihr ...«

»Ja, ihr geht es gut. Sie ist bereits in dieses Haus zurückgekehrt und kann weiterhin hier leben. Sie wird meine Mutter bei den Gartenarbeiten unterstützen«, erlöste er sie und sie wirkte erleichtert.

»Das ist gut zu hören. Aber ich wollte eigentlich sagen, sie war alt«, gestand sie und errötete wieder.

Offenbar machte emotionale Nähe zwischen Mann und Frau sie unsicher. Etwas, das ihm Sorge bereitete. Wie einsam ihr Leben bisher gewesen sein wusste, wenn das einfache Alter seiner Frau sie so verunsicherte? Bei anderen Themen war sie wortgewandt, strukturiert und eigentlich unschlagbar, egal, welchem Gegner sie gerade die Stirn bot. Diese überwältigende Unsicherheit, das, was dieses Verhalten verursacht hatte, er wünschte sich, er könnte es aus ihrer Vergangenheit streichen. Leider konnte er das nicht. Aber er konnte ruhig und möglichst nicht zu emotional oder impulsiv reagieren, um ihr die Scham zu nehmen.

»Sie ist zwei Jahre jünger als meine Mutter. Lass meine Mutter bloß nie hören, dass du sie alt nennst«, neckte er sie, um ihr etwas von ihrer Anspannung zu nehmen.

»Kas!«, beschwerte sie sich leise lachend und ein echtes Grinsen breitete sich auf seinem Gesicht aus. Sie ging ihm mehr unter die Haut, als selbst eine Verlobte es tun sollte, zumindest seiner begrenzten Erfahrung nach.

»Was willst du wissen?«, lenkte er immer noch lächelnd ein.

»Sie ... ihr wart verheiratet, aber ... es wirkte einfach nicht, als würdet ihr beiden ... Ich ... Vergiss es. Es geht mich nichts an«, brach sie wieder ab.

Er sah sie überrascht an. Er hatte schon verstanden, was sie fragen wollte. Das Interesse war im Grunde gut. Es zeigte, dass sie über die Option nachdachte und über ihre gemeinsame Zukunft. Sie traute sich im Grunde schon ihn das zu fragen, bloß traute sie sich nicht ihn *das* zu fragen. Also was war jetzt richtig? Ihr den Rückzug erlauben oder sie mit sich ziehen und gemeinsam über die Kante springen, an die sie sich mühsam manövriert hatte, um den Sprung zu wagen. Er entschied nach Bauchgefühl. »Du willst wissen, ob wir miteinander geschlafen haben?«

Wieder überzog diese Röte ihre Wangen. Seine rechte Hand zuckte kurz, weil er ihre Haut berühren wollte. Er unterdrückte den Impuls, das war sicher das Letzte, was sie gerade wollte, und wartete auf ihre Antwort. Es interessierte ihn brennend, was sie zu sagen hatte.

»Ich will nur wissen, was mich erwartet«, murmelte sie und kurz huschte etwas Dunkles durch ihre Züge. Er spannte sich an und wappnete sich. Vielleicht hätte er sie doch nicht über diese Kante ziehen sollen. Aber jetzt waren sie gesprungen.

»Wir haben nicht. Es war eher freundschaftlich zwischen uns. Dennoch habe ich mein Gelübde nie gebrochen«, erklärte er wachsam. Er wartete auf einen zweiten Blick auf dieses Dunkle in ihr. Doch es zeigte sich nicht wieder. Es ging also nicht um den Sex mit seiner ersten Frau. Aber worum dann? Ging es um Sex allgemein? Würde seine Aussage sie denken lassen, dass er gar nicht aktiv war? Das wäre nicht gut. »Natürlich heißt das nicht, dass ich unerfahren bin. Ich hatte vor der Ehe Zeit, mich auszuprobieren und die Lust zu kosten«, ergänzte er, um das klarzustellen.

Sie nickte leicht abwesend. Nicht das geringste Anzeichen von Erstaunen oder überhaupt einer anderen Emotion. Das war es also nicht gewesen. Aber etwas beschäftigte sie, denn sie wandte zum ersten Mal den Blick von ihm ab und schien mit den Gedanken abzuschweifen. Nun, er war sehr offen zu ihr gewesen. Jetzt wollte er dasselbe von ihr wissen.

»Wie sieht es bei dir aus?«, fragte er also und fragte sich in dem Moment, in dem er die Worte ausgesprochen hatte, wieso er so dumm war. Gerade noch hatte er erkannt, dass sie in der Thematik zwischen Mann und Frau unsicher war.

Zack, da war die Dunkelheit zurück in ihren Zügen. Verdammt, jetzt hatte er sie doch wie der letzte Trampel behandelt. Allerdings hatte er den Eindruck, dass er dadurch entdeckt hatte, was im Verborgen schlummerte. Eine böse Vorahnung beschlich ihn und er bekam Angst vor dem, was sie ihm womöglich offenbaren würde. So ehrlich und offen, wie sie bisher gewesen war, verriet sie ihm vielleicht etwas, das er nicht wissen wollte. Er musste jetzt im weiteren Gespräch sehr vorsichtig sein, wenn er mit dieser Vorahnung recht hatte.

»Ich bin auch nicht unerfahren«, sagte sie hohl.

Er sollte es dabei bewenden lassen. Er sollte nicht weiter nachhaken. Aber etwas in ihm trieb ihn weiter. Etwas in ihm wollte, dass er wusste, weshalb sie dieses Thema so zu verabscheuen schien. Etwas, das für sie da sein wollte und ihr diesen dunklen Schatten nehmen wollte.

»Magst du es?«, umschiffte er die eigentliche Frage nach ihren Erfahrungen und stieß doch weiter in die Richtung vor. Allerdings hatte er Sorge, dass sie in ihrer gerade erst entstehenden Beziehung eigentlich noch nicht bereit für so ein tiefgreifendes Gespräch waren. Nun war er aber schon losmarschiert und sie ging mit. Ob das hier sie näher aneinander oder meterweit voneinander wegkatapultieren würde, wusste er gerade nicht.

Sie blinzelte irritiert und sah ihn endlich wieder an. »Du nicht?«, lachte sie. Sie hatte gerade eine Maske auf, da war er sich absolut sicher.

»Das war nicht meine Frage«, beharrte er und sie schien zu ahnen, dass er etwas in ihren Worten entdeckt hatte.

Sie schluckte schwer.

»Ja, ich mag es«, betonte sie jedes Wort, aber die Worte waren seltsam abgehackt.

»Wenn du nicht darüber reden möchtest, können wir es sein lassen. Aber lüg mich bitte nicht an«, wagte er sich vor. Sein Instinkt sagte ihm, dass da etwas in ihr verborgen lag. Er wollte das wissen. Er musste. Er würde nämlich ihr Mann werden. Aber er musste das nicht unbedingt jetzt wissen.

»Ich lüge nicht. Ich habe gelernt es zu mögen. Unter den richtigen Bedingungen«, gab sie etwas mehr preis und deutete gleichzeitig an, dass es eine Zeit gegeben hatte, in der es anders gewesen war.

»Du hast es gelernt? Unter den richtigen Bedingungen?«, fragte er mit leicht erhöhter Stimme.

Wieder wandte sie ihren Blick ab. »Ohne Gefühle. Reine Befriedigung. An einem unbelasteten Ort«, erklärte sie kalt und abgehackt.

Erst malte es ein grausiges Bild. Dann wurde ihm klar, dass sein Sex genauso gewesen war. Er hatte die Frauen gemieden, die ihn mochten, damit er nicht alsbald heiraten musste. Sicher war das bei ihr nicht die Ursache für dieses Verhalten. Bei ihm war dann alles anders gekommen, als gedacht, aber er hatte genau denselben Sex gehabt wie sie. Warum hatte er erst an etwas Grausames gedacht? Wegen ihres ganzen Gebarens.

»Das klingt wie der Sex, den ich gehabt habe.« Er nickte ruhig und musterte sie gleichzeitig mit Argusaugen. Er erwischte sich, wie er in die Methoden seines Hauses verfiel, um an Informationen zu kommen, die man haben wollte. Er fiel in seine Rolle. Aber das war nicht richtig. Natürlich wollte er diese Informationen, aber weil sie sie mit ihm teilen wollte, nicht weil sie sich dem Krieger in ihm unterwarf.

Sie wirkte benommen. Hin- und hergerissen musterte er sie. Würde es ihr helfen, wenn er nachforschte? Oder drängte er sie dann in einem Bereich, in dem sie zu unsicher war, um entschieden ihre Meinung und ihren Willen durchzusetzen? Ging er zu weit, wenn er nachhakte? Sie sah zwar unsicher aus, aber nicht emotional, nicht ängstlich und nicht wirklich mitgenommen.

Er nahm sich vor ganz genau auf ihre Regungen zu achten, damit er nicht zu weit ging.

»Sag es mir, wenn du bereit bist, Eloise«, bot er ihr leise an. Als er seinen Worten nachlauschte, wurde ihm klar, dass er außerdem deutlich gemacht hatte, dass er ihre Vergangenheit wissen wollte. Das stimmte natürlich.

Ihm wurde klar, dass es zum ersten Mal etwas gab, das er wollte, zu dem er aber kein Recht hatte. Vermutlich waren die Worte deshalb anders aus seinem Mund gekommen, als er gewollt hatte.

Sie sah ihn mit Augen an, die einen inneren Konflikt widerspiegelten. Ihre braunen Augen huschten zwischen seinen hin und her. Da war es, das Anzeichen, auf das er so gelauert hatte. Aber mehr kam nicht. Kein abweisender Zug um den Mund, kein Zurücklehnen oder sonst irgendein Anzeichen, dass er zu weit ging. Er war unsicher.

»Ich sehe den Kampf in dir, sehe, wie du über etwas nachdenkst. Fühl dich nicht gezwungen. Aber ich will dir dennoch deutlich machen, dass ich dir gerne zuhöre«, bat er und versuchte so seine vorherigen Worte etwas zu entschärfen.

»Wieso?«, fragte sie rau. Dann sah er, wie sie in die Verteidigung verfiel. »Was geht dich das an? Meine Pflicht als deine Frau ist lediglich, Kinder zu gebären. Ich muss dich nicht lieben. Nur Kinder gebären. Nur deine Nachkommenschaft sichern«, knallte sie ihm hart an den Kopf.

Er wäre beleidigt gewesen, wenn er nicht aufgrund ihres inneren Kampfes mit so etwas gerechnet hätte.

»Darum geht es auch nicht, sondern darum, dass dir jemand zuhört, dass du darüber sprechen kannst«, beharrte er.

»Wieso?!«

»Weil es hilft loszulassen«, erklärte er.

Sie öffnete den Mund, wahrscheinlich um ihn anzublaffen, da nahm er ihre Hand und drückte sie. Sie zuckte fürchterlich zusammen und starrte mit großen Augen auf seine Hand, in der ihre jetzt lag. Wieder tobte der Konflikt in ihr. Er sah wie sie mit sich selbst stritt.

Sie hatte ihn falsch verstanden, hatte eine Forderung in seinem Angebot gehört. Etwas, an dem erst selbst schuld war und das er hätte bremsen müssen. Deshalb hatte er sie berührt, um sie leicht zu schockieren und sie aus ihrer Rage zu holen. Eine Rage, die durchaus berechtigt war, wenn er wirklich gefordert hätte. Daher hatte er sie schockieren müssen, was nicht nett war, wo sie sich gerade einem sehr schwarzen Punkt ihrer Vergangenheit näherten.

»Ich weiß, du solltest es wissen. Aber ich habe heute so viel von mir preisgegeben. Erst Vicki und dann dir. Ich kann einfach nicht mehr. Ich ... Ich kann nicht mehr«, flüsterte sie und er sah, wie ihr die Tränen über die Wangen rannen.

»Natürlich. Wie gesagt, ich bin da, wenn du bereit bist, aber ich würde dich nie zwingen. Hörst du? Sollte ich jemals in einem Gespräch zu weit gehen, brems mich. Das Recht hast du! Dieses Recht hast du mir gegenüber immer!«

Sie nickte mitgenommen.

Sie hatten den Punkt erreicht, an dem er nicht weitergehen durfte. Das war jetzt deutlich. Er hoffte nur, dass sie ernst nahm, was er ihr sagte. Dann würden sie vielleicht irgendwann an den Punkt kommen, an dem sie bereit war ihm davon zu erzählen. Allerdings war er sich nicht sicher, ob das so nötig war, wie er gerade eben noch gedacht hatte, denn immerhin schien sie es seiner Schwester erzählt zu haben. Er hätte sich denken können, dass seine Schwester nicht einfach so mit seiner Verlobten sympathisierte. Was immer Eloise ihr gesagt hatte, es hatte Victoria sehr milde gestimmt. Seine Schwester hatte sich um seine Verlobte gekümmert. Das war so leicht zu glauben wie die Tatsache, dass er nicht mehr länger mit Leonie verheiratet war. Und die Akzeptanz und Zuneigung ging in beide Richtungen. Eloise hatte seine Schwester Vicki genannt. Was, wie er nun wusste, ihre Zuneigung zum Ausdruck brachte.

Er hob seine andere Hand und strich ihr das Haar aus der Stirn. Er legte die Strähnen vorsichtig hinter ihr Ohr und sah ihr dann wieder in die Augen.

Eloise hielt seinen Blick fest und ihm wurde heiß. Ihre großen Augen weckten das Bedürfnis, sie in den Arm zu nehmen. Etwas, das ihn zutiefst erschreckte, weil es ihn freute.

Sie versanken in den Augen des anderen und schienen beide unfähig sich noch weiter zu bewegen. Offenbar hatte er mit seinem Versuch, sie dazu zu bewegen, sich zu öffnen, keinen Schaden angerichtet. Sie wirkte wieder ruhiger und beinahe näher als am Anfang ihres Gesprächs. Ihr Blick war vorbehaltlos und warm. Sie war es schließlich, die den Moment beendete.

»In welchem Zimmer bin ich eigentlich?«, wollte sie wissen.

»Im Schlafzimmer meiner Eltern.«

»Dann muss ich hier raus.«

»Was?«, fragte er verwirrt und überrascht. Zwei schwache Gefühle im Vergleich zu dem Unglauben, der ihn überfiel, als sie sich aufrichtete und Anstalten machte, tatsächlich aufzustehen.

»Halt. Bist du verrückt«, fragte er hilflos, da sie einfach aufstand. Sie ließ sich mit Worten nicht aufhalten. Sie hievte die Beine über die Bettkante, als er selbst auf die Beine kam. »Hörst du jetzt endlich auf!«, verlangte er wütend.

»Nein. Ich kann doch nicht ein Ehebett besetzen. Das gehört sich nicht«, entschied sie und Kastor war vollkommen ungläubig. Wie konnte so etwas Belangloses sie so beschäftigen, dass sie trotz Schmerzen aufstand?

»Willst du lieber in Leonies Bett schlafen?«, knallte er ihr entgegen in der Hoffnung sie so aufzuhalten. Tatsächlich hielt sie mit bereits aufgestützten Händen inne und sah zu ihm auf. Sie sah ihn mit deutlichem Unbehagen an. Doch dann schien sie sich zu entscheiden und meinte: »Wenn kein Bett frei ist, werde ich eben auf dem Boden schlafen.«

»Nein!«, rief er entsetzt, halb über ihre Worte, halb über den eindeutigen Versuch aufzustehen. Sie kam auf die Beine und wankte. Sie griff instinktiv nach vorne, eindeutig mit Schwindel ringend. Er ergriff sofort ihre Hand, trat einen Schritt auf sie zu und legte seine Hand an ihre Taille, um sie weiter zu stützen.

»Oh«, murmelte sie benommen. »Mir ist ein wenig schwindelig.«

Er schnaubte ungehalten. Natürlich war ihr schwindelig. Was hatte sie denn erwartet? Wieso war sie so unvernünftig?

Es dauerte nur wenige Augenblicke, da erlangte sie ihre Sicht zurück. Er wusste genau, wann sie wieder sah, denn sie sah ihm direkt in die Augen und errötete erneut kleidsam. War es ihr peinlich, ihm so nah zu sein, oder berührte es sie? Sollte er abrücken oder ihnen beiden diesen Moment gewähren?

Er sollte sie eigentlich ermahnen, wie unvorsichtig sie gewesen war, doch ihre Nähe vertrieb alle Gedanken, die halbwegs vernünftig waren. Wieder entstand ein Moment zwischen ihnen. Er sah genau, wie sie sein Gesicht betrachtete. Sie schweifte mit ihrem Blick über seine Züge und schließlich blieb sie einen Moment an seinen Lippen hängen. Das weckte den Gedanken, dass er sich nur leicht vorbeugen müsste, um sie zu küssen.

»Ketzerin«, keuchte sie atemlos.

Er erstarrte. »Wie bitte?«

»Ich musste dich aufhalten«, sagte sie zittrig.

»Aufhalten?«

»Du sahst aus, als wolltest du ...«

»Was bitte? Na komm schon, sag es, Elli«, knurrte er gereizt.

Doch anstatt ihn vor den Kopf zu stoßen, funkelten ihre Augen. »Mich küssen«, flüsterte sie plötzlich mit rauchiger Stimme; und all die Lust kam zurück, die ihn dazu angetrieben hatte, genau das zu wollen, was sie gesagt hatte. Spielte sie mit ihm?

»Elli also?«, fragte sie leise und ihm wurde klar, was ihm da herausgerutscht war und wie sie es verstanden hatte. Nun sie hatte es ganz richtig verstanden, bloß hatte er das sie nicht wissen lassen wollen.

»Bilde dir nichts ein«, wehrte er mit spielerischem Ton ab. Es war besser einen Spaß daraus zu machen, als sich damit auseinanderzusetzen, dass er einen Kosenamen für sie genutzt hatte.

»Mache ich nicht. Keine Sorge. Ich kann Lust und Liebe unterscheiden«, bügelte sie ihn ab und legte ihre eine Hand auf seine Brust. Elektrisches Feuer jagte durch seine Adern und sein Körper reagierte nun eindeutig.

Wusste sie überhaupt, was sie bei ihm anrichtete, wenn sie ihn so unschuldig mit ihren zarten Fingern berührte? Ihr Blick sagte eindeutig Ja. Sie lächelte ein Lächeln, das ihm endgültig bewies, in welche Richtung ihre Handlungen gerade führten. Aber wieso? Was hatte das ausgelöst? Die Nutzung eines

Kosenamens, nicht wahr? Aber warum löste das bei ihr den Wunsch nach körperlicher Nähe aus? Wie wenig Erfahrung hatte sie mit Zuneigung, wenn sie auf so eine kleine Annäherung so heftig reagierte?

Auf einen Schlag war alle Lust weg. Er wollte sie einfach nur in den Arm nehmen und festhalten. Ihr zeigen, dass Respekt und der Beginn von Zuneigung nichts mit Lust zu tun haben mussten. Dass sie tiefer und erfüllender sein konnten, wenn man sich diesen Gefühlen hingab.

»Ich würde an dieser Stelle wirklich gerne weitermachen, aber mir wird gerade schwarz vor Augen«, holte sie ihn auf den Boden der Tatsachen zurück.

Sie krallte sich in seine Muskeln und er umfing sie sofort ganz. Er achtete darauf, den Rücken so wenig wie möglich zu berühren. Der Verband ging nur bis in ihre Taille. Offenbar hatte ihr unterer Rücken nichts abbekommen. Genau dort schlang er seinen Arm um sie und lud sie sich auf die Arme. Er musste ein wenig nachjustieren, aber schließlich lag sie mit ihrer Wange an seiner Schulter und er hatte sie an sich gepresst.

»Victoria!«, rief er.

Seine Schwester kam murrend aus der Küche. Sie öffnete die Tür und hielt mitten in ihrer Tirade inne, als sie sie erblickte.

»Was ist mit ihr?«, fragte seine knurrige kleine Schwester voller Sorge.

»Sie ist aufgestanden«, erklärte er.

Victoria war schon bei ihnen und fühlte Ellis Puls. »Was hast du Esel gemacht?«, blaffte sie.

»Ich habe gar nicht –«

»Klappe«, knurrte sie und konzentrierte sich auf den Puls. »Schwach, aber okay«, murmelte sie. Dann funkelte sie ihren Bruder zornig an. Sie verschränkte sogar schnippisch die Arme vor der Brust.

Er war genervt und wollte Elli in ein Bett bringen, in dem sie auch bleiben würde. »Aus dem Weg, Zwerg«, ignorierte Kastor seine zornige Schwester und ging durch die offene Tür in den Flur.

Sie zeterte hinter ihm, dass er zusehen solle, dass es Elli bald besser ginge, weil er es sonst mit ihr zu tun bekommen würde. Ihr Gebrüll war so laut, dass er erwartete seine Eltern im Flur auftauchen zu sehen, doch das passierte nicht. Also billigten sie immerhin, dass er sie holte. Wäre ja auch noch schöner. Sie war immerhin seine Verlobte. Seine?

Er schluckte schwer, wann war er so besitzergreifend geworden. Aber als er auf sie hinabblickte, konnte er den Wunsch, dass sie einmal wahrhaftig die Seine werden würde, nicht leugnen. Nicht weil sie an seine Seite gezwungen worden war und seine Frau wurde, sondern weil sie einander gehörten.

Kapitel 6

Als sie aufwachte, lag sie wieder in einem Bett. Sie stöhnte leise, mehr frustriert als vor Schmerz, denn die Schmerzen waren deutlich schwächer, als sie normalerweise nach solchen Wunden wären. So wie immer bei ihr.

Sie hatte ihm doch gesagt, dass sie nicht dieses Bett belegen wollte.

»Hast du Schmerzen?«, erklang seine Stimme und sie zuckte zusammen. Sie hatte nicht damit gerechnet, dass er hier sein würde.

»Nein. Nur mein Kopf pocht«, murmelte sie. Die Worte kratzten in ihrem Rachen und ihre Zunge klebte an ihrem Gaumen. Ihr Mund war trocken. Sie stemmte sich auf ihre Hände und wollte sich hochhieven, da wurden ihre Unterarme gepackt.

»Wenn du nicht sofort aufhörst, ziehe ich sie dir einfach weg«, drohte er und schien es vollkommen ernst zu meinen. Eloise sah überrascht zu ihm auf. Sein Gesichtsausdruck sprach von wütender Entschlossenheit.

Das machte sie jetzt auch wütend. Sie konnte es gar nicht leiden, so bevormundet zu werden. Sie war nicht sein Haustier. Sie würde sich nicht einfach beugen, nur weil er es als Omni gewohnt war, dass er immer seinen Willen bekam. Das würde er noch lernen müssen. »Ich habe dir bereits gesagt, dass ich kein Ehebett belegen werde«, zischte sie.

Seine Mundwinkel zuckten. »Das ist derzeit kein Ehebett. In vier Tagen wird es wieder eines sein. Aber da es dann unseres sein wird, denke ich, dass das schon in Ordnung geht«, erklärte er süffisant.

Ihr klappte der Mund leicht auf und sie starrte ihn an. Sie lag gar nicht mehr im Ehebett seiner Eltern ... Sie lag in seinem. In dem Bett, das bald ihr Ehebett sein würde. Sie spürte, wie ihre Wangen heiß wurden. Sicher errötete sie gerade, was angesichts der Bilder, die unweigerlich nach dieser Erkenntnis in ihr aufkamen, zu erwarten gewesen wäre. Sie musste sich dringend fangen. Aber das war nicht so einfach. Seine anfängliche Machtdemonstration bekam nämlich eine fürsorgliche Note. Er hatte sie nicht aufgehalten sich aufzurichten, weil er sie in ein Bett zwingen wollte, in dem sie nicht liegen wollte, sondern weil er verhindern wollte, dass sie noch mal aufstand und ihre Heilung damit verzögerte.

Es war Fürsorge, wenn auch etwas plump ausgedrückt. Ob er je gelernt hatte, sanft mit einer Frau umzugehen? Ob er je eine Frau kennengelernt hatte, die ihm ebenbürtig war, die nicht einfach kuschte, wenn er etwas forderte? Nun, jetzt jedenfalls musste er das lernen.

Eloise sah ihm tief in die Augen. Er war hier gewesen, hatte an ihrer Seite gewacht und sorgte sich um sie. Er war besser, als sie erwartet hatte. Aber das war es nicht, was sie plötzlich schneller atmen ließ. Zum ersten Mal sah sie ihn wirklich an. Nicht als Omni, nicht als ihren Jäger, nicht als Ordensbruder, sondern einfach als Mann.

Seine Züge waren hart und entschlossen. Er wappnete sich für einen Disput mit ihr, was sie innerlich schmunzeln ließ. Er wusste sehr wohl, dass sie keinesfalls unterwürfig sein würde und das gefiel ihr. Er unterschätzte sie weniger als all die andern vor ihm. Seine graublauen Augen funkelten im Halblicht des Zimmers. Ein dunkler Schatten lag über einem schmalen und doch kantigen Kinn. Seine Wangenknochen waren hart und gaben dem Gesicht eine verdammt männliche Form. Es sah wirklich gut aus. Aber am meisten bannte sie der Kontrast seiner dunklen Haare zu seinen strahlend graublauen Augen. Sie hätte diesen Anblick noch Stunden genießen können. Das hätte sie sicher auch getan, aber ihr wurde klar, dass sie ihn anstarrte. Er weckte ihre Lust und eine Sehnsucht, die ihr Angst einflößte. Diese Gefühle hatten sie abgelenkt und zu einem Verhalten verleitet, das ihr fremd war: Sie hatte geschmachtet.

Ihr Leben war einsam gewesen. Alle, die mehr empfunden hatten, hatte sie geschickt auf Abstand gehalten. Wie sollte sie da wissen, wie man sich in einer so engen Beziehung, wie einer Ehe, verhielt? So tough sie in allen anderen Bereichen ihres Lebens auch war, in dieser Hinsicht war sie ein unerfahrener Grünschnabel. Sie hatte körperliche Nähe zulassen können, aber niemals emotionale. Das hatte sie immer tunlichst vermieden. Aber zu einer Ehe gehörte es dazu, dem Partner auch emotional nahezukommen. Vielleicht ging es auch ohne, aber in dem Moment, indem ihr klargeworden war, wie ihr Leben von nun an aussehen würde, in dem Moment war ein Wunsch in ihr erwacht, der sie mindestens genauso schockierte wie die Erkenntnis, dass der attraktive Mann vor ihr sie schmachten ließ. Sie sehnte sich nach emotionaler Nähe. Es fühlte sich gut und fürchterlich angsteinflößend zugleich an, dieser Wunsch und der Gedanke genau das bei dem Mann mit Herz finden zu können. Sie wusste nicht mit alldem umzugehen. Gefühle hatte sie bisher immer unterdrückt und jetzt sollte sie sie zulassen? Das war so neu und dadurch beängstigend, dass sie sich fühlte, als würde sie auf rohen Eiern laufen. Sie hatte keine Erfahrung auf diesem Feld und spürte neben dem Sog auch einen ebenso großen Fluchtinstinkt. Sie wusste, sie war überfordert und dadurch auf gewisser Ebene handlungsunfähig. Auch ein Zustand, den sie nicht mehr erlebt hatte, seit sie zwölf Jahre alt gewesen war.

Sie holte einmal tief Luft und legte sich dann wieder ab. »Wenn das so ist«, murmelte sie in das Kissen.

Sicher war er jetzt zufrieden, weil sie doch gekuscht hatte. So ein Ignorant. Aber es war klar, dass er sich verhielt, wie er sich verhielt. Er war jung und unfassbar erfolgreich. Er war ein Omni und ein Krieger. Seine Macht bestimmte seinen Alltag. Sie musste ihm klarmachen, dass er mit diesem Verhalten eher verbarg, dass er eigentlich fürsorglich war. Immerhin hatte er sie sofort am Anfang gefragt, ob sie Schmerzen hatte und war ihr nicht von der Seite gewichen. Auch wie er nach ihrer Vergangenheit geforscht hatte ... und vor allem, wie er das Gespräch beendet hatte, das war einfühlsam gewesen für einen Mann, der solche Macht hatte wie er.

Sie musste daran denken, was Lis und auch Melli über ihn sagen würden. Sicher würden sie ihn als arroganten Macho beschimpfen, der besser anfangen sollte, sie auf Händen zu tragen, wie sie es verdient hatte. Aber das war ein Bild von einer Beziehung, die Eloise noch nie gemocht hatte. Sie wollte

Ebenbürtigkeit. Nicht der Mann als dominanter Bevormunder und auch nicht die Frau als wertvolles Gut, dem der Mann am besten nur diente. Sie mochte es nicht, wenn einer über dem anderen stand. Ihr war nicht klar gewesen, dass sie so klare Vorstellungen einer Beziehung mit emotionaler Nähe hatte. Aber ganz offensichtlich wusste sie genau, was sie wollte. Daher würde sie auch nicht anfangen, ihn nach ihren Vorstellungen zu formen. Sie würde ihm lediglich zeigen, wenn ihr etwas zu weit ging. Was er daraus machen würde, war eigentlich allein seine Sache.

»Was macht der Schwindel?«, fragte er ruhig und überging dankenswerterweise ihre verräterisch schweigsame Reaktion.

»Besser«, sagte sie ruhig. Sie hätte gerne etwas Wasser. Ihr Mund war immer noch so trocken. Aber Durst wie Hunger waren alte Freunde. Also kam ihr nicht einmal in den Sinn, danach zu fragen.

»Hast du Hunger oder Durst? Ich habe ein paar Sachen aus der Küche kommen lassen. Die Heiler sagen immer, der Körper braucht Nahrung, um zu heilen«, sagte er jetzt, als könnte er ihre Gedanken lesen. Das war beängstigend.

Sie zögerte. Ihr erster Impuls war es gewesen, das Angebotene abzulehnen, wie sie es gewohnt war. Aber sie war jetzt an einem anderen Ort in einem anderen Leben.

»Wo kommt das her?«, fragte sie emotionslos. Sie hatte noch nicht entschieden, wie viel sie ihm von sich preisgeben wollte.

»Aus der Küche ...« Er runzelte seine Stirn. Ihm war eindeutig nicht klar, warum sie das gefragt hatte. Schließlich hatte er ihr diese Information schon gegeben.

»Nein, ich meine, wem würde das Essen sonst gegeben werden?«, präzisierte sie ihre Frage.

Der Mann mit Herz verzog verwirrt sein Gesicht. Dann dachte er sichtlich nach. »Ich weiß es nicht. Ich kenne die Abläufe der Küche nicht«, gestand er.

Wieder zögerte sie. Es war nicht sehr wahrscheinlich, dass sie das Essen, wenn sie es annahm, jenen wegaß, die es dringender brauchten als sie. Innerhalb dieser Mauern brauchte vermutlich niemand so dringend Nahrung wie sie. Immerhin hatte sie nie einen heruntergehungerten Ordensmenschen gesehen.

»Wieso fragst du?«, hakte er nun doch nach. Es freute sie, dass er nachfragte, dass er wissen wollte, was sie bewegte.

»Weil ich niemandem etwas wegessen möchte, das er dringend braucht«, antwortete sie ruhig und gab ihm doch nur ein Bruchstück von der eigentlichen Antwort.

»Du brauchst es«, antwortete er und zeigte ihr damit, dass er keine Ahnung hatte. Er hatte es im Grunde schon oft gesehen, wenn er hinausgegangen war. Aber wirklich gesehen hatte er es doch nicht.

»Ja, aber brauche ich es *am dringendsten*?«, fragte sie daher suggerierend.

Der Mann mit Herz öffnete seinen Mund, um zu antworten, doch dann hielt er auf einmal inne. Es sah beinahe tollpatschig süß aus, wie die Erkenntnis in seinen Blick trat und er seinen geöffneten Mund wieder schloss. Er sah sie an. Für einen Moment konnte er sie einfach nur ansehen und Eloise spürte, wie eine warme Gänsehaut ihren Rücken hinaufkroch. Sie mochte es sehr, dass er es verstand.

»Am dringendsten? Deshalb bist du so dünn, nicht wahr? Du wägst ab, wer es am dringendsten braucht und isst als Letzte. Ich habe mich oft gefragt, wie sie ihre Legende so hungern lassen können. Aber das haben sie gar nicht. Sie haben dir essen angeboten, nicht wahr? Bloß hast du es nicht angenommen, weil du es nicht dringender gebraucht hast als sie«, begriff er mit leiser Stimme.

Der Mann mit Herz ... Kastor ... stand am Tisch und war bereit nach dem Brettchen mit Essen zu greifen. Da stand er musterte sie auf eine Weise, die ihr unter die Haut ging. Er hatte etwas entdeckt. Eine Facette, die permanent vor seinen Augen gewesen war, die er aber bisher nicht bewusst wahrgenommen hatte, weil er durch sein Leben in bestimmten Bahnen dachte. Bahnen, die durch ein sorgenfreies, wohlhabendes Leben geprägt waren. Und doch hatte ein Hinweis von ihr, ein kleiner Schubser, gereicht, es ihn begreifen zu lassen. Sie hatte ja gewusst, dass er klug und aufmerksam war, aber sie hatte nicht gewusst, dass er genug Weitsicht hatte, um über seinen so kleinen Horizont hinauszublicken und diese Erkenntnis selbst zu haben.

»Es ging immer schon darum, dass möglichst alle überleben und es besser haben, nicht darum, dass ich satt bin«, gab sie ihm einen weiteren Teil der eigentlichen Antwort. Er hatte sich das verdient. Sie musste bereit sein ihm mehr zu geben, wenn sie wollte, dass sie gemeinsam ein schönes Leben als ebenbürtige Partner führten. Auch wenn ihr das schwerfiel und permanent die Sorge in ihr lauerte, dass er seine Macht ausnutzen würde, um sie gefügig zu machen. Immerhin war er ein Mann und die fühlten sich aufgrund der körperlichen Überlegenheit oft insgesamt überlegen. In ihrer Welt war die Hierarchie schließlich allgegenwärtig und wer stärker und reicher war, hatte recht. Das war absolut falsch in ihren Augen. Aber so war es ... noch.

Kastor nahm schließlich das Brett, auf dem einige Scheiben Brot und Pastete lagen und kam zu ihr ans Bett. Dazu gab es etwas Käse und Apfelschnitze lagen ebenfalls auf dem Brett. Außerdem hielt er einen Holzbecher in der Hand. Sie hoffte auf Wasser.

»Dieses Essen und Trinken würde sonst an einen anderen Bewohner der Festung gehen. Daher bin ich mir sicher, dass du es dringender brauchst«, meinte er ruhig und sah sie vorsichtig an. Er war nicht dominant und bevormundend. Er ging auf das ein, was er eben erkannt hatte und seine Mimik und Gestik wirkten nun eher wie eine Bitte denn wie eine Aufforderung. Zu gern hätte sie gewusst, was in ihm vorging. Es wirkte jedenfalls, als würde in seinem Kopf gerade ein Gedanke den nächsten jagen.

Kas setzte sich neben das Bett wieder auf den Boden und balancierte das Brett auf seinen Beinen, die er in einen Schneidersitz verschränkt hatte. Dann reichte er ihr den Becher. Noch ehe sie etwas gesagt hatte, verzog er das Gesicht.

»So geht das nicht«, brummte er mit Blick auf das wackelnde Brettchen auf seinem linken Bein und der Distanz zwischen ihr und dem Becher. Kastor stellte das Brett neben sich auf den Boden und richtete sich auf seinen Knien auf.

Sie musste schmunzeln. So tollpatschig und offen hatte sie ihn noch nie erlebt. Ob er so durcheinander war wie sie? Ob er sich wohl genauso unsicher fühlte wie sie? Immerhin waren sie beide zu dieser Ehe gezwungen worden. Sie beide! Und er war zuvor verheiratet gewesen. Ziemlich sicher war er genauso unsicher wie sie.

»Dreh dich auf die Seite«, verlangte er.

Sie seufzte innerlich. Schon wieder ein Befehl, den er vermutlich nicht einmal als Befehl wahrnahm. So sprach er vermutlich mit allen Menschen in seiner Umgebung. Diesmal wollte sie es ihm durchgehen lassen, weil er es einfach nicht anders gewohnt war. Sie musste nicht zu strikt sein. Er wollte ihr helfen, er wollte sie gerade nicht bevormunden. Sie hob sich eine entsprechende Antwort für einen Moment auf, indem er es auch bevormundend meinte.

Kastor kam nah ans Bett und stützte ihren Kopf. Er führte den Becher an ihre Lippen und neigte ihn leicht. Mit ihrer oberen Hand umgriff sie intuitiv den Becher und legte so ihre Finger über seine. Seine warmen Finger in so einer fürsorglichen Situation zu spüren, weckte ein kribbelnde Wärme in ihrem Bauch. Er ging ihr unter die Haut.

Außer Lis hatte sich bisher noch nie jemand so um sie gekümmert. Und er war ein Omni. Er hatte sicher Leute, die sich um eine verletzte Frau kümmern konnten. Aber er machte das selbst. Er wollte für sie da sein. Das berührte sie einfach. Sie neigte ihren Kopf und führte den Becher mit leichtem Druck gegen seine Hand in die richtige Position.

Kein Wasser. Irgendetwas, das nach Kräutern roch.

»Kleine Schlucke«, ermahnte er sie. Als wenn sie das nicht selbst wüsste. Ohne Zweifel hatte er Erfahrung damit, selbst verletzt zu sein, aber nicht damit Verletzte zu versorgen.

Sie schlürfte mehr, als dass sie volle Schlucke nahm.

Er nahm den Becher zurück und sah sie erwartungsvoll an.

Sie runzelte ihre Stirn.

»Mehr?«, fragte er.

Sie zögerte kurz, nickte dann aber.

Er lächelte schwach, dann setzte er den Becher wieder an ihre Lippen.

Diesmal machte er eine instinktive und sicher unbeabsichtigte Geste, er streichelte mit dem Daumen seiner stützenden Hand ihren Nacken. Das Kribbeln, das diese Berührung auslöste, erschreckte sie so, dass sie sich prompt verschluckte. Sie musste husten und richtete sich halb auf.

»Geht's?«, fragte er leicht besorgt, aber auch mit einem Hauch Amüsiertheit in der Stimme.

Sie sah ihn vorwurfsvoll an, während sie noch leicht hustete.

»Ich hatte dir gesagt kleine Schlucke«, rechtfertigte er sich schmunzelnd.

Sie runzelte ihre Stirn. Er hatte nicht begriffen, was sie aus dem Konzept gebracht hatte. Es lag ihr auf der Zunge, dies zu sagen, doch diesmal war es ihr lieber, er zog diesen Fehlschluss. Statt also zu antworten, griff sie nach dem Becher in seiner Hand und trank einige weitere Schlucke. Die Berührung seiner Finger an ihrem Hals war zwar immer noch aufwühlend, aber nicht mehr überraschend.

»Wenn es dir schmeckt, kann ich Elisabeth fragen, ob du mehr von diesen Heilkräutern nehmen kannst«, bot er an.

»Heilkräuter?«, frage sie verwirrt.

»Für deinen Rücken. Elisabeth meinte, die helfen bei der Heilung. Vor allem dadurch, dass du dann gut schlafen kannst«, erklärte er freundlich.

In diesem Moment merkte sie, was er ihr zu trinken gegeben hatte. Unwissend vermutlich, sonst hätte er es ihr nach dem Essen gegeben.

»Diese Verräterin«, entfuhr es ihr mit bereits schwerer Zunge.

»Wie bitte?«, fragte er verwirrt, aber da war sie schon zu müde, um ihre Augen noch offen zu halten. Das Zeug wirkte wie immer schnell. Die schwere Dunkelheit senkte sich übermächtig über sie. Es dauerte vielleicht noch zehn Atemzüge, dann war sie weg.

***

Kastor trommelte auf der Stuhllehne herum, als könnte er dadurch die Zeit zwingen, schneller zu vergehen. Es hatte einen Moment gedauert, ehe er begriffen hatte, dass man ihn hereingelegt hatte. Elisabeth hatte ihm einen Schlaftrunk zusammengemischt, nicht etwa beruhigende und heilende

Kräuter. Dann hatte es noch einmal einen Moment gedauert, ehe ihm klar geworden war, dass man seine Verlobte vielleicht sogar vergiftet hatte. Also hatte er nach Kagar geschickt und Eloise seither nicht mehr aus den Augen gelassen. Sie lag in dem großen Bett, das rechts von ihm stand und wirkte ruhig und entspannt.

Regelmäßig maß er ihren Herzschlag und kontrollierte, dass sie immer noch atmete. Langsam glaubte er, dass es wirklich nur ein Schlaftrunk gewesen war, aber inzwischen war Kagar sicher schon mit dieser Frau auf dem Weg zu ihm. Sie hatte ihm einiges zu erklären, auch wenn sie seine Verlobte nicht vergiftet hatte, so hatte sie sie doch in einen Schlaf versetzt, den weder er noch Eloise gewünscht hatten.

Es klopfte.

Na endlich.

»Herein«, rief er lauter, da zwischen der Tür und ihm noch sein Büro lag. Kastor standen zwei Räume zur Verfügung, was ihm vollkommen ausreichte.

Kagar öffnete die Tür, die Kastor von seinem Platz am kleinen Esstisch aus sehen konnte, und schob die Heilerin vor sich durch sein Büro und dann in den Raum, der vor allem als Schlafzimmer diente. Elisabeths Blick huschte als Erstes zu der Frau im Bett. Sie schien sie mit schnellen Blicken zu untersuchen. Etwas wie Erleichterung zeichnete sich auf ihren Zügen ab. Erst dann sah sie ihn an – voller Ruhe und sich offenbar keiner Schuld bewusst. Das machte ihn wütend.

»Wieso hast du mich getäuscht?«, verlangte er zu wissen. Er war wütender, als er eigentlich sein sollte.

»Omni?«, fragte sie verwirrt.

»Lass das Elisabeth. Ich sehe dir an, dass du deine Verwirrung nur spielst. Du weißt genau, wovon ich spreche«, knurrte er.

Leicht weiteten sich ihre Augen. »Du bist wütend, Omni«, stellte sie nun wirklich überrascht fest.

»Ich kann es nicht leiden, wenn man meiner Verlobten etwas verabreicht, dass sie in einen Zustand versetzt, in dem sie nicht mehr ansprechbar ist!«

Elisabeth verschränkte die Arme vor der Brust. »Sie schläft nur. Es hilft ihr dabei zu heilen, wie ich vorhin sagte«, verteidigte sie sich und die Verwirrung über seine Wut stand nun deutlich und authentisch in ihren Zügen.

»Was überrascht dich so, Elisabeth?«, verlangte er zu wissen. »Und bevor du versuchst dich wieder irgendwie herauszureden. Ich bin echt angepisst!«

Sie hatte den Mund schon geöffnet, schloss ihn jetzt aber wieder. Elisabeth kam nun näher an den Tisch und stützte ihre Hände auf der Stuhllehne des Stuhls ihm gegenüber ab. Leicht nach vorne gelehnt, sah sie ihn an.

»Darf ich offen sein?«, fragte sie. Ihre angespannten Schultern wirkten, als würde sie ein Gespräch mit ihm führen wollen, das nicht für alle Ohren gedacht war.

»Ich bitte darum«, ermutigte er sie immer noch mit gepresstem Ton, da er immer noch wütend auf sie war.

»Du scheinst dich tatsächlich um sie zu sorgen.«

Er schwieg. Doch eine Antwort war nicht nötig. Es war eine Aussage, keine Frage gewesen, die Elisabeth gerade formuliert hatte.

»Ich habe ihr nur einen Schlaftrunk verabreicht«, wiederholte sie. »Sie braucht das, um heilen zu können. Ich kenne sie schon sehr lange, Omni. Sie würde nicht befolgen, wenn ich ihr Ruhe vorschreibe. Ich habe nur dafür gesorgt, dass sie heilen kann. Ich habe nicht mehr gemacht als meine Arbeit«, erklärte sie fest.

Ihr eindringlicher Blick und ihre Haltung von oben herab machten deutlich, wie sicher sie sich war, dass sie vollkommen richtig gehandelt hatte und dass sie Eloise keinesfalls geschadet hatte. Dass sie so hatte handeln müssen, weil sie Eloise ebenso gut kannte. Etwas, das er aus ihrer Sicht offenbar nicht nachvollziehen konnte.

Kastor wollte erst entspannt aufatmen, doch in diesem Moment begannen ihre Worte wirklich in sein Bewusstsein einzudringen. »Wie lange?«, hakte Kagar nach, noch ehe er so weit war, seine Ahnung in Worte zu fassen. Sein Freund hatte bis jetzt im Hintergrund gestanden, nahe der Tür, als wollte er verhindern, dass Elisabeth gegebenenfalls floh. Die übliche Position für den ersten Mann, durch die die Befragte oft vergaßen, dass noch jemand im Raum war. Aber er war da und er dachte mit.

Elisabeth drehte den Kopf über ihre Schulter und betrachtete den Krieger hinter sich, ehe sie antwortete: »Seit sie zwölf ist.« Wieder verschränkte die Heilerin ihre Arme vor der Brust. Diesmal hob sie unterstreichend ihr Kinn an. Sie wirkte dadurch arrogant und so, als würde sie nicht einsehen, warum sie hier war, was durchaus der Fall sein konnte.

Kagar und Kastor tauschten einen vielsagenden Blick.

»Du solltest Platz nehmen. Ich denke, wir müssen uns etwas länger unterhalten«, wies Kagar sie an und übernahm das Gespräch. Immer noch war er mit dem Ausmaß beschäftigt, das ihre Äußerung nach sich ziehen könnte. Wusste Elisabeth etwa, wer sie war?

Elisabeth zögerte. Sie maß sie beide ganz genau, ehe sie Kagars Anweisung Folge leistete und sich mit fahrigen Bewegungen zu Kastor an den Tisch setzte. Sie lehnte sich auf dem Stuhl weit vom Tisch weg und hielt ihre Hände im Schoß.

Kagar ging am Tisch vorbei und lehnte sich rechts von Kastor an die Wand. Dort neben dem Fenster blieb er entspannt und mit verschränkten Armen stehen und maß sie von der oben herab. Er hatte die Positionen dadurch einmal umgedreht.

Erst schwiegen sie. Dann begriff Kastor, dass Kagar das Gespräch durch die Anordnung im Raum wieder in seine Hand gegeben hatte. In der Stille verzogen sich Elisabeths Schultern und sie wirkte deutlich angespannter als gerade eben noch. Er las an ihrer Haltung und ihrer Reaktion am Anfang ab, dass sie Eloise zumindest zugeneigt war. Also war Angriff die dämlichste Methode. Er musste sie beruhigen und sie nicht überfahren, sonst würde er gar nichts erfahren.

»Wenn du meine Verlobte so lange kennst, kannst du mir vielleicht ein bisschen was über sie erzählen. Ich wäre froh um alles, was du mir berichten kannst. Immerhin wird sie in vier Tagen meine Frau sein«, begann er ruhig und freundlich.

Doch Elisabeth machte nicht einmal den Hauch eines Versuchs zu antworten. Sie bemühte sich gar nicht, ihm etwas vorzuspielen und die Wogen zu glätten. Das ärgerte ihn. Eine Stimme flüsterte ihm zu, dass sie gerade intuitiv zwischen ihm und der Frau auf dem Bett entschied. Es war deutlich, wem ihre Loyalität galt. Eine Erkenntnis, die ihn sehr verwirrte.

Er hatte ja gewusst, was für einen Einfluss diese noch so junge Frau außerhalb der Mauern hatte. Dass er aber bis hier hineinreichte, wunderte ihn. Zumal bei einer Person wie Elisabeth, die grundehrlich und sehr gläubig war. Es irritierte ihn über alle Maße und warf noch einmal ein eher gutes Licht auf die schlafende Frau, auch wenn er als Omni des Ordens eine Unterwanderung seiner Leute nicht positiv bewerten sollte.

Andere würden das auch nicht tun. Sie würden es als Beweis nutzen, dass Eloise eine Ketzerin sei. Für ihn bedeutete die Erkenntnis aber, dass sie gute Argumente haben musste, wenn sie jemanden wie Elisabeth so nachhaltig beeindruckte, dass diese Eloise loyal war.

Er kannte Elisabeth schon sehr lange. Die inzwischen große Frau mit den klugen Augen, dem braunen, langen Haar und der Größe, die nicht viele Frauen erreichte, und er waren innerhalb dieser Mauern aufgewachsen und im selben Alter. Bloß trug er inzwischen die rotschwarzen Roben der Krieger und sie die grünen Roben der Heiler. Er schätzte sie sehr und ihre Arbeit war immer gut gewesen. Sie war dem Orden stets treu gewesen. Das hier stellte ihn also vor einen sehr großen inneren Konflikt. Einer, der bereits durch seine eigenen Nachforschungen angestoßen worden war.

»Ich bin ein Omni, Elisabeth«, erinnerte er sie sanft.

»Droh mir nicht!« Ihre Augen blitzten wütend auf. Hatte er es doch gewusst. Angriff schürte nur Wut in ihr. Aber er musste etwas aus ihr herausbekommen.

»Dann hör auf dich mir zu verweigern«, entgegnete er.

Elisabeth lehnte sich vor und stützte intuitiv ihre linke Hand auf der hölzernen Tischplatte zwischen ihnen auf. »Ich weiß Dinge über dich, Kastor. Dinge, die Vapor und den obersten Inquisitor sicher interessieren würden. Also wag es ja nicht mir zu drohen.«

Kastor lachte. Wie lächerlich diese Aussage war. »Was sollte das bitte sein?«

»Hochverrat, mein lieber Omni«, zischte sie mit gesenktem Kopf und hervorlugenden Augen, die ihn drohend fixierten.

Ihm verging sein Lachen und er wurde wieder ernst. »Haltlose Anschuldigungen bringen lediglich dich in Gefahr.«

Sie hob ihren Kopf und lachte humorlos auf. »Es reicht mit diesem Katz-und-Maus-Spiel! Ich weiß, dass du weißt, wer sie ist. Und da Kagar hier ist, hast du ihn wie üblich mit in die Scheiße geritten. Wenn ich untergehe, lieber Omni, dann kommst du mit«, fiel sie mit der Tür ins Haus.

Endlich begriff er, was hier lief: Sie dachte, er würde sie angreifen. Und er hatte dann genau das getan, er hatte sie angegriffen, obwohl er noch Sekunden zuvor etwas anderes vorgehabt hatte. Er hatte gewusst, dass sie sich nicht angreifen ließ. Verdammt. Er war das vollkommen falsch angegangen. Schon wieder ein Fehler in etwas, indem er normalerweise unschlagbar war. Genauso schon wie auf dem Marktplatz gestern. Die junge Frau, die in seinem Bett lag, brachte ihn mehr durcheinander, als gut für ihn war. Er musste dringend lernen besser mit der neuen Situation umzugehen, denn so würde er bald nicht mehr Omni seines Hauses sein. Permanentes Versagen in Strategien und Methoden, die ihm in Fleisch und Blut übergegangen sein sollten, war nicht gerade eine Qualifikation für einen Anführer.

»Okay. Wir sollten an dieser Stelle zurückspulen. Du missverstehst meine Intention. Ich möchte dich nicht anprangern oder dergleichen. Mir liegt tatsächlich etwas daran, mehr über meine zukünftige Frau zu erfahren. Was die Sache angeht, die du gerade angedeutet hast, so sollten wir ab heute kein Wort mehr darüber verlieren. Zu ihrem und zu unserem Schutz. Denn egal wer von uns beiden sich verplappert, sie würden wir mit in den Abgrund reißen und irgendetwas sagt mir, dass das das Letzte ist, was du willst.« Er hatte sein Gegenüber gelesen und die Worte gefunden, die sie verstehen lassen würde, was er wollte. Zwar erst im zweiten Anlauf, aber wenigstens war er wieder in Form.

Sie schluckte und starrte ihn an.

»Das hast du nicht erwartet, was?«, grinste Kagar hinter ihr.

Sie drehte zur Seite und schaute seinen Freund mit großen Augen an. Ihre Angriffshaltung und den arroganten Blick hatte sie vollständig abgelegt. Genauso wie er neu angefangen hatte, gab auch sie der Situation eine zweite Chance. »Eher nicht«, gestand sie und drehte sich zurück zu ihm. Sie musterte ihn sehr intensiv, als würde sie abwägen, wie sie sich nun verhalten sollte.

»Du willst sie echt heiraten?«, flüsterte Elisabeth beinahe ehrfürchtig.

»Hat sie dir das nicht gesagt?«, fragte er.

»Natürlich hat sie. Aber nur weil sie glaubt, dass du das ernst meinst, heißt das nicht, dass du es auch tust«, wandte sie ein.

»Ich dachte, du kennst mich besser«, brummte er.

»Macht verändert die Menschen und das selten zum Guten«, wandte sie ein und er musste ihr da zustimmen.

»Ich nehme an, du warst die Botin der Todesnachricht«, hakte Kastor nach.

Elisabeth kniff ihre Augen zusammen. Sie war nicht erfreut darüber, dass er sie erwischt hatte.

»Wenn nicht, muss ich mich auf die Suche nach demjenigen begeben, denn dann gibt es noch jemanden, der davon weiß«, verdeutlichte er ihr, weshalb er die Wahrheit von ihr brauchte und nickte unterstreichend in die Richtung seines Bettes.

Elisabeth schaute zu Eloise und zögerte dann kurz. »Es weiß sonst niemand, wie sie aussieht«, beruhigte sie ihn immer noch mit ihrem Blick auf Eloise gerichtet.

Je mehr das Geheimnis kannten, desto eher kam es ans Licht. Etwas, das er um jeden Preis verhindern wollte. Eine Tatsache, die ihn beunruhigen sollte. Aber es beunruhigte ja sonst auch niemanden in diesem Raum. Im Gegenteil, jeder schien für diese Verbindung zu sein.

»Sind die Dinge zwischen uns jetzt klar?«, fragte er nach, wodurch sie ihn wieder ansah.

Sie runzelte ihre Stirn. »Was soll denn klar sein?«

»Wir wollen beide das Beste für sie und schützen sie«, sprach er es nun ganz offen aus.

Diesmal hatte Elisabeth sich besser unter Kontrolle. Sie hielt seinem Blick nur stand. Irgendwann nickte sie leicht und kaum wahrnehmbar. Es war nur ein Nicken. Sie war sich seiner Ernsthaftigkeit und Motive noch unsicher und hielt das für ein wackliges Bündnis. Ganz anders als er. Aber er war sich durch ihre Handlungen auch sicher, dass sie dasselbe wollte. Er war allerdings wohl fast genauso überrascht wie sie, dass er auch das für die große Ketzerin wollte, was eine ihrer Getreuen wollte. Er seufzte innerlich auf. So ein Chaos.

»Gibt es jetzt also etwas, das du mir über meine Verlobte erzählen kannst?«, fragte er seine erste Frage erneut, lehnte sich abwartend zurück und überschlug seine Beine.

Sie zögerte und wieder huschte ihr Blick zu Eloise. Sie schien etwas in ihrem Kopf hin und her zu wälzen. Sie führte eindeutig einen inneren Disput, ob sie ihm antworten konnte. Dann straffte sie ihre Schultern. Das war der Moment, in dem sie eine Entscheidung traf. Sie sah ihm daraufhin direkt in die Augen, lehnte sich vor und legte ihre Hände auf den Tisch. Sie wirkte fest entschlossen. Jetzt war er sehr neugierig, was wohl kommen würde.

»Du heiratest den größten Widerspruch, den es auf der gesamten Welt gibt. Sie ist zugleich das stärkste und zerbrechlichste Wesen, das ich kenne. Sie kann kämpfen und tut es doch nur in der Hälfte der Zeit. Sonst weicht sie, als könnte sie nicht austeilen. Sie ist klug und gebildet, aber nutzt das nicht, um ihr Elend hinter sich zu lassen, sondern um anderen zu helfen. Sie hat das größte Herz, das ich je in einer Brust habe schlagen sehen, kann aber auch absolut hart und konsequent sein. Der größte Fehler, den du machen kannst, ist sie nicht ernst zu nehmen, egal in welcher Hinsicht. Denn das Einzige, was diese Frau niemals war, ist ein Kind zu sein. Wenn du bedenkst, wie lange ich sie kenne, ist sie von ihrer Reife her eher dreißig. Aber doch ist sie in manchen Dingen so unerfahren wie kein Kind, das ich kenne.«

»Darüber haben wir schon gesprochen«, nickte er und dachte an ihr Gespräch über Sex.

»Habt ihr nicht. Denn ihr ist das selbst zwar vielleicht klar, aber eingestehen würde sie sich das niemals«, wiegelte sie ihn ab.

»Was meinst du?«, wollte er wissen und lehnte sich nach vorne.

»Sie war zwölf, als ich sie fand. Bis dahin war sie schon die meiste Zeit allein … und ungeliebt. Jetzt liebt man ihre Taten. Keiner liebt wirklich sie, weil keiner wirklich sie kennt. Lerne sie kennen. Wirklich sie, nicht das, was sie verkörpert. Finde heraus, wer sie ist. Ich verlange gar nicht, dass du sie lieben sollst. Du sollst sie nur kennenlernen. Das, was sie nicht kennt, worin sie vollkommen unerfahren ist, ist Wertschätzung. Sie weiß nicht, wie es sich anfühlt, für das gemocht zu werden, wer sie ist, nicht was sie tut. Für sie zählen nur Taten. Ihr Leben war so einsam, einer wie wir kann sich das nicht einmal vorstellen. Sie ist in dieser Hinsicht vollkommen unerfahren. Vergiss das nie, sonst wirst du niemals zu ihr durchdringen können.«

Erst nahm er es als guten Ratschlag, aber wieder dauerte es etwas, bis ihre Worte zu ihm durchdrangen. Ein inbrünstiges Bedürfnis erwachte in ihm. Er wollte sich einfach zu ihr legen und sie in den Arm nehmen. Er würde in dieser Ehe einen gigantischen Spagat bewerkstelligen müssen. Doch es graute ihm nicht davor. Sein Helferinstinkt meldete sich und wollte dieser Frau schenken, was ihr noch niemand zuvor geschenkt hatte. Er wollte sie wertschätzen und ihr warme Zuneigung schenken, weil niemand zuvor ihr das gewährt hatte. Und bei allem, was er bisher erfahren und gefühlt hatte, würde ihm das nicht einmal schwerfallen. Er würde sich nicht sehr anstrengen müssen, um etwas an ihr zu finden, das Wertschätzung verdiente und seine Zuneigung weckte. Allein was er bisher entdeckt hatte, ließ diese Gefühle bereits in ihm entstehen. Wieder ein Gedanke, gegen den er sich wehren sollte, oder der ihn zumindest erschrecken sollte, doch nichts dergleichen. Es wurde Zeit, dass er sich eingestand, dass er absolut nicht die Person war, für die er sich bisher gehalten hatte. Die Dinge waren für ihn deutlich klarer, als sie für ihn als Omni des Kriegerhauses sein sollten.

Er sollte hadern voll hinter ihr zu stehen, weil er dem Glauben treu war, doch sie widersprach dem Glauben gar nicht. Das Bild, das der Glauben ihr angehängt hatte, widersprach dem Glauben. Was für ein Irrsinn im Grunde. Deshalb sah er gar nicht ein zu hadern. Er konnte nur sie und ihren geschundenen Körper sehen. Die dünnen Arme, die eingefallenen Wangen und der Verband über den Peitschenmalen. Alles Dinge, für die direkt oder indirekt der Orden verantwortlich war. Er schämte sich beinahe ein Omni zu sein, wenn er sie so ansah. Sie, die mehr für die Menschen da draußen getan hatte als der Orden in der gesamten Zeit seiner Existenz. Eine sehr beschämende Bilanz. Eine Bilanz, wegen der es für ihn so einfach war sie zu beschützen und sie zu mögen.

Erkenntnisse, für die er sie bereits sehr mochte. Wann immer er bisher in seinem Leben Anziehung und Zuneigung für eine Frau empfunden hatte, waren diese Gefühle durch einen attraktiven Körper, einen willigen Blick und ein anregendes Geplänkel ausgelöst worden.

Doch Eloises Blick war pure Stärke und Standhaftigkeit, nicht einladend. Ihr Körper war geschunden und weckte den Wunsch, sie zu tragen, damit sie nicht zerbrach, nicht wie der einer willigen Frau. Und ihre Wortgefechte waren ein Abklopfen des anderen, ein unsicheres Kennenlernen und ein tollpatschiger Versuch sich zu öffnen, ohne dem anderen zu nahzukommen. Nichts Äußerliches an ihr hatte bisher auslösen können, was für ihn so erschreckend klar war.

Vielleicht fühlte es sich deshalb so tief und fest an. Kein oberflächlich ausgelöstes Flattern eines Schmetterlings, sondern ein mächtiger Flügelschlag, dessen Wind über alles hinwegpeitschte, was für ihn bisher gegolten hatte. Ein tobender Wind, der alles zu ändern schien und gnadenlos in sein Inneres peitschte.

»Du sagst immer, du hast sie gefunden, als sie zwölf war. Was meinst du mit gefunden?«, fragte Kagar nach und lenkte ihn von seinem aufgewühlten Inneren ab.

Elisabeth seufzte. »Genau so, wie ich es sage. Ich habe sie zwischen Kartons im Müll gefunden. Ich dachte, sie wäre tot. Aber das war sie nicht. Aber sie war nicht bei Bewusstsein, was vermutlich der einzige Grund war, weshalb ich sie behandeln konnte, denn später, als sie wieder zu Bewusstsein kam, da wehrte sie sich gegen alles und jeden.«

Kastor brauchte einen Moment, bis ihm klar wurde, dass Elisabeths Geschichte da anfing, wo die Geschichte der Frau aus dem Bordell endete. Was er damals über sie erfahren hatte, verfolgte ihn immer noch in seinen Träumen. Was Elisabeth nun erzählte, würde das sicher nicht gerade besser machen. Es trieb Kastor auf die Beine. Also stand er auf und ging hinüber zu seinem Sideboard. Er nahm zwei Gläser heraus und schenkte in beide etwas Wein ein. Er brauchte jetzt etwas Kräftigeres als Wasser.

»Ich war damals noch keine Heilerin. Natürlich habe ich meine Mutter geholt, als ich sie gefunden habe. Damals waren die Türen des Ordens noch nicht offen, also hat man sie in ein Hinterzimmer einer Bar gebracht, zu der meine Mutter Kontakt hatte. Kaum, dass sie erwacht war, hat sie um sich geschlagen und sich gewehrt. Nur mich hat sie an sich herangelassen.«

Kastor stellte ihr eines der Gläser hin, die er eingeschenkt hatte.

Elisabeth hob ihren Blick. »Danke.« Sie nickte ihm zu und gestand ihm damit ein, dass sie sein eigentlich unhöfliches Verhalten, einfach aufzustehen, billigte, vielleicht sogar verstand. »Die Zeiten damals waren schlimm und einige Heiler hatten ihr Mitleid komplett verloren. Seit es den Offentag gibt, ist es besser und die Menschen lassen sich inzwischen bereitwilliger von uns Heilern helfen. Aber damals war das noch nicht so. Meine Mutter hatte den Fall an einen frisch geweihten Heiler gegeben, der es nach drei Tagen aufgab, ihr zu helfen. Er hatte eine Menge blaue Flecken kassiert. Sie hatte ihn gebissen, getreten und geschlagen. Er sagte nur, dass er ihr nicht helfen könne, wenn sie es nicht zuließe, und er seine Zeit dann willigeren Patienten widmen müsse. Der Heiler und auch meine Mutter hatten so recht begriffen, was dem kleinen Mädchen passiert sein musste, dass es so um sich schlug und sich nicht mehr helfen lassen wollte. Bis heute weiß ich es nicht, aber ich habe eine Ahnung. Nie hat sie darüber gesprochen. Aber ich habe sie gesehen. Durch all die Bissigkeit und Wut habe ich gesehen, dass sie gebrochen worden war. Er ging, aber ich blieb.«

Kastor nahm einen Schluck und auch Elisabeth trank etwas. Sie beide hatten ein Bild vor Augen, das schwer zu ertragen war. Ihm jedenfalls ging es so und er wünschte, er könnte es aus seinem Kopf bekommen. Noch mehr wünschte er sich aber, er könnte es aus der Vergangenheit von Eloise streichen, ihr diese Erfahrung ersparen. So etwas hatte keiner verdient.

Sein Blick haftete an der geschundenen jungen Frau, die so vor Stärke und Feuer strotzte, dass er kaum glauben konnte, was er nun schon zum zweiten Mal über ihre Vergangenheit hörte.

Elisabeth fuhr fort und als er sie ansah, bemerkte er, dass ihr Blick ebenso zu Eloise geschweift war wie seiner. »Ich werde diesen Moment nie vergessen, als ich ihr das Gesicht waschen wollte. Wie sie auch mich rüde anpackte, mir dabei aber nicht wehtat. Sie achtete darauf, mich nicht zu verletzen. Den Blick, den wir daraufhin tauschten, der ging mir durch Mark und Bein. Es war dieses Erlebnis, das mich fester als alles andere zuvor in meinem Leben an den Glauben band. Zwischen uns entstand ein fragiler Waffenstillstand, sie ließ mich helfen, auch wenn sie eigentlich nicht wollte. Sie traute mir. Das war ein Gefühl, wie ich es nicht beschreiben konnte. Drei Heiler hatte sie abgelehnt. Erfahrene Menschen, die ihr hatten helfen wollen, aber mir vertraute sie. Es hat mich so tief berührt, dass ich von da an niemals wieder etwas anderes als Heilerin werden wollte. Ich lernte und las nach, was ich brauchte, um ihr zu helfen. Jeden Tag kam ich zu ihr. Als ein Fieber in ihrem Körper wütete, blieb ich drei Tage und drei Nächte bei ihr. Sie war die Erste, die ich gerettet habe. Meine erste Patientin. Das allein würde mich mein Leben lang an sie binden. Aber mitzuerleben, wie dieses gebrochene kleine Kind, dieses Mädchen ohne Hoffnung zu dieser Leuchtfackel des Glaubens wird ... zu wissen, dass ich sie nicht hatte sterben lassen. Zu sehen, wie trotz etwas so Schlechtem etwas so Gutes entstehen konnte ... Nichts hätte mich fester an den Glauben binden können. Ich war dabei. Sie hat mich so nachhaltig geprägt, mein Leben so grundlegend verändert. Ich werde immer an ihrer Seite sein, egal wohin dieser Weg mich führt«, schloss Elisabeth.

Kastor hatte das Gefühl, er dürfte jetzt nur flüstern. Die Ehrfurcht, die in Elisabeths Stimme mitschwang, hatte auch ihn ergriffen. Er konnte sich nur ansatzweise vorstellen, wie es gewesen sein musste, damals dabei zu sein. Wie es sich angefühlt haben musste, ein Leben zu retten und zusehen zu dürfen, wie viel Gutes diese Rettung nach sich gezogen hatte.

»Große Worte«, meinte Kagar ruhig, aber durchaus herausfordernd.

Es war Kastor unangenehm, wie Kagar auf so eine Geschichte reagierte. Aber sein erster Mann wusste auch nicht, was zu der Szene geführt hatte, die Lis gerade beschrieben hatte. Kastor aber wusste es, dank der Frau aus dem Bordell. Er hätte es lieber von Eloise selbst erfahren und fühlte sich deshalb fast wie ein Verräter, aber damals hatte er nach Informationen über die große Ketzerin gesucht. Nur deshalb wusste er es, obwohl sie sich noch nicht getraut hatte, ihm diesen Teil ihrer Vergangenheit anzuvertrauen.

Erst blitzte Elisabeth Kagar wütend an und Kastor konnte ihr das nicht übel nehmen. Auch er fand Kagars Worte rüde. Aber er verstand sie. Kagar taktierte, wollte herausfinden, ob Elisabeth ehrlich gewesen war, oder übertrieben hatte, um Eloise weiterhin zu schützen. Doch statt einer gepfefferten Antwort lehnte sie sich zurück und schmunzelte. »Ich werde in vollen Zügen genießen, wie sie auch dich an sich binden wird. Niemand, der ihr je begegnet ist, konnte sich gegen ihren Einfluss wehren.«

Kagar schnaubte. Auf so eine Herausforderung musste sein erster Mann ablehnend reagieren. Solche Befragungen waren durch ihre Ausbildung nie etwas anderes als ein Machtkampf und ein Strategiespiel. Daher antwortete Kagar genau so, wie Kastor es erwartet hatte: »Sie ist ein junges Straßenmädchen. Glaub nicht, sie könnte mich zu etwas bringen, das ich nicht will.«

Elisabeth lachte leise. Sie lehnte sich wieder zurück und sah seinen ersten Mann derart herablassend und überheblich an, dass das genügt hätte, um ihre Botschaft rüberzubringen.

Kastor wollte gerade Kagar zu Hilfe kommen, da sagte sie: »Natürlich nicht. Davon habe ich nie gesprochen. Die Kleine manipuliert nicht. Sie schwingt keine großen Reden oder versucht jemanden zu überzeugen. Nein, sie beeinflusst, wie du denkst und dadurch auch wer du eigentlich bist, indem sie handelt, wie es richtig wäre ungeachtet der Nachteile, die sich daraus für sie selbst ergeben. Sie lebt einem vor wie man sich wünscht selbst handeln zu können. Sie lehrt einen Demut auf eine sanfte und dadurch unglaublich beschämende Weise. Sie erweckt Ehrfurcht durch ihre bedingungslose Stärke und schier endlose Kraft. Sie lehrt einen Rücksicht durch ihre eigene Entbehrung und die Größe, die sie bei all dem behält. Du kannst gar nicht anders, als durch sie beeinflusst zu werden«, erklärte sie ihm ruhig. Dann jedoch verschränkte sie die Arme und fügte nun aufgebracht hinzu: »Es sei denn natürlich, du verschließt die Augen davor, wie unglaublich dieses kleine Straßenmädchen ist. Dann kannst du weiterhin verblendet die

Hetzreden über die große Ketzerin schwingen und so tun, als wärst du großer Verfechter des Glaubens.«

»Wir haben es verstanden, du hältst sie für eine Heilige«, brummte Kagar.

Elisabeth richtete sich auf, drückte ihr Kreuz durch und zog eine Augenbraue hoch. »Ich habe mich hinreißen lassen. Ich wusste nicht, dass ich auf taube Ohren stoßen würde«, meinte sie kalt und hob ihr Kinn. Die Heilerin stand entschieden auf und machte Anstalten zu gehen.

»Wo willst du hin?«, fragte Kastor.

Sie schaute sich zu ihm um. »Ich gehe«, erklärte sie das Offensichtliche.

»Warum?«, fragte er nach.

»Weil es besser für uns alle ist. Ich hatte vergessen, wie sehr die Ignoranz von Männern in Machtpositionen mich erzürnt. Wenn sie etwas braucht, schickt nach mir. Nur nach mir. Es gibt Geheimnisse über sie, die ihr niemals herausfinden werdet und die auch niemand sonst je herausfinden sollte. Wenn ihr sie beschützen wollt, lasst niemals einen anderen Heiler als mich an sie heran. Egal in welchem Zustand sie ist und wie lange es dauert, bis ich da bin. Das ist mein voller Ernst.«

Kastor hob ungläubig eine Augenbraue, doch ehe er etwas sagen konnte, verließ sie den Raum. Einen Moment lang entstand Stille. Er war noch damit beschäftigt, was für Geheimnisse das waren, die Elisabeth kannte und er nie erfahren würde, da lenkte Kagar ihn ab.

»Was für ein bunter Haufen an heftigen Offenbarungen.« Kagar rieb sich mit einer Hand über sein Gesicht, während er tief einatmete. Er stieß die Luft durch gepresste Lippen wieder aus und fuhr sich durch sein braunes Haar.

»Offenbarungen? Ich bin mir nicht sicher, ob wir dasselbe in ihre Worte hineinlesen.« Kastor, der immer noch stand, nahm einen weiteren Schluck aus seinem Glas und nickte zu seinem Glas, um Kagar wortlos zu fragen, ob er auch eines wollte. Sein erster Mann schüttelte ablehnend seinen Kopf und trat stattdessen an den Tisch.

Kagar wies mit einer Kopfbewegung auf den Stuhl vor sich und Kastor nahm die Einladung nur zu gerne an. Sie setzten sich gegenüber, wobei Kagar den Platz einnahm, den zuvor Kastor genutzt hatte.

Kagar zögerte, doch dann begann er seine Aussage zu erklären. »Also, Elisabeth ist die Spionin innerhalb der Mauern, die deine Braut informiert hat.«

»Stimmt.« Kastor nickte. Das war ihm auch klar geworden, aber es interessierte ihn irgendwie nicht. Es spielte für ihn keine Rolle mehr, da die große Ketzerin schließlich heute gestorben war. Eloise würde Elisabeth daher nicht mehr weiterhin als Spionen nutzen können. Daher musste er auch nicht in irgendeiner Form aktiv werden.

»Stimmt? Das ist alles, was du dazu zu sagen hast?«, fragte Kagar aufgebracht. Seine leicht gespreizten Hände waren mit den Handflächen nach oben gerichtet vor ihn gehalten. Kagar verstand nicht, wie Kastor so entspannt mit dieser Information umgehen konnte. Er forderte eindeutig eine Erklärung.

Kastor zuckte mit den Schultern. »Die große Ketzerin ist tot ... Was vergangen ist braucht jetzt nicht wieder aufgewühlt zu werden.«

Kagar zog seine Hände zurück an seinen Körper. Er runzelte seine Stirn und musterte Kastor. Er schien nachzudenken. Dann nickte sein Freund nur einmal ruhig.

Kastor fragte sich, ob er gerade einen Freund verlor, weil er diesem zu viel zumutete. Wenn sein Freund die Dinge anders sah und womöglich nicht damit klarkam, wie wenig Kastor sich gerade an die Gesetze hielt, dann wäre es möglich, dass sich ihre Wege in der nächsten Zeit trennten. Kastor betete inständig, dass es dazu niemals kommen würde, aber die Dinge lagen für ihn im Moment so seltsam klar vor ihm, dass er nicht anders entscheiden konnte, nur um eine Freundschaft zu retten. Hier ging es um so viel mehr als nur um sie beide. Ein innerer Instinkt sagte ihm, dass hier gerade der Beginn von etwas sehr Großem war und er den richtigen Weg einschlagen musste, um nicht am Ende einfach alles bereuen zu müssen, was er getan hatte.

»Gut, dann weiter. Wenn ich es richtig deute, wurde deine Zukünftige misshandelt – und zwar schwer«, sprach Kagar es aus und lenkte ihn so effektiv von seiner Sorge um ihre Freundschaft ab. Diese Worte schnitten ihm in die Brust wie ein scharfes Messer. Sie drangen direkt in sein Herz ein und er spürte eine Mischung aus wildem Schmerz und unbändigem Zorn.

Sie war erst zwölf gewesen. Noch so jung. Er hatte nach ihrem Gespräch ja geahnt, dass sie eine schlechte Erfahrung bezüglich Sex gemacht hatte, aber das übertraf alles. Die Andeutungen von Elisabeth malten ein grauenvolles Bild. Wie lange die Heilerin sie betreut hatte. Sie hatte von einer Zeit gesprochen, die mindestens zehn Tage umfasste, vermutlich eher mehr. So lange dauerten nur schwere Verletzungen. Wie man sie zugerichtet hatte ... ein kleines, unschuldiges Mädchen. Er hatte ja bereits vermutet, dass der Auslöser ein einschneidendes Erlebnis gewesen sein musste.

Er konnte sich nur ansatzweise vorstellen, was so ein Erlebnis mit einem jungen Mädchen anrichten musste. Elisabeth hatte es zwar nie wirklich ausgesprochen, aber Eloise hatte nicht mehr leben wollen. So ein Grauen musste einem Menschen viel nehmen. Aber was immer danach passiert war, sie hatte ihrem Leben einen neuen Sinn gegeben. Er war gespannt darauf zu erfahren, was es gewesen war, das sie schließlich zu dem gemacht hatte, was sie dann für die Menschen geworden war.

Dass diese Entwicklung hin zu der Legende aber mit einem Grauen in so unfassbarem Ausmaß begonnen hatte, machte ihn traurig. Man könnte behaupten, dass es dem grausamen Akt beinahe einen höheren Zweck verlieh. Ein bitterer Eindruck, den er für absolut falsch hielt. Wie oft hatte er in seiner Ausbildung den Spruch gehört: »Was einen nicht umbringt, macht einen nur stärker.« Aber das stimmte hier nicht. So ein Erlebnis machte einen nicht stärker, es tötete etwas in einem, es nahm einem verdammt viel. Die Stärke musste schon immer in ihr gewesen sein. Wie hätte sie sonst dieses Grauen nicht nur überleben, sondern trotz dieses Erlebnisses zu der Legende werden können, die sie geworden war. Elisabeth hatte recht. Es machte einen ehrfürchtig, zu was für einer Person sie dennoch geworden war.

»Kas?«, hakte Kagar nach.

»Ja?«, fragte er mit zusammengebissenen Zähnen und angriffslustiger Tonlage, das hörte er selbst, auch wenn sein Zorn sicher nicht seinem Freund galt.

Kagar musterte ihn wachsam. »Was ist denn nur los mit dir?«

»Was meinst du?«, wehrte Kastor ab und erhob sich sogar, um Kagars forschendem Blick zu entgehen. Ihr nahm den letzten Schluck seines Weins, um einen Grund zu haben aufzustehen.

»Warum bist du so wütend, alter Freund. Habe ich etwas gemacht, das dich aufregt?«, wollte er unsicher wissen.

Kastor hielt mit gerunzelter Stirn inne und sah Kagar über den Tisch hinweg an. »Nein. Blödsinn. Ich bin nur unfassbar zornig auf den Bastard, der ihr das angetan hat«, gestand er und ging zum Sideboard, um sich nachzuschenken.

»Du sicher nichts?«, fragte Kastor über seine Schulter, als er den Wein geöffnet hatte und sich nachschenkte.

»Nein danke.« Kagar haderte kurz. »Du sprichst, als hättest du dir selbst ausgesucht sie zu heiraten«, bemerkte sein Freund.

»Unsinn!«, wehrte er sofort ab. »Ich hasse jeden, der einem kleinen Kind so etwas antut.«

Kagar nickte zögernd. Da war etwas zwischen ihnen, das er noch unausgesprochen ließ. Kastor fragte sich, was in Kagar vorgehen mochte, doch da nahm der Freund das Gespräch schon wieder auf.

»Weiter. Elisabeth hat dann bestätigt, dass deine Nachforschungen richtig waren. Sie hat damals angefangen zu sein, wer sie war«, murmelte er mit gesenkter Stimme.

Wieder nickte Kastor nur. Kagar kniff seine Augen leicht zusammen und lehnte sich vor, als müsste er genauer hinsehen. Was genau suchte sein Freund?

Kastor kam zurück zum Tisch. Sein Glas war voll, er hatte keinen Grund mehr, hier zu stehen. Es fiel ihm schwer, dieses Gespräch mit seinem Freund zu führen, weil er nicht wusste, wie Kagar zu Eloise und ihrem Hintergrund stand. Er dagegen wusste ganz genau, wie er zu alldem stand. Es war eine Unsicherheit zwischen ihnen, die ihnen beiden neu war, weshalb sie gerade beide unsicher waren. Er spürte es bei sich und sah es an seinem Freund, der ausnahmsweise nicht offen aussprach, was er dachte, sondern Formulierungen suchte und abwägte, was er wann sagte. Er taktierte ... manipulierte vielleicht sogar genau wie Kastor selbst.

»Sie hat außerdem bestätigt, was deine Nachforschungen auch ergeben haben, dass sie eigentlich den Glauben lebt«, fuhr Kagar fort, obwohl Kastor ihm offensichtlich noch nicht auf ausführlich genug geantwortet hatte. Aber all das hatte er doch schon selbst herausgefunden. Was genau erwartete Kagar von ihm?

»Kas, verdammt«, schrie Kagar nun verzweifelt auf.

Kastor, der sich gerade hatte hinsetzen wollen, erstarrte in der Bewegung, ob des ungewohnt emotionalen Ausbruchs seines Freundes. Mit fragendem Blick hob er seine Augenbrauen und sah seinen Freund fragen an.

»Wieso bist du so ruhig?«

Er runzelte seine Stirn. »Was soll mich denn aufregen?«

Kagar haderte. »Elisabeth bestätigt, dass der Orden seit zwei Jahren eine Hetzjagd auf eine wahre Gläubige macht und sie verleumdet«, flüsterte er mit Angst in der Stimme.

»Aber das wussten wir doch schon.«

»Wir ahnten es. Wir wussten es nicht«, wehrte Kagar sofort ab und endlich verstand Kastor, was seinen Freund so aufwühlte.

»Für mich war das heute nicht so erhellend wie für dich. Ich war mir schon sicher, dass meine Nachforschungen eindeutig waren. Deshalb wühlt es mich auch nicht so auf«, erklärte er.

Kagar entspannte sich eindeutig etwas. »Wenn es dich nicht schockiert, will ich dir vertrauen, du bist mein Omni. Aber ich werde noch etwas brauchen, ehe ich damit so locker umgehen kann wie du. Vielleicht wird es mir helfen, dass wir jetzt nicht mehr hinter einer Unschuldigen her sein können, da die Ketzerin heute schließlich gestorben ist.«

Dann huschte der Blick seines Freundes zu der Frau im Bett. Als er wieder seinen Freund anblickte, lag etwas wie Mitleid in seinem Blick.

»Mit dieser Geschichte könnte es sein, dass dir wieder eine ... kühle Ehe bevorsteht. Ich könnte mir vorstellen, dass sie Männern generell nicht traut«, erklärte er vorsichtig.

Kastor schüttelte seinen Kopf. »Wir haben uns bereits unterhalten und ich werde ihr der beste Partner sein, der ich sein kann. Was immer zwischen uns sein wird, ich werde zufrieden sein mit allem, was sie mir geben kann. Sie versucht sich zu öffnen und ich versuche zuzuhören. Ich schätze sie für so vieles, Kagar. Diese Ehe wird nicht kalt werden«, erklärte er und sah zu seinem Freund.

»Ich meinte nicht –«

»Ich weiß, dass du von anderem gesprochen hast, aber wirklich, Kagar, das ist das Letzte, worüber ich gerade nachdenke!«

Kagar sah beschämt auf seine Finger und ließ es, weiter über das Thema zu sprechen.

Kas wandte seinen Blick ab und betrachtete die schlafende Frau. Er war mit anderen Dingen beschäftigt als Kagar. Er fragte sich, was sie noch alles verbarg und wie viel sie ihm offenbaren würde. Ob sie ihm je vollkommen vertrauen würde? Er war sich da nicht so sicher.

Wie aus dem Nichts stand Kagar auf und schlug dabei halblaut auf die Tischplatte. »So alter Freund, ich lasse dich jetzt mal allein«, entschied er und wollte gehen.

Kas' erste Intuition war, seinen Freund aufzuhalten. Aber ehrlich gesagt wollte er gerade gar nicht reden und diskutieren. Er spürte Erleichterung bei dem Gedanken, dass Kagar ging.

»Bis morgen«, nickte Kas also nur und Kagar erwiderte diese Geste.

Kagars Schritte zur Tür waren seltsam abgehackt, als wäre er angespannt und versuchte es zu verbergen. Das ließ Kastor doch aufstehen und ihn aufhalten. Er wollte so nicht mit seinem Freund auseinandergehen.

»Warte.«

Kagar hielt im Türrahmen zu Kastors Büro inne und drehte sich zu ihm um. Kastor trat näher und sah seinem Freund ins Gesicht. »Warum gehst du?«

Kagar zögerte und sein Blick huschte über Kas' Schulter zu Eloise.

»Weil ich die Situation auflockern wollte und dabei etwas sehr Dummes gesagt habe«, murmelte er mit gesenktem Blick.

Kastor wollte ihm schon widersprechen, aber er hatte Kagars Anspielung auf Sex wirklich als unangebracht empfunden. Aber er wusste auch, dass

Kagar durch die Entwicklungen sehr verunsichert war. Immerhin hatte sein Freund gestern Abend erst davon erfahren, wer sie war und wie sie wirklich war. Kagar musste alles gerade wie in Lichtgeschwindigkeit vorkommen. Dass er da etwas Unangebrachtes sagte, um abzulenken, war nicht klug, aber verständlich. Es war schlicht menschlich.

»Schon gut. Du wolltest nicht unsensibel sein. Es ist eine schwere Situation. Das verstehe ich.«

»Für dich nicht«, wandte sein Freund ein.

»Ich hatte weit länger mich auf heute vorzubereiten.«

»Du hast auch heute erst von ihrer Vergangenheit erfahren!«, widersprach Kagar mit gepresster Stimme. Kastor hatte den Eindruck, dass sein Freund wütend auf sich selbst war.

»Nein, ich habe bei meinen Nachforschungen schon so etwas gehört. Elisabeth hat mir nur deutlich gemacht, wie grausam dieses Erlebnis gewesen sein muss.«

»Davon hast du nichts gesagt«, entschlüpfte es Kagar leicht vorwurfsvoll.

»Weil es weder dich noch mich etwas angeht!«

Kagar starrte ihn an. Er wirkte, als wäre ihm schlecht. Sie beide wussten, dass Kastor recht mit dieser Aussage hatte.

»Ich wünschte, ich wüsste es nicht«, gestand Kagar schließlich leise und sah hinüber zum Sideboard, auf dem immer noch der Wein stand.

»Wieso?«, fragte Kastor verwundert nach.

»Dann müsste ich mich nicht so fühlen wie jetzt«, gestand er.

»Das ist egoistisch«, warf Kastor seinem Freund vor.

»Ich weiß«, seufzte er. »Aber ich weiß nicht, wie ich mich verhalten soll.«

Kastor wollte schon sagen: *wie immer*. Aber dann wurde ihm klar, dass das auch ignorant und verleugnend wirken könnte. Es gab im Grunde keine richtige Reaktion für Kagar. Was sie erfahren hatten, war etwas sehr Grausames und sehr Intimes. Es ging sie beide im Grunde nichts an und sie beide waren nicht in der Position, irgendetwas für Eloise tun zu können, weil sie beide Fremde für die misshandelte Frau waren. Kastor verstand die Zwickmühle, in der Kagar sich befand.

»Das ist vielleicht gut. Dadurch wirst du zweimal überlegen und daher weniger wahrscheinlich etwas Dummes tun.« Kastor zuckte mit den Schultern. Einen besseren Rat hatte er nicht.

Kagar schmunzelte. Dann klopfte er seinem Freund auf die Schulter. »Oder ich nehme dich zum Vorbild. Du machst das alles wirklich gut, Kas.«

Das Lob wärmte ihn und nahm einen Hauch der Unsicherheit, die Kastor empfand, seit Vapor sie in sein Leben katapultiert hatte. Außerdem zeigten Kagars Worte sehr deutlich, dass gerade nichts mehr zwischen ihnen stand. Kagar fand nicht nur, dass Kastor es richtig und gut machte, er wollte das Verhalten sogar nachahmen. Das war besser als ein Zugeständnis oder ein wackliger Frieden, das war echte Unterstützung und fühlte sich dadurch endlich wieder so an, wie sonst auch immer zwischen ihnen.

»Danke«, war daher seine schlichte Antwort und er legte alle Dankbarkeit und Loslassen der Anspannung in seinen Blick. Kagar sollte verstehen, wie viel seine Worte Kastor bedeuteten.

Sein Freund lächelte und nickte. Dann drehte er sich ab und verließ Kastors Räume. Er sah seinem Freund nach und dann auf die verschlossene Tür hinaus in den Flur. Sie würden sicher noch beide über dieses Gespräch mit Elisabeth und die Konsequenzen daraus nachdenken.

Kastor drehte sich auf der Schwelle zwischen seinen Zimmern um und lehnte sich an den Türrahmen. Er betrachtete Eloise, die so friedlich in seinem Bett lag und nichts von den Emotionen mitbekommen hatte, die die letzte Stunde in diesem Zimmer getobt hatten. Er dachte an das, was sie bisher von niemandem bekommen hatte. Das, was er ihr möglicherweise geben konnte. Er sollte nicht darüber nachdenken, Zärtlichkeiten mit ihr auszutauschen. Nicht nach der Geschichte, die Elisabeth ihnen offenbart hatte. Aber er wollte diese düstere Erfahrung vertreiben und mit zahllosen guten überlagern. Er wollte ihr das geben, was keiner ihr zuvor gegeben hatte. Er wollte derjenige sein, der ihr Leben grundlegend verbesserte.

Das waren so aberwitzige Gedanken, dass er sie verdrängen wollte, doch sie wüteten inbrünstig in seinem Kopf. Er würde diese Bedürfnisse nicht loswerden. Es sei denn, sie würde ihn eiskalt abweisen und nur das Nötigste tun.

Das würde seine Lust ersticken, wie er wusste, und sicher auch die Wärme, die er gerade empfand, wenn er sie in seinem Bett liegen und friedlich schlafen sah. Es würde sich zeigen, wie das hier laufen würde. Denn an solch einer Partnerschaft waren nun einmal zwei beteiligt und beide bestimmten, wie das hier laufen würde. Er wusste, aller gute Wille konnte erstickt werden, wenn der andere nicht bereit dazu war.

Jetzt allerdings musste er sich zuallererst mit der Frage beschäftigen, wo er heute Nacht schlafen sollte. Kroch er zu ihr ins Bett, oder wäre der Boden für diese Nacht die bessere Alternative?

Kapitel 7

Als sie erwachte, schmeckte sie als Erstes den bitteren Geschmack in ihrem Mund. Sie kannte diesen Geschmack von der Zeit, in der Lis sie behandelt hatte. Diese Frau war einfach unverbesserlich. Wenn Eloise in ihren sicheren Quartieren war oder damals in dieser Schenke, da hatte ihr das nichts ausgemacht. Da hatte sie es akzeptieren können, dass Lis verhinderte, dass sie ihre Heilung hinauszögerte, indem sie die zu schnell heilenden Wunden wieder aufriss. Ihre Haut bekam wie jede andere Verletzungen, heilte aber sehr viel schneller. So viel schneller, dass es jedem auffallen würde. Damals nach dieser grauenvollen Nacht ihrer Entjungferung lernte sie allerdings, dass nur ihre Haut besonders schnell heilte. Knochenbrüche taten das nicht. Lis hatte ihre Haut immer wieder aufschneiden müssen, um an die Knochen heranzukommen, die gerichtet werden mussten.

Diese Fähigkeit machte sie zu einer Defekten, einer Gejagten. Obwohl sie nun nicht mehr dafür gejagt wurde, wer sie wirklich war, konnte das, was sie wirklich war, immer noch ihren Tod bedeuten. Daher durfte das immer noch niemand erfahren.

Es war zu einem Selbstläufer geworden, ihre Heilung hinauszuzögern. Eine der Huren hatte ihr das eingetrichtert und irgendwann auch erklärt, warum das so wichtig war. Als älteste Frau, die Eloise je kennengelernt hatte, hatte die alte Susanna genau gewusst, was Eloise einmal blühen würde, wenn sie diese Eigenart von sich anderen offenbare. Defekte, wie die Hure und Eloise selbst es waren, wurden gejagt und nicht selten getötet. Eloise hatte später von anderen mitbekommen, die aufgrund von besonderen Gaben vom Orden des Lichts geholt oder von Menschen ohne Defekt regelrecht hingerichtet worden waren. Es war nicht so, dass etwas Übernatürliches am Werk war. Es waren Nachwirkungen der Generationen, die, ohne zu zögern, in alles Natürliche eingegriffen hatten.

Susanna hatte ihr viel über die Zeit vor der Katastrophe erzählt. Ihr Defekt war es, sehr viel langsamer zu altern und somit auch sehr viel länger zu leben. Sie hatte ihn von ihrer Mutter geerbt, die zu den ersten Überlebenden nach der großen Katastrophe gezählt hatte. Das war über zweihundert Jahre her und Susanna hatte jede Menge Wissen von ihrer Mutter, das der Allgemeinheit verloren oder vielleicht sogar geraubt worden war.

Die Menschen, die die große Katastrophe ausgelöst hatten, hatten etwas in den Kindern verändert. Etwas, das sie heute als Defekt bezeichneten. Menschen mit Defekten gab es viele. Allerdings waren sie wider die Natur und fanden daher meist relativ schnell den Tod.

Diese Eingriffe damals hatten aber immer nur Eigenschaften des Körpers verändert. Es gab da welche mit Haut, die in der Sonne nicht verbrennen konnte, oder jene mit außergewöhnlichen Augenfarben. Es gab auch jene, die fast nie krank wurden oder jene, deren Knochen nicht brachen. Es gab so viele von ihnen, aber weil sie verfolgt wurden, versteckten sie sich. Es gab sicher noch so viele Fähigkeiten, die ihr gar nicht klar waren, weil sie eben nie einen mit dieser Fähigkeit kennengelernt hatte. Ein kleiner Junge beispielsweise, den Elli damals als ihr Gegenstück bezeichnet hatte, war kurz nach ihrer Begegnung ermordet worden. Seine Haut war so fest, dass er keine Verletzungen bekam.

Nach seinem Tod hatte sie dann endgültig über ihre Fähigkeit geschwiegen, denn Eloise hatte erkannt, dass nur Schweigen ihr Leben retten konnte.

Als sie blinzelte, sah sie eine Wand, an der, unter einem Fenster, ein Sideboard aus Holz stand. Durch das Fenster fiel Licht in den Raum. Kleine Staubkörner tanzten in dem Strahl der Sonne. Es war ein ruhiges und sanftes Bild. Sie fühlte sich wohl. Es war wie eine sanfte Liebkosung, um einen schönen Tag zu begrüßen. Eine innere Ruhe, wie Elli sie lange nicht mehr gespürt hatte, sank in sie und sie hätte ihre Augen schließen und einfach weiterschlafen können.

Doch dann erinnerte der bittere Geschmack sie daran, dass sie für die Nacht ruhiggestellt worden war. Das wiederum erinnerte Eloise daran, in wessen Zimmer sie war und dass sie eigentlich Wunden auf dem Rücken haben sollte, die nach heute Nacht sicher nicht mehr da waren. Sie bewegte ganz vorsichtig ihren Rücken und spürte nicht den Hauch eines Schmerzes und auch keine spannende Haut, wie sie direkt nach der Heilung entstand. Das war nicht gut. Die Wunden waren jetzt also weg. Was hatte sich Lis nur dabei gedacht? Wollte sie, dass der Omni erfuhr, was sie bisher vor allen außer der Heilerin verborgen hatte?

Apropos, wo war der Mann eigentlich?

In ihrem Sichtfeld war er schon mal nicht. Also stemmte sie sich vorsichtig auf ihre Hände und drehte ganz leise ihren Kopf. Als sie in die andere Richtung blicken konnte, sah sie ihn neben sich liegen.

Erst war es ihr vollkommen egal. Sie hatte schon deutlich enger mit Männern geschlafen, weil die Nächte im Wintermonat sehr kalt werden konnten, wenn man draußen nächtigte, und nichts so gut wärmte wie ein anderer Körper.

Aber dann sah sie sein Gesicht. Die Stoppeln an seinem Kinn legten einen dunklen Schatten auf sein Gesicht. Er hatte markante Züge und eine große, aber nicht zu große Nase. Im Schlaf sollten seine Züge sanfter aussehen. Doch er wirkte männlich und kantig. Dann endlich fiel ihr auf, dass er nicht ruhig genug atmete, um wirklich zu schlafen und sie runzelte ihre Stirn.

»Du kannst aufhören, so zu tun, als würdest du schlafen«, zeigte sie ihm, dass sie ihn erwischt hatte, erhob dabei jedoch nicht ihre Stimme, weil sie ihn nicht wecken wollte, sollte sie falsch liegen.

Seine Lippe zuckte amüsiert und dann öffnete er ein Augenlid. Er konnte sich den schelmischen Blick und die Andeutung eines Grinsens eindeutig nicht verkneifen und Eloise musste über diesen jugendlichen Übermut schmunzeln.

Sie schüttelte leicht ihren Kopf und legte ihn dann scheinbar erschöpft ab. Sie hatte sich daran erinnert, dass sie ja eigentlich noch verletzt war. Die

Trägheit, die das Beruhigungsmittel mit sich brachte, half ihr dabei, den Zustand einer Verletzung weiterhin zu simulieren.

Sofort trat Besorgnis in seinen Blick und das erwärmte ihr das Herz.

»Hast du Schmerzen?«, fragte er dann auch noch. Dass er ein Herz hatte, wusste sie ja. Immerhin hatte er sogar die Herzen ihrer Mäuse berührt. Nein, nicht *ihre* Mäuse. Es waren jetzt einfach nur noch *die* Mäuse.

Ob Luke das so gut hinbekam, wie sie glaubte? Ob Mia den Überblick behalten und schwere Entscheidungen treffen konnte? Sie wünschte es sich. Na ja, eigentlich wünschte sie sich, dass diese Kinder einfach nur Kinder sein dürften und jemand für sie sorgte. Dass jemand all die Verantwortung für sie schulterte und nicht sie tun müssten, was getan werden musste.

Aber das Leben war nun einmal grausam. Das war das eine, was sie sicher wusste. Das Leben war grausam und zwar zu allen, egal ob arm oder reich, egal ob jung oder alt. Nur gemeinsam konnte man die Grausamkeiten des Lebens wegstecken.

Sie hatte sich schon oft gefragt, ob die ersten Überlebenden dieselbe Erkenntnis gehabt hatten und so der wahre Glauben entstanden war.

»Elli?«

Sie war mit ihren Gedanken so dermaßen abgedriftet, dass sie vergessen hatte ihm zu antworten. »Entschuldige. Was meintest du?«

»Schmerzen?«, erinnerte er sie an seine Frage und sie schüttelte nur den Kopf.

Das Lächeln kehrte zurück in sein Gesicht. »Woran hast du gerade gedacht?«, fragte er interessiert.

Sie runzelte ihre Stirn. Ja wohin waren ihre Gedanken abgeschweift? Verdammt weit. Sie musste grinsen. Wie war sie nur von den Mäusen zu so grundlegenden Überlegungen über den Glauben gekommen.

»Lustige Gedanken?«, fragte er.

Sie musste immer noch lächeln. »Nein. Ich war nur gerade erstaunt, wie weit meine Gedanken abgeschweift sind. Ich habe am Ende über die Entstehung des Glaubens nachgedacht«, gestand sie und seine Augenbrauen schossen in die Höhe.

»Ernsthaft?«, fragte er und stützte sich auf einen Arm, um seinen Oberkörper aufrichten zu können.

Sie schmunzelte. »Ernsthaft«, bestätigte sie.

»Worüber genau?«, fragte er nun mit einem ganz anderen Interesse in den Augen. Es wirkte nicht argwöhnisch oder forschend, sondern einfach so, als hätte er eine Facette an ihr entdeckt, die er kennenlernen wollte. Und nur dieser Eindruck brachte sie dazu, ihre Gedanken preiszugeben.

»Ich habe überlegt, dass die ersten Überlebenden vielleicht einiges in die Schriften haben einfließen lassen, um der Situation damals gerecht zu werden. Quasi an die Bedürfnisse von damals angepasst«, formulierte sie es etwas schwammiger, damit er nicht doch noch eine Ketzerin in ihr sah.

Er dachte wirklich nach. Das sah sie an den leichten Falten um seine Augen und der gekräuselten Stirn. Er schaute dabei in den Raum, als blickte er durch die Zeit zu den Menschen von damals.

»Kannst du ein Beispiel geben?«, fragte er.

»Ich bin schon immer über die Passage gestolpert, die über Frauen spricht, die keine Kinder bekommen können. Jedes Lebewesen scheint gemein zu haben, dass es Nachkommen hervorbringt. Warum schützt der Glauben eine Frau, die das nicht mehr kann? Er gibt ihr einen Zweck, eine Aufgabe in der Gemeinschaft. Ich denke, damals gab es auch viele Kinder, die keine Eltern mehr hatten. So sorgte man dafür, dass sie jemanden hatten, der sich um sie kümmerte. Sonst würde man sich ja kaum um ein Kind kümmern, das nicht sein eigenes ist. In der Tierwelt habe ich das noch nicht gesehen. Kinder ohne Eltern sterben meist. Doch durch diesen Passus hat man der Frau einen Wert gegeben und dafür gesorgt, dass weit mehr Kinder überlebten«, gab sie einen ihrer Gedanken zu diesem Thema preis. Einen, den sie bisher mit niemandem hatte teilen können, weil draußen niemand die Schriften so kannte wie sie.

Er lachte nicht über ihren Gedanken und maßregelte sie auch nicht. »Ist es außerhalb der Mauern so? Kümmert man sich um elternlose Kinder?«, fragte er ruhig nach. Allerdings gab er auch nicht seine Gedanken dazu preis.

»Teilweise. Die Mäuse sind ein Anfang. Sie kümmern sich umeinander. Die

Bars kümmern sich um alle Bedürftigen, wie du ja weißt.« Mit einem Zwinkern erinnerte sie ihn daran, dass auch sie ihn beobachtet hatte. »Aber ich kann kaum zu den Menschen gehen und ihnen sagen, dass sie sich um fremde Kinder kümmern sollen, wenn sie keine eigenen haben.«

»Wieso nicht?«, fragte er verwirrt.

»Weil die Menschen den Glauben gehasst haben. Sie lernen gerade erst zwischen dem Orden und dem Glauben zu unterscheiden. Aber niemals dürfte man mit den Worten des Glaubens kommen, um sie zu etwas zu bewegen, was sie eigentlich nicht leisten können und vor allem nicht wollen.«

Er musterte sie. »Also hassen die Menschen den Orden wirklich«, murmelte er, als würde sie etwas bestätigen, was er eigentlich schon wusste, aber nicht glauben wollte.

»Es ist besser, sie hassen den Orden als den Glauben«, gab sie zu bedenken.

»Wieso?«, fragte er.

»Weil der Glauben ihnen hilft. Der Orden tut das nicht«, knallte sie ihm die Wahrheit an den Kopf.

»Noch nicht«, schränkte er ein.

Noch nicht? Hatte er vor das zu ändern?

»Noch ein guter Grund. Ein Glauben ändert sich nicht. Kann er nicht. Die zwölf Grundsätze stehen seit der Entstehung des Glaubens fest und bestimmen seither unser Leben. Der Glauben ist ein beständiges Konstrukt. Ein Orden aber kann sich ändern, er kann die Worte neu interpretieren, seine Art zu handeln hinterfragen und vielleicht anpassen. Also ist es besser, sie hassen den Orden. Wenn er sich wirklich irgendwann ändert, können sie das zulassen und annehmen. Für den Glauben gilt das nicht«, erklärte sie. Erst sah er sie mit gerunzelter Stirn an und sie erwartete einen Widerspruch, doch dann nickte er zögerlich.

Wow, er stimmte ihr zu. Er sah die Logik in ihren Worten. Das beeindruckte sie sehr. Schließlich war er innerhalb des Ordens aufgewachsen. Da hatte sie mehr Vehemenz und Verblendung erwartet, die ihn auf seinen Ansichten beharren ließ. Das beeindruckte sie wirklich. Ein warmes Prickeln erfüllte sie, wie sie ihm so in die blaugrauen Augen sah.

Nun blinzelte er und schien sie genauer zu betrachten. Dann brach sich ein Lächeln bahn, das ihre Knie weich werden ließ. Gut, dass sie lag.

»Ich freue mich darauf, weitere solcher Gespräche mit dir zu führen.«

Sie stutzte. Ernsthaft? War das ein Scherz? Wollte er sie verhöhnen? Nein, so sah das nicht aus. Er freute sich wirklich darauf, sich mit ihr über den Glauben zu unterhalten. Sie musste einfach lächeln. Seine Worte malten ein Bild einer warmen und respektvollen Beziehung. Etwas, womit sie in ihrem Leben wirklich nicht mehr gerechnet hatte. Selbst wenn sie von einer Welt geträumt hatte, in der sie Mac an sich hätte heranlassen können, hatte sie nie so ein Bild einer Partnerschaft gesehen. Mac und sie hatten ähnlich gelitten, waren durch das Leben gezeichnet worden und der Schmerz war es, der sie verband. Eine Partnerschaft, die darauf basierte, gab Halt, wurde aber durch die Erinnerungen an den Schmerz geprägt. Sanfte Ruhe hatte sie nie empfunden, wenn sie sich zugestanden hatte von einer besseren Welt zu träumen.

»Ich glaube ich auch«, gestand sie leise.

Ein freudiges Strahlen huschte über sein Gesicht. Doch er bekämpfte es sofort wieder. Etwas, das sie verstand. Sie tasteten sich vorsichtig an den anderen heran und wollten beide nicht zu viel von sich preisgeben und offenbaren. Sie waren zu dieser Verbindung gezwungen worden, was ihnen beiden bewusst war. Außerdem waren sie nur Momente zuvor noch Feinde gewesen, auf gegenüberliegenden Seiten eines Schlachtfelds. Auch das wussten sie beide. Natürlich verbargen sie dann so viel wie möglich von sich, um sich nicht angreifbar zu machen. Sie verstand es, fühlte ja genauso. Aber sie war sich nicht sicher, ob das der richtige Weg war, um diese Verbindung zu begehen. Vielleicht sollte sie es wie sonst auch immer machen. Wenn sie erst einmal eine Entscheidung getroffen hatte, sie auch mit allen Konsequenzen durchziehen. Und sie hatte sich entschieden.

»Ich lasse uns jetzt ein Frühstück kommen«, sagte er mit einem Lächeln und sie freute sich erst über die Geste. Dann wurde ihr aber klar, dass das eigentlich anders lief hier im Haus der Krieger.

»Ich dachte, die Anhänger der Häuser essen immer zusammen im Gemeinschaftsraum des Hauses.«

»Ich muss immer wieder feststellen, dass du erschreckend gut informiert bist«, grinste er und nahm damit seinen Worten den Vorwurf, den sie erst hineingelesen hatte.

Eloise errötete leicht über dieses Kompliment und den funkelnden Blick, den er ihr geschenkt hatte. »Also?«, hakte sie nach und überspielte das Kribbeln, das in ihrem Innern tobte. Auf der einen Seite freute sie sich, dass der Mann, an den sie für den Rest ihres Lebens gebunden werden würde, diese Gefühle in ihr auslöste, auf der anderen Seite hasste sie es, wie sie darauf reagierte. Sie benahm sich wie ein naives kleines Mädchen und nicht wie die Frau, die außerhalb dieser Mauern eine Legende war.

Er hob fragend eine Augenbraue.

»Ich kann hartnäckig sein«, warnte sie ihn und er reagierte nicht herausfordernd, wie sie von einem Mann in einer Machtposition erwartete, wenn sie ihn provozierte, sondern er legte ein schelmisches Grinsen auf, das sein Gesicht auf eine Weise erhellte, die wieder dieses wilde Kribbeln unter ihrem Brustbein auslöste. Verdammt.

»Das würde ich unterschreiben«, erklärte er.

Erst war sie stolz, dass ihre Hartnäckigkeit so bekannt war, dass er davon wusste, doch dann wurde ihr klar, dass er sie durch seine Reaktion abgelenkt hatte. Sie schürzte ihre Lippen und funkelte ihn an. Sie hatte ihn erwischt.

»Ich kann auch hartnäckig sein«, versprach er, konnte aber nicht ganz ernst bleiben. Er genoss dieses kleine Spiel zwischen ihnen, bei dem sie doch irgendwie ihre Machtverhältnisse abklopften ebenso sehr wie sie. Es fühlte sich wie ein Kräftemessen an, bei dem sie entdeckten, dass sie in einem Punkt ebenbürtig waren.

Ihre Mundwinkel zuckten verräterisch, aber sie behielt ihren festen Blick bei.

Es klopfte in diesem Moment.

Er grinste zufrieden, weil ihm die Unterbrechung zugutekam. Er stand auf und ging an die Tür. Erst jetzt wurde ihr klar, dass er nur mit einem Shirt und kurzen Hosen bekleidet neben ihr im Bett gelegen hatte. Er sah so knapp bekleidet wirklich verboten gut aus. Das würde noch zu einem Problem für sie werden.

Die Tür nach draußen war offenbar im anderen Raum, denn Kastor verschwand durch einen Türrahmen, der in einen Raum führte, von dem sie nur einen kleinen Ausschnitt sah, in dem nur ein großes Regal mit Büchern zu erkennen war. Oder die Tür lag in *einem* anderen Raum. Sie wusste nicht so genau, wie viele Räume zu seiner Wohnung gehörten. So wie sie ihn einschätzte, stellte sie sich zwei Räume und ein Badezimmer vor. Mehr nicht. Er war kein Mann, der gerne in Prunk lebte. Das sagte auch schon dieses Schlafzimmer aus. Es hatte einen Schrank, ein Sideboard mit Gläsern und einer Weinflasche darauf und einen kleinen Tisch mit vier Stühlen. Sonst nur zwei Sessel an einem Kamin, das Bett und ein dicker Teppich. Es war schlicht und pragmatisch eingerichtet, keine Dekoration oder Artefakte aus vergangener Zeit, die die Reichen sonst so gerne als Demonstration ihres Wohlstands in ihren Räumen ausstellten. Dennoch erweckten das Holz der Möbel und der Teppich eine warme Atmosphäre.

»Omni, verzeiht die Störung, aber der Älteste hat mich geschickt, nach Euch zu sehen. Ihr habt bereits gestern das Abendmahl versäumt und nachdem Ihr auch heute nicht zur Morgenmahlzeit aufgetaucht seid, wollte man nach Euch sehen«, erklang die Stimme eines Jungen. Sie würde ihn gerne sehen, aber leider waren die beiden im anderen Raum.

»Hat Kagar nichts dazu gesagt?«, fragte Kas scheinbar irritiert, aber Eloise meinte herauszuhören, dass ihn das nicht im Mindesten wunderte.

»Euer erster Mann versicherte, dass es Euch gut ginge. Daraufhin verlangte der Älteste, dass Ihr dann zur Mahlzeit erscheinen solltet, und schickte mich«, erklärte der Junge unterwürfig.

»Hättet ihr meinen ersten Mann gefragt, was mich von den Mahlzeiten fernhält, hätte man dir den Weg hier herauf erspart«, meinte Kastor tadelnd.
»Ich wurde gestern verlobt. Meine Verlobte hat vom Hausinquisitor die Strafe der Sünde erhalten, damit sie eine wahre Gläubige werden kann, wie es der fünfte Grundsatz eines wahren Gläubigen verlangt. Ich kümmere mich also um meine Verlobte. Wenn es ihr besser geht, werde ich auch wieder zu den Mahlzeiten erscheinen«, verkündete Kastor.

»Verlobte?«

»Ja, Ron, ganz recht.«

»Aber ihr seid doch verheiratet?«, hauchte der Junge entsetzt.

»Nicht mehr. Der Hausinquisitor hat die Ehe annulliert.«

»Annulliert?« Der Junge japste, als könnte er die Informationen nicht verarbeiten.

»Ron«, ermahnte Kastor ihn.

»Ja, Omni, verzeiht. Ich werde die Nachricht weiterleiten, damit man Euch nicht noch einmal stört. Am besten zur Mittagsmahlzeit, da werden ja alle Brüder anwesend sein.«

»Das ist eine gute Idee«, lobte Kastor.

»Braucht Ihr sonst noch etwas, Omni?«, fragte der Junge eifrig.

»Wenn es dir nichts ausmacht, könntest du in der Küche Bescheid sagen, dass ich in meinem Zimmer speise.«

»Natürlich, Herr«, sagte der Junge eifrig. Schon hörte sie rennende Schritte und dann eine Tür ins Schloss fallen. Kurz darauf kam Kastor ins Zimmer und Eloise sah ihn mahnend an. Da gab es eine Menge, was sie ihm zu sagen hatte.

»Irgendetwas sagt mir, dass du unzufrieden bist«, erklärte er das Offensichtliche und lehnte sich an Ort und Stelle an den Türrahmen, in dem er stehen geblieben war.

»Hältst du es für klug hinauszuposaunen, wie es zu unserer Verlobung kam?«, fragte sie.

»O ja. Und das gleich aus mehreren Gründen!«, versicherte er.

»Wärst du so gut mir ein paar zu nennen?«, forderte sie aufgebracht.

Seine Haltung im Türrahmen wirkte arrogant und herablassend. Er sah aus, als würde er gleich ihren Wunsch nach Erklärung abschmettern. Doch dann atmete er seufzend aus, ließ seine Schultern sinken, kam ans Bett und setzte sich auf die Bettkante.

Sie hatte den Eindruck, er lenkte ein, ohne dass sie ihn wirklich hatte dazu bringen müssen. Es schien ihn Überwindung zu kosten, ihrer Forderung nachzukommen, ob aus Prinzip oder weil es ihm schwerfiel, seine Gedanken preiszugeben, wusste sie noch nicht, aber sie spürte Anerkennung für seine Haltung ihr gegenüber in sich erwachen. Er war es sicher nicht gewöhnt, sich irgendjemandem unterzuordnen. Aber hier und jetzt räumte er ihr durch sein Verhalten das Recht zu Forderungen ihm gegenüber ein.

»Ich führe mein Haus mit schonungsloser Offenheit und Ehrlichkeit. Das waren die Eigenschaften, wegen derer man mich zum Omni machte. Damit werde ich jetzt nicht aufhören. Du sollst einen guten Start haben und deshalb beuge ich Gerüchten gleich durch die Wahrheit vor.«

Fein, das war ein nachvollziehbarer Gedanke. Aber das war noch nicht alles.

»Außerdem ist das eine wunderbare Gelegenheit für dich, Vapor in die Suppe zu spucken, nicht wahr?«, ergänzte sie und sah genau den ertappten Blick, den er sofort zu verbergen versuchte.

»Ich kann ja nichts dafür, wenn die Wahrheit ihn in ein schlechtes Licht rückt«, verteidigte er sich mit Unschuldsmiene.

»Es ist nicht klug ihn zu reizen. Er ist ein überaus ehrgeiziger Sadist. Du solltest ihn nie unterschätzen.«

Kastor richtete sich auf. »Und du solltest solche Gedanken nicht aussprechen«, flüsterte er. »Die Inquisitoren stehen unter einem besonderen Schutz. Nur weil du meine Frau sein wirst, bist du nicht davor sicher, den Ketzertod zu sterben«, warnte er sie mit echter Sorge in der Stimme.

Er sagte ihr hier gerade, dass es tödlich sein konnte, sich offen gegen einen Inquisitor zu stellen. Das war ja interessant. Sie hatte gewusst, dass das draußen und für die Armen galt. Dass aber Ordensmitglieder selbst auch nichts gegen die Inquisition sagen durften, ließ tief blicken. Der Orden hatte ein Geschwür in sich, gegen das er nicht ankam. Das erklärte so einiges. Zum Beispiel warum das Bild des Ordens nach außen so schlecht war, obwohl es viele gute Anhänger gab, die den Glauben lebten.

Wenn man jene, die gegen einen waren, einfach als Ketzer hinrichten konnte, war es klar, warum hier nicht das Gute regierte. Sofort erwachte ihr Antrieb wieder. Hier gab es etwas, das geändert werden musste. Aber dazu brauchte sie erst eine Menge mehr Informationen. Sie musste herausfinden, wie sie dagegen vorgehen konnte, ehe sie auch nur einen Schritt ging. Der Anfang war immer das Schwerste, aber auch das Wichtigste, wenn man nicht wollte, dass sich alles im Sande verlief.

»Welche Gründe hat es noch?«, fragte sie also einfach weiter, als hätte er sie lediglich davor gewarnt, im Wintermonat ohne Jacke hinauszugehen.

»So kann ich hier oben bei dir bleiben«, meinte er.

»Wozu? Ich komme auch alleine klar«, erklärte sie fest.

»Elisabeth hat angedeutet, dass du eine furchtbar schlechte Patientin bist. Ich will nur Sorge tragen, dass du dich brav schonst. Außerdem können wir uns so besser kennenlernen, findest du nicht auch?« Er lächelte und überspielte, dass Lis ihm offenbar etwas über sie erzählt hatte.

Lis hatte mit ihm über sie gesprochen? Was hatte sie ihm alles verraten? Sie bekam direkt Panik, dass Lis zu viel gesagt haben und diesen klugen Mann auf die Fährte ihres Geheimnisses gebracht hatte. Oder Lis hatte ihm von ihrer Vergangenheit erzählt. Egal was es war, sie durfte nicht so ängstlich aussehen, wie sie sich gerade fühlte. Sie musste so tun, als würde ihr das nichts ausmachen.

»Also bist du jetzt mein Babysitter?«, überspielte sie ihre Unsicherheit mit einer eingeschnappten Frage.

Er stutzte. »So habe ich das nicht gesehen ...«

»Außerdem gibt es auch gute Gründe, zum Essen hinunterzugehen«, unterbrach sie ihn. »Die Männer werden mich nicht mögen, weil ich dich vom Essen fernhalte. Sie werden sich Leonie zurückwünschen, weil sie dich nie von deinen Pflichten abgehalten hat«, erklärte sie. »Wenn du hierbleibst, wird das meinen Start sehr erschweren.«

Er zog die Haut seiner Wangen nach innen zwischen seine Zähne. Eine Geste, die sie von Luke kannte. Er kaute auf der Innenseite seiner Wange herum, wenn er intensiv nachdachte. Ob das bei dem Omni genauso war?

»Ich möchte dich aber nicht allein lassen«, antwortete Kastor und hielt mehr zurück, als er offenbarte.

»Ich war mein Leben lang allein«, erwiderte sie fest und provozierte ihn so dazu, das zu offenbaren, was er zweifellos vor ihr verbergen wollte.

»Ein Grund mehr«, rutschte es ihm heraus. Es waren leisere Worte, doch er hatte sie gesprochen und auch ernst gemeint.

Eloise wusste nicht, wie sie damit umgehen sollte. So etwas sagte man doch nicht einfach dahin. Es war, als wüsste er, wie einsam ihr Leben gewesen war und als wäre er fest entschlossen, daran etwas zu ändern. Ob Lis ihm etwas über ihre Einsamkeit erzählt hatte? Aber wieso sollte sie?

Die Vorstellung, dass es jetzt jemanden gab, der bald Teil ihres Lebens sein würde, war seltsam für sie. Aber er hatte mit seinen Worten ein ganz klares Bild erweckt, von seiner Rolle an ihrer Seite, die er anscheinend zu gern übernahm, indem er ihr versprach, der Einsamkeit ein Ende zu bereiten.

Sie schlief bereits in seinem Bett und vor allem, sie unterhielt sich bereits mit ihm über viele Dinge. Dinge, die sie ansonsten kaum jemanden anvertraute. Sie war bereits Teil seines Lebens und er dadurch auch Teil ihres Lebens. Er war jetzt da. Er würde sie nicht mehr allein lassen. Als Partner, der immer bei einem war, weil man ihn im Herzen trug.

Sie brachte keine Worte heraus. Sie wusste nicht, ob sie das zulassen konnte, und auch nicht, ob sie es überhaupt wollte. Sie war sehr aufgewühlt. Sie wusste einfach nicht, was sie dachte. Was sie in dieser Hinsicht wünschte.

Er hielt ihrem Blick stand und zeigte keine Emotionen. Er wartete einfach ab, wie sie reagierte. Aber sie konnte nicht reagieren. Sie wusste einfach nicht wie. Also tat sie so, als hätte sie nicht gehört, was er gesagt hatte.

»Dann werde ich dich eben zum Essen begleiten«, entschied sie.

»Wann?«, fragte er verwirrt.

Das erinnerte sie daran, dass sie ja gar nicht in dem Zustand sein sollte zu sitzen.

»Ich weiß nicht, ob ich heute Abend schaffe, aber morgen sollte es sicher gehen«, erklärte sie mit überzeugter Stimme, aber gleichzeitig mit leichter Unsicherheit im Blick, weil sie sich nicht sicher sein sollte, dass sie morgen fit genug war, um zu sitzen. Nicht wenn sie normal heilen würde.

»Den Teufel wirst du!«, fuhr er sie aufgebracht an.

Äh was?

»Ich werde nicht zusehen, wie du dich wegen irgendwelcher eingebildeten

Probleme auch noch quälst«, bot er ihr die Stirn, sicher wieder aus Fürsorge, aber diesmal würde sie ihn damit nicht durchkommen lassen.

»Diese Probleme sind nicht ausgedacht. Das sind ganz reale Szenarien.«

»Und wenn schon. Du wirst dich nicht dorthin setzen und Schmerzen leiden.«

»Stimmt. Es tut schließlich kaum noch weh.« Sie nickte gelassen und brachte ihn damit aus der Fassung.

»Das ist nicht lustig! Ich lasse nicht zu, dass du Schmerzen hast und diese auch noch verschlimmerst!« Er machte sich ja wirklich Sorgen um sie. Das war süß. Aber er musste lernen ihrem Urteil zu ihrem eigenen Körper zu vertrauen, alles andere wäre Bemutterung und das war nicht gerade das, was sie sich unter Ebenbürtigkeit vorstellte.

»Lis ist eine ausgezeichnete Heilerin. Es tut wirklich kaum noch weh. Ihre Salbe wirkt wahre Wunder und diese Nacht hat mir wirklich gutgetan«, versicherte sie.

»Meinetwegen, dann lass mich deinen Rücken sehen und ich entscheide, ob er genug verheilt ist«, schlug er vor.

Der Schock fuhr ihr durch alle Glieder. Sie Idiotin. Das war das Letzte, was sie ihm erlauben konnte. Für ihn war es ein Einlenken, zu dem er sich hatte durchringen müssen. Er war ihr entgegengekommen, womit sie nicht gerechnet hatte. Dumm eigentlich. Er bemühte sich seit der ersten Sekunde ihr entgegenzukommen, wenn er konnte. Wie hatte sie so kurzsichtig sein können. Sie konnte ihm einfach nicht erlauben ihren Rücken zu sehen, so sehr sie seinen Kompromissversuch belohnen wollte, weil er genau das war, was sie von ihm wollte. Aber es könnte ihren Tod bedeuten, ihm ihren Rücken zu zeigen. Dieses Risiko konnte sie einfach nicht eingehen.

»Nein«, sagte sie einfach nur. Lieber sie wirkte stur, als dass er ihr Geheimnis entdeckte.

Er biss seine Lippen zusammen. Ahnte er etwas? »Fein, dann bleibst du im Bett«, entschied er. Natürlich, sie hatte seinen Kompromiss abgeschmettert und er zog sein Einlenken zurück. Das war die logische Konsequenz. Aber das konnte sie dennoch nicht zulassen.

»Du hast nicht das Recht, mich ans Bett zu fesseln«, erinnerte sie ihn, dass er nicht so viel Macht über sie hatte, wie er offenbar glaubte. Das war ein rotes Tuch. Niemand sagte ihr, was sie zu tun oder zu lassen hatte.

Erst wollte er zornig dagegenhalten, doch dann seufzte er und rieb sich seine Stirn. Er schien irgendetwas aufzugeben. Seine Schultern sanken herab und er schloss seine eben noch zornig zusammengekniffenen Augen. Er atmete einmal tief durch. Dann öffnete er seine Augen wieder und sah sie ruhig an.

»Bitte, Elli. Sei vernünftig«, bat er leise.

Seine Bitte, seine Sorge und der Kosename fuhren ihr durch Mark und Bein.

»Ich bin vernünftig«, versprach sie. »Es wäre wirklich besser, wir tauchen zusammen beim Essen auf. Das würde Vapor die Suppe so richtig versalzen. Wenn du Sorge hast, lass Lis kommen und sie soll beurteilen, wie schwer meine Verletzungen sind. Du hast es ja gar nicht gesehen. So schlimm können die Verletzungen gar nicht gewesen sein. Ich habe auf dem Marktplatz schon Auspeitschungen gesehen. Viele von ihnen mussten am nächsten Tag wieder arbeiten und haben das auch meistens geschafft. Da werde ich ja wohl am nächsten Tag ein Essen überstehen«, erklärte sie sanft.

Kastor blickte ihr in die Augen und schien etwas zu suchen. Sie hielt seinem Blick einfach nur stand. Ahnte er, was ihre Motive waren? Ahnte er, dass sie versuchte etwas vor ihm zu verbergen? Sicher ahnte er es, aber wusste er auch, worum es ging?

»In Ordnung«, lenkte er nach einer gefühlten Ewigkeit ein. »Aber nicht vor heute Abend. Frühestens morgen früh wirst du am Tisch sitzen«, entschied er.

Das war ein Kompromiss. Und auch wenn sie sich lieber durchgesetzt hätte, so wusste sie doch auch, dass Kompromisse wichtig waren, damit beide Seiten zufrieden sein konnten. Es war wichtig, dass sie beide zufrieden waren. Sie mussten es noch eine Weile lang miteinander aushalten. Sie war vermutlich für den Rest ihres Lebens an diesen Mann gebunden.

»Und was machen wir so lange?«, fragte sie ruhig und signalisierte ihm so ihre Zustimmung.

»Wir lernen einander kennen«, erklärte er lächelnd. Er war zufrieden mit ihrem Kompromiss, das erkannte sie an den Fältchen um seine Augen, die sich nur bildeten, wenn ein Mensch ehrlich lächelte. Er lehnte sich zurück an das Kopfteil und steckte seine nackten Beine wieder unter die Decke. Dann schaute er zu ihr herab.

Weil ihr Nacken langsam steif wurde, drehte sie sich sehr vorsichtig auf die Seite und suchte eine bequeme Position, in der ihr Rücken nicht wehtun würde, wenn er denn noch verletzt wäre. Sie sah von unten zu seinem lächelnden Gesicht hinauf und ihr wurde klar, dass sich ihr Leben gerade grundlegend änderte. Auch sie hatte bis zum gestrigen Tage eine Machtposition bekleidet, in der sie niemandem Rechenschaft schuldig gewesen war und in der sie es gewohnt war, dass man ihr nicht widersprach. Sie glich ihm mehr, als sie bisher begriffen hatte.

Und genau wie er musste sie erst lernen, dass er nun Teil ihres Lebens war und es Entscheidungen gab, die sie gemeinsam trafen. Sie musste plötzlich Argumente für etwas finden, das sie früher einfach gemacht hätte genau wie er vermutlich. Es war ein ganz neues Leben. Sie hatte sich ja schon entschieden passend zu diesem neuen Leben einen neuen Namen anzunehmen. Aber jetzt wurde ihr klar, dass sie sich für den falschen Namen entschieden hatte. Sie hatte ihren eigenen, ursprünglichen Namen wieder angenommen.

Aber sie war ja nicht zurückgegangen zu dem misshandelten Mädchen von damals. Dieser gequälten Seele war sie entwachsen. Sie hatte gedacht Kastor und die Menschen hier könnten ihr helfen an den Namen etwas Helles zu binden, aber sie hatten viel mehr getan. Kastor allen voran, er hatte ihr einen neuen Namen gegeben. Einen, der alles vereinte, ihre Vergangenheit und ihre neue Zukunft. Elli. Sie mochte den Namen, mochte, wie er in ihren Gedanken klang und vor allem, wie Kastor ihn aussprach und was er damit über sich preisgab. Es war ein warmer und heller Name. Einer, der ihrem neuen Leben einen schönen Start verlieh.

Sie begannen bald sich gegenseitig Dinge über sich zu erzählen. Erst waren die Themen oberflächlich. Sie lauschten einander, dann stellten sie nach und nach einige Fragen. Sie tauschten sich über Familienverhältnisse aus und darüber, wie sie ihre Kindheit verbracht hatten. Als das Mittagessen kam, erzählte sie ihm gerade, wie Lis ihr Lesen und Schreiben beigebracht hatte.

Ab und zu wurden die Themen ernster. Als er die Ehe seiner Eltern erwähnte, sprachen sie auch über ihre. Zum Glück war ihm eine ebenbürtige Partnerschaft genauso wichtig wie ihr.

Sie hatten auch darüber gesprochen, welches Bild sie nach außen abzugeben hatte, denn sie wusste, dass er als Omni einen tadellosen Ruf brauchte. Erst recht mit einem Hausinquisitor, der ihn hasste und ihm seine Position neidete. Doch Kas war in dieser Hinsicht ganz entspannt. Er hatte erklärt, dass ihm Leonies Ruf als einstmals verdächtige Ketzerin und der Mangel an Kindern aus der Ehe mit ihr auch nicht geschadet hatte. Elli sah das zwar etwas anders, aber sie mussten nicht über etwas streiten, das sich erst noch zeigen würde.

***

Nach dem Mittagessen, das Kastor auf dem Boden neben seinem Bett eingenommen hatte, um ihr beim Essen helfen zu können, setzte er sich wieder auf seine Betthälfte, diesmal im Schneidersitz. Er wusste nicht, wann er das letzte Mal einen ganzen Tag in Schlafsachen oder in seinem Zimmer verbracht hatte. Sicher würde es einigen aufstoßen, wenn sie erfuhren, was für einen gemütlichen Tag er hier gerade verbrachte, anstatt seine Pflichten zu erledigen, und vor allem wie viel Spaß er hatte. Aber es war ihm egal. Er hatte einen guten Grund, hier zu sein. Sie war so gesehen auch seine Pflicht, also konnten ihm diese Missgünstler gepflegt den Buckel runterrutschen.

»Du hast vorhin gesagt, du hättest über die Entstehung des Glaubens nachgedacht«, begann er ein Gespräch, das er sich schon seit heute Morgen wünschte fortzuführen.

Elli drehte sich wieder auf die Seite und sah von unten zu ihm auf. Sie war überrascht über dieses Thema, vielleicht sogar nervös. Das sah er daran, dass sie ihre Unterlippe zwischen ihre Zähne sog. Sie hatte das heute schon ein paar Mal gemacht, immer dann, wenn sie nur zögerlich über ein Thema gesprochen hatte, vermutlich wenn sie im Grunde lieber nicht über das Thema gesprochen hätte, aus welchen Gründen auch immer.

»Jaaa«, zog sie das Wort in die Länge und machte so deutlich, dass sie auf weitere Worte von ihm wartete.

Er sah zu ihr hinab und ärgerte sich leicht darüber, dass er ihr nicht gut in die Augen blicken konnte. Die Perspektive war seltsam, aber dann kam ihm ein Gedanken, wie das besser werden könnte und er zog sich mit den Füßen Richtung Bettende und kam so neben ihr zu liegen. Er drehte sich auf die Seite und winkelte seinen linken Arm so an, dass er mit dem Kopf darauf liegen konnte.

Elli sah ihn mit hochgezogenen Augenbrauen skeptisch an, doch er grinste nur breit als Antwort, was sie schmunzeln ließ. Er mochte diese nonverbale Kommunikation zwischen ihnen. Das war schon häufiger passiert, als er das je mit einem Menschen erlebt hatte. Es machte ihm aber Spaß und sie verstanden sich ja auch.

»Was willst du wissen?«, fragte Elli ruhig.

Sie waren sich nah. Ihre braunen Augen hatten hellere Innenkreise, was ihn unglaublich faszinierte. Er wäre gerne noch näher gerückt, um es genauer betrachten zu können, aber so weit waren sie noch nicht. Aber die Nähe machte es ihm auch schwerer, sich nicht von ihren Augen ablenken zu lassen. Von diesen wachen Augen, die ihn auf eine Seele voll Herzensgüte und unauslöschlichem Lebensfeuer blicken ließen. Augen, die ihn bannten.

»Was du dazu denkst«, formulierte er seine Frage.

Sie zog die Augenbrauen leicht zusammen. »Das ist relativ unpräzise«, warf sie ihm vor.

Er schmunzelte. »Stimmt«, gestand er und zauberte ihr wieder dieses Lächeln aufs Gesicht, das sie heute schon so oft gelächelt hatte. Dieses Lächeln, das ihn ungemein freute.

»Könntest du dann deine Frage etwas präzisieren«, bat sie.

»Ich wüsste nicht wie. Ich weiß ja nicht, in welche Richtung deine Gedanken heute Morgen abgeschweift sind«, erinnerte er sie, dass sie ihm nur ein Beispiel für die Richtung ihrer Gedanken gegeben hatte.

»Ach so, okay. Also ich habe darüber nachgedacht wie alles entstanden ist, direkt nach der großen Katastrophe. Was die ersten Überlebenden sich bei den Grundsätzen gedacht haben.«

Er nickte. »Zum Beispiel wie bei dem Grundsatz mit den Frauen ohne Kinder«, erinnerte er sich.

»Genau.«

»Ich habe mich gefragt, ob sie die Grundsätze nicht so formuliert haben, damit sie den Bedürfnissen von damals gerecht werden.«

»Also gehst du davon aus, dass sie sich die Grundsätze selbst ausgedacht haben«, begriff er und musterte sie dabei intensiv.

»Im Grunde schon. Aber da bin ich nicht allein. Ich weiß, dass es im Orden zwei Parteien dazu gibt. Die einen, die glauben, dass unser Herr die Worte Einzelnen eingeflüstert hat, und jene, die glauben, dass der Herr uns alles mitgegeben hat, um selbst erkennen zu können, was sein Wille ist«, rechtfertigte sie sofort ihre Ansicht.

»Ich weiß. Es war nicht als Angriff gemeint, Elli. Ich wollte es nur verstehen«, beruhigte er sie.

Ihre Augen huschten hin und her. Er wusste inzwischen auch, was diese Geste bedeutete, sie suchte nach etwas, das ihr verriet, ob er ernst meinen konnte, was er gerade gesagt hatte.

Doch dann senkte sie auf einmal ihren Blick und begann mit einer Hand an der Ecke ihres Kissens zu spielen. Sie war unsicher. Wieso?

»Was hast du?«, fragte er.

»Ich habe dich angelogen«, gestand sie mehr dem Kissen als ihm.

Kastor zog seine Augenbrauen zusammen. »Wann?«, fragte er irritiert nach, weil er nicht wüsste, wann sie Grund zum Lügen gehabt hätte.

»Gerade eben«, murmelte sie. Elli wirkte, als wollte sie es ihm eigentlich nicht sagen. Warum hatte sie es ihm dann überhaupt erst gestanden?

»Wieso?«, fragte er also, bevor er wissen wollte, wobei sie gelogen hatte. Denn das Wieso zählte für ihn gerade mehr.

»Weil ich es gewöhnt bin. Dieses Bild einem Ordensbruder zu zeigen, schützt mich«, gestand sie und hob ihren unsicheren Blick.

»Schützt dich? Wovor glaubst du, dass du dich schützen musst?«, fragte er sanft nach. Er wollte es wirklich wissen, wollte ihr die Angst nehmen.

»Vorm Ketzertod«, flüsterte sie.

Kastor runzelte seine Stirn. »Elli, ich komme nicht mehr mit. Ich verstehe nicht, wovor du Angst hast.«

Sie seufzte resigniert auf. Dann sah sie ihm direkt in die Augen. »Ich glaube nicht an einen Herrn. Ich glaube nicht, dass es eine Übermacht gibt und diese unsere Geschicke lenkt. Ich glaube das einfach nicht. Denn wäre es so, wäre diese Übermacht einfach nur grausam«, schloss sie. Sie war angespannt, ihre linke Hand krallte sich in ihr Kissen, ihre Beine waren angezogen und ihre Lippen hatte sie aufeinandergepresst. Sie hatte Angst vor seiner Antwort.

»Ich glaube, ich verstehe es jetzt. Du hast Angst, dass ich glaube, dass du eine Ketzerin bist, wenn ich das über dich weiß. Oder irgendein Ordensbruder. Deshalb hast du gelogen?«, schloss er mit einer Frage.

Sie nickte bestätigend.

»Warum hast du es mir jetzt doch gesagt?«, wollte er einfach nur wissen. Was genau irritierte sie? Der gesamte Orden hatte sie doch schon als Ketzerin abgestempelt. Nicht berechtigt, wie er wusste, aber den Titel hatte sie schon getragen. Was er wusste. Also wovor hatte sie eigentlich Angst?

»Weil du mir bisher wirklich zugehört hast und ich Argumente habe, weshalb ich dennoch keine Ketzerin bin«, antwortete sie. »Der Orden liegt da im Grunde falsch. Ich habe nie etwas getan, das eindeutig beweist, dass ich eine Ketzerin bin. Es waren immer nur Handlungen, deren Motive so ausgelegt wurden, dass ich eine wäre. Ich handle nach den Grundsätzen des Glaubens. Ich –«

»Ich weiß«, unterbrach er sie, bevor sie sich richtig in Rage reden konnte.

Elli brach mitten im Satz ab und starrte ihn ungläubig an. Ihren Mund ließ sie fassungslos geöffnet und ihren Augen waren geweitet. Sie sah verdammt süß aus, wie sie ihn so anstarrte. Er hatte sie aus der Fassung gebracht.

»Du *weißt*?«, fragte sie mit erhöhter Stimme.

»Ich weiß. Das habe ich selbst schon erkannt. Ich habe vor zehn Monaten den Auftrag bekommen, die große Ketzerin zu jagen. Also bin ich hinaus. Ich habe zehn Monate gebraucht, um herauszufinden, wer sie ist, aber ich habe dabei nicht nur ihre Identität erfahren, sondern jede Information gesammelt, die ich bekommen konnte. Nach und nach hat sich ein Bild zusammengesetzt, das mir klargemacht hatte, dass du gar keine Ketzerin bist. Dass du im Grunde den Glauben vorlebst, ohne es je so zu nennen. Nachdem du mir erklärt hast, dass die Leute den Orden hassen, glaube ich verstanden zu haben, wieso du das so machst.«

»Deshalb hast du keine Hetzjagd auf mich gestartet«, begriff sie und spielte auf den Tag an, an dem sie sich gestellt hatte. »Was war dein Plan?«

Er zuckte mit den Schultern. »Dich finden und mit dir reden. Eine Lösung finden.«

Sie lachte ungläubig auf. Eine Zeit lang schwieg Elli. Sie schien über etwas nachzudenken. Irgendwann hielt er die Stille nicht mehr aus und hakte nach.

»Was geht dir durch den Kopf?«, forschte er sanft nach. Er durfte nicht verlangen ihre Gedanken zu erfahren, aber er ersehnte sich den Einblick.

»Vieles. Zum Beispiel, dass du weniger in den Denkmustern des Ordens eingefahren bist, als selbst ich für möglich gehalten habe«, gab sie ihm preis.

Erst verstand er das Lob nicht, doch dann wurde ihm klar, dass er sie beeindruckt hatte.

»Und?«, hakte er nach.

»Ich habe es durchgespielt, im Kopf. Mein erster Gedanke war nämlich, dass ich mich dann gar nicht hätte stellen müssen. Dass ich hätte ganz normal weitermachen können und dass wir dann nicht gezwungen worden wären einander zu heiraten.«

Kastor schluckte. Sie hatte recht.

Er war gespannt, was ihr zweiter und dritter Gedanke waren. Hätte Vapor nicht in die Szene eingegriffen, wäre dieses riesige Chaos gar nicht erst entstanden.

»Aber dann ist mir klar geworden, dass es immer so ist. Ich mit meinen Informationen konnte nicht davon ausgehen, dass du, der mich jagt, mich gar nicht hinrichten lassen willst. Ich hätte es nicht wissen können, daher sind alle weiteren Gedanken müßig. Außerdem ist das Leben immer so. Er spielt mit uns Menschen und bringt alles durcheinander. Wenn es nicht so gekommen wäre, dann wäre das Chaos auf eine andere Weise entstanden. Und bisher ist diese Wendung weit weniger grausam, als jene, die das Leben sonst für mich bereithält.«

Kastor wusste nicht, was er dazu sagen sollte. Er wusste ja nicht einmal, was er diesbezüglich dachte. Es war eine nüchterne und entspannte Art, mit dieser Wendung umzugehen. Aber vermutlich war es die einzig sinnvolle. Er hätte erwartet, dass sie nun bereute sich entschieden zu haben, wie sie es getan hatte. Dass sie sich über alles, was passiert war, aufregte, weil es hätte verhindert werden können. Aber das tat sie nicht. Sie beschwerte sich nicht über die Auspeitschung und die erzwungene Ehe. Sie beschwerte sich gar nicht, sondern nahm den Lauf der Dinge an und ging damit so gut um, wie sie nur konnte. Lis hatte Recht, sie lehrte einen Demut und machte einen ehrfürchtig einfach dadurch, dass sie war, wie sie war.

Er lenkte das Gespräch wieder in oberflächlichere Gefilde. Er brauchte eine Pause. Er war es nicht gewohnt, sich neben einer anderen Person klein zu fühlen. Er war sonst der Dominante im Raum. Derjenige, zu dem die anderen aufsahen. Aber je mehr er über sie erfuhr, je mehr er entdeckte und mit ihr teilte, desto kleiner fühlte er sich.

Als das Abendessen gebracht wurde, staunte Kastor, wie schnell die Zeit vergangen war. Sie hatten noch nicht einmal über die Hälfte der Themen gesprochen, die er gerne mit ihr erörtert hätte und ihr schien es genauso zu gehen. Es war so angenehm, mit ihr zu sprechen. Immer wieder tauchten sie tiefer in die Themen ein und diskutierten dabei auf Augenhöhe. Sie war überraschend gebildet für ein armes Mädchen von der Straße. Er hatte schon gewusst, wie klug sie war, aber sie war auch unglaublich belesen. Sie kannte mindestens die Hälfte der Werke, die auch er in seiner Ausbildung hatte studieren müssen. Werke, die nur den reichen der Gesellschaft nahegebracht wurden, weil nur sie für die Bildung zahlen konnten. Elli macht ihn dadurch subtil auf die Gegebenheit aufmerksam und darauf, wie ungerecht das im Grunde war. Sie selbst war der beste Beweis dafür, dass Bildung an Straßenkinder nicht verschwendet wäre. Sie waren genauso klug wie reiche Kinder.

Bloß dass sie nie die Chance bekamen, das zu zeigen. Bildung war ein Gut, das nur jenen zugänglich war, die das Geld hatten, dafür zu zahlen. Das fühlte sich falsch an, auch wenn es schon so war, solange er denken konnte. In den Schriften des Glaubens war sie oft sogar bewanderter als er. Aber auch diese waren einem nur zugänglich, wenn man in die Mauern des Ordens kam. Natürlich konnte das jeder am Offentag tun, aber wer hatte schon Zeit dafür? Die meisten Armen schufteten den ganzen Tag, um annähernd genug zu haben, um zu überleben. Keiner würde da in die Mauern kommen, um die Werke zu lesen, ... wenn sie denn überhaupt lesen konnten. Ohne Bildung konnten sicher nur die wenigstens Armen lesen. Kastor wurde schlecht. Je länger er über die Zustände nachdachte, desto wütender wurde er.

Sie saßen sich gegenüber am Tisch und aßen von Brettchen. Sie auf einem Hocker, damit ihr Rücken geschont wurde, aber sie saß. Ein extremer Kontrast zu diesem Tag, an dem sie bisher beide nur nebeneinander im Bett gelegen hatten. Kas hatte zwar mal gesessen und mal gelegen, aber er hatte den ganzen Tag mit ihr im Bett verbracht.

Beim Diskutieren hatten sie offenbar die Zeit vergessen, wenn jetzt schon das Abendessen gebracht wurde. Es machte ihnen beiden Spaß, Ansichten auszutauschen, obwohl sie in den paar Stunden nur wenige Themen oberflächlich hatten ausdiskutieren können. Sie waren nur noch selten auf die persönliche Ebene gekommen, auf der man hätte viel von sich preisgeben müssen. Er könnte noch die ganze Nacht mit ihr sprechen. Sie machte denselben Eindruck, was seinen Verdacht vertiefte, dass hier etwas nicht stimmte. Sie sollte erschöpft sein, sollte Schmerzen haben und sich nach erholsamem Schlaf sehnen, wenn sie so schlimm verletzt war, wie er gedacht hatte. Und gestern war sie sehr schlimm verletzt gewesen. Er hatte die Wunden und das ganze Blut mit eigenen Augen gesehen.

Sie aßen schweigend. Mal eine Abwechslung zu all den Gesprächen, die sie heute geführt hatten, aber das gab ihm Zeit nachzudenken. Diesmal nicht über ihre Gespräche, sondern wie sie sich verhielt.

Elli bewegte sich zu geschmeidig. Manchmal zuckte sie vor Schmerz zusammen oder vermied beim Liegen den Kontakt mit ihrem Rücken, aber das war nicht konsequent genug. Seine Beobachtungen heute plus Elisabeths Andeutung gestern Abend plus ihre Weigerung, ihm ihren Rücken zu zeigen, wohl aber Elisabeth, erweckten ein Bild in ihm, das ihn etwas stocken ließ. Ein Verdacht, der sich gestern Abend in seinen Kopf geschlichen hatte, erhärtete sich noch, da sie sich heute nicht so benahm, als hätte sie große Schmerzen gehabt.

Aber vielleicht würde er Elli jetzt ausnahmsweise etwas über den Orden offenbaren, das sie noch nicht wusste. Elisabeth hatte nicht ohne Grund fallen lassen, dass Elli noch Geheimnisse hatte. Die Heilerin und er kannten sich, solange er denken konnte. Sie wusste genau, dass er Herausforderungen liebte. Sie hatte ihm einen ersten Bissen hingeworfen und musste davon ausgehen, dass er nun herausfinden wollte, was das für Geheimnisse waren. Und inzwischen hatte er eine Idee, was dieses Geheimnis sein könnte. Elisabeth hatte sicher gewollt, dass er es aufdeckte. Aus gutem Grund.

Es gab ein unausgesprochenes Gesetz unter den Omni. Eines, von dem jeder ahnte, dass es existierte, aber keiner wusste es wirklich. Man sprach es nur im Rat der Omni aus und auch nur, wenn ein neuer Omni zu ihnen stieß und selbst dann nur indirekt. Es gab keine niedergeschriebene Regel dazu und doch hielten sich alle dran. Aber da im Glauben nur die Dinge offiziell galten, die niedergeschrieben waren, sprachen sie nie offen aus, dass es in dieser Sache eine Konvention gab. Elli musste das jetzt allerdings erfahren, wenn er mit seiner Vermutung richtiglag. Bloß wie sagte er ihr etwas, das man allgemeinhin nicht aussprach?

Kastor dachte darüber nach, wie er das Gespräch beginnen sollte, um ihr zu zeigen, dass sie einem Fehlglauben unterlag. Von welcher Seite sollte er an die Thematik herangehen? Am besten über den Orden des Lichts. Über den wusste man Bescheid.

»Sag mal, weißt du, dass es einen zweiten Orden gibt? Eine Spaltgruppe aus diesem Orden?«, fragte er, während er sich ein Stück Gurke abschnitt.

Sie erstarrte. Nur einen sehr winzigen Moment, aber sie erstarrte. Nun, wieder ein Indiz, das seinen Verdacht erhärtete.

»Gewiss. Die Legende spukt durch die Gassen der Armen«, bestätigte sie.

»Was denkst du darüber?«

Sie haderte. Sie musterte ihn intensiv und vergaß dabei vollkommen das Essen auf dem Brett vor ihr. Sie richtete sich unbewusst etwas auf und drückte ihren Rücken durch. Etwas, das ihr wehtun sollte. Es schien ihr aber nicht die geringsten Schmerzen zu bereiten. Zwar hatte sie darauf bestanden, auf einem Hocker zu sitzen, da er keine Lehne hatte, die sie berühren konnte, dennoch würden bestimmte Bewegungen wehtun, wenn ihre Wunden noch offen wären. Da war er sich sicher. Er hatte schon zu oft Menschen mit offenen Wunden beobachtet, um das nicht zu bemerken.

»Was soll ich darüber denken?«, fragte sie abweisend. Sie schindete Zeit.

»Weißt du, was sie machen?« Er ließ sich nicht aus der Ruhe bringen.

»Sie sammeln die Defekten«, erwiderte sie mit dem gebührenden Maß an Abscheu in der Stimme. Doch ihre gesamte Haltung verriet ihre Anspannung und die Angst, die sie gerade zweifellos empfand. Ob sie jetzt bereute so auf dem Sitzen bestanden zu haben? Ob sie sich fragte, ob er es ahnte? Er würde sie gerne einfach erlösen, aber so einfach war das nicht. Diese Verhaltensrichtlinie der Omni musste unausgesprochen bleiben. Er durfte ihr einfach nicht davon erzählen, obwohl sie bald seine Frau sein würde. Aber er wollte ihr dennoch klarmachen, dass sie von ihm nichts zu befürchten hatte, da es diese Richtlinie gab, auch wenn sie nicht niedergeschrieben war.

»Ja, richtig. Weißt du, was die Schriften über Defekte sagen?«, fragte er.

Nun ruckte ihr Kopf ein kleines Stück nach oben, das Messer in ihrer Hand schwebte knapp über dem Apfel auf dem Brett. Sie dachte angestrengt nach und runzelte die Stirn. Irgendwann gewann die Irritation die Oberhand und sie gestand. »Nein.«

»Weil die Schrift gar nichts über sie sagt«, beantwortete er seine eigene Frage. »In der Bevölkerung ist die Ansicht entstanden, dass der Orden des Lichts entstanden ist, weil die Anhänger dieses Hauses und die Anhänger der anderen Häuser unterschiedlicher Meinung waren, wie mit den Defekten zu verfahren sei«, fuhr er fort und ließ ihr einen Moment, um zu nachzufragen, falls sie eine Frage hatte.

Sie wirkte immer noch verwirrt, nickte aber als Bestätigung, dass sie davon auch schon gehört hatte.

»Das passte dem Orden ganz gut, weshalb er diese Interpretation nie geraderückte«, offenbarte er ihr, dass das ein Irrglaube war. Eine Fehlinterpretation, die der Orden gerne stehen gelassen hatte.

Elli kniff ihre Augen leicht zusammen. Er konnte nicht sagen, ob aus Misstrauen oder aus Wut. Allerdings ließ ihre Verwirrung offenbar nach, denn sie begann den Apfel auf dem Brettchen zu schneiden, als wäre sie zuvor nicht mitten in der Bewegung erstarrt.

»Armut führt zu Schmerz und Leid. Wenn der Nachbar nicht nur mehr Brot hat, sondern auch noch eine Fähigkeit, die man selbst nicht hat, führt es zu Neid. Man tut schlimme Dinge aus Hunger und Neid. Das Haus des Lichts nahm daher jeden auf, dessen Leben bedroht war. Da nicht nur Gläubige unter den Beschützten waren, zog das Haus des Lichts aus den Mauern des Ordens aus. Sie gründeten in einem abgelegenen Waldstück den Orden des Lichts. Eine Zufluchtsstätte für Defekte, egal ob gläubig oder nicht.«

»Warum erzählst du mir das?«, wollte sie wissen und biss vollkommen desinteressiert in den Apfelschnitz, den sie gerade geschnitten hatte.

Diese Frage konnte er ihr nicht beantworten. Die Antwort würde sie vermutlich verschrecken. Er konnte ihr kaum sagen, dass er glaubte, sie sei eine Defekte, dass sie aber entgegen all ihrer Erfahrungen in ihrem Leben keine Angst zu haben brauchte, weil sie mit den Defekten hier im Orden ganz normal umgingen und sie keinesfalls jagten oder gar töteten. Das würde sie ihm wohl kaum glauben. Er musste sich vorsichtig herantasten und sie die Erkenntnis selbst haben lassen.

»Weißt du, jeder, der neu in den Orden kommt, durchläuft die Praktika. Zumindest, wenn er gläubig ist. Das macht er, um seinen Platz im Orden zu finden. Der Orden unterscheidet nur zwischen gläubig und nicht gläubig. Eine andere Unterscheidung kennt er nach seinen eigenen Gesetzen nicht. Weder arm und reich noch defekt und normal spielen für den Orden eine Rolle«, erklärte er leichthin und schmierte etwas Fruchtgelee auf sein Brot.

Sie umklammerte ihr Messer so fest, dass die Sehnen auf ihrem Handrücken deutlich hervortraten.

»Aber Defekte sind wider die Natur«, rezitierte sie.

Er zuckte mit den Achseln. »Was wissen wir schon, was wider die Natur ist. Wir stammen von den Überlebenden ab und haben nur sehr wenig Wissen über das, was ursprünglich einmal natürlich war. Daher unterscheidet der Glauben nicht nach dem, was du von Geburt an hast, sondern danach, wofür du dich entscheidest«, erklärte er, ohne sie anzusehen, um seinen Worten eine lockere Beiläufigkeit zu verleihen. Stattdessen beschmierte er sein Brot penibel bis in die letzte Ecke. Dann hob er es an seinen Mund und biss hinein. Dabei begegnete er ihrem Blick, der so aufgewühlt war, wie er sie noch nie gesehen hatte, nicht einmal, als sie bereit gewesen war ihr Leben für das ihrer Leute zu geben.

Ihre Atmung ging schneller. Ihre Nasenflügel waren leicht gebläht und die Augenbrauen beschrieben ein leichtes S und waren in der Mitte nach oben gezogen. Sie konnte nicht verbergen, wie schockiert sie war. Wie durcheinander und ungläubig, weil sie sicher längst erkannt hatte, was er herausgefunden hatte und was er ihr gerade versuchte zu sagen. Sie war verdammt schlau, sie hatte sicher schon früh erkannt, was er ihr gerade offenbarte. Hatte es nur vielleicht nicht glauben können.

»Du willst sagen, der Orden des Lichts und der Orden des Glaubens ...«

»Sind ein und derselbe Orden und beide dem Glauben verbunden«, beendete er ihren Satz.

»Liegen also nicht im Streit um die Defekten?«, fragte sie.

Er schüttelte seinen Kopf.

»Ein Defekter ist also nicht automatisch ein Ketzer?«, hakte sie weiter nach.

»Mitnichten. Nirgendwo steht ein wahrer Gläubiger kann nur der sein, der nicht defekt ist. Und selbst wenn, wäre er ein Ungläubiger und kein Ketzer. Er würde nicht gegen die Grundsätze des Glaubens handeln, sondern einfach nur nicht an den Herrn glauben. Überhaupt finde ich diese Terminologie des Defekten Blödsinn und eindeutig aus Neid heraus geboren. Diese Leute haben von ihren Eltern eine Fähigkeit geerbt. Nicht mehr und nicht weniger. Du solltest dich mal umsehen. Manche hier im Orden haben so unfassbar herausragende Fähigkeiten auf ihrem Gebiet, dass man meint, sie müssten es in die Wiege gelegt bekommen haben«, deutete er die unausgesprochene Wahrheit nur an.

Elli rieb sich unbewusst mit der rechten Hand über den Mund, während ihre linke vor ihrem Körper lag, als hätte sie die Arme verschränkt. Sie fokussierte ihn und trug scheinbar einen Disput mich sich selbst aus. Also fuhr er fort, um ihr deutlich zu machen, dass sie vermutlich ganz richtig geschlussfolgert hatte, was er ihr versuchte zu sagen.

»Lis beispielsweise ist eine unfassbar gute Heilerin. Sie scheint einen Instinkt für jede Verletzung zu haben. Sie weiß oft, dass man krank wird, ehe man es selbst spürt. Sicher, weil sie so ein geübtes Auge hat und ihrer Berufung schon so lange folgt. Aber doch ist sie so herausragend, als hätte sie es von ihrer Mutter in die Wiege gelegt bekommen.« Da Elli nichts sagte und in ihrer Position verharrte, fuhr Kastor fort:

»Außerdem glauben inzwischen viel zu viele, sie wären defekt. Du kannst dir gar nicht vorstellen, wie viele Menschen Angst haben, nur weil sie irgendetwas ein wenig besser können als andere. Stell dir vor, jemand würde einfach etwas schneller gesund werden als der Durchschnitt. Vielleicht ist sein Körper einfach nur stark, aber er denkt natürlich sofort, er sei defekt. So sind wir hier im Orden zum Glück nicht. Wir beglückwünschen denjenigen einfach nur, dass er schneller gesund geworden ist … oder dass seine Wunden einfach ein bisschen schneller verheilt sind.«

Elli sprang auf und brachte damit etwas Distanz zwischen sich und Kastor. Sie hatte große Angst. Eine Angst, die scheinbar tief saß. Aber sie verharrte an Ort und Stelle, als würde sie sich davon abhalten zu fliehen, vermutlich weil sie durchaus verstanden hatte, dass er ihr gerade gesagt hatte, dass sie nichts zu befürchten hatte. Er sah die Panik in ihren Augen, sah mehr weiß um ihre Iris, als normal wäre, und sah, wie ihre Augen immer wieder zum Ausgang huschte.

Kastor wollte aufstehen und sie aufhalten, doch er wusste, dass in Panik eine Bewegung ausreichen konnte, dass der Fluchtinstinkt gewann. Also blieb er sitzen und gab der schnell atmenden und halb zur Tür gerichteten Frau die Zeit, zu verarbeiten, was er ihr offenbart hatte.

»Du brauchst keine Sorge zu haben«, sprach er es ruhig und ernst aus. »Das verspreche ich.«

Sie schlug ihre Hand vor den Mund und atmete zittrig ein. Dann schien sie sich zu beruhigen. Die Flammen traten zurück in ihre Augen. Sie schien einen Gedanken zu haben, der sie anfeuerte, denn ihre Schultern entspannten sich und sie setzte sich wieder hin.

»Das kannst du auch nur sagen, weil du hier drinnen groß geworden bist«, knurrte sie eiskalt. Ihre Angst war weg, zurück blieb eine Maske stoischer Gleichgültigkeit. Sie griff sogar erneut nach einem Stück Apfel und biss hinein. »Wenn du erst einmal gesehen hast, wie sie einen vermeintlich Defekten jagen und foltern, bis er vor Angst weinend und bitterlich flehend stirbt, dann vergeht dir der Wunsch, etwas besser zu können als andere. Erst recht, wenn es nur ein unschuldiges Kind ist, gerade einmal acht Jahre«, schockierte sie ihn. Aber der Vorwurf, der mitschwang, war nicht gerechtfertigt. Das musste sie verstehen.

»Das tut mir sehr leid für dieses Kind. Das hätte nicht passieren müssen. Der Orden des Lichts kann helfen. Das ist ausnahmsweise ein Leid, für das der Orden nicht verantwortlich ist, das er erkannt hat und gegen das er vorgeht«, erklärte er fest, weil er das Gefühl hatte, sie gab einfach für alles dem Orden die Schuld. Ein Gedanke, der ziemlich bitter schmeckte.

»Arrogantes Arschloch! Du hast keine Ahnung, wie es draußen ist. Du lebst hinter deinen wohlbehüteten Mauern und hast keine Ahnung von der Realität. Nicht einmal du, der hinausgeht. Du hilfst, natürlich. Ab und zu, wenn es dir in deine Komfortzone passt. Du hast das Leid gesehen, aber hast du je etwas riskiert, um an dem Leid etwas zu ändern? Hast du je mehr gegeben, als dein privilegiertes Leben dir leicht ermöglicht hat? Würde der Orden offen sagen, wie er mit Defekten umgeht, würden diese Vorfälle vielleicht weniger werden. Die Armen haben große Angst vorm Orden des Lichts. Man glaubt allgemein, der Orden würde die Defekten nur sammeln, um mit ihnen in die Schlacht gegen den Orden des Glaubens zu ziehen. Ein Krieg, in dem zweifellos nur die Armen leiden und sterben würden.«

»Was für ein Blödsinn! Die Orden würden nie in einen Krieg gegeneinander ziehen!«, fuhr er sie an. Wie kam man auf so einen Gedanken?

»Tja, war vielleicht doch nicht so dermaßen klug eine Interpretation stehen zu lassen, die offensichtlich nicht zutrifft. Das ist schließlich ein wunderbarer Nährboden für die übelsten Gerüchte«, schlussfolgerte sie mit gerecktem Kinn. Und die hatte auch noch recht. Kastor wurde ganz übel. Was sie beschrieben hatte, ihre eigene tief sitzende Angst, ihre Schlussfolgerungen und die Konsequenz daraus ... Der Orden war sehr wohl für dieses Leid verantwortlich. Indirekt nur, sicher, aber er war schon wieder die Ursache. Kastor wusste nicht, wie er das verarbeiten sollte. Er mochte das Leben im Orden, die Menschen hier, die meisten, und das, wofür der Glaube stand. Aber er hasste, was für Folgen das für die Menschen außerhalb der Mauern hatte.

Er räusperte sich und murmelte: »Offensichtlich.«

Für einen kurzen Moment entstand ein Schweigen zwischen ihnen. Dann hob sie ihren Blick und er tat es ihr gleich. Sie sahen einander in die Augen und er wartete ab, was sie nun sagen würde.

»Gehen alle Gläubigen des Ordens so ... aufgeschlossen mit Menschen um, die etwas ... etwas anders sind?«, fragte sie forschend und schien darum zu kämpfen, ruhig zu bleiben.

»Ich sage mal so, jene, die etwas begabter sind als andere, gehen damit nicht hausieren. Dann fällt es allen leichter, ganz entspannt mit seinen Brüdern und Schwestern umzugehen«, umschrieb er es. Er war unsicher, warum er es immer noch nicht aussprach, obwohl sie ihm deutlich gemacht hatte, dass dieses Verschweigen für die Menschen außerhalb der Mauern grausame Konsequenzen hatte. Aber er musste in Ruhe darüber nachdenken, was gut und richtig war und was nicht. Er durfte nicht in einem Moment wie diesem impulsiv entscheiden, auch wenn er sich sehnlichst wünschte, es richtig zu machen, dieses Leid zu beenden. Aber sie hatte recht. Er hatte niemals wirklich etwas riskiert, eine bittere Erkenntnis, die ihm nicht schmeckte. Vielleicht würde sich das jetzt ändern. Je mehr er dank ihr begriff, desto mehr wollte er wirklich etwas ändern.

»Bist du dir dessen ganz sicher?«

»Absolut«, bestätigte er ohne das geringste Zögern und voller Überzeugung.

»Selbst Vapor?«, fragte sie mit gerecktem Kinn. Ihre Betonung auf dem ersten Wort zeigte eindeutig den Zweifel.

»Selbst er«, versicherte Kastor. »Seine Mutter und seine Schwester haben die schönsten Singstimmen im gesamten Orden. Überirdisch schöne Stimmen.«

Sie atmete tief ein und betrachtete ihn sehr genau. Sie holte tief Luft, er wusste nicht, ob sie nun ein Donnerwetter losließ oder ihn wieder irgendwie schockieren würde, aber ihre Züge wurden weicher und beim Ausatmen hob sie ihr Kinn. Es wirkte fast, als würde sie sich Mut machen.

»Ich ... ich werde dir jetzt vertrauen«, entschloss sie leise. Das freute ihn sehr. Sie hatten heute Nachmittag über die Ehe gesprochen und darüber, dass sie sich beide ebenbürtige Partner wünschten. Sie waren sich einig gewesen, dass man dem Partner dazu bedingungslos vertrauen musste. Und genau das versuchte sie jetzt, das freute ihn ungemein. Es bewies, dass die Dinge, die gesagt worden waren, nicht nur leere Worte gewesen waren.

Elisabeth hatte ihm erzählt, wie einsam Ellis bisheriges Leben gewesen war und wie wenig man bisher sie, wirklich sie gesehen hatte. Niemals hatte sie sich wohl jemandem wirklich geöffnet. Was immer sie jetzt tun würde, er war der Erste, dem sie so eine Geste entgegenbrachte. Diese Erkenntnis schnürte ihm die Brust zu, so sehr berührte ihn ihr Kampf und ihre Entscheidung, ihm zu vertrauen.

Sie stand auf, drehte sich um und zog das Shirt aus, das er ihr gegeben hatte. Damit legte sie die Verbände offen. Er brauchte einen Augenblick, ehe er verstand, was sie ihm zeigen wollte. Ehrfürchtig stand er auf und trat nah an sie heran. Jede seiner Bewegung war langsam, sodass sie sich jederzeit umentscheiden konnte.

Dann hob er seine Hand und löste die Verknotung des Verbands. Er ließ das Verbandsende fallen und begann dann langsam ihn abzuwickeln. Dabei musste er sehr nah an sie herantreten, damit er ihn um sie herumreichen konnte. Sie atmete schwer und war angespannt. Aber sie stand einfach da. Sie ließ ihn weitermachen.

Mit jedem Zentimeter ihres Rückens, den er freilegte, wusste er, dass er recht gehabt hatte. Dort war nicht eine Wunde mehr. Die Haut war verheilt, an zwei Stellen hatte sie Narben, die eindeutig von den Peitschenhieben stammten. Es wirkte, als wäre es nicht erst gestern geschehen, sondern Tage her. Die Narben waren noch rosig und gewölbt, wie frische Narben und nicht jahrealte. Aber es waren Narben, keine Wunden oder Krusten mehr.

Er berührte die Haut um die rötliche, gewölbte Haut und sie zuckte leicht zusammen, entzog sich ihm aber nicht. Bei genauerer Betrachtung erkannte er, dass sie stellenweise genäht worden war.

»Tut es noch weh?«, fragte er leise und streichelte über ihren Rücken.

»Kaum«, seufzte sie und entspannte sich sichtlich. Ihre hochgezogenen Schultern sanken leicht herab und fielen etwas nach vorne.

Eine der Narben ging hinauf bis auf ihre Schulter. Er fuhr mit dem Finger die Narbe entlang. »Hier?«, fragte er rau.

Sie erschauerte etwas. Dann schüttelte sie ihren Kopf. Er trat noch einen Schritt näher und küsste sie auf die Schulter, direkt über dem Ende der Narbe.

Elli atmete schneller, sie legte ihren Kopf zur Seite und lud ihn ein weiterzumachen. Ein kurzer Blick auf ihr Profil zeigte ihm, dass sie ihre Augen geschlossen hatte. Sie genoss seine Nähe und seine Liebkosung.

»Dein Rücken ist wunderschön«, flüsterte er und setzte einen weiteren Kuss neben die Stelle, die er gerade eben liebkost hatte.

Ein leichtes Zittern lief durch ihren Körper. Sie seufzte genießend auf.

Sie blieb stehen, wo sie war. Es freute ihn unbändig, dass es ihr gefiel. Er hatte ihr eigentlich nur zeigen wollen, dass seine Worte ernst gemeint waren, aber ihren nackten schlanken Rücken vor sich zu haben. Ihre steigende Lust zu hören und zu spüren und zu wissen, dass sie auch voneherum nackt war und nur das Shirt vor ihre Brüste hielt, das erregte ihn mehr, als er sagen konnte.

Er setzte den nächsten Kuss und umfasste aus einem Instinkt heraus ihre Schultern.

»Kas«, flüsterte sie mit zittriger Stimme. Es war ein gutes Zittern, ein erregtes Zittern und fachte dadurch seine Lust an. Es genoss ihre Erregung, genoss wie sie seinen Namen ausgesprochen hatte und ihre Nähe.

Er hielt inne. »Ja?«, flüsterte er nah an ihrem Hals. Ihr Duft war berauschend. Er hatte nicht gewusst, dass er ihren Geruch bereits so gut kannte. Aber den ganzen Tag neben ihr im Bett zu liegen, hatte den Geruch in seine Sinne gebrannt. Ebenso wie ihre wunderschönen Augen, den klugen Blick und ihr Lächeln.

Er wünschte nur, sie würde mehr essen und endlich etwas zulegen. Die Knochen ihrer Schulter drückten in seine Handflächen. Er wünschte sich, dass sie das Nötige an Muskeln und Fett aufbaute, um nicht mehr so krank auszusehen. Aber das würde mit der Zeit kommen, da war er sich sicher.

Sie brauchte lange für ein weiteres Wort.

Tatsächlich tippte sie statt einer Antwort auf ihren überstreckten Hals. Er schmunzelte genießend und legte seine Lippen auf ihre dargebotene Haut. Wieder erschauerte sie, diesmal heftiger.

Er genoss diese unerwartete Zärtlichkeit zwischen ihnen in vollen Zügen und spürte seine Begierde erwachen. Seine Lust brannte ihn ihm und verlangte nach mehr, aber statt sie herumzudrehen und sich mehr zu nehmen, streichelte er weiter ihre Schultern und setzte einen weiteren Kuss auf ihren Hals. Ein leiser Laut der Freude kam über ihre Lippen und ließ ihn so verdammt heiß werden, wie er das schon lange nicht mehr gewesen war.

»Ich würde das wirklich gerne fortsetzen«, seufzte er und trat dennoch zurück. Sie blickte über ihre Schulter und sah ihm mit glühendem Blick in die Augen.

»Jetzt oder in zwei Nächten. Macht das einen Unterschied?«, fragte sie rau. Dieser Moment hatte sie genauso erregt wie ihn und im Grunde war die Antwort auf ihre Frage ganz klar ein Nein, aber doch haderte er.

»Ich glaube, ich möchte warten. Es ist Tradition. Ich … ich wusste bis eben nicht, dass mir das wichtig ist«, gestand er. Er wusste auch noch nicht, wieso ihm das so wichtig war, aber er wollte es richtig mit ihr machen. Er wollte sich Zeit nehmen, sie erst Stück für Stück entdecken, so wie er wollte, dass sie ihn erst entdeckte. Und irgendwie wollte er, dass ihr erster Sex ein Akt mit Gefühlen war und nicht ein Akt reiner Lust. Vielleicht war er auch einfach nicht darauf vorbereitet gewesen, dass sie überhaupt Lust empfinden würde, aber sie hatte ihm ja schon gesagt, dass sie gelernt hatte es zu mögen.

Sie drehte sich um und musterte ihn unter gesenkten Lidern. »Was genau muss der Tradition nach warten?«, fragte sie mit so viel Erotik in der Stimme, dass es einen Schauer durch seinen Körper jagte.

»Ich habe es gerade vergessen«, murmelte er benommen und sie belohnte ihn mit einem leisen genussvollen Lachen.

»Darf ich dich küssen?«, flüsterte sie, brachte ihre Lippen an seinen Mundwinkel und hauchte sachte einen Kuss auf seine Wange. Sie spielte mit seiner Lust, reizte ihn und es funktionierte.

»Ja«, brachte er rau heraus. Die Tradition verbot nur Sex vor der Ehe, obwohl sich kaum jemand daran hielt.

»Sicher?«, fragte sie und knappte ihn ins Ohrläppchen.

Jetzt konnte er nicht mehr anders. Er packte sie und zog sie in seine Arme. Er versiegelte ihren Mund mit einem hungrigen Kuss.

Sie schien genau diese Reaktion herausgefordert zu haben, denn sie erwiderte seinen Kuss stürmisch und fegte jeden Zweifel beiseite, ob er zu leidenschaftlich reagiert hatte. Sie brachte ihn vollkommen um den Verstand.

Er drückte sich an sie und umfing ihren Kopf mit einer Hand. Er stieß vor in ihren Mund und stöhnte rau, als sie ihm begegnete und seine Zungenschläge mit gleicher Intensität erwiderte. Er keuchte genau wie sie. Er wollte sie ganz und konnte nicht genug von ihr bekommen. Er dachte, in zwei Jahren Enthaltsamkeit wäre seine stürmische Sehnsucht zum Schweigen gebracht worden, doch sie entzündete ihn heller, als er je zuvor gebrannt hatte. Er war wild und fordernd. Irgendwann löste sie den Kuss und legte ihre Stirn an seine.

Sie lächelte sanft und streichelte seine Wange. »Jetzt muss ich aufhören, sonst kann ich deinen Wunsch nicht erfüllen.«

Welchen Wunsch denn? Er war verwirrt. Dann drang allerdings die Erinnerung durch seinen benebelten Geist und er verfluchte sich selbst, dass er ihnen eine Bremse auferlegt hatte.

»Nur noch zwei Tage«, beruhigte er sich mehr als sie.

Sie nickte und wich zurück. Ihre Augen funkelten und ihre Lippen waren von seiner stürmischen Eroberung gerötet und leicht geschwollen. Sie sah atemberaubend aus. Bereit für ihn, nur für ihn.

Er spürte diesen Besitzanspruch in sich erwachen, vor dem sein Vater ihn einst einmal gewarnt hatte. Schon damals hatte er seinen Vater ausgelacht, denn so was würde ihm sicher nicht passieren. Eine Frau jemals so sehr zu wollen, so sehr Teil ihres Lebens sein zu wollen und sich ihr so zu öffnen, dass sie von da an einander gehörten, das war für den jungen Mann damals so abwegig gewesen. Er hätte beinahe gelacht. Offenbar lagen die Dinge jetzt wohl anders. Es war nicht so, dass er sie besitzen wollte, sie war kein Objekt, keine Frau war ein Objekt, das man besitzen konnte. Es ging dabei eher um … Verdammt, es ging darum, dass einem das Herz des anderen gehörte.

Sie lachte leise und kehlig. Ein Laut, der seine Lust sofort wieder entfachte. Er wünschte sich gerade nichts mehr, als dass sie schon verheiratet wären. Doch noch war es nicht so weit. Bald, aber eben noch nicht jetzt.

»Ich sollte mein Shirt wieder anziehen«, bemerkte sie lächelnd.

Ja, das sollte sie wohl, sonst würde sie ihn noch um den Verstand bringen. Er gab schließlich auf und trat zurück, sodass sie Platz hatte, um sich anzuziehen. Er wandte sich ab, denn ein Blick auf ihre nackten Brüste würde sicher den letzten kläglichen Rest seiner Beherrschung dahinschmelzen lassen. Also musterte er die Brettchen auf dem Tisch mit ihrem Essen. Wirklich interessant diese Holzbrettchen. Nicht ganz rund und so holzig … Er hätte fast über sich selbst gelacht.

»Fertig«, verkündete sie leise und wieder mit einem Hauch Unsicherheit in der Stimme.

Er drehte sich zu ihr zurück und musterte sie. Er schluckte schwer. Irgendwie war es nicht viel besser. Ihr Hals wurde schließlich nicht von dem Shirt bedeckt und ihre Lippen ja auch nicht.

Diese Verletzlichkeit, die in ihrem Blick lag und nach ihm zu schreien schien, erstickte die Lust und erweckte wieder dieses inbrünstige Bedürfnis, sie zu schützen und ihr das zu geben, was ihr bisher niemand gegeben hatte. Wem machte er hier etwas vor? Ging er nüchtern an die Sache heran und analysierte mal in Ruhe seine Gedanken und Gefühle, war es mehr als klar. Diese beeindruckende junge Frau war längst dabei, sein Herz zu erobern.

»Vielleicht brauche ich etwas frische Luft«, murmelte er rau.

Sie zog leicht ihre Augenbrauen zusammen und wirkte verunsichert.

Er lächelte sie sanft an. »Ich habe den Eindruck, als hätte ich dich gerade zum ersten Mal richtig gesehen«, lächelte er und fühlte sich ein wenig schnulzig.

Elli schaute suchend an sich herab und hob dann mit skeptisch verzogenen Lippen ihren Blick. Verdammt, er wollte schreien und lachen zugleich. Da hatte sie sein Kompliment einfach nicht verstanden.

»Du bist wunderschön, Elli«, gestand er ihr offen und meinte damit nicht ihren Körper, von dem er sicher war, dass er, erst einmal besser genährt, ihre innere Schönheit widerspiegeln würde. Doch ihre Verwirrung verlor sich in einem vorwurfvollen Blick.

»Hör auf mit dem Gesülze. Ich werde in dein Bett kommen und dir Lust bereiten. Dazu braucht es keine schmalzigen Worte.«

So nüchtern und direkt hatte er noch nie eine Frau über Sex sprechen hören.

Er schmunzelte. Sie trug ihre offene Direktheit wie ein Schild vor sich her.

Seine Worte hatten sie auf eine Weise erwischt, die sie nicht zulassen wollte. Er sah den Funken Unsicherheit in ihren Augen glimmen, Unsicherheit, ob er seine Worte wirklich ernst meinen konnte. Ob seine Worte vielleicht doch nicht einfach nur Gesülze waren. Er erahnte den Wunsch in ihrem Blick, seine Worte mögen ehrlich gewesen sein. Aber eine Versicherung, dass er gemeint hatte, was er gesagt hatte, würde sie nicht überzeugen. Aber die Zeit würde es tun. Er musste nur standhaft bleiben.

»Wollen wir zu Ende essen?«, fragte er, als hätten sie gerade eben noch über das Wetter gesprochen und nicht Zärtlichkeiten ausgetauscht und die Lust des anderen geweckt.

Elli schüttelte verwirrt ihren Kopf, aber seine gelassene Haltung bei so einem rapiden Themenwechsel ließ dennoch ein Lächeln über ihre Züge huschen. Dann nickte sie und setzte sich.

Kapitel 8

Elli sollte heute Morgen die anderen im Haus der Krieger kennenlernen. Ihre Kleidung hatte man entsorgt, was sie ein wenig wehmütig werden ließ. Auch wenn sie ihrer Kleidung wirklich nicht hinterhertrauerte, so war sie doch ihr Leben lag immer die Kleidung eines armen Gossenmädchens gewesen. Sie hätte nie erwartet, dass ausgerechnet die graue Anwärterrobe, die Kas ihr gegeben hatte, eine seltsame Melancholie in ihr auslösen würde. Ausgerechnet die schlichte graue Robe, die alle Anwärter des Ordens trugen, machte ihr deutlich, dass ihr Leben auf eine Weise auch endete.

Sie schlüpfte in die Robe und zog die Verschnürung enger, sodass der Taillengurt sich schloss. Normalerweise blieb ein Spalt offen, damit die überkreuz laufenden Schnürfäden ein schönes Kreuzmuster ergaben, aber sie war zu dünn, der Taillengurt saß locker, obwohl sie ihn vollkommen zugezogen hatte. Der Stoff bauschte oberhalb des Taillengurtes auf, was ihre schmale Taille zusätzlich betonte. Sie blickte an sich herab und fragte sich zum ersten Mal in ihrem Leben, ob sie gut aussah. Kastors Worte gestern Abend hingen ihr noch nach. Sie sollte schön sein? Eher nicht.

Apropos schön. Der graue grobe Stoff war alles andere als schön. Sicher machten sie den Stoff absichtlich so kratzig, damit sie gleich die Leidensfähigkeit ihrer Anwärter testen konnten. Nicht einmal ihre Kleidung, die eher aus Lumpen bestanden, war so rau und kratzig gewesen. Wenigstens trugen die Ordensmitglieder nicht auch noch Ärmel wie die Nomaden aus der Wüste. Denn hier in der Stadt war es feuchter und drückender und Ärmel würden einem das Leben hier nur unnötig anstrengend machen. Daher wunderte sie sich etwas über die Dicke des Stoffes. Sicher auch etwas, das die Leidensfähigkeit der Anwärter prüfen sollte, denn die Roben der Häuser waren aus viel dünnerem und leichterem Stoff gewebt.

»Und? Sitzt es, wie es soll?«, richtete sie sich auf und reckte ihr Kinn. Wieso noch mal hatte sie ihn nach seinem Urteil gefragt? Jetzt war sie beinahe nervös, was er von ihrem Anblick halten würde.

Sie seufzte über sich selbst. Sie war klüger und stärker als dieses nervöse Mädchen, das ein weiteres Lob von diesem überaus attraktiven Mann haben wollte. Sie musste dringend wieder ihre Ruhe und Stärke zurückgewinnen. Aber das war schwerer, als sie sich je vorgestellt hatte. Zumindest, wenn er sie mit diesem sanften und genießenden Blick musterte.

Er lächelte sie an und trat dann zu ihr. Mit zärtlichen Griffen führte er die restliche Schnur um ihre Hüfte an eine seitlich angebrachte Öse und verknotete sie dort, sodass das mit Perlen bestückte Ende seitlich herunterhing. Ihre Perlen waren rot und schwarz, um zu zeigen, dass sie zum Haus der Krieger gehörte. Dann richtete er den Stoff an ihren Schultern, sodass der V-Ausschnitt mittig saß. Schließlich musterte er noch einmal ihren Körper.

Elli biss sich nervös auf die Lippe. Ruhe und Stärke! Die musste sie zurückgewinnen. Sie sollte nicht hinauf zu seinen Lippen blicken und sich nach einem weiteren Kuss wie gestern sehnen, sollte sie wirklich nicht, konnte sie aber nicht verhindern. Sie schloss einmal ihre Augen und hob dann ihren Blick hinauf zu seinen. Sie standen sehr nah voreinander und so konnte sie die blaugrauen Augen nun sehr gut sehen. Seine Iris war von einem Mattenblau und hatte dunklere beinahe türkisblaue Sprenkel um die Pupille und einen ebenso gefärbten dunkleren Ring als Abgrenzung zum Weiß seines Auges. Es sah aus wie das Wasser des Sees unterhalb des Wasserfalls draußen in den Bergen außerhalb der Stadt. Sie liebte diese Farbe. Aber es war nicht seine Augenfarbe, die sie auf eine Weise erhitzte, die ihr fremd war.

Die Lust stand seit gestern Abend zwischen ihnen wie ein heißes Feuer, an dem sie sich beide fortwährend wärmten, nur um sich eine neue Brandblase einzufangen. Ihr Atem ging schneller unter seinem hungrigen Blick und sie trat dann einen entschiedenen Schritt zurück. Sie brauchte Abstand, wenn sie nicht weiter ihrer Sehnsucht nach seiner Liebkosung verfallen wollte.

Ein Lächeln huschte über seine Lippen. Ein leichtes Nicken verriet, dass es ihm genauso erging wie ihr.

»Wollen wir?«, fragte er.

Sie unterdrückte ein Schmunzeln und wies mit einer Geste zur Tür, damit er voranging. Immerhin kannte er den Weg. Doch sie war nur eine Handbreit hinter ihm. Sie sah gar nicht ein, hinter ihm zu laufen, auch wenn er der Omni des Hauses war.

Als sie aus seinen Räumen traten, fragte sie ihn: »Du hast gestern gesagt, Anwärter würden ein Praktikum durchlaufen. Was genau bedeutet das?«

»Es bedeutet, dass man die vier Häuser kennenlernt. In jedes Haus schnuppert man einen Monat hinein, führt die Arbeiten dort durch und lernt die Bräuche und den Alltag dort kennen. Am Ende sucht man sich ein Haus aus. Dort absolviert man dann eine zweijährige Ausbildung und schließt diese mit einer Prüfung ab«, erklärte er. »Aber das brauchst du alles nicht, da du meine Frau sein wirst. Dein Platz im Orden ist damit schon klar.«

Sein Lächeln sollte ihr Erleichterung verschaffen, erreichte jedoch das Gegenteil, es ärgerte sie. Sie würde selbst entscheiden, wo ihr Platz im Orden war, und nicht er. Das sollte ihm klar sein. Er würde lernen, wie sie war, und dass sie das mit der Ebenbürtigkeit vollkommen ernst gemeint hatte. Aber noch wollte sie ihn das selbst entdecken lassen. Das war besser, als es ihm einfach an den Kopf zu knallen. Als Krieger würde er sonst sicher einfach zurückpfeffern und ein Streit würde entbrennen. Das war nicht nötig, noch nicht. Das würde nur dann nötig werden, wenn er nicht selbst erkannte, dass er mit ihr anders umgehen musste als mit seinen Männern.

»Ich bin jung genug, das alles zu durchlaufen«, protestierte sie mit ruhiger Stimme. Ein Schubs in die richtige Richtung konnte ja nicht schaden.

»Aber du musst ja nicht«, betonte er, als hätte sie ihn nicht verstanden.

Natürlich hatte sie das schon beim ersten Mal begriffen. Aber ehe sie sich jetzt auf den Streit mit ihm einließ, wollte sie erst einmal gründlich darüber nachdenken, ob sie das wirklich wollte. Sie musste Kompromisse in dieser Ehe eingehen genau wie er. Sie musste sorgsam auswählen, für welche Dinge sie kämpfen und bei welchen Dingen sie sich beugen konnte. Und sie wusste noch nicht, zu welchen dieses Praktikum zählte. Also nickte sie einfach nur.

Er bog um eine Ecke und ging dann zwei Stockwerke mit ihr hinunter. Völlig in Gedanken über diese mögliche Ausbildung vertieft wägte sie Vor- und Nachteile ab. So oder so sollte sie aber dieses Praktikum absolvieren. Ob man das auch konnte, ohne danach in eine Ausbildung überzugehen?

Sie musste den Orden und all seine Häuser besser kennenlernen, ehe sie etwas gegen das Geschwür der Inquisitoren unternehmen konnte. Ohne das Wissen, wie die Häuser funktionierten, wie die Hierarchie innerhalb des Ordens zwischen den Häusern und der Inquisition war und welche Parteien es dazu vielleicht schon gab, war ein Handeln, als würde ein Blinder über den Markt laufen, einfach nur gefährlich.

Außerdem war es mit der Inquisition sicher genauso wie überall sonst. Es gab Gute und Böse unter ihnen. Sie musste es schaffen, diese zu unterscheiden, ehe sie aktiv wurde, sonst würde sie in die falsche Richtung handeln und die Dinge vielleicht sogar verschlimmern. Es ging wie immer um die richtigen Informationen, die man brauchte, um mit den Handlungen auch wirklich das angestrebte Ziel zu erreichen. Außerdem wollte sie auch weiterhin irgendwie *der Sache* dienen, auch wenn sie jetzt die Frau eines Omni werden würde. Dazu musste sie herausfinden, wie das möglich war. Sie vermutete am ehesten bei den Heilern, denn dann könnte sie den Armen helfen, gegen Krankheiten zu kämpfen und Verletzungen auszukurieren. Sie könnte andere Heiler dazu bringen, ihr nachzueifern und nach und nach ein Gesundheitssystem für die Armen etablieren. Aber das wäre nur ein Teil von dem, was sie erreichen wollte. Nur eine kleine Facette. Also war es vielleicht doch nicht die beste Option, ins Haus der Heiler zu gehen. Auch dafür wäre ein Praktikum gut, um herauszufinden wo sie für die Armen den größten Nutzen hätte. Je länger sie darüber nachdachte, desto sicherer war sie, dass sie dieses Praktikum absolvieren wollte.

»Habe ich dich erzürnt?«, fragte er schließlich auf der letzten Stufe und blieb stehen.

Aus ihren Gedanken gerissen trat sie bis hinunter in die Halle und sah dann zu ihm zurück. Sie musste hinaufblicken, denn er stand eine Stufe über ihr. Das hatte er, aber wie kam er auf den Gedanken? Die Situation war bestimmt schon zwei Minuten her und sie war im Grunde auch schon gar nicht mehr erzürnt, dazu war sie viel zu sehr in ihre Überlegungen abgetaucht. »Wie kommst du darauf?«

»Das war gerade die längste Zeit, die du geschwiegen hast, seit wir uns kennen«, gab er die Ursache seines Zweifels preis.

Sie sah ihn verdutzt an, dann lachte sie. Sie musste einfach lachen. Mit einem einfachen Schweigen hatte sie ihn so sehr verunsichert. Das erwärmte sie, weil ihm nicht egal war, was in ihr vorging und weil er sich schon beim kleinsten Anzeichen von Unruhe sorgte. Sie hatte allerdings nicht geschwiegen, weil sie erzürnt gewesen war. Dieser Zusammenhang wäre passiv aggressiv und das war sie einfach nicht. Da er diesen Fehlschluss erkennen musste, antwortete sie ehrlich.

»Ich habe darüber nachgedacht, ob ich diesen Kampf mit dir ausfechten werde. Ob es die Mühe wert ist«, erklärte sie offen und ehrlich.

»Welchen Kampf?«

»Ob ich dieses Praktikum mache oder nicht«, präzisierte sie ruhig, obwohl es eigentlich offensichtlich sein sollte.

»Wenn du das machen willst, mach es doch. Ich wollte dir nur klarmachen, dass du es nicht zu machen brauchst.« Er zuckte mit den Schultern.

»Da bin ich eben anderer Meinung, aber wenn ich es machen darf, brauchen wir auch nicht weiter darüber reden.«

»Darfst du«, murrte er. Etwas schmeckte ihm nicht. Nur was? Ging es darum, dass es ihm doch nicht so egal war, oder um die Tatsache, dass sie anderer Meinung war als er? Sie wüsste es gerne, hatte aber den Eindruck, dass er gerade noch zu sehr mit sich beschäftigt war, um schon so offen über seine Gedanken zu sprechen.

Er ging nun wieder weiter und sie begleitete ihn. Sie liefen einen Korridor entlang auf eine doppelflügelige Tür zu. Aus der Tür drangen warmes Licht und ein großes Stimmengewirr.

»Warum denkst du, ist es nötig?«, fragte er schließlich, nachdem sie bestimmt zwanzig Schritte schweigend nebeneinander hergegangen waren.

»Damit ich den Orden kennenlernen kann und eine Arbeit finde, mit der ich etwas Gutes tun kann.« Sie lächelte ihn an. Er wollte wissen, warum sie unterschiedlicher Meinung waren. Ihre Perspektive hören, etwas dazulernen, über sie oder ihre Sichtweise. So oder so war er aufgeschlossen und neugierig, nicht verstimmt, weil sie sich erdreistete anderer Meinung zu sein als der Omni. Er war nicht so herrschsüchtig, wie sie es von einem Mann in seiner Position erwartet hätte. Gestern schon nicht, aber da war sie sich nicht sicher gewesen, ob es nur an ihrer vermeintlichen Schwäche durch die Verletzung gelegen hatte. Jetzt allerdings konnte sie sich sicher sein und war unendlich froh über diesen Wesenszug von ihm.

»Ich kann dir den Orden zeigen«, warf er sich in die Brust.

»Sicher, aber du bist Omni. Du hast selbst Pflichten. Ich will aber auch etwas beitragen und nicht nur dein Schmuckstück sein. Kannst du das nicht verstehen?«

Er schien nachzudenken. Seine Stirn furchte sich leicht. »Doch«, gab er schließlich zu. Dann zuckte er mit den Schultern, als wäre das Thema damit für ihn durch und ging zur Tür. Dort zog er eine der beiden Flügel auf und hielt ihr die Tür auf, damit sie hindurchgehen konnte.

Sie lächelte ihn dankbar an. Sie wusste nicht, ob ihr jemals schon jemand die Tür aufgehalten hatte. Als sie an ihm vorbeitrat, kam er näher und flüsterte: »Für dieses Lächeln würde ich alles tun.«

Eloise schmunzelte und blieb stehen, sie sah ihn warm von unten her an. »Du brauchst mir ja nur die Tür aufzuhalten«, neckte sie ihn.

Er verzog genießend seine Mundwinkel und sanfte Fältchen bildeten sich um seine Augen. »Das werde ich mir merken.«

Sie musste leise lachen. Sie war noch in den Anblick seiner wundervollen blauen Augen versunken, da wurde ihr klar, dass das Stimmengewirr verstummt war. Sie riss sich von seinen Augen los und schaute in den großen Raum. Dieses Geplänkel zwischen ihnen hatte direkt in der offenen Tür der Speisehalle stattgefunden. Wunderbar.

Elli straffte ihre Schultern und begegnete den etwa hundert Augen, die sie anblickten. Hier waren drei große Tafeln aufgebaut, an denen schon einige Männer saßen. Die meisten standen noch in Gruppen zusammen und unterhielten sich. Hatten sie zumindest. Jetzt starrte einfach jedes der etwa fünfzig Augenpaare im Raum sie an.

Sie nahm im Augenwinkel wahr, wie Kastor neben sie trat und in den Raum blickte.

»Elli, darf ich dir die Brüder meines Hauses vorstellen. Diese starrende Meute ist sonst höflicher, das versichere ich«, verkündete er für alle hörbar und brachte sie damit zum Grinsen. Auch seine Männer tauten aufgrund dieser Aussage auf. Ja, es waren tatsächlich nur Männer im Raum. Sie hatte nicht gewusst, dass es keine Kriegerin gab.

Einer trat zu ihnen und lächelte sie beide an. »Wie schön, dass es dir besser geht«, erklärte er zu ihr gewandt.

Jetzt erkannte sie ihn. Das war der Mann, der Kas nach draußen begleitet hatte. Da hatte sie ihn als bedrohlich wahrgenommen, da seine Körperhaltung, sein wacher Blick und die Muskeln unter der grauen Robe die Fähigkeiten eines Kriegers erahnen ließen. Jetzt hatte sie der freundliche Blick, den er ihr schenkte, fehlleiten lassen. Er wirkte dadurch weniger bedrohlich, was ihm im Kampf sicher einen Vorteil verschaffen würde, da der Gegner ihn womöglich für zu sanftmütig halten würde.

»Kagar, darf ich dir Elli vorstellen. Elli, das ist Kagar, mein erster Mann. Er regelt Angelegenheiten, die geregelt werden müssen, wenn ich nicht da bin.«

Elli sah den Mann freundlich an und nickte ihm zu. Sie hatte schon geahnt, dass er knallhart sein konnte, andernfalls hätte er niemals die Position des ersten Mannes. »Hi.«

»Ich werde am Kopf einen Platz für sie freimachen«, sprach er zu Kastor.

»Was? Nein!«, wandte sie sofort ein.

Die beiden Männer schauten sie mit gerunzelter Stirn an.

»Ich bin noch nicht deine Frau«, flüsterte sie.

»Aber in zwei Tagen wirst du es sein.« Als sie widersprechen wollte, beugte er sich etwas zu ihr herunter. »Keine Diskussion in dieser Sache. Du gehörst an meine Seite.«

Sie zog ihre Augenbrauen zusammen und funkelte ihn an. Er hatte nicht das Recht, für sie zu entscheiden. Gegen Befehle hatte sie eine Allergie. Doch dann sah sie ein, dass er recht hatte. Er hätte es anders ausdrücken können, aber sie gehörte an seine Seite. Im Haus der Krieger ging es um Stärke und Macht. Wo sie saß würde von Anfang an klarstellen, wie man sie zu behandeln hatte. Es war im Grunde eine Form von Schutz, dass er sie schon vor ihrer Ehe an ihrer Seite sitzen lassen würde.

»Fein«, lenkte sie mit hochschnellenden Augenbrauen ein.

Kastor musterte sie einen Moment. Er sah sicher, wie wütend sie war, doch er ließ es diesmal, ihre unterschiedlichen Positionen auszudiskutieren, und nickte nur kurz. Daraufhin sah Kagar sie kurz an. Er wartete einen Atemzug ab und machte sich erst auf den Weg, als sie intuitiv genickt hatte, weil er sie so fordernd angeblickt hatte.

Da erkannte sie, dass sein erster Mann abgewartet hatte, wer von ihnen das Wortgefecht gewinnen würde. Er hatte ihr die Zeit zum Einspruch gelassen und im Grunde ihr letztes Wort abgewartet. Sie schien mehr Einfluss zu haben, als sie angenommen hatte.

Kas führte sie an den Kopf der mittleren Tafel, wo an der Stirnseite ein Stuhl bereitstand. Er wies ihr den Stuhl zu seiner Rechten zu. Als er an seinen Platz trat, gingen auch alle anderen im Raum zu den Tischen und Bänken. Kagar setzte sich ihr gegenüber. An seiner anderen Seite stand ein älterer Mann, der sie intensiv musterte. Ob das der Älteste war, der gestern Morgen nach Kas geschickt hatte? Immerhin schien er in der Hierarchie weit oben zu stehen und jung war er sicher auch nicht mehr. Sein Haar war weitestgehend ergraut und seine Schultern nicht stolz zurückgezogen wie bei den anderen Männern im Raum, sondern nach vorne gefallen und mit leicht gebeugter Haltung. Dennoch strahlte er eine Selbstverständlichkeit aus, die sie vermuten ließ, dass er einen hohen Rang innehatte.

Dann setzte Kas sich und alle anderen folgten ihm. Sie wartete, was jetzt wohl passieren würde. Elli ließ ihren Blick durch den Raum schweifen, auch in der Hoffnung, den Jungen, der geschickt worden war, wiederzuerkennen. Aber selbst wenn es nur eine Person gäbe, die so jung aussah, wie die Stimme klang, könnte sie danebenliegen, da sie ihn ja nicht gesehen hatte.

Unruhiges Gemurmel erhob sich. Kas blickte auf und an einen Punkt am anderen Ende der Tafel. Seine Augen zogen sich zu Schlitzen zusammen. Eloise folgte seinem Blick und entdeckte Vapor, der noch stand. Na super. Bis gerade eben hatte sie noch gute Laune.

»Werter Omni, es erfreut unsere Herzen, dass ihr nun wieder euren Pflichten nachkommen könnt«, erhob Vapor die Stimme.

Dass Vapor ihren zukünftigen Mann hasste, wusste sie schon. Es war daher interessanter zu erfahren, wie die anderen Brüder dieses Hauses zu den beiden standen, weshalb sie die Zuhörer und nicht den Redner beobachtete. In den meisten Gesichtern las sie Missbilligung. Ob es nun wegen Vapors Worten oder des Zeitpunkts war, wusste sie nicht.

»Ist es üblich, dass jemand spricht, wenn Kas sich gesetzt hat, um das Mahl zu beginnen?«, richtete sie sich unschuldig über den Tisch an Kagar, um die Missbilligung für den Zeitpunkt zu verstärken, die in einigen sicher aufgekommen war. Sie wusste selbst, dass keiner mehr zu stehen hatte, wenn der Omni sich erst einmal hingesetzt hatte. Und dass dann mit dem Morgengebet das Mahl eröffnet wurde, sonst nichts. Vapor verhielt sich überheblich.

»Sicher nicht«, schnaubte der ältere Mann neben Kagar, bevor dieser überhaupt den Mund öffnen konnte. »Er hätte später sprechen können, wenn die Morgenmette gesprochen und das Mahl genommen wurde! … Verzeiht, meine Dame. Ich ließ mich gehen.«

Sie lächelte ihn freundlich an. Sie hatte genau das erreicht, was sie hatte erreichen wollen. »Es gibt nichts zu verzeihen. Ich habe schließlich gefragt«, minderte sie das scheinbare Fehlverhalten des Ältesten. Der Mann griff über den Tisch und drückte ihre Hand wohlwollend. Er verhielt sich genauso, wie sie es von einem alten Mann mit Rang erwartete. Er gebärdete sich, als wäre sie ein kleines Mädchen. Aber so unterschätzt zu werden, hatte sie schon oft geschützt, weshalb sie dieses Bild sogar noch schürte, indem sie ihren Kopf schief legte, ihn lieblich anlächelte und seine Hand zurückdrückte.

»Gerne komme ich meinen Pflichten nach und werde der Morgenmette lauschen. Soweit ich weiß, ist Ranji mit dem Gebet an der Reihe«, erklärte Kas zurückgelehnt und mit tragender Stimme. Er hatte den Blick gehoben und ein Arm lag auf der Lehne seines Stuhls. Seine Position war allein durch die Tatsache, dass er als Einziger auf einem Stuhl saß und dann auch noch am Kopfende des Tisches, unterstrichen. Aber die aufrechte und gleichzeitig scheinbar entspannt zurückgelehnte Haltung dieses Mannes gepaart mit den ruhig gesprochenen Worten in seiner tragenden tiefen Stimme rundete seine machtvolle Ausstrahlung ab. Er ließ sich nicht von Vapor provozieren, das war gut so.

»Genau deshalb erhob ich meine Stimme noch vor der Morgenmette«, sagte Vapor und grinste hämisch. »Nachdem wir nun eine weitere Gläubige in unseren Reihen willkommen heißen können und sie in wenigen Tagen Eure Frau sein wird, schlage ich vor, dass sie das Gebet spricht.«

Er brachte Kas damit in eine ganze miese Position. Wenn er es zuließ, könnte man schlecht über ihn reden, weil er nicht selbst auf den Gedanken gekommen war. Wenn er es abwiegelte, dann könnte man sich fragen, ob sie überhaupt geeignet war seine Frau zu sein.

Das war Kas offenbar bewusst, denn er mahlte mit seinem Kiefer. Er hatte genauso erkannt, in welch eine Zwickmühle ihn Vapor gebracht hatte. Daher kam ihm Elli zuvor.

»Darf ich?«, fragte sie Kas, und nachdem er ihr zugenickt hatte, stand sie auf und faltete die Hände sittsam vor ihrem Körper. Sie lächelte freundlich in die Runde. »Danke für Euren warmen Empfang, Inquisitor.« Sie verneigte sich freundlich in seine Richtung. Hinterlistigen Angriffen begegnete man am besten mit geöffneten Armen und einem warmen Lächeln. Es gab nichts, was diese Menschen so sehr traf wie eine Attacke, die einfach keine Wirkung hatte.

Dann wandte sie sich an die anderen. »Bruder Ranji, würdest du dich mir vorstellen?«, bat sie in die Runde und ließ ihren Blick schweifen. Ein etwas beleibter Mann mit freundlichem Gesicht erhob sich am Tisch vor ihr. Er drehte sich zu ihr um, da er zuvor mit dem Rücken zu ihr gesessen hatte, und lächelte sie an. »Ich bin Bruder Ranji.«

»Hallo«, lächelte sie freundlich. »Ich bin Eloise«, stellte sie sich vor.

»Willkommen, Schwester Eloise.« Der Bruder verneigte sich leicht vor ihr. Einige murmelten ein leises »Willkommen Schwester« nach seiner Begrüßung.

»Kastor erklärte mir, was für eine große Ehre es ist, ein Gebet für die Brüder sprechen zu dürfen. Daher möchte ich dir diese Ehre nicht wegnehmen. Ich freue mich die Worte von dir zu hören und auch auf den Moment, an dem ich die Worte einmal selbst sprechen darf.«

Zustimmendes Gemurmel erhob sich. Dann huschte der Blick des Bruders zu Vapor und Ranji zuckte leicht zusammen. Sie sah, dass er das Gebet selbst sprechen wollte. Sie sah aber auch, dass er sich Vapor unterordnete. Seine Schultern sanken herab. Er unterwarf sich und würde sich dem Willen des Inquisitors beugen. Das sah sie, ehe seine Worte es bestätigten.

»Schwester Eloise, es ist mir eine Ehre, zu deinen Gunsten auf mein Recht zu verzichten. Du sollst das Gebet halten. Als baldige Frau des Omni steht es dir zu.« Bruder Ranji lächelte gequält. Der arme Mann.

Ob er wusste, dass er Teil eines Komplotts war, um sie bloßzustellen und damit auch Kas? Wenn nicht, würde er es auch nie erfahren, denn Vapor unterschätzte sie. Immer und immer wieder. Ob der Idiot es jemals lernen würde? Seine Arroganz verblendete ihn gegenüber der Fähigkeit jener, die er für unter seiner Würde hielt. Allerdings war er ein gerissener Sadist, der durchaus aus Situationen lernen und einen Gegner erkennen konnte, wenn er sich zeigte. Je weniger deutlich sie gegen ihn agierte, desto länger würde er sie unterschätzen.

»Ich danke dir für diese große Ehre, Bruder«, lächelte sie freundlich. Obwohl sie den Blick auf Ranji gerichtet hatte, nahm sie Kas' Sorge wahr. Dieser atmete langsam durch die durch die Nase aus und lockerte kaum merklich seine verspannten Schultern.

Sie schob ihr Bein etwas nach links, um ihn unter dem Tisch zu streifen. Eine Berührung, die ihm zu verstehen geben sollte, dass sie wusste, was sie tat. Und aus den Augenwinkeln sah sie sein Lächeln. Er verstand.

»Meine Brüder, bereitet euch auf die Morgenmette vor«, verkündete sie sanft und legte ihre Hände auf ihre Brust. Sie kreuzte ihre Handflächen über der Brust. Dann erinnerte sie sich, dass sie im Haus der Krieger war, wo die Morgenmette eine leichte Variation zu der der Heiler hatte, und streckte ihre Hände vor sich aus. Die Ellbogen am Körper und die Unterarme im rechten Winkel dazu. Die Handflächen nach oben gerichtet, um den Tag zu empfangen.

»Ich spreche meinen Dank für diesen neuen Tag aus. Ein Tag, an dem ich gelobe, den Glauben zu ehren mit meinem Tun und jedem Griff meiner Hände. Ich empfange die Worte, die mich leiten sollen mit der Mahlzeit, die mich für alle meine Aufgaben stärken wird. Ich werde jeden Bissen ehren, denn er gibt mir die Kraft, meinem Haus zu dienen. Mögen die Worte mich leiten in meinen Taten, damit ich heute meinem Haus ehrenvoll zu Diensten sein kann und mögen meine Taten auch andere zum Glauben führen, damit der wahre Glaube stets Fortbestand hat. Möge diese Mahlzeit mich für den Tag wappnen, auf dass es ein guter Tag werden wird«, schloss sie das Gebet.

»Aurora«, schmetterten die Brüder des Hauses der Krieger. Der Name des Morgens.

Ihr Herz klopfte wie wild. Auch wenn sie das Gebet zur allgemeinen Zufriedenheit gesprochen hatte, große Reden war sie nicht gewöhnt. Sie hatte kein Problem damit, im Mittelpunkt zu stehen. Sie hatte oft ganz absichtlich die Aufmerksamkeit auf sich gezogen. Aber nie hatte sie dabei ernsthaft sein müssen und nie hatte sie einen Blick so brennend auf sich gespürt wie jetzt gerade den ihres Verlobten.

Sie schnitt nach Brauch noch im Stehen etwas von dem Brot ab und reichte es Kas. Es war an ihr zu entscheiden, wer das Mahl mit dem ersten Bissen eröffnete. Normalerweise, das wusste sie, aßen die Brüder, die das Gebet hatten sprechen dürfen, selbst den ersten Bissen. Sie dagegen reichte den ersten Bissen ihrem Verlobten. Kas' Blick fand ihren und er blickte sie so stolz an, dass sie errötete. Dann nahm er das Brot entgegen und biss hinein. Seine Finger hatten sachte ihre berührt und ihr einen Schauer den Rücken hinuntergejagt. Einen warmen Schauer, der sich vertiefte, als sie ihm in seine stürmischen Augen sah.

Nun begannen alle mit dem Frühstück. Sie setzte sich und wollte nach dem Brot greifen, doch sie spürte seinen Blick immer noch auf sich. So viel zu der Ruhe, die sie sich zurückerobern wollte. Kas betrachtete sie so intensiv, dass sie das Gefühl hatte, unter diesem Blick zu verbrennen. Ein warmes Kribbeln jagte durch ihren Körper. Aber es war nicht reine Lust, mit der er sie ansah, sondern tiefer Stolz. Diese Erkenntnis verstärkte das Kribbeln und feuerte die Sehnsucht nach einer liebkosenden Berührung und einem weiteren zärtlichen Kuss an.

»Ihr habt das gut gemacht, Eloise«, mischte sich plötzlich der alte Bruder neben Kagar ein, den sie für den Ältesten hielt. Das faltige Gesicht des Mannes strahlte sie stolz an, als hätte der Mann etwas dazu beigetragen, dass sie die Erwartungen erfüllt hatte. Sie mochte dieses Verhalten nicht. Als wäre sie abhängig von seinem Lob, als würde es auch nur irgendetwas bedeuten, dass er stolz war. Er kannte sie gerade mal ein paar Momente. Aber sie war sich auch sicher, dass er es gut meinte, dass er sie loben und ihr dadurch ein gutes Gefühl geben wollte. Also schmiss sie ihm nicht an den Kopf, dass ihr seine Worte herzlich wenig bedeuteten.

Die Worte des Alten ließen aber auch Kagar aufblicken, der sie bisher intensiv gemustert hatte. Der erste Mann nickte bestätigend, als wäre er derselben Meinung wie der Älteste. Auch das berührte Elli wenig, was diesmal aber daran lag, dass Kas sie immer noch so intensiv ansah.

»Danke, Bruder«, murmelte sie, um die Konversation zu beenden und sich innerlich endlich sammeln zu können. Sie fühlte sich überreizt, was ihr auch durch ihre bitteren Gedanken zum Lob des Ältesten deutlich wurde.

»Nun esst«, forderte der Älteste sie auf.

Ihr war heiß und kalt. Sie wusste nicht genau, was gerade mit ihr los war. Wieso entzündete ein einfacher Blick sie so? Der Moment, in dem sie Kas das Brot gereicht hatte, als sein Blick sie getroffen hatte, hatte sich so seltsam intim angefühlt. Dann diese unbekannte Sehnsucht nach Zärtlichkeit und Nähe. Sie war das einfach nicht gewohnt und konnte ganz offensichtlich so gar nicht damit umgehen.

»Verzeiht, Bruder. Das hat mich etwas angestrengt«, redete sie sich heraus.

Kas' Blick war es, der sie anstrengte. Er schien sie zu verbrennen. War er vielleicht gar nicht froh über ihre Worte? War ihr Handeln nicht in seinem Sinne gewesen? War sie über eine Grenze gegangen, als sie ihm den ersten Bissen angeboten hatte? Verdammt wieso war sie so unsicher. Es war ein kluger Schritt gewesen. Aber auch einer, der auf einmal sehr intim geworden war und etwas in ihr zum Klingen gebracht hatte, das sie nicht kannte.

»Was? Das Reden?« Der Alte lachte.

»Nein, das Stehen«, begriff Kagar und sah sie nun mit offener Sorge an.

Der Alte wandte sich mit gerunzelter Stirn Kagar zu, dann weitete Erkenntnis seine Augen und glättete seine Stirn. Mit sorgenvollem Blick lehnte er sich ihr entgegen. »Mein Kind, das hatte ich ganz vergessen. Wie grob von unserem Inquisitor. Er hätte es besser wissen müssen. Hältst du den Schmerz aus?«, fragte er voller Sorge.

»Es geht schon. Danke. Ich muss nur erst etwas durchatmen«, sagte sie lächelnd.

Kagar blickte zwischen ihr und seinem Freund hin und her. Ob ihn Kas eingeweiht hatte? Sie ging davon aus, da Kagar sein engster Freund war, dennoch war es ihr Geheimnis und sie vertraute Kas, dass er über ihre Geheimnisse schwieg.

»Möchtest du hoch?«, fragte Kas sehr leise, aber sie alle hörten es.

»Dazu müsstest du das Mahl beenden und dafür ist es zu früh.« Ihre kalkulierten Handlungen hätten absolut ihren Sinn verfehlt, wenn Kastor nun ihretwegen das Mal viel zu früh beendete. Dennoch waren seine Sorge und sofortige Reaktion schön.

»Elli«, ermahnte er sie.

»Es geht. Wirklich. Ich brauche nur einen Moment, damit ich durchatmen kann. Dann werde ich auch etwas essen«, versprach sie und sah ihm fest in die Augen.

Er griff nach ihrer Hand und drückte sie. Sein eindringlicher Blick sagte ganz klar, dass sie ihm sagen sollte, falls sie doch hochwollte, dann wandte er sich seinem Brot zu und belegte es mit Wurst und Käse.

»Du musst ja einen ganz miesen Eindruck von uns haben. Wir müssen ja wie ein rücksichtsloser Haufen erscheinen. Weißt du, wenn Männer unter sich sind, vergessen sie manchmal, was es heißt, eine Frau unter sich zu haben«, erklärte der Alte.

Elli lachte leise. So rau diese Krieger hier auch schienen, so seltsam zuvorkommend waren sie auch. Draußen auf der Straße wurde einer Frau keine Sonderbehandlung zuteil. Sie musste genauso stark sein wie ein Mann, genauso kalkulierend und hartarbeitend. Türen aufhalten, als Dame gesiezt zu werden und empathische Rücksichtnahme begegneten einer Frau außerhalb dieser Mauern nicht, zumindest nicht im Nord- und Hafenviertel. Im Gegenteil. Das Verhalten, das einer Frau dort entgegengebracht wurde, war das komplette Gegenteil. Außer im Westviertel, da hatte sie derartige Attitüden schon beobachtet. »Sorg dich nicht, Bruder. Ich habe auf der Straße gelebt. Dagegen ist das hier das Paradies.«

Das ließ nun alle in Hörweite aufblicken und sie mustern. Bisher hatten die anderen Brüder geflissentlich so getan, als würden sie das Gespräch nicht hören. Doch natürlich hatten sie zugehört.

»Ein Straßenmädchen?«, fragte der Alte mit erhöhter Stimme und schaute zu Kastor. Dass der Alte Vorurteile pflegte, hätte sie sich ja denken können. Aber sie würde sicher nicht zulassen, dass die Männer jetzt anfingen in ihrem Beisein über sie zu reden.

»Ganz genau«, lächelte sie und begann ihr Brot zu beschmieren. Jetzt starrte Kas sie nicht mehr so an, der intime Moment zwischen ihnen war vorbei gewesen, als er begonnen hatte sein Brot zu belegen. Inzwischen frühstückte er ruhig und warf ihr keine glühenden Blicke mehr zu. Das hatte sie etwas entspannt und so konnte sie sich nun ihrem eigenen Frühstück widmen.

»Es scheint mir, als hätten die Brüder Fragen«, bemerkte Kagar und zeigte mit einer leichten Kinnbewegung in Richtung Tischende, wodurch Elli ihren Blick den Tisch entlang schweifen ließ. Kagar hatte recht, dort waren einige interessierte Gesichter zu sehen, die sie gebannt ansahen. Ein jüngerer Krieger rutschte sogar kaum merklich auf seinem Platz hin und her, als wäre er extrem ungeduldig. Der Alte blickte ebenfalls in die Richtung und seufzte theatralisch, als könnte er die Neugier der jüngeren Krieger nur schwer ertragen. Er bedeutete ihnen mit einer gönnerhaften Geste, dass sie die Erlaubnis hatten zu sprechen. Elli hatte den Eindruck, dass der Alte seine Rolle sehr genoss.

»Ich bin Bruder Edwin. Wie lange lebst du schon auf der Straße?«, platzte der Ungeduldige sofort heraus. Sein helles Haar fiel ihm unordentlich in die Stirn und seine Stimme war kratzig und hoch. Offenbar war er im Stimmbruch.

»So lange ich denken kann.« Sie zuckte mit den Schultern und bekam viele staunende Blicke als Reaktion. Einige Krieger hatten ganz vergessen weiterzuessen. Der Alte sah allerdings weniger staunend, sondern eher angeekelt aus.

»Wie ist das so?«, bohrte der Junge weiter, dem die Neugierde in die Augen geschrieben stand. Er war höchstens fünfzehn, aber klang ganz anders als der Junge, der gestern zu ihnen hochgeschickt worden war.

»Hart«, schnaubte sie nur und biss von ihrem Brot ab. Sie mochte den süßen Geschmack dieses Fruchtgelees. Papaya hatte Kastor gesagt, als sie gestern nachgefragt hatte. Sie hatten in den Straßen nur Orangen, weil die Bäume einfach überall standen. Andere Früchte kannte sie nicht.

»Wie überlebt man so lange auf der Straße?«, fragte ein anderer Bruder. »Bruder Malior«, setzte er noch nach, als der Alte ihn böse ansah.

Elli musterte ihn kurz. Er war groß und kräftig. Eindeutig älter als Edwin. Vermutlich war er ein ausgezeichneter Krieger. Seine muskulösen Arme und sein entschlossener Gesichtsausdruck verliehen ihm zumindest das Aussehen eines Kriegers. Seine Haltung war sehr aufrecht, ihr aber forschend zugeneigt.

»Je nach Alter gibt es unterschiedliche Methoden, um zu überleben«, blieb sie vage.

»Je nach Alter?«, fragte der Alte nach. Auch er war interessiert an dieser Antwort.

»Als ich noch ein Kind war, arbeitete ich für die Huren eines Bordells und verdiente mir so Essen und ein paar Lumpen. Mit Kindern hat man noch Mitleid. Ihnen gibt man Arbeit, damit sie nicht verhungern«, begann sie mit wenig Kraft in der Stimme und in langsamem Tempo. Sie machte eine Pause und ließ ihre Worte wirken. »Später dann stellte man mich vor die Wahl. Wenn ich ihre Arbeit machte, hätte ich ein warmes Bett, Kleidung und täglich eine Mahlzeit sicher.«

Das angespannte Schweigen verriet ihr, dass viele auf ihre Worte lauschten. Allerdings vermied sie es bewusst, ihren Blick von ihrem eigenen Brot zu heben.

»Aber ich war dazu nicht bereit. Es gab viele Tage in den Jahren danach, in denen ich meine Entscheidung anzweifelte, nämlich wenn ich dachte, ich würde in der Nacht erfrieren, weil meine Lumpen nicht mehr warm hielten und ich mir die Füße wund gelaufen hatte. Oder wenn der Hunger so groß war, dass er mich in den Wahnsinn trieb. Dann dachte ich an den Tag zurück, an dem ich die Wärme und Sicherheit des Bordells abgelehnt hatte, weil ich mir nicht hatte vorstellen können meinen Körper jemandem zu schenken, der dafür bezahlte, mit mir machen zu dürfen, was immer er wollte«, schloss sie immer noch in langsamem Sprechtempo und absichtlich emotionslos. Sie hatte gelernt, dass schockierende Worte eine noch größere Wirkung erzielten, wenn sie in stetem Rhythmus und emotionslos gesprochen wurden. Sie sollten alle wissen, wie es war, auf der Straße zu leben. Vielleicht würden sie dann lernen, dass ihre Vorurteile sicher alle einen wahren Kern hatten, aber keinesfalls an die Realität heranreichten und schon gar nicht widerspiegelten, wie das Leben außerhalb ihrer behüteten Komfortzone war.

Sie nahm einen Schluck von dem Wasser in ihrem Becher. »In solchen Moment überlebt man nur, wenn jemand anderes sich an die Grundwerte des Glaubens erinnert und barmherzig ist. Wenn man erst so schwach vor Kälte und Hunger ist, kann einen nur noch eine milde Gabe retten. Ich wurde dreimal gerettet. Dieses erste Jahr nach meiner Entscheidung, nicht im Bordell zu arbeiten, war das härteste und ich habe überlebt, weil andere arme und verzweifelte Leute so voller Barmherzigkeit waren und ihre karge Mahlzeit mit mir teilten«, erzählte Elli. Sie sollten begreifen, dass kein Ordensbruder sie gerettet hatte, sondern Menschen, die kaum besser dran gewesen waren als sie. Eine beschämende Tatsache für jeden Bruder, der die Absurdität in ihrer Geschichte ebenso erkannte. Der Orden sollte Barmherzigkeit leben und jenen helfen, die Hilfe dringend benötigten. Stattdessen taten dies jene, die der Orden als Ketzer jagte.

Die Brüder an ihrem Tisch hatten aufgehört zu essen und schauten sie abwartend an. Die Anspannung war groß. Elli kam der Gedanke, dass dies die perfekte Situation war, einen ersten Schritt zu gehen, um Fuß zu fassen und vielleicht einmal in die Position zu kommen die Verhältnisse für die Armen zu verbessern.

»Ich fand zum Glauben, weil ich begriff, dass nur Barmherzigkeit mich gerettet hatte. Von da an war es leichter. Ich war zwar oft hungrig, aber nie wieder so sehr, dass ich mich nicht mehr bewegen konnte«, schloss sie und ließ sie alle interpretieren, was auch immer sie in ihre Worte interpretieren wollten. Bevor man den Respekt seiner Zuhörer gewinnen konnte, musste man Zuhörer gewinnen. Und das funktionierte am besten, indem man gerade so viel Informationen preisgab, dass die anderen mehr erfahren wollten. Damals, als alles angefangen hatte, hatten das andere für sie getan. Sie hatte nie Interesse wecken und Zuhörer gewinnen müssen. Daher war sie nervös, ob es ihr gelang.

»Warum hast du nicht früher zum Orden gefunden?«, wollte ein Bruder wissen, der bisher noch nicht zu Wort gekommen war. Elli musste sich ein erleichtertes Aufatmen verkneifen. Sie hatte auf jeden Fall bei einigen Interesse geweckt. Sie wusste nur nicht, wie weit sie gehen konnte, ohne zu weit zu gehen.

Ihr Blick huschte zu Kas, der nicht aufgehört hatte zu frühstücken. Er schien bisher nicht mit ihren Worten zu hadern. Mit keiner Regung zeigte er ein mögliches Unbehagen. Kein Blick, kein Erstarren, keine zurückgelehnte Haltung oder sonst ein Anzeichen. Sie würde jetzt allerdings vielleicht etwas sagen, das ihm nicht gefallen würde.

»Bruder?«, fragte sie nach und sah zu dem Bruder, der ihr die Frage gestellt hatte. Der Bruder war etwas älter als Edwin, das verrieten seine tiefe Stimme und seine bereits eher kantigeren Züge. Der weiche Flaum an seinem Kinn zeigte allerdings deutlich, dass er noch nicht zu den Erwachsenen gehörte.

»Bruder Ben«, stellte er sich vor.

»Die Ärmsten der Armen haben mich gerettet, indem sie teilten, was sie selbst so bitter brauchten. Diese Barmherzigkeit war eine Schuld, die ich begleichen wollte. Also tat ich für jene, die noch weniger hatten als ich, was ich konnte. Dann irgendwann, als meine Schuld beglichen war, hatte ich das Gefühl, ich könnte dort draußen mehr tun. Ich lebte den Glauben. Eine wahre Gläubige handelt nach den Worten, sie kennt sie nicht nur. Also habe ich gehandelt, wo ich glaubte, ich könnte am besten helfen.«

Wer wollte, konnte daraufhin einen Verdacht hegen. Aber da die große Ketzerin tot war, würde wahrscheinlich niemand hier eine Parallele ziehen.

»Außerdem muss ich gestehen, dass der Orden draußen nicht den besten Ruf hat«, setzte sie mit einem entschuldigenden Lächeln nach.

»Das stimmt leider«, seufzte der Alte und überraschte sie damit. Elli hatte bei all den Vorurteilen keine so reflektierte Sicht auf den Orden erwartet. Sie begriff, dass auch sie einem Vorurteil erlegen war. Er war ein wohlhabender, älterer Mann in einer Machtposition, also hatte sie ihn für unreflektiert und auf seine eigene privilegierte Art arrogant eingeschätzt. Menschen neigten leider dazu, andere aufgrund weniger Eindrücke in Schubladen einzuteilen. Da bildete sie keine Ausnahme.

Elli biss in ihr Brot und kaute genüsslich.

»Was für einen Ruf hat der Orden denn?«, wollte Bruder Edwin wissen.

»Brüder! Wir haben unsere Schwester noch viele Tage. Lasst sie doch jetzt endlich mal essen«, warf Kagar ein und Elli musste lächeln. Sie hatte genau das erreicht, was sie wollte. Kagars Bremsen war perfekt, weil sie alle so unbefriedigt zurückblieben und ihre Neugier durch dieses Warten nur geschürt werden würde.

Die anderen Brüder nickten und widmeten sich ihrem eigenen Frühstück. Elli wünschte, sie müsste sich hier nicht interessant machen, müsste nicht alles tun, um in eine Position zu kommen, in der sie wieder etwas bewegen konnte. Zum ersten Mal seit sehr langer Zeit wünschte sie, einfach eine junge Frau sein zu können, die ihr Leben entdeckte und herausfand, wie das Leben mit einem intelligenten und herzensguten Mann war. Hier innerhalb der Mauern könnte sie glatt vergessen, wie grauenvoll es draußen war. Sie könnte sich wirklich ihrem neuen Leben hingeben und einfach nur Elli sein.

Aber draußen hatte sich nichts verändert. Ungerechtigkeit und daraus folgend unnötiges Leid waren immer noch der Alltag zu vieler Menschen. Sie durfte bei all diesem Luxus hier drinnen nicht vergessen, dass *die Sache* wichtiger als alles andere war. Auch wichtiger als ihre neu entstehenden Wünsche. Das wusste sie, wusste sie wirklich. Deshalb manipulierte sie, obwohl sie lieber einen ungetrübten Blick auf die Menschen werfen würde, die den Rest ihres Lebens mit ihr verbringen würden. Und zum ersten Mal kostete es sie so viel, wie Lis es ihr immer prophezeit hatte.

Den Rest der Mahlzeit nahmen sie schweigend ein. Zumindest so lange, bis Elli sich aufrichtete und das leere Brettchen betrachtete. Sie lehnte sich leicht zurück, was nur dank der Bänke ohne Lehne nicht verdächtig war. Kas hatte ihr zwar gesagt, man würde hier im Orden anders mit Defekten umgehen, aber was sie draußen erlebt hatte, vergaß sie nicht einfach. Sie konnte nicht einfach aufgrund seiner Worte alle Vorsicht fallen lassen. Außerdem passte das Ganze gut dazu, Vapors Attacken zu begegnen.

Elli sah auf ihr leeres Brettchen und war stolz, immerhin hatte sie heute Morgen eine ganze Scheibe Brot geschafft. Das war weit mehr als gestern früh. Ihr Magen gewöhnte sich langsam an regelmäßige Mahlzeiten. Kaum, dass sie allerdings durch ihr Zurücklehnen signalisiert hatte, dass sie fertig war, meldete Edwin sich zu Wort.

»Schwester Eloise, wirst du in die Ausbildung eines der vier Häuser gehen?«, fragte er schnell, ehe jemand ihn aufhalten konnte.

Elli freute sich aufrichtig über das Interesse. Es wirkte ehrlich, es wirkte so, als würden die Brüder sie ernsthaft aufnehmen wollen. Eine beinahe bittere Erkenntnis, angesichts ihrer bisherigen Manipulation. »Erst einmal durchlaufe ich das Praktikum, um herauszufinden, in welchem Haus ich meine Ausbildung absolvieren werde«, erklärte sie sanft.

»Aber du wirst die Frau unseres Omnis sein. Du brauchst keine Ausbildung«, mischte Bruder Ben sich ein.

»Na und?«, protestierte Edwin.

»Das Praktikum macht man, um seinen Platz im Orden zu finden. Ihrer ist an der Seite unseres Omnis.«

»Sie kann wohl noch was Eigenes machen«, beschwerte sich Edwin.

»Brüder«, maßregelte Malior die beiden. »Das ist nicht eure Entscheidung.«

»Stimmt«, mischte Kastor sich zum ersten Mal ein. »Elli wird sowohl meine Frau sein, als auch eine eigene Aufgabe im Orden erfüllen.«

Edwin grinste sehr selbstgefällig. »Ich bin gespannt, für welches Haus du dich in drei Monaten entscheiden wirst. Man wird darüber bestimmt wetten.«

Eloise hob eine Augenbraue. »Drei Monate? Ich dachte, man ist immer einen Monat lang in jedem Haus«, gestand sie und blickte dann fragend zu Kas. Das hatte er ihr doch so erklärt.

»So ist das auch. Die Brüder gehen nur davon aus, dass du wie alle anderen Frauen vor dir das Praktikum im Haus der Krieger auslässt«, erklärte er ihr die Annahme von Bruder Edwin und sie sah sofort das Funkeln in seinen Augen. Er musste wissen, dass sie darauf anspringen würde, und schien sich sogar darauf zu freuen.

Sie wandte sich mit erstauntem Blick an Edwin. »Wieso sollte ich ausgerechnet das Haus auslassen, dem ich bereits zu einem Teil angehöre. Das wäre doch reichlich dumm, findest du nicht?«

»Vielleicht«, räumte Edwin ein. »Aber keine Frau hat bisher das volle Praktikum durchgezogen«, erklärte er seine Annahme mit einem unsicheren Schulterzucken.

»Wieso?«, fragte sie. Auf die Antwort war sie gespannt. Warum hatte bisher keine Frau ins Haus der Krieger gefunden? Wurden sie als schwächer erachtet und deshalb nicht gern gesehen?

»Die Frauen, die es zum Orden zieht, sind meist sanfte Wesen. Sie mögen es nicht zu kämpfen. Wir aber kämpfen jeden Tag mehrere Stunden«, erklärte der Alte. Na das war ja interessant. Hätte sie sich eigentlich denken können, dass hauptsächlich Frauen mit Helferinstinkt in den Orden eintraten. Allerdings kannte sie einige Heilerinnen, die sie für ziemlich tough hielt. Aber tough bedeutete nicht unbedingt körperlich kämpferisch. Sie konnte den Grund durchaus nachvollziehen, jetzt da sie länger darüber nachdachte.

»Außerdem wollte bisher keine Frau die erste im Haus der Krieger sein. Denn die erste zu sein bedeutet auch gleichzeitig, die Einzige zu sein«, ergänzte Kagar.

»Nun, dieses Argument zählt ja wohl kaum für mich«, meinte Eloise entschieden.

»Wieso nicht?«, wollte Edwin wissen.

»Ich werde so oder so die einzige Frau in diesem Haus sein«, erklärte sie das Offensichtliche. Immerhin war sie Kastors Frau und würde als Omnessa dem Haus der Krieger angehören. Sie war so oder so die Erste.

Alle starrten nun Kastor an. Elli schaute ihn ebenfalls an. Was erwarteten die Brüder von ihm? Sie war gespannt, was nun kommen würde.

»Die Brüder sind wohl davon ausgegangen, dass du wie meine erste Frau bei meiner Familie wohnen wirst«, erklärte Kas.

»Was für ein Blödsinn. Ich verlasse doch meinen Mann nicht, um außerhalb zu schlafen«, stellte sie klar und er grinste sie breit an. Ihm war das sicher schon klar gewesen, immerhin hatten sie gestern bei all ihren Gesprächen eigentlich deutlich gemacht, dass sie beide davon ausgingen, dass Elli bei ihm hier im Haus der Krieger leben würde. Daher konnte sein Grinsen nur bedeuten, dass er es genoss, seine Männer zu überraschen.

»Mir war das klar, Elli«, grinste er breit und sie rollte innerlich mit den Augen. Kas kostete den Moment eindeutig aus und gab im Grunde mit ihr an. Das fand sie süß, aber auch albern. Allerdings freute sie sich darüber, dass er sie Elli nannte. Sie mochte das wirklich sehr und vor allem mochte sie es, dass er ihr keinen niedlichen Kosenamen gab, der sie vor den Männern herabgewürdigt hätte. Ob unbewusst oder bewusst, Kas achtete darauf, dass seine Männer sie nicht mithilfe eines Kosenamens kleinreden konnten.

»Es bleibt das Argument, dass keine Frau die Ausbildung geschafft hat«, beharrte Ben.

»Ah, ihr macht das absichtlich, oder?« Elli ergriff Kastors Hand, die neben seinem Brettchen lag.

»Was?«, fragte Edwin verwirrt.

»Mich provozieren.« Sie grinste schelmisch.

Edwin sah verwirrt aus, Ben, als hätte er auf eine Zitrone gebissen, und Malior interessiert. »Soll das heißen, du willst das Praktikum bei uns absolvieren?«, fragte er schließlich.

»Klar, wie gesagt. Es wäre doch dumm von mir, mein eigenes Haus nicht kennenzulernen«, lächelte sie.

»Du solltest wissen, dass Bruder Malior der Ausbilder der Referendari ist. Er wird einer derjenigen sein, die dich in deinem Praktikum betreuen«, wandte Kas ein.

»Was ist deine Disziplin?«, fragte sie ihn interessiert.

»Schwertkampf.«

Sie verzog ihr Gesicht. »Schade. Darin bin ich nicht wirklich gut«, murrte sie.

»Ach, aber es gibt eine Disziplin unseres Hauses, in der du gut bist?«, wollte Ben herausfordernd wissen. Er bezweifelte das eindeutig.

»Klar. Zweikampf«, grinste sie. Nur mit dem eigenen Körper einen Kampf zu bestreiten, darin war sie nicht schlecht. Auf der Straße musste man jederzeit mit einem Angriff rechnen, erst recht als vermeintlich schwache Frau.

Das brachte die Brüder zum Schweigen. Sie sahen sie erstaunt an. Dann grinste sie breit und der Alte begann zu glucksen. »Ein schelmisches Weib hast du dir da gesucht, Omni.«

»Vapor hat sie mir gesucht. Aber ich hätte keine bessere Wahl treffen können.« Er lächelte und ihr wurde wieder heiß durch sein Lob und die subtile Botschaft dahinter. Er mochte sie, Elli, mit all den Dingen, die er über sie wusste. Er wusste, dass sie die große Ketzerin war, wusste, dass sie eine Defekte war und wusste so viel über ihre Ansichten, wie kein Mann vor ihm. Und doch sagte er vor versammelter Mannschaft, dass er sich keine bessere

Frau wünschen könnte. Sie suchte intuitiv nach Signalen für die Lüge hinter seinen Worten, aber sein Kopf war ihr zugeneigt, seine Schultern ihr entspannt zugewandt und sein Daumen streichelte sanft über ihren Handrücken. Keine verräterische Torsobewegung, keine entsprechende Mimik, sein Lob war ehrlich und berührte sie tief. Ein Schauer jagte durch ihren Körper und sie wünschte sich endlich nach oben zu kommen und ... einfach mit ihm allein zu sein.

»Beginnst du in unserem Haus?«, wollte Bruder Edwin nun eifrig wissen und riss sie aus der für sie intimen Betrachtung ihres Zukünftigen.

»Darüber habe ich noch nicht mit Kas gesprochen. Aber ich denke, das Haus der Worte ist das beste, um es als Erstes kennenzulernen.«

Kagar drehte sich zu Kastor und auch der Alte sah seinen Omni an. Sie schienen alle sein Urteil zu suchen. Die meisten der Brüder respektierten ihn wirklich.

»Teile deine Gedanken mit mir«, bat Kastor. Durch seine allein ihr zugewandte Haltung wurde es zu einem Gespräch allein zwischen ihnen beiden. Natürlich mit jeder Menge Zuhörer, aber er machte deutlich, dass es eine Entscheidung zwischen ihnen beiden war und zwar nur zwischen ihnen. Die Männer hatten sicher eine Meinung dazu, aber die würde nicht zählen. Er unterstrich damit ihre Position im Haus sehr deutlich.

»Ich dachte, die Worte sind der Grundstein des Glaubens. Deshalb halte ich es für eine gute Idee, erst einmal das kennenzulernen, auf dem alles andere basiert.«

»Die meisten Praktikanten fangen mit dem Haus an, das sie am meisten interessiert«, offenbarte er ihr.

Sie nickte. »Verständlich. Dann kann man daran messen, ob es ein anderes gibt, das einem besser gefällt«, nickte sie. »Aber ich möchte vor allem erst einmal alle Häuser kennenlernen. Ich habe gar kein Haus, in das ich am liebsten möchte. Noch nicht.«

»Das ist ungewöhnlich«, mischte der Alte sich ein.

»Na ja, ich mag sie alle.« Elli zuckte mit den Schultern. Offenbar war das ungewöhnlich, aber so war es eben.

»Wie alle?«, hakte Kagar nach. Der Alte hatte das Gespräch wieder für alle geöffnet, vor allem da Kas ihn nicht gebremst hatte. Nun, dann würde sie eben allen ihre Gründe offenlegen. Eine weitere gute Gelegenheit, ihre Position stärker zu machen. Wobei ihr das nicht schwerfiel. Was sie sagen würde, war ehrlich. Sie würde nur einfach weglassen, was sie absolut falsch fand. Zumindest für den Moment noch. Irgendwann würde sie beginnen ihnen die Augen zu öffnen, aber erst wenn sie in der Position dazu war, erst wenn man ihr wirklich zuhören würde.

»Ich kenne die Worte des Glaubens. Alle Schriften, nach denen man leben soll. Daher fesselt mich der Gedanke mit anderen über die Worte zu sprechen und weitere Schriften zu studieren. Das Haus der Worte missioniert und trägt den Glauben hinaus in die Welt. Auch das ist eine spannende und wichtige Aufgabe, die mich reizt. Außerdem lernen die Brüder und Schwestern des Hauses der Worte andere Sprachen. Sie schreiben Grußworte und sprechen den Suchenden Mut zu. Eine Schwester der Worte zu sein, wäre eine große Ehre für mich«, begann sie ihre Gründe darzulegen, weshalb wirklich jedes Haus sie reizte.

Der Alte gluckste leise. »Ich habe noch nie jemanden so leidenschaftlich über diese Bücherwürmer reden hören.«

Elli verzog ihr Gesicht. Ja sie verstand Vorurteile, aber sie mochte sie nicht. Erst recht, wenn sie so unbedacht von Personen mit hohem Rang gestreut wurden. Der Alte nervte sie langsam. Außerdem hatte er sie vorhin Weib genannt, das hasste sie wirklich. Also ignorierte sie ihn gekonnt und fuhr einfach fort. »Dann ist da das Haus der Heilkunst. Was könnte es Schöneres geben, als Bedürftigen zu helfen? Womit würde man den Glauben mehr leben, als all jenen zu helfen, die Hilfe brauchen. Je mehr Heiler der Orden hat, desto mehr könnten hinaus auf die Straße gehen und in den Winkeln der Stadt helfen, in denen sonst niemand hilft. Was könnte dem Glauben und dem Orden mehr dienen als diese ehrenvolle Aufgabe? Außerdem lernt man alles über den Körper und wie man welche Krankheit heilt. Dieses Wissen stelle ich mir sehr kostbar vor. Ein Heiler zu sein, muss unglaublich erfüllend sein.«

»Deine Verlobte hat auf jeden Fall einen Haufen Leidenschaft«, brummte Kagar. Scheinbar war das das einzig Positive, was er an ihren Worten fand. Sie konnte sich gut vorstellen, dass Krieger nur Stärke achteten. Sie hatte bisher Belesenheit, Bildungsgrad und Helferwille gelobt. Sie hätte mit den Kriegern fortfahren sollen. Kagar war sicher nicht der Einzige, der so dachte. Das würde sie jetzt nachholen.

»Da stimme ich dir zu«, lächelte Kastor süffisant. Kagar hatte von einer ganz anderen Leidenschaft gesprochen.

»Ist sie sicher –«

»Pst. Jetzt sind wir dran«, unterbrach Edwin und tippelte so kräftig mit seinen Füßen, dass man das Geräusch deutlich wahrnehmen konnte. Säße er auf einem Stuhl, hätte dieser sicher gewackelt. Es schien, als könnte er kaum erwarten, was sie über das Haus der Krieger zu sagen hatte.

»Das Haus der Krieger reizt mich, weil sie jene schützen, die sich nicht selbst schützen können. Sie sorgen dafür, dass die Worte des Glaubens nicht missbraucht werden, um Vergehen zu rechtfertigen. Zu ihnen gehören die Mächtigsten und Mutigsten unter den Gläubigen. Als Straßenkind wird es irgendwann das Allerwichtigste, sich verteidigen zu können, weil niemand sonst es tut. Deshalb hat das Haus der Krieger für mich persönlich eine große Bedeutung. Außerdem könnten die Krieger hinausgehen und Anhänger der Worte begleiten. Die Straßen sind derzeit ein gefährliches Pflaster, doch mit einem Anhänger der Krieger bräuchte kein Ordensbruder mehr Angst zu haben, die Mauern zu verlassen, um den Glauben hinauszutragen.«

Edwin sah ein wenig verwirrt zwischen den Erwachsenen hin und her, als verstünde er nicht, warum sie das nicht längst taten.

»Das Haus der Erde schließlich ist die Basis unseres Lebens. Dort lernt man mit der Natur im Einklang zu sein und die Früchte des Bodens zu züchten, die uns am Leben halten. Man lernt den Himmel und die Erde zu verstehen. Man lernt die Wolken zu lesen und die Pflanzen zu hegen und zu pflegen. Ohne das Haus der Erde könnte keiner von uns überleben. Je mehr Leute das Haus der Erde hat, desto mehr Nahrung hätten wir und könnten den Bedürftigen etwas abgeben. Wir würden Barmherzigkeit über die Mauern hinaustragen«, schloss Elli und ließ ihren Blick langsam schweifen, um einen Eindruck zu bekommen, was ihre Worte ausgelöst hatten. Sie sah einige nachdenkliche, fast schon verwirrte Blicke. Edwin und einige andere waren ihr voll zugewandt und mit strahlenden Gesichtern vorgelehnt, als warteten sie auf weitere Ausführungen und kein Einziger wirkte ablehnend, zumindest keinen, der an ihrem oder dem Tisch ihr gegenübersaß. An den Tisch hinter sich konnte sie nicht sehen, ohne sich größer zu bewegen. »Ihr seht, meine Brüder. Ich könnte mich gerade unmöglich für ein Haus entscheiden. Jedes Haus bietet mir die Möglichkeit, das zu tun, weshalb ich zum Orden kam.«

»Und das wäre?«, fragte Vapor mit erhobener Stimme.

Sehr gut. Er hatte angebissen. Sie hatte bemerkt, wie auch er ihren Worten gefolgt war und hatte diese Falle geschickt ausgelegt.

»Eine wahre Gläubige sein.« Sie lächelte und genoss es, dass ausgerechnet er selbst gefragt hatte.

Wie Vapor sie und damit auch Kas heute Morgen und auch jetzt hatte lächerlich machen wollen, stank ihr gewaltig. Jetzt hatte er bekommen, was er verdient hatte. Sie würde ihm immer wieder in die Suppe spucken, wenn er wieder versuchte Kas in den Dreck zu ziehen. Vapor würde bald schon merken, dass er den Omni nicht durch sie lächerlich machen konnte – was zweifellos der Grund war, weshalb er Kas ein Straßenmädchen zur Frau gegeben hatte. Aber damit hatte er sich nur ins eigene Fleisch geschnitten.

Kapitel 9

Nach dem Frühstück führte Kastor sie in den Wohnraum und setzte sich dann in einen der Sessel am Kamin. Eine entspannte Atmosphäre war ihm jetzt wichtig, um die Spannung, die auf dem Gang nach hier oben zwischen ihnen entstanden war, zu nehmen. Elli setzte sich ihm gegenüber, mit erhobenem Kinn, als würde sie eine Strafpredigt erwarten. Ihre steife, sehr aufrechte Haltung erinnerte ihn daran, dass sie vorhin behauptet hatte, ihr Rücken würde schmerzen.

»Tut dir dein Rücken wirklich weh?«, fragte er.

»Nein«, antwortete sie. Ihre Stimme war ruhig und gefasst, doch da er die letzten achtundvierzig Stunden nichts anderes getan hatte, als an ihrer Seite zu sein und sie kennenzulernen, wusste er, dass sie die Gelassenheit nur vorspielte. Sie war auf der Lauer, beobachtete ihn ihrerseits, um seine Intention herauszufinden.

»Warum hast du es dann gesagt?«, wollte er wissen.

»Aus verschiedenen Gründen.«

»Nenn mir ein paar«, forderte er mit ruhiger Stimme, wie sie es gestern auch getan hatte. Er war sich noch nicht sicher, wohin dieses Gespräch führen würde, ob sie hier die Grenzen abstecken oder in Ruhe miteinander sprechen würden. Im Grunde wollte er nur ein paar ihrer Motive herausfinden, aber ihr Verhalten machte das hier zu einem Machtspiel.

Ein Schmunzeln zuckte in ihrem Mundwinkel. Hatte sie seine Anspielung auf gestern wahrgenommen? »Ist das ein Befehl?«

»War es gestern von dir einer?«, fragte er gegen und erinnerte sie an die Szene, als es genau umgekehrt gewesen war.

Ihre hochgezogenen Schultern sanken langsam in eine entspannte Haltung und sie nahm die Hände von ihren Knien. Ihre Arme sanken an ihre Seite und sie lehnte sich leicht zurück. »Nein.«

Kastor hatte den Eindruck, er hätte der Situation die Schärfe genommen. Das würde er gleich herausfinden, wenn sie ihm antwortete.

Elli überschlug ein Bein und legte ihre ineinandergegriffenen Hände auf ihrem Oberschenkel ab. »Erstens wäre es sehr seltsam, wenn ich keine Schmerzen mehr hätte, ich habe also nicht mehr gemacht, als Erwartungen zu erfüllen.«

Sie glaubte also immer noch, dass man im Orden besonders begabte Menschen ebenfalls nicht gut behandelte. Das war eigentlich zu erwarten gewesen, denn sie war anders aufgewachsen. Sie hatte etwas anderes eingebläut bekommen. Für sie war das Hüten dieses Geheimnisses gleichbedeutend mit Überleben.

Er hatte inzwischen den Verdacht, dass Elisabeth das ganz absichtlich angesprochen hatte, um seine Neugier zu wecken und ihn auf die entsprechende Fährte zu schicken. Hätte sie das nicht gesagt, wären all die anderen Beobachtungen sicher nicht verdächtig genug gewesen, um nachzuhaken. Diese gerissene Heilerin. Sie war ein kleines Miststück, dem er allerdings zu Dank verpflichtet war, in vielerlei Hinsicht.

»Zweitens?«, hakte er nach.

»Wurden so deine Brüder daran erinnert, dass Vapor leicht über die Stränge geschlagen hat. Im wahrsten Sinne des Wortes.«

»Elli, in diesem Haus ist es wichtig, dass wir zusammenhalten. Füreinander da sind und so. Das weißt du doch eigentlich.«

»Was willst du damit sagen?« Sie lehnte sich vor und umschloss mit ihren Händen das obere Knie. Sie war bereit für ein hitziges Wortgefecht. Er aber nicht. Er wollte nicht streiten.

»Du siehst aus, als würdest du einen internen Krieg gegen den Hausinquisitor anzetteln wollen«, warf er ihr vor und musste tief ein- und ausatmen, um bei diesem Gedanken nicht wütend zu werden.

»Vapor führt längst Krieg gegen dich!«

Kastor hielt die Luft an. Er war wie erstarrt. Dann wurde ihm klar, dass ihre Worte nicht stimmen mussten, sie konnten eine Fehleinschätzung sein, auch wenn diese Frau bisher gefühlt nichts falsch eingeschätzt hatte.

»Vapor neidet mir meine Position, das ist alles«, entgegnete er also mit kontrollierter Stimme. Er war aufgewühlt, zeigte das aber nicht. Wieso auch? Welchen Zweck hätte das schon? Er war es gewohnt, seine Gefühle zu verbergen. Als Omni musste man ruhig und besonnen wirken. Bei den Kriegern auch stark und sicher, aber vor allem immer ruhig. Wer in Panik verfiel, konnte nicht führen.

»Nein ist es nicht. Vapor versucht dich in den Dreck zu ziehen. Ich weiß nicht, was sein eigentliches Ziel ist, aber es ist deutlich, dass er versucht ein Lager gegen dich zu bilden und er ist bereits erfolgreich. Dein Bruder Ranji hat heute lediglich vor Vapor gekuscht. Eigentlich hat er seine Ehre nicht hergeben wollen. Er hat es gemacht, um Vapor zu gefallen.«

Kastor runzelte seine Stirn. Er war nicht überzeugt. »Vapor ist der Hausinquisitor. Viele Brüder halten die Inquisitoren für bewundernswert. Sie wollen ihnen gefallen. Das heißt nicht, dass sie sich hier zwischen Vapor und mir entscheiden«, gab er zu bedenken.

»Kann sein«, räumte sie ein, aber bevor er es als Sieg verbuchen konnte, fuhr sie auch schon fort: »Aber Vapor versucht dich fertigzumachen. Seit ich hier bin, führt er einen halboffenen Krieg gegen dich und kommt damit einfach durch. Wenn das so weitergeht, wird er deine Position bei deinen Brüdern Stück für Stück untergraben, bis du einstürzt«, erklärte sie. »Glaub mir, ich bin mit dieser Taktik bestens vertraut.«

»Kannst du mal Beispiele geben, anstatt das nur immer wieder zu behaupten?«, entfuhr es ihm aufgebracht. Er erwischte sich sogar dabei, wie er seine Hände vor sich in ihre Richtung spreizte. Seine tolle Kontrolle war komplett dahin. Er sah zur Seite in den Kamin. Er konnte es nicht leiden, wenn seine Emotionen sein Handeln bestimmten.

Elli drang nicht sofort weiter in ihn. Sie gab ihm einen Moment. Dann stellte sie ihre Beine nebeneinander und rutschte an die vordere Kante der Sitzfläche. Sie begann jetzt mit langsamerem Tempo und leiser ihm ihre

Ansicht zu erklären. »Das Erste, was ich mitbekommen habe, war deine Annullierung der Ehe mit Leonie. Er bezeichnete sie als Ketzerin, was ein unglaublich schlechtes Licht auf dich wirft. Du, der große Omni, hast nicht erkannt, dass deine Frau eine Ketzerin ist. Oder du hast es ignoriert. Du bist also entweder blind oder ein Mittäter. Beides Dinge, die ein Omni nicht sein sollte. Dann hat er dich mit mir verlobt, einem Straßenmädchen, das heruntergehungert und in Lumpen war. Was meinst du, was er von mir dachte? Vermutlich, dass ich ungebildet und dumm bin, dass ich vermutlich für Nahrung bereits meinen Körper verkauft hatte, vielleicht sogar abhängig von Glücklichmachern bin. Und das hält er also für die beste Frau für dich? Da kann er doch nur das Ziel gehabt haben, dich lächerlich zu machen. Aber damit nicht genug. Er hat gleich einmal demonstriert, dass er mehr Macht über mich hat als du. Vor deinen Augen ließ er mich auspeitschen. Und wenn wir schon bei der Wahrheit sind, er hat es maßlos übertrieben. Er hat die Strafe weit schlimmer durchführen lassen, als es üblich ist. Ich habe so früh geblutet und so stark, dass ich in Ohnmacht gefallen bin. Und heute dann gleich wieder. Er musste davon ausgehen, dass ich Schmerzen haben würde, wenn er mich dazu zwingt aufzustehen. Auch seine Begrüßung diente schon dazu zu zeigen, dass mein Einfluss dich hindert, deine Pflichten zu erfüllen. Und sein angebliches Geschenk, dass ich das Gebet sprechen sollte? Das diente doch auch nur dazu zu demonstrieren, wie ungebildet und ungeeignet ich für dich bin. Dass ich die Feinheiten deines Hauses kannte war mehr Glück als irgendetwas sonst«, schloss sie und Kastor musste schlucken.

Er schwieg eine Zeit und ließ sich ihre Worte durch den Kopf gehen. Sie könnte recht haben. Ihre Worte bestätigten ein Gefühl, das er seit einigen Tagen unterbewusst wahrgenommen hatte. Was sie nicht wusste, war, dass Vapor am Tag der Marktplatzszene zum Hausinquisitor aufgestiegen war. Vorher hätte er all die Annullierung und Neuvermählung niemals veranlassen können. Jetzt lagen die Machtverhältnisse aber anders. Wenn sie recht hatte, hatte er tatsächlich ein Problem, denn es war nicht so einfach, gegen Vapor vorzugehen, ohne den Eindruck zu erwecken, er zweifle an der Inquisition.

Plötzlich wurde ihm klar, dass ihr Verhalten heute eine perfekte Version davon war, gegen Vapor vorzugehen, ohne ketzerisch zu wirken. Sie hatte ihm mehrfach einfach den Wind aus den Segeln genommen. Sie hatte subtil auf seine Tat hingewiesen, ohne weinerlich zu wirken oder zu jammern.

»Was für ein Glück für mich, dass Vapors Eindruck von dir nicht zutrifft«, murmelte er.

Erst sah sie ihn aus großen Augen an, dann breitete sich ein Lächeln auf ihren Zügen aus. Sie stand auf und kam zu ihm. Sie setzte sich seitlich auf seinen Schoß und Kastor legte sofort seine Arme um sie. Ihre Hände umschlossen sein Gesicht und sie hob es leicht an, sodass er in ihre wunderschönen hellbraunen Augen blicken konnte. Sie musterte ihn ruhig. Die Wärme ihrer Hände auf seinen Wangen und ihre unglaubliche Nähe zu ihm ließen ihm heiß werden. Er konnte nicht glauben, was für eine glückliche Wendung die letzten Tage in seinem Leben gewesen waren. Er könnte Stunden so mit ihr dasitzen und einfach ihre Nähe genießen.

»Vapor wird bald erkennen, dass er dich nicht durch mich in den Dreck ziehen kann. Ich weiß nicht, was er dann tun wird, denn in ihm herrscht unfassbar viel Zorn und Wut, der er irgendwie Luft machen möchte.«

Kastor seufzte. »Was denkst du, sollten wir tun?«

»Weiter wie bisher. Allem mit einem Lächeln und offenen Armen begegnen. Nichts kann mehr Wind aus seinem Angriff nehmen. Aber wenn er eine Grenze überschreitet, eine die auch deine Brüder wahrnehmen, musst du mit aller Entschiedenheit handeln. Du musst Würde und Stärke symbolisieren. Dann wird niemand dir etwas tun können, selbst wenn du dich gegen einen Inquisitor stellst«, erklärte sie.

Er dachte darüber nach. Dann griff er eine ihrer Hände und küsste zärtlich ihre schlanken Finger. »Ich möchte keine Lager innerhalb meines Hauses.«

»Vapor bildet bereits welche. Du kannst nur versuchen, den Spalt nicht allzu groß werden zu lassen.«

»Dieses Intrigieren liegt mir nicht«, gestand er.

»Und das weiß Vapor. Er nutzt deine Stärken gegen dich. Er wird sich noch selbst dafür hassen, dass er mich an deine Seite gesetzt hat. Ich kenne alle Tricks dieser ... Person. Ich kenne seine Schwächen und weiß, wie man sie gegen ihn einsetzen kann.«

»Aber das will ich nicht«, entschied er.

Sie musterte ihn leicht verwirrt und ihre Hände sanken herab. »Wieso nicht?«

»Ich verstehe, wieso du es getan hast. Aber wir sind hier nicht mehr auf der Straße. Es muss einen anderen Weg geben.« Als er die Worte ausgesprochen hatte, wurde ihm klar, wie harsch sie waren. Dabei wollte er ihr Handeln gar nicht herabwürdigen. Er glaubte gar nicht, dass nur Menschen aus der Gosse so intrigant handelten. Sicher machten das auch viele Ordensbrüder so, Vapor zum Beispiel.

Er erwartete ein Donnerwetter oder Eiseskälte, wie die Frauen eben reagierten, wenn man sie verletzte oder beleidigte, doch sie bezwang ihre Wut. Er sah, wie ihre Augenbrauen sich zusammenzogen, spürte, wie ihre Muskeln sich anspannten und sie für einen Moment versteifte. Aber sofort danach wurde sie wieder weich in seinen Armen und ihr Blick driftete nach rechts in den Raum. Sie dachte nach.

»Ich kenne nur diesen Weg und ich weiß, er ist erfolgreich«, begann sie immer noch in den Raum gerichtet, nachdem sie einen Moment geschwiegen hatte. »Wenn du einen anderen gehen willst, muss ich erst mehr über den Orden lernen, ehe ich dir einen Rat geben kann. Ich werde mit offenen Ohren und Augen durch das Praktikum gehen und dir so gut es geht helfen«, richtete sie sich direkt an ihn. Ihr Kopf war leicht zu ihm herabgeneigt und er hätte sie am liebsten sofort geküsst.

Diese Reaktion hatte er wirklich nicht erwartet. So viel Größe. Er hatte ungewollt gemeine Worte gewählt und es wäre allzu menschlich, wenn sie wütend reagiert hätte. Doch sie hatte seine Worte angenommen, ihren Stolz heruntergeschluckt und eine Lösung gesucht. Er spürte Demut ob dieser Größe, wie Elisabeth es ihm anfangs prophezeit hatte.

Er reckte sich zur ihr hinauf, nahm seinerseits ihr Gesicht in seine Hände und sah ihr warm in die Augen. Ihre Hände schnellten an seine Handgelenke und sie sah ihn aufgewühlt an. Er hielt inne, aber sie zog ihn zu sich, statt ihn aufzuhalten. Sie wollte diesen Kuss so sehr wie er selbst. So schloss er seine Augen und begegnete ihren Lippen auf halber Strecke. Sie verschmolzen in glühender Zärtlichkeit.

Die Inbrunst dieses Kusses erschütterte ihn, zumal sie aus ihm heraus entstand. Der Kuss war sanft, eigentlich nur ein Flattern an den Lippen des anderen, doch dann wurde er intensiver, heißer. Elli wölbte sich ihm entgegen. Er wusste, würde er weiter auf sie eingehen, würde er sie gleich hochheben und hinüber zum Bett tragen. Er zögerte und sie nahm es wahr. Sie war weit sensibler, als sie oft den Anschein machte.

Sie löste mit einem letzten sanften Hauch ihre Lippen von seinen und lehnte ihre Stirn an seine. Sie lächelte zärtlich.

»Nur noch zwei Tage«, erinnerte sie ihn wie ein vorfreudiges Versprechen. Sie gab ihm nicht das Gefühl, sie würde ihm wegen dieser eigentlich lächerlichen Enthaltsamkeit zürnen.

Wieder etwas, das ihn ehrfürchtig machte, dass das Schicksal ihm so eine Frau geschenkt hatte. Er war gläubig, war er wirklich. Er war mit dem Glauben aufgewachsen. Aber wäre er es nicht, hätten diese Begebenheiten es ihn werden lassen. Was sonst könnte diesen Wahnwitz verursacht haben. Bis vor drei Tagen war sie die große Ketzerin gewesen und er hatte sie fangen und hinrichten lassen sollen. Jetzt würde sie seine Frau werden.

All ihre Talente, all ihre Charakterzüge, eben alles, was sie hatte zur Legende werden lassen, nutzte sie jetzt, um ihn zu unterstützen. Ihn, der sie gejagt hatte und der sie hätte hinrichten lassen ... vielleicht. Das war so irrwitzig. Da musste jemand seine Finger im Spiel gehabt haben. Und er meinte nicht Vapor.

Er schmunzelte. Vapor würde sich die Haare ausreißen, wenn er auch nur ahnte, welche Rolle er in dieser Wendung des Schicksals gespielt hatte. Das war die pure Ironie und das gefiel ihm besonders.

Sie löste sich nun ganz von ihm und ging zurück zum anderen Sessel. Sie mied den Kontakt, weil es ihr offensichtlich genauso schwerfiel, ihre Lust zu unterdrücken, wie ihm.

»Wie wird das eigentlich ablaufen?«, wechselte sie das Thema, allerdings kam er nicht mit, wonach genau sie fragte.

»Was?«, fragte er verwirrt.

Sie lachte. »Na, die Hochzeit. Die Armen haben da so ihre Bräuche, aber ich weiß nicht, was der Orden bei einer Verbindungsfeier tut.«

Ihm fielen fast die Augen heraus. Darüber hatte er gar nicht nachgedacht. »Verdammt«, entfuhr es ihm.

»Was?«

»Wir müssen eine Hochzeit organisieren«, gestand er.

Sie sah ihn an, als hätte das ein Scherz sein müssen. Dann wurde ihr klar, dass er wirklich vergessen hatte, ihre Hochzeit zu organisieren, und brach in einen Lachanfall aus.

Er musste schmunzeln. Selbst wenn sie nicht all diese Fähigkeiten hätte, die er erst noch entdeckte, allein für ihr warmes Wesen könnte er sie lieben. Allein durch ihre herzliche sanfte Art bereicherte sie bereits sein Leben.

***

Mia schlich durch die Gassen des Hafenviertels. Selbst nachts war hier so viel los wie tags auf dem Markt. Der einzige Ort, der nachts genauso belebt war, war die Einkaufsstraße. Die Straßen waren hier absolut gerade um quadratische Häuserblöcke angelegt und im Gegensatz zum Nordviertel sogar befestigt, damit man mit den Karren und Kutschen nicht immerzu im Schlamm stecken blieb.

Mia huschte über den gepflasterten Weg und dann um die nächste Ecke. Sie mochte es nachts in der Stadt, wenn die Sonne nicht mehr so drückte und die Feuchtigkeit des Tages sich als Tropfen an den Steinwänden der Häuser sammelte. Das machte den gepflasterten Weg zwar rutschig, aber die Feuchtigkeit drückte einem dann nicht so gegen die Lungen, da sie nicht mehr in der Luft, sondern an den kühlen Wänden klebte.

Mia trat in die Gasse zum Treffpunkt und hielt sich außerhalb der Lichtkegel der Maluslaternen. Diese brannten die ganze Nacht in den Straßen, die nachts gebraucht wurden, also vor allem im Hafenviertel und in der Einkaufsstraße. Und natürlich im Westviertel vor den Häusern besonders reicher Familien. Mia mochte die schwarzen, metallenen Kanten dieser Laternen, die an jeder der sechs Kanten entlangliefen. Die Laternen waren unten schmaler als oben und hatten eine kunstvoll gearbeitete Spitze. Außerdem liebte sie den süßlichen Geruch, den sie verströmten. Noch mehr mochte sie aber den Trugschluss, den sie bei den Menschen erweckten. Maluslaternen warfen natürliches Licht und erhellten Teile der Straße. Aber sie erhellten nicht alle Teile. Andere lagen im Schatten. Und da die Augen der Menschen sich an das Licht anpassten, erkannten sie die Dinge im Schatten viel schlechter.

Mia fand, dass Maluslaternen die Gassen gefährlicher statt sicherer machten. Sie zuckte mit den Schultern. Ihr konnte das nur recht sein, denn sie wusste es, die Schatten zu nutzen, wie alle Mäuse eigentlich.

»Da bist du ja.« Leanne trat aus einem zugemauerten Türeingang. Der Häuserblock auf der rechten Seite dieser Gasse war von einem Händler aufgekauft worden, der alle Türeingänge zugemauert und innen die Räume miteinander verbunden hatte. Er handelte mit Gewürzen aus dem Osten und nutzte die ehemals zwanzig Wohnungen der rechten Straßenseite jetzt als Lager. Die zugemauerten Türen boten ihnen dadurch Nischen, in denen sie sich unsichtbar machen konnten.

»Da bin ich. Was gibt es?«

Leanne wies mit dem Kinn zum Ende der Gasse, das etwa hundert Meter entfernt lag und Mia ließ ihren Blick schweifen. Dort vorne ging es auf den Hafenplatz. Eine gute Sicht hatten sie von hier aus nicht, denn am Gassenende stand einer der zahlreichen Orangenbäume der Stadt. Aber Leanne wusste das und hatte ihre Aufmerksamkeit dennoch dorthin gelenkt. Dann entdeckte Mia, was Leanne ihr hatte zeigen wollen.

Im Schatten des Orangenbaums an die Hauswand gepresst stand eine Silhouette. Sie hätte auf die Entfernung und in der Dunkelheit nicht sagen können, ob Mann oder Frau, aber sie erkannte die rockähnliche Silhouette um die Beine der Person. Etwas, das nur eine Ordensrobe verursachen konnte. Keiner trug sonst Röcke. Nicht einmal die reichen Frauen des Westviertels, zumindest keine, die bis auf den Boden reichten. Dort vorne wartete ein Ordensmitglied.

»Wie lange steht der schon da?«, wollte sie von Leanne wissen.

»Nicht lange. Aber er stand da schon letzte Woche und die Woche davor«, berichtete Leanne.

Mia sah sie überrascht an.

Leanne zuckte mit den Schultern. »Das erste Mal dachte ich, er kauft Glücklichmacher. Hat er auch. Aber kein Süchtiger kommt nur einmal die Woche. Also musste es Tarnung sein«, erklärte sie, weshalb sie Mia erst jetzt darüber informiert hatte.

»Er trifft jemanden«, begriff Mia. »Regelmäßig.«

Leanne nickte und fixierte den Mann. »Die Frage ist wen? Ich habe bisher nie darauf geachtet, aber ich glaube, das ist weit interessanter als die Tatsache, dass er Glücklichmacher kauft.«

Mia stimmte der jüngeren Maus da definitiv zu. Also hielten sie im Schutz der Nische Wache und warteten auf denjenigen, den der Ordensmensch treffen wollte. Mia fröstelte nachts immer leicht. Die Temperatur sank enorm, wenn die Sonne erst einmal untergegangen war. Und wie ihre große Schwester versorgte auch sie erst einmal alle anderen, ehe sie sich selbst wärmere Kleidung gönnte. Bald würde der Wintermonat kommen und sie musste wärmere Lumpen tragen. Jetzt allerdings nutzte sie die kühlen Nächte, um ihren Körper an die niedrigere Temperatur zu gewöhnen. Daher unterdrückte sie das leichte Zittern und fokussierte die wartende Person im Schatten.

Ein Treffen im Hafenviertel war immer nur für zwielichtige Vorhaben sinnvoll. Hier sammelte sich der Abschaum der Stadt, auch wenn das immer alle vom Nordviertel behaupteten, war der Dreckfleck der Stadt eigentlich das Hafenviertel. Im Nordviertel waren sie einfach nur arm. Das Hafenviertel dagegen war schmutzig und sie meinte sicher nicht den Dreck auf den Straßen.

»Hast du dich schon umgehört?«, fragte Mia, während sie warteten. Leanne hatte sicher schon geschnüffelt. Wenn etwas in ihrem Viertel lief, was ihr nicht gefiel, dann wartete sie sicher nicht auf einen Auftrag von Mia.

»'türlich«, schnaubte sie, wie Mia es erwartet hatte.

»Und?«

»Zu viele Ansätze«, wehrte Leanne ab und Mia hörte den Frust aus der Stimme ihrer Freundin heraus. Die junge Maus wusste sonst immer alles über das Hafenviertel.

»In welche Richtungen?«, bohrte sie weiter. Vielleicht kamen sie ja gemeinsam auf die Lösung.

»Der Zeitraum umfasst mindestens zwei Wochen, eigentlich zu lang für einen Nomaden. Aber im siebten Quater hat sich ein Nomade eingemietet, der seit zwei Wochen in der Stadt ist. Er handelt mit dem Typen der Ostgewürze, aber dann wäre der Treffpunkt in der Straße des Lagers für ein Treffen mit einem Ordensbruder einfach nur dämlich.«

Mia runzelte die Stirn. Das wäre wirklich nicht so klug. Dann könnte man viel zu schnell auf einen Zusammenhang kommen. Außerdem war das siebte Quater zentral in dem Teil des Hafenviertels, der aus quadratischen Blocks, den Quatern bestand. Da gab es viel bessere Treffpunkte als hier am belebten Hafenplatz, wo im Grunde jeder sie sehen konnte.

»Dann lungert ein Eremit aus den Ruinen seit drei Wochen hier herum und versucht Arbeit zu finden. Er behauptet, er wäre es leid zu hungern, aber das ist sonst kein Grund, für die in die Stadt zu kommen. Bloß wirkt dieser so dämlich, dass ich ihm ein Komplott in welcher Form auch immer einfach nicht zutraue.«

Mia konnte ihre Ausführungen gut nachvollziehen. Außerdem was hätte der Orden von einer Zusammenarbeit mit einem Fremden oder einem Einzelgänger? Das ergab nicht wirklich Sinn.

»War's das?«, hakte sie nach. In der Regel sortierte Leanne ihre Informationen nach Wahrscheinlichkeit. Daher könnte es gut sein, dass sie noch eine Theorie hatte, die sie eben erst am Ende nannte, weil sie es für die wahrscheinlichste hielt.

Leanne zögerte, was Mia beinahe den Magen umdrehte. Die toughe kleine Maus zögerte nicht. Es gab nichts, was sie zögern ließ. Was immer dieses sonderbare Verhalten jetzt bei dieser rauen Maus auslöste, würde Mia absolut nicht gefallen. Und da sie den Job von Mac nun zusätzlich zu ihrem eigenen übernommen hatte, weil der Idiot sich immer noch zulaufen ließ, würde sie nicht nur den Zusammenhang erkennen, sondern auch die Entscheidung treffen und damit ganz allein für die Konsequenzen geradestehen müssen.

»Sag schon!«, forderte Mia sie auf. Es brachte ja nichts, es vor sich herzuschieben.

»Ich glaube, sie drehen meine Leute um«, presste Leanne zwischen ihren Lippen hervor. Sie sah wütend zur Seite und begann die Fugen zwischen den Steinen der Mauer des Türrahmens nachzufahren.

Mia runzelte ihre Stirn. Sie hatte akustisch verstanden, was Leanne da gesagt hatte, aber wie die Maus darauf kam, verstand sie nicht.

»Warum denkst du das?«

»Es ist wie ein Geruch, der in der Luft liegt. Etwas stimmt nicht. Es sind nur Eindrücke, leicht veränderte Körpersprache, angespannte Schultern, wo keine sein sollten, Zögern, bedachte Formulierungen. Dass sie versuchen sich den Regeln zu entziehen, wenn unsere Schwester einmal nicht mehr ist, war mir klar, aber ich habe bisher gut gegengesteuert. Es stimmt was nicht. Ich hab's im Urin«, erzählte sie mehr dem Türrahmen als Mia.

Sie hätte über Leannes Formulierungen lachen können. Die Hafenarbeiter färbten einfach ab. Die Maus fühlte sich in diesem rauen Teil der Stadt am wohlsten. Daher konnte Mia auch nicht lachen, denn Leannes Gefühl kam sicher nicht von ungefähr. Die Maus spürte etwas kommen und Mia hatte von ihrer großen Schwester gelernt, dass man solche Gefühle ernst nehmen sollte. Viel zu oft trafen sie den Kern der Sache. Leannes Unvermögen, ihre Ahnung an bestimmten Beobachtungen festzumachen, schmälerte die Sorge, die Mia nun empfand, keinesfalls. Sie nahm die Befürchtung der jüngeren Maus ernst.

Die Silhouette bewegte sich im Schatten und trat leicht daraus hervor. Die Haltung der Person war vorgeneigt und erstarrt in die Richtung des Hafenplatzes gerichtet. Sie hatte jemanden entdeckt.

Vom Hafenplatz näherte sich ein weiterer Schatten. Als dieser am Eingang der Gasse durch den Kegel der Maluslaterne trat, erkannte sie den Mann. Es war einer der Vögel der Handelsstraße, die ihre Schwester aufgebaut hatte, um einen fairen Handel für die Armen zu ermöglichen. Einen Handel, der frei von Korruption war. Also hatte Leanne recht und auch nicht.

Ihre Leute waren umgedreht worden, nur ging es dabei nicht um das Netz im Hafen, sondern um das Vogelnetz über den Dächern der Stadt. Mia hatte damit gerechnet, dass die Vögel als Erste fallen würden, wenn jemand fiel, aber sie hatte nicht erwartet, dass es so schnell passieren würde. Viele waren noch in Trauer. So gesehen der perfekte Zeitpunkt, in aller Stille die Seiten zu wechseln.

»Dreckskerl!«, spuckte Leanne regelrecht aus. Sie hatte ihn auch erkannt. Mia konnte ihr da nur zustimmen.

»Sag Murat, er soll dem mal auf den Grund gehen. Wir müssen wissen, ob die Vögel alle nicht mehr fliegen oder nur einzelne zu den Ratten des Ordens übergelaufen sind«, wies Mia die Maus an, die entschieden nickte.

»Was denkst du, will der Orden von ihnen?«

»Erst mal den gerechten Handel stoppen, damit ihr Profit wieder steigt.« Das war eher offensichtlich. Aber etwas an der Szene störte sie. Sie wusste noch nicht was, aber etwas lauerte noch im Verborgenen und Mia teilte nun das miese Gefühl, das Leanne auch hatte.

»Das ist aber nicht alles«, beharrte Leanne und Mia musste ihr da zustimmen.

»Nein, ist es nicht.«

»Wie viel wissen die Vögel über die anderen Säulen?«, fragte Leanne die Frage, die Mia eine Gänsehaut in den Nacken trieb. Was konnten die Vögel anrichten, wenn sie mit dem Orden zusammenarbeiteten? Die sicheren Bars kannte jeder, dazu brauchte der Orden keinen Vogel als Informant. Das Netz der Hafenarbeiter kannte nur Leanne und ein ausgewählter Kreis an Mäusen. Die Vögel wussten nicht viel mehr als jeder Arme im Nordviertel. Nur welches Kind zu den Mäusen gehörte und wo ihre Einsatzgebiete waren, wussten die Vögel. Und ein paar Einstiege der Tunnler in ihre Fluchtwege kannten die Vögel auch, um diese im Falle eines Falles nutzen zu können. Informationen, von denen sie ausgehen musste, dass der Orden sie nun auch hatte. Aber was wollten sie damit anfangen?

»Hat der betrunkene Idiot recht? Hat sie uns verraten?«, wollte Leanne leise von ihr wissen. Offenbar hatte die Maus genauso wie sie selbst darüber nachgedacht, was da mehr sein konnte, das da vor ihren Augen und doch für sie verborgen ablief.

Mia wandte sich der jüngeren Maus zu und wollte sie schon zusammenfalten, doch dann wurde ihr klar, wie sie auf den Gedanken kam. Der Orden brauchte solche Informationen nur, wenn er gegen die Mäuse und Tunnler vorgehen wollte. Aber wenn das so wäre, hätte ihre Schwester sie gewarnt. Da war sich Mia absolut sicher. Eigentlich sollte Leanne sich dessen auch sicher sein. Aber Mac verbreitete seine Interpretation der Geschichte. Das und ihre Beobachtungen hatten die Maus zweifeln lassen.

»Denk es zu Ende, Leanne. Sie würde dann willentlich zulassen, dass man alles zerstört, wofür sie jahrelang gearbeitet hat.«

»Aber wenn der Orden nicht plant, gegen all ihre Säulen vorzugehen, wozu braucht er dann Informationen von den Vögeln?« Die Maus sank hinunter und setzte sich in die Hocke. Mia hatte Leanne noch nie so klein gesehen.

Sie ging ebenfalls in die Hocke und blickte zu den beiden Schatten, die nun leise miteinander redeten.

»Das müssen wir herausfinden. Sie hätte uns gewarnt. Daran darfst du nicht zweifeln!«

Mia spürte einen kalten Schauer ihren Rücken hinunterkriechen. Sie war sich absolut sicher, dass ihre Schwester sie niemals so im Stich lassen würde. Das ließ dann aber nur zwei plausible Schlüsse zu: Entweder ihre Schwester war durch irgendetwas verhindert, etwas wirklich Schlimmes, oder ein Teil des Ordens arbeitete im Verborgenen und sie wusste nichts davon.

Es gab sicher noch mehr mögliche Interpretationen, aber so sicher wie Leanne sich war, dass man versuchte ihre Leute umzudrehen, so sicher war Mia, dass diese Szene da vorne bedeutete, dass man versuchte gegen die Säulen der großen Ketzerin vorzugehen. Sie würde Murat auf die Vögel ansetzen und Augen und Ohren offenhalten. Sie brauchte mehr Informationen, ehe sie wusste, was sie tun musste, um dagegen vorzugehen. Immerhin konnte hier gerade die gesamte Sache auf dem Spiel stehen.

***

Elli setzte sich Kas gegenüber an dessen Schreibtisch. Sie waren heute besonders früh aufgestanden, um noch vor dem Frühstück ihre To-do-Liste anzufertigen. Kas brütete gerade über einer Liste, auf die er stetig Stichpunkte hinzufügte. Sie wartete, bis er fertig war. In der Zwischenzeit bewunderte sie das schlichte schöne Zimmer. Der Raum war nicht besonders groß. Hinter seinem Stuhl war ein relativ großes Fenster, das einzige im Raum. Die Sonne war gerade erst hinter den Bergen in der Ferne aufgegangen. Das helle, gelbliche Morgenlicht wurde vom sanften Nebel über der Stadt gebrochen und fiel nur diffus durch das Fenster auf Kastors Rücken.

Nun legte Kas den Stift beiseite und schob das Blatt über den Tisch. Elli griff nach der Liste und begann die Stichpunkte zu lesen. Die kommenden achtundvierzig Stunden bis zu ihrer Eheschließung würden sie vieles zu erledigen haben. Elli begann mit dem ersten von zwölf Stichpunkten, die Kas bereits angefangen hatte zu notieren, als sie sich noch angezogen hatte. Ihr Blick blieb am dritten Stichpunkt hängen.

»Also muss die Halle der Worte geschmückt werden, gibt es dafür eine Regel?«, fragte sie, als sie den Punkt auf der Liste entdeckte. Sie musste sofort an den Brauch denken, den sie von den Armen zu diesem Punkt kannte. Einen Brauch, den sie wirklich mochte.

»Nein, eigentlich nicht. Es ist üblich, die Halle der Worte in den Farben des Hauses zu schmücken«, erklärte er ihr.

Elli musterte Kas' Robe. Seine Roben waren immer schwarz und rot. Mal welche mit mehr schwarz und mal welche mit mehr rot, aber immer diese beiden Farben. Erdrückende Farben, wenn sie sich diese als Dekoration vorstellte.

»Also rot und schwarz«, nickte sie und hörte selbst, wie unglücklich sie bei diesem Gedanken klang.

»Das muss nicht sein. Wir können es anders machen. Hast du eine Idee?«, wollte er wissen.

Wieder dachte sie an die Tradition im Nordviertel. Sie erinnerte sich an Mellis Hochzeit und dachte an den bunten Raum. Ihr Blick fiel auf einen kleinen Strauß Blumen in einer Vase auf dem Regal direkt neben dem Fenster, vor dem Kastor saß und sie aufmerksam musterte.

»Woran denkst du?«, fragte er interessiert. Er legte den Stift weg, den er in der Hand gehalten hatte, und widmete ihr seine gesamte Aufmerksamkeit.

»An eine Tradition der Armen«, gestand sie – unsicher, ob es nicht albern war, die Bräuche der Armen in den Mauern des Ordens auszuleben. Ihr Blick schweifte nach rechts und sie musterte das Regal mit den zahlreichen Büchern. Es war aus einem dunklen Holz. Sie vermutete Teak.

»Erzähl mir davon«, bat er sich zurücklehnend. Seine Arme lagen nun nicht mehr auf dem Schreibtisch, sondern locker auf den Armlehnen seines Stuhls. Vielleicht war es sein ehrliches Abwarten, das sie erzählen ließ, obwohl sie sich unwohl dabei fühlte.

»Wir schmücken den Raum, indem jede Frau eine ›kleine Schönheit‹ aus den Dingen herstellt, die sie zur Verfügung hat. Keiner von uns hat genug, um sich eine andere Raumdekoration zu leisten. Diese Schönheiten bringen dann alle gemeinsam an und so wird der Raum sehr bunt«, erzählte sie.

»Wir haben genug Geld, um den Raum selbst zu schmücken«, wandte er ein.

Elli schüttelte ihren Kopf. »Darum geht es doch gar nicht. Weißt du, jeder trägt etwas dazu bei. Jede Frau schenkt der Verbindung etwas. Es ist so ein Zusammengehörigkeitsgefühl. Allein das Schmücken, wenn alle zusammen ihre kleinen Schönheiten anbringen, ist immer ausgelassen und fröhlich. So sollte eine Ehe beginnen, findest du nicht?«, fragte sie schüchtern nach.

Natürlich war Elli klar, dass er als Omni ein Bild der Macht abgeben musste und erst recht mit einem intriganten, sadistischen Hausinquisitor, aber sie wünschte sich mehr als sie gedacht hätte, auch Bräuche aus ihrer Welt in die Zeremonie einfließen zu lassen.

»Doch, das finde ich auch.«

Kas winkelte seine Unterarme an und legte seine Fingerspitzen aneinander. Er neigte seinen Kopf, legte die Zeigefinger an seine Lippe und sah sie über seine Hände hinweg an. Was suchte er?

»Elli?« Sein Ton war beinahe mahnend.

»Hm?«

»Warum bist du so unsicher?«, fragte er einfach ganz direkt und hob seinen Kopf an.

»Bin ich nicht.« Sie runzelte ihre Stirn und verschränkte die Arme vor der Brust.

Kastor legte die Hände wieder auf dem Schreibtisch ab. »Aber offen bist du auch nicht.«

Elli zuckte nur abwehrend mit den Schultern und musterte die Papiere, die sich auf Kastors Schreibtisch stapelten.

»Hey ...«, sagte er sehr sanft. »Elli, bitte. Es ist mir wichtig, dass wir alles rund um die Hochzeit gemeinsam entscheiden. Ich möchte, dass es ein schöner Tag wird, ein Tag für uns beide. Wir wurden einander gegeben, aber wir können uns dennoch für ein gemeinsames Leben entscheiden. Ein ebenbürtiges Leben.«

Elli hob ihren Blick und sah Kas überrascht an. Sie wusste nicht, was sie dazu sagen sollte. Sein Wunsch berührte sie. Ebenbürtig hatte er gesagt ... gemeinsam und ebenbürtig. Das musste er nicht. Wirklich nicht. Aber er wollte es. Er wollte ein ebenbürtiger Partner sein, gleichgestellt, keiner über dem anderen. Sie konnte sich kaum bewegen, so sehr wünschte sie sich genau das und traute sich doch nicht es einzufordern. Aber er bot es an. Von sich aus. Er wünschte sich dasselbe. Sollte das möglich sein?

»Also denkst du nicht, es würde dich herabwürdigen, wenn wir an unserer Hochzeit auch Bräuche der Armen erfüllen würden?«, hakte sie nach.

Kastor lehnte sich weit vor und legte seine Hand offen vor sie auf den Tisch. Er wollte, dass sie seine Hand griff. Sie zögerte. Noch ehe sie sich entscheiden konnte, ob sie seine Hand greifen sollte, fuhr er fort.

»Ich will nicht nur, dass wir *auch* Bräuche der Armen einfließen lassen. Ich will demonstrieren, dass wir, obwohl wir aus zwei Welten stammen, uns perfekt ergänzen. Ich will allen zeigen, dass es kein Entweder-oder sein muss, sondern ein Und sein kann. Wir könnten ihnen zeigen, dass man die Welten nicht trennen muss, dass sie vereint wunderschön sein können.« Kastors Stimme war rau. Offenbar bewegte ihn die Vorstellung dieser Einheit von Arm und Glauben.

Bewegt drückte allerdings nicht annähernd den Sturm in ihrem Inneren aus. Elli konnte darauf nicht antworten, sie brachte kein Wort heraus. Das Bild, das er malte, berührte sie sehr tief. Sie konnte nur seine vor ihr liegende geöffnete Hand greifen und sie drücken. Das Papier unter seinem Arm raschelte, das war der einzige Laut, doch in ihrem Innern brüllte die Freude in sich überschlagenden Purzelbäumen. Ein Lachen entwich ihr und sie drückte noch einmal Kastors Hand.

»Also das Beste aus beiden Welten«, freute sich Kas und richtete sich wieder in seinem Stuhl auf. Dabei entzog er ihr seine Hand, aber nur, um festzuhalten, für welche Bräuche sie sich entscheiden würden, das zeigte ihr der Stift, den er in die Hand nahm.

»Das Beste aus beiden Welten«, bestätigte sie und stellte sich die Halle der Worte in einem bunten Wald aus zahlreichen kleinen Schönheiten vor. Sie spürte Vorfreude in sich aufkeimen und nahm seine angefangene Liste, den Stift, der auf ihrer Seite des Schreibtisches bereitlag und machte eine entsprechende Notiz hinter den Stichpunkt »Deko der Halle der Worte.«

»Dann schmücken wir den Festsaal in deinen Farben?«, schlug sie vor, als sie den Stichpunkt direkt darunter sah.

Kas' Züge wurden weich. Er legte den eben gegriffenen Stift beiseite, stand auf, lief um den Tisch herum und stellte sich neben sie. Er legte seine Hand auf ihre Schulter und tippte auf das Blatt auf den vierten Stichpunkt. »Dann hätten wir beide Welten abgebildet«, bestätigte er und Elli fügte eine entsprechende Bemerkung hinzu.

Sie genoss die Wärme seiner Hand auf ihrer Schulter. Seine Worte, seine Position jetzt gerade, einfach alles heute Morgen zeigte ihr, dass er hinter ihr stand und sich Ebenbürtigkeit und offene Ehrlichkeit wahrhaft für ihre Partnerschaft wünschte. Er konnte nicht wissen, wie viel ihr das nach ihrem

Leben draußen bedeutete, wo sie immer nur für andere gekämpft hatte. Niemals hatte jemand für sie gekämpft. Lis hatte für ihr Leben gekämpft und Mac und Melli für die Dinge, die sie bewegen wollte, aber niemand hatte wirklich sie unterstützt, ihre Bedürfnisse gesehen und sie ermutigt, ihre Wünsche zu verfolgen. Kas änderte das jetzt grundlegend und nicht nur mit Worten, sondern mit Taten.

Kapitel 10

Elli war seltsam aufgeregt. Heute würde sie heiraten. Mit der Sonne war sie aufgestanden und hatte Marla eine halbe Stunde für Frisur und Make-up eingeräumt. Die ältere Frau hatte darauf bestanden und Elli musste zugeben, dass es ein schönes Gefühl gewesen war, so hergerichtet zu werden. Es hatte ihr das Gefühl gegeben, umsorgt zu werden. Marla war sehr sanft mit ihr gewesen und hatte ihr einige Ratschläge mit auf den Weg gegeben. Allerdings hatte sie diese halbe Stunde darauf bestanden, dass Elli noch nicht in den Spiegel schaute. Dann hatte sie Elli an der Hand genommen und hier vor den Spiegel über der Frisierkommode gesetzt. Hier saß sie nun.

Natürlich wusste sie, was ein Spiegel war. Im Bordell gab es einen Spiegel, den die Huren sich teilten. Aber da es nur den besten unter ihnen erlaubt war, ihn zu benutzen, saß Elli nun zum ersten Mal vor einem – der ganz allein für sie da zu sein schien. Sie war ganz erstaunt ihr Abbild zu sehen. Sie hatte sich noch nie in ihrem Leben so klar und scharf gesehen.

Sie war sich sicher, dass die Dinge, die Vicki und Marla mit ihr angestellt hatten, ihr Aussehen dramatisch verändert hatten, denn das im Spiegel konnte kaum sie selbst sein. Die Frau wirkte schön und erwachsen. Zwei Dinge, die man ihr in ihrem gesamten Leben noch nicht gesagt hatte.

»Bist du zufrieden?« Vicki umklammerte den Kamm, mit dem sie die letzte halbe Stunde Ellis Haare frisiert hatte und presste ihn fest an ihre Brust. Sie griff schon wieder nach Ellis Frisur, um noch eine Klammer zu befestigen.

Elli wich aus – bestimmt schon zum sechsten Mal – und sah Vicki durch den Spiegel tadelnd an. Noch fester konnte die Frisur nicht werden. Nicht einmal der Blumenkranz hatte noch den geringsten Spielraum. Das Mädchen fieberte diesem Tag mehr entgegen als sie selbst.

Heute war es so weit. Sie würde durch einen Bruder der Worte mit Kastor verbunden werden. Es fühlte sich an wie der Beginn vom Rest ihres Lebens. Dieser Tag markierte einen völlig neuen Pfad, den sie sich niemals hätte vorstellen können. Und sie hatte großes Glück mit dem Mann, der ihr für diesen Pfad an die Seite gestellt worden war. Kas verstand weit besser, wie sie war, als sie es irgendeinem Menschen hinter den Mauern des Ordens zugetraut hätte.

»Immerhin hast du jetzt etwas mehr auf den Knochen.« Marla stellte sich hinter Elli und legte die Hände auf ihre Schulter. »Noch enger hätte ich das Kleid nicht machen können.«

Eloise lächelte ihrer zukünftigen Schwiegermutter durch den Spiegel an. »Vielen Dank für alles in den letzten zwei Tagen. Ohne euch hätte ich das alles nicht mehr rechtzeitig geschafft.«

»Aber gerne doch, mein Kind.«

»Sie ist kein Kind, Mama«, beschwerte Vicki sich.

»Sie ist jünger als mein ältestes Kind, ich darf sie ja wohl Kind nennen«, motzte Marla scherzhaft.

»Nicht wahr, mein Baby?« Sie zog Vicki in eine enge mütterliche Umarmung und gab ihr einen feuchten Kuss auf die Stirn.

»Mutter! Das ist eklig.«

Elli kicherte. Die Bindung zwischen Mutter und Tochter erwärmte ihr Herz, dass sich Elli plötzlich nach einer eigenen Tochter sehnte.

Dann wurde ihr schlagartig klar, dass sie sicherlich selbst bald Mutter sein würde. Kas und sie würden nach der Hochzeit häufig das Bett teilen und da war eine Schwangerschaft gar nicht so unwahrscheinlich, denn Verhütung würde es wohl kaum geben, oder nicht?

Und schon versiegte der Wunsch wieder und das Gefühl vollkommener Überforderung kehrte zurück. Es war im Grunde lächerlich, aber die Organisation dieser Hochzeit trieb sie an die Grenze ihrer Belastbarkeit. Dabei war es bloß eine Feier, die vorbereitet werden musste.

Als sie draußen gewesen war, hatte sie die Mäuse, die Bars der Barmherzigkeit, die Vögel der Handelsstraße und ein Gerechtigkeitssystem für die Armen organisiert. Da sollte man meinen, eine kleine popelige Hochzeit wäre ein Klacks. Von wegen. Ständig tauchte noch etwas auf, das sie noch zu erledigen hatte.

Von Anfang an hatte ihr der Überblick gefehlt. Natürlich hatte das zu Überforderung geführt. Ohne Überblick kam natürlich ständig noch etwas und noch etwas dazu, mit dem man nicht gerechnet hatte.

»Du sagtest, du willst erst später in dein Kleid«, holte Marla sie in die Gegenwart zurück.

»Ja, ich muss noch in den großen Saal und die Dekoration fertig anbringen, da wäre das Kleid nur im Weg. Und als Zweites muss ich in die Küche und danach die Schatulle beim Schmied abholen«, zählte sie an ihren Fingern ab und haderte. Sie wusste, es waren fünf Punkte auf ihrer Liste gewesen und der fünfte Punkt war sich schließlich fertig machen. Aber was war der verdammte vierte Punkt gewesen?

»Hast du das Tuch fertig bestickt bekommen?«, lenkte Vicki sie ab. Das Mädchen klatschte leise und ungefähr im Takt eines Kolibris mit ihren freien Händen. Wann hatte sie denn den Kamm weggelegt?

»Ja, heute Nacht«, nickte sie.

»Das erklärt dann auch die Ringe unter deinen Augen«, stemmte Marla ihre Hände in die Hüften und kam zurück an ihre linke Seite, von der aus sie Elli angemalt hatte und griff zu der Puderdose und dem Pinsel.

Elli war es leid, hübsch gemacht zu werden, und schob Marlas Hand liebevoll beiseite. »Es ist gut so, wie es ist. Er hat mich schon ohne diese Farbe gesehen und wird mich auch die restliche Zeit ohne diese Farbe sehen. Das ist die totale Verschwendung.«

»Nur noch etwas unter die Augen. Deine Ringe scheinen immer noch durch.«

»Marla, bitte!«

»Lass es gut sein, Mama. Elli hat schon mehr zugelassen, als sie eigentlich wollte. Sie sieht toll aus, also lass sie endlich in Ruhe.« Vicki griff nach Ellis Hand und rettete sie vor Marlas erneutem Schminkversuch.

»Dann mal los. Wenn wir noch alles schaffen wollen, müssen wir uns beeilen«, erklärte Vicki und zog an ihrer Hand.

Elli ließ sich von der jugendlichen Unbeschwertheit anstecken. Kurz fragte sie sich, ob es in Vickis Alter so üblich war, denn sie selbst hatte, als sie fünfzehn Jahre alt gewesen war, gegen die schwarze Seuche kämpfen müssen, um Leben zu retten, die der Orden einfach aufgegeben hatte. Dann schob sie die dunklen Gedanken beiseite. Gemeinsam rannten sie los.

Marla und Leonie riefen irgendetwas hinterher von wegen sie sollten nichts kaputt machen. Vicki lachte und steckte sie mit ihrer guten Laune an. Sie hüpften und rannten zusammen in die große Halle. Wie üblich brauchte Elli nur wenige Schritte, um ruhig zu atmen. Vicki dagegen keuchte so laut, dass es durch die gesamte Halle schallte. Gemeinsam gingen sie zu dem Korb mit den Gestecken und begann Blumen und Bänder in der riesigen Halle zu platzieren. Es würden gleich noch weitere Körbe kommen.

Wie es bei den Armen Brauch war, hatte sie jede Frau im Orden gebeten, eine ›kleine Schönheit‹ zu basteln, um den Raum zu schmücken. Keiner besaß bei den Armen genug, um einen Raum zu dekorieren, deshalb legten bei einer Hochzeit immer alle zusammen. Diese ›kleine Schönheit‹ war daher immer etwas, das man aus Dingen basteln konnte, die einem zur Verfügung standen.

Sie begann die Blumen und Bänder aus dem ersten Korb in der riesigen Halle zu platzieren. Vicki machte munter mit. Nach und nach kamen immer mehr Frauen und brachten ihre ›kleine Schönheit‹ für den Raum. Elli hatte bald so viel, dass sie die Säulen schmücken konnte. Einige Frauen blieben und halfen. Je mehr Frauen kamen, desto ausgelassener wurde die Stimmung.

Selbst wenn sie einmal in ihre Sorge abdriftete, wie es ihren Mäusen, Mac und Melli draußen wohl ging und wie schwer es ihnen möglicherweise fiel, ohne sie weiterzumachen, schaffte Vicki es mit ihrem Lachen, sie wieder aufzumuntern. Sie beide lachten unglaublich viel. Ständig alberten sie herum und Vicki machte es einen Heidenspaß, Elli an immer unmöglichere Ecken zu schicken, um ein Sträußchen oder ein Band zu platzieren.

Sie war gerade in einer Raumecke verspannt und versuchte einen kleinen steinernen Drachen mit einem fliederfarbenen Band und einer rosafarbenen Blüte zu verschönern, als seine Stimme erklang.

»Wie ich sehe, brauchst du meine Hilfe gar nicht.«

Elli lugte über ihre Schulter und Kas strahlte sie mit verräterischen Fältchen in den Augenwinkeln an.

»Du könntest mir helfen herunterzukommen«, sinnierte sie.

Er verzog spitzbübisch seinen Mundwinkel und trat unter sie. Sie ließ sich etwas ab und ließ sich dann mit geschlossenen und gebeugten Beinen fallen, sodass er sie gut auffangen konnte. Sie schlang einen Arm um seinen Hals und schnurrte genießend. »So ein starker Mann.«

Er grinste breit und wollte sie gerade küssen, da wurden sie getrennt.

»Geduldet euch bis später«, tadelte eine ältere Heilerin in der typischen grünen Kleidung. Elli mochte die grünen Roben, die die Heiler trugen, im Gegensatz zu dem martialischen Schwarz und Rot der Krieger, das Kastor und Kagar gerade trugen.

Alle lachten ausgelassen und Kas schenkte ihr einen spitzbübischen Blick. »Ich gebe mir Mühe.«

Sie spürte sich erröten. Sie wusste, weswegen er sich eigentlich geduldete. Sicher nicht die Küsse, die sie inzwischen bereits häufig getauscht hatten. Es ging um ganz andere Dinge, nach denen sie sich beide sehnten. Doch sie fand seinen Wunsch, die Tradition zu wahren, süß und erfüllte ihn daher gerne.

»Kann ich noch etwas helfen?«, fragte er ruhig.

»Das ist Frauenarbeit«, erklärte eine kichernde Vicki.

Kas hob eine Augenbraue und musterte seine Schwester interessiert. Sie kicherte wieder los. Ausnahmsweise gab es etwas, das draußen und hier drinnen gleich war. Das Schmücken des Festortes übernahmen die Frauen, während die Männer sich um das Essen kümmerten. Ein Weg, das Paar am letzten Tag bis zum großen Moment voneinander zu trennen, genau wie die Heilerin es hier gerade praktiziert hatte.

»Du könntest die Schatulle beim Schmied abholen«, warf Elli ein, ehe die Frauen ihn aus der Halle hinauswarfen.

»Gerne. Noch etwas?«, fragte er und musste sich vorsichtig aus den ziehenden Griffen der Frauen winden, um noch hören zu können, was Elli sagte, ehe die Frauen ihn hinauswarfen.

»Ja, aber mir fällt es nicht mehr ein«, gestand sie und warf verzweifelt ihre Hände in die Luft. Das Klatschen, als ihre Hände auf ihre Oberschenkel fielen, unterstrich ihr Unvermögen, sich zu erinnern.

Er lachte. »Wenn es dir einfällt, schick einfach Vicki«, schlug er vor und gab es auf, sich aus den immer wieder nach ihm greifenden Hände zu befreien. Der Zug an seinem linken Arm drehte ihn schließlich um, sodass er mit einem letzten Blick über die Schulter ihre Antwort mitbekam.

»Mache ich.« Sie lächelte und schenkte ihm einen gepusteten Kuss auf die Distanz. Sie hatte das oft bei den Armen gesehen. Eine Geste, die ihr gefiel.

Er erwiderte ihr Lächeln und verließ dann aktiv die Halle, aus der er zuvor passiv hinausgezogen worden war. Sobald sie sich allerdings auf die Dekoration konzentrierte, vergaß sie wieder, dass es einen vierten Punkt gab, an den sie sich nicht mehr erinnerte.

Es dauerte nicht mehr lange, dann hatten die Frauen den Raum fertig geschmückt. Es hingen zahllose Bänder und Blumen an den Stühlen, von den Balken der Decke und an den Säulen. In manchen Kränzen waren Kerzen eingebettet, die man entzünden konnte, wenn es losging. Es war ein wildes Durcheinander an Farben und Formen. Es war wunderschön und erinnerte sie an die Feste der Armen. Es hatte lange gedauert, bis man in den Vierteln angefangen hatte, auch wieder Feste zu begehen. Es gab nichts Wichtigeres als einen Anlass zur Freude, um über einen harten Alltag hinwegzukommen. Das hier war wild und einfach zugleich. Aber es hatte auf seine eigene Art etwas Wunderschönes. Sie war zufrieden.

Vicki wischte sich eine Haarsträhne aus der verschwitzten Stirn und trat einen Schritt zurück, um ihr gemeinsames Werk zu betrachten. Zufrieden nickte sie. »Jetzt?«

»In die Küche«, entschied Elli. Sie wollte sich anschauen, was die Köchin gezaubert hatte. Vielleicht konnte sie noch ein paar helfende Hände gebrauchen.

»Mama wird mit dir schimpfen, wenn du nicht bald zurückkommst, um dich umzuziehen. Und mit mir auch.«

»Kann sein, aber wenn niemand später etwas zu essen hat, wird sie auch schimpfen und Sima hat gesagt, sie kann nicht richtig loslegen, solange ich nicht abgenickt habe, wie sie das Essen zubereitet«, überging sie Vickis Einwand und eilte los.

Vicki rannte ihr nach. Beim Überholen rief sie ihr zu: »Komm schon, du Schnecke. Ist das alles, was du draufhast?«

»Na, warte!«, kicherte Elli und jagte ihrer Freundin hinterher. Ausgelassen jagten sie über den Platz und tobten dann durch das Haus der Krieger bis in die Küche.

Zwischen klappernden Töpfen, klimperndem Geschirr und dampfenden Speisen wirbelten die Köche umher, rührten süße Creme in hohen Schüsseln, wuschen und schnitten Obst und arrangierten die Schnitze auf einer riesigen silbernen Platte.

»Elli, Liebes, was machst du hier?«, empfing die Köchin sie mit einem kurzen Seitenblick. Sima trug ihre dicken lockigen Haare zusammengebunden unter einer Haube und eine mittlerweile fleckige Schürze. Sie war so in die Arbeit vertieft, dass sie nicht einmal richtig ihren Blick hob.

»Du hast doch gesagt, dass ich heute noch mal kommen soll.«

»Weswegen?«, fragte sie, während sie den klebrigen Teig knetete, der zwischen ihren Fingern Fäden zog.

»Wegen der Platten und Speisen. Du wolltest es mir zeigen, ehe du alle so anrichtest«, erinnerte Elli sie.

»Holt jemand mal den Braten aus dem Ofen?«, rief sie den anderen zu und bestäubte ihre Hände und den Teigklumpen vor ihr. »Ich hab zu tun und du musst dich fertig machen.« Sima schien die Anweisung, die sie Elli vor zwei Tagen gegeben hatte, völlig vergessen zu haben.

»Jetzt bin ich schon mal hier«, meinte Elli. Es ging ja nur darum, das Arrangement abzustimmen, dann würde sie sich fertig machen gehen.

»Wofür?«, fragte die Köchin etwas verspätet und schüttete noch einmal Mehl auf ihre Hände – was sie gerade erst ein paar Sekunden vorher getan hatte. Zwei Dinge gleichzeitig zu tun war eindeutig nicht die Stärke dieser Frau.

Elli lachte. »Die Platten.«

Die Köchin schaute von dem Teig auf und sah Elli an. Sie blinzelte. »Oh, du siehst wunderschön aus, Elli«, entfuhr es ihr.

»Sie hasst es, wenn das jemand sagt«, flüsterte ihr Vicki hinter vorgehaltener Hand zu, war dabei aber so laut, dass Elli es sehr wohl hörte. Elli stupste ihre für diesen Streich den Ellenbogen in die Seite und Vicki schnaufte theatralisch, was sie beide wieder zum Lachen brachte.

»Du solltest aus der Küche, bevor sich deine Frisur hier drin völlig auflöst.«

»Sima, die Platten!«, drängte Elli.

»Ach ja«, erinnerte sich die Köchin. »Nadia, kannst du bitte den Teig in den Ofen stecken?«, bat sie eine andere Köchin, während sie sich schnell die Hände wusch. Danach führte sie Elli in einen Nachbarraum.

Dort standen Berge von Essen bereit und alles war wunderschön auf Platten angerichtet. Es gab Platten mit sternenförmig arrangierten Fruchtschnitzen, deren Farben von außen nach innen immer blasser wurden. Rote, grüne und in Regenbogenfarben kandierte Früchte. Auf anderen Platten war Fleisch von so vielen unterschiedlichen Tieren, dass sie keine Ahnung hatte, was dort alles lag. Auf einer anderen Platte sah sie die Naschereien, die nur im Westviertel je verzehrt wurden, weil sie durch den Export aus dem Westen enorm teuer waren. In großen Schüsseln war gelblicher Reis, der ohne Zweifel mit den teuren Gewürzen des Ostens gewürzt war und noch so viel mehr, dass sie nicht alles mit dem ersten Blick erfassen konnte. Von diesem Essen würde das gesamte Viertel eine Woche lang satt werden. Elli wurde schlecht.

»Das ist viel zu viel«, entfuhr es Elli tonlos.

»O nein, Liebes. Das wird nicht einmal reichen. Deshalb sind wir ja auch noch nicht fertig«, klopfte Sima ihr auf die Schulter.

Vicki allerdings schien es zu verstehen. Sie berührte Elli am Arm und holte sich so ihre Aufmerksamkeit. »Kas hat befohlen, dass die Reste hinausgetragen und zu den Bars der Barmherzigkeit gebracht werden.«

Elli konnte kaum ertragen, wie viel Essen hier für ihre Feier verschwendet wurde. Sie haderte schon seit dem ersten Tag mit dem Luxus, den sie hier hinter den Mauern hatte und dem Schuldgefühl, das dieser Luxus in ihr auslöste. Sie hätte nicht ertragen, so viel Essen am Ende wegzuwerfen, weil sicher endlos viel übrig bleiben würde.

Aber Kas hatte mitgedacht. Er hatte etwas für jene getan, für die sonst nur Elli etwas tat. Für jene, die dem Orden sonst so egal waren. Er war der Mann mit Herz. Mit jedem Tag schien er weiter über die Grenzen seiner Herkunft und Erziehung hinauszublicken und handelte auch danach.

Elli schnürte sich die Kehle zusammen. Sie konnte auf einmal nicht mehr atmen und ihr Herz schien zu zerspringen, so kräftig schlug es gegen ihren Brustkorb. Sie spürte sich zittern und ihre Sicht verschwamm.

»Nicht weinen! Sonst verläuft die ganze Farbe und Mama bringt mich wirklich um!«, beschwerte Vicki sich, was Elli zum Lachen brachte. Sie wusste selbst nicht, warum ihr diese Geste so unfassbar viel bedeutete.

»Dein Bruder ist der beste Mann auf Erden«, flüsterte sie. Dann begriff sie es. Zum ersten Mal fühlte sie sich nicht mehr einsam. Es fühlte sich nicht mehr so an, als würde die ganze Verantwortung allein auf ihren Schultern lasten. Er war da und arbeitete in genau dieselbe Richtung. Sie war nicht mehr allein.

Vicki verdrehte die Augen. »Wenn das der Maßstab ist, dann rate ich von nun an, allen Männern schlichtweg aufmerksam zu sein. Das war keine große Leistung. Das sollte das Mindeste sein, woran man denkt. Ehrlich«, brummte sie.

Elli musste noch ausgelassener lachen. Vicki hatte recht. Eigentlich könnte es eine Selbstverständlichkeit sein, was Kastor getan hatte. Vielleicht war es das innerhalb der Mauern auch. Aber draußen, wo jeder ums Überleben kämpfte, da hatten die Menschen keine Kraft mehr, aufmerksam zu sein. Sie mussten um ihr Überleben und das ihrer Familien kämpfen. Sie konnten sich solche Gesten nicht leisten. Es war besser geworden in den letzten Jahren, aber so mitzudenken, und dann auch die Kraft aufzuwenden, danach zu handeln, das war ein Luxus, den man sich nicht oft leisten konnte.

»So, jetzt ab mit euch. Elli muss sich endlich fertig machen!« Sima jagte sie mit scheuchenden Handbewegungen nach draußen und Elli, die einsah, dass sie nicht mehr gebraucht wurde, nahm Vickis Hand und verließ die Küche. Schon auf der Schwelle drehte sie sich noch mal um und lehnte sich am Türrahmen festhaltend in den Raum zurück.

»Danke, Sima!«, rief sie laut, damit die Köchin sie auch über den Lärm der klappernden Metalltöpfe verstand.

Sima winkte bereits in Gedanken ab und schob Nadia mit ihrer breiten Hüfte beiseite, um sich selbst dem Teig zu widmen, den Nadia gerade geknetet hatte.

Gemeinsam eilten Vicki und sie zurück zum Haus seiner Eltern, wobei sie wieder lachend herumsprangen und herumalberten. Elli wusste wirklich nicht, ob sie jemals so ausgelassen mit einem anderen Menschen gespielt hatte.

Kaum im Haus wurde sie sofort in das Kleid gepackt und die ein oder andere Strähne, die beim Rennen aus dem Knoten herausgerutscht war, wurde wieder ordentlich verstaut.

»Husch, husch. Wir müssen los«, meldete sich Leonie und Elli griff haltsuchend Vickis Hand. Jetzt war sie doch aufgeregt.

»Gelübde gelernt?«, fragte Vicki.

Sie nickte. Es gab einen offiziellen Teil des Gelübdes, den sie brav auswendig gelernt hatte. Doch dieser Teil war mehr der Pflicht gewidmet und klang unpersönlich und irgendwie unpassend für sie. Den individuellen Gelübdeteil hatten sie selbst verfassen sollen und Elli war gespannt, was Kas zu ihren Worten sagen würde.

Die beiden gingen hinaus in den Flur und Marla und Leonie folgten ihnen. Elli nahm auf einmal jeden Schritt seltsam bewusst wahr. Sie war extrem nervös. Sie begann die Bänder des Kleides, die seitlich an ihrer Hüfte herabhingen, zwischen ihren Fingern zu zwirbeln, bis Vicki ihr die Bänder sanft aus der Hand nahm und stattdessen ihre Finger mit Ellis verschlang. Elli holte tief Luft und drückte die Hand ihrer Freundin, denn das war Vicki ungeachtet des Altersunterschieds inzwischen.

Draußen vor dem Haus warteten noch weitere Frauen und begleiteten sie auf dem Weg zur Halle der Worte, wie es eine weitere Tradition der Armen vorsah. Die Gruppe würde immer weiterwachsen. Ein Geleit hin zum neuen Lebensabschnitt. Frauen egal welchen Alters gaben ihre Unterstützung, ihre Erfahrung, ihre Freude und ihren Halt. Elli liebte diese Tradition am meisten, denn selbst wenn man keine Familie mehr hatte, war man doch niemals allein. Etwas, das gerade ihr besonders viel bedeutete.

»Blumen im Haar und Kleid ist an«, arbeitete Vicki die Liste ab, während sie gemeinsam über die Rasenfläche zur Halle der Worte liefen, und wieder nickte Elli.

»Die Deko ist erledigt und in der Küche bist du auch gewesen«, zählte Vicki weiter auf.

»Genau und die Schatulle hat Kas abgeholt«, führte Elli die Liste fort, während sie den sonnenbeschienenen Platz vorm Haus der Worte erreichten. Die Steine des Platzes strahlten die Wärme der Sonne ab und wärmten Elli von unten wie die Sonne sie von oben wärmte. Überhaupt war ihr auf einmal sehr warm.

»Gewaschen bist du auch?«, fragte Vicki und kassierte einen bösen Blick und das nicht nur von Elli. Sie streckte Elli spielerisch die Zunge raus.

Am liebsten hätte Elli ihre Haare verwuschelt, aber Leonie hatte sich sehr viel Mühe mit Vickis Haaren gegeben.

»Jetzt fehlt nur noch deine Zeugin und du bist bereit«, schloss Vicki die Aufzählung.

Elli blieb wie angewurzelt stehen und wurde von hinten leicht angerempelt, da die ganze Gruppe Frauen eng um sie herum lief. O nein. Verdammter Mist. Das war der vierte Punkt gewesen. Sie hatte vergessen Lis zu bitten ihre Zeugin zu sein.

»Kas hat Elisabeth für dich gefragt«, flüsterte Marla ihr ins Ohr und die pure Erleichterung durchströmte sie.

Dieser Mann war einfach unglaublich. Er war fürsorglich, dachte mit, übernahm Verantwortung und sah sie und ihre Bedürfnisse. Das hatte ihr auch schon die gemeinsame Planung ihrer Hochzeit und die Geste mit dem Essen gezeigt. Das hier war nur die Spitze eines ganzen Berges an guten

Eigenschaften, die sie in den letzten Tagen an ihm entdeckt hatte. Er war so viel besser, als sie je von einem Mann erwartet hätte. Er hatte gesehen, wie gestresst sie in den letzten Tagen bei der Organisation gewesen war und hatte ihr eine ihrer Aufgaben abgenommen. Da sie ihm schon gesagt hatte, dass sie Lis fragen wollte, hatte er ihr damit wirklich geholfen.

Draußen mussten alle so viel am Tag schaffen, dass sie zusammenbrechen würden, wenn sie auch noch bei den Dingen mitdenken müssten, die der Partner als Aufgabe übernommen hatte. Außerdem war sie bisher sehr einsam gewesen. Sie hatte nie jemanden gehabt, der hätte mitdenken können. Wenn sie etwas vergessen oder nicht berücksichtigt hatte, dann war es eben nicht passiert. Sie hatte perfekt sein müssen und kein Mensch konnte perfekt sein.

Aber heute schien es, als hätte diese Last ein Ende. Leichter, als sie sich jemals zuvor gefühlt hatte, lief sie über den großen Platz mit dem schönen Brunnen in der Mitte, in dessen Mitte die Statue einer nackten Frau einen Krug auf der linken Schulter trug, aus dem stetig Wasser plätscherte.

Heute war es, als würde die Welt ihr für all die vergangenen Jahre etwas zurückgeben. Heute fand sie ihr Glück. Völlig unverhofft und absolut unvorhersehbar. Aber heute war wirklich, als wollte man ihr irgendetwas zurückgeben. Das heute war ein wundervolles Geschenk und sie war bereit es anzunehmen. Voller Glück betrat sie die Stufen zum Haus der Worte. Dort oben stand Lis in einem schönen grünen Kleid und lächelte sie warm an.

**

Kas stand stramm und war so aufgeregt wie noch nie in seinem Leben. Er zupfte immer wieder am Leder seines Taillengurtes herum, der die feierliche Omnirobe schmückte. Der Gurt saß; das hatte er auch schon die letzten fünfmal. Das rote Stickmuster auf dem Gurt passte zum schwarzen Stickmuster am Saum des roten Robenrockes. Die schwarzen Ornamente auf den Schultern waren das perfekte Spiegelbild zu denen am Saum der Robe. Über dem Herzen war mit ebenso schwarzem Faden das Symbol des Hauses der Krieger, ein Schwert und ein ineinander geschwungener Knoten mit drei Spitzen für die drei Disziplinen des Hauses in einer Rundklinge, gestickt. Die Omnirobe hatte sehr viel mehr Rot als die üblichen Kriegerroben, die um den V-Ausschnitt ein breites schwarzes V hatten und deren Rückenteil ebenfalls komplett schwarz war.

Diese Frau hatte sein Leben auf den Kopf gestellt. Ohne es wirklich darauf abgesehen zu haben, hatte sie sich in kürzester Zeit in sein Herz geschlichen. Sie prägte ihn, erwärmte ihn und machte ihn auf eine Weise glücklich, wie er es nie erlebt hatte. Es war, als wäre warmes Licht in sein Leben getreten. Ein Licht, das er bis heute nicht vermisst hatte, weil er nicht wusste, wie es mit war.

Nur vier Tage. Sie war erst vier Tage in seinem Leben und schon gehörte sein Herz ihr. Wie klar die Dinge von Anfang an für ihn gewesen waren. Er war der festen Überzeugung, jemand hatte sie ihm geschenkt und er würde dieses Geschenk wertschätzen. Er wusste, wie wertvoll sie war, nicht nur für ihn, aber besonders für ihn.

»Dieser Brauch wird Vapor aufstoßen«, brummte Kagar und zeigte mit dem Kinn verstohlen auf den bunten Schmuck, der überall in der großen Halle angebracht war.

»Du ahnst nicht, wie egal mir das ist.« Kas grinste seinen Freund und Zeugen der heutigen Vereinigung an.

Kagars Mundwinkel zuckten. Kas schaute bewusst hinauf zu all den bunten Farbklecksen, die mal aus Blumen, mal aus Bändern und mal aus irgendwelchen Figuren bestanden, und genoss für einen Moment einfach die Wirkung. Der Raum war warm und einladend. Er war ein buntes wildes Durcheinander, das in seiner Gesamtheit wunderschön aussah.

»Ich finde den Brauch schön«, gestand Kas.

»Als du mir sagtest, ihr würdet auch Bräuche der Armen einfließen lassen, dachte ich an Sätze oder irgendwelche Reihenfolgen, nicht an etwas so ... Auffallendes.«

»Darum geht es gar nicht«, räumte Kas ein. »Jede Frau des Ordens hat etwas dazu beigetragen. Sie alle haben Anteil an der Verbindung. Und nicht nur aus Pflichtgefühl, sie standen alle heute Morgen in dieser Halle und haben sich daran erfreut, gemeinsam die Dekoration anzubringen. Allein das Bild, wie sie alle lachend und plaudernd in dieser Halle standen und sie schmückten ... Es war ausgelassen und fröhlich. So sollte eine Ehe sein«, gab er Ellis Worte wieder. »Aber wenn du über etwas so Passives wie die Raumdekoration schon stolperst, dann warte nur ab.«

Kastor dachte an all die anderen Bräuche, die Elli von den Armen übernommen hatte. Sie hatten sich entschlossen zu demonstrieren, wie unterschiedlich sie waren und gleichzeitig zu zeigen, wie wundervoll sie zusammenpassten, wenn sie das Beste aus beiden Welten kombinierten. Bei der Erinnerung, wie viel ihr sein Wunsch, es genauso zu machen, bedeutet hatte, wurde ihm warm. Sie war wundervoll und er wollte nichts mehr, als ihr klarzumachen wie wundervoll sie war, wie wertvoll, beeindruckend und groß.

Aufgeregtes Geschnatter kündigte sie an. Kaum dass die Traube aus Frauen die Halle betrat, sahen alle zu ihnen. Wie auf Kommando verstummten die Frauen und lächelten voller Freude, als Elli aus ihrer Mitte trat.

Elli wurde von allen sanft berührt und so immer weiter nach vorne gebracht. Schließlich gingen nur noch sie und Elisabeth den Gang entlang auf ihn zu. Elisabeth sah sicher schön in ihrem Kleid aus, aber Elli war atemberaubend. Sie sah aus wie ein Engel. Ihre weichen braunen Augen schienen sich direkt in sein Innerstes zu bohren.

Für einen Moment setzte sein Herz aus, dann raste es wie wild. Wie sollte er nur warten, bis sie endlich bei ihm war. Er wollte zu ihr stürmen und sie in die Arme ziehen. Dieser verdammte Gang erschien auf einmal so unfassbar lang. Der Duft all der Blumen schien ihn auf einmal zu erdrücken und es wurde unfassbar heiß in seiner Robe. Mit jedem Schritt, den sie näher kam, wurde es heißer und gleichzeitig heller. Sie war ein Traum. Selbst nur ihr Körper allein. Was ihr Verstand und ihr Herz für ihn bedeuteten, vermochte er nicht in Worte zu fassen. Er dankte dem Schicksal, dem Glauben, dem Herrn. Er dankte jedem in diesem Raum und irrwitziger Weise auch Vapor. Dort kam gerade seine Bestimmung auf ihn zu und er empfing sie mit offenen Armen.

Elli blickte ihm die ganze Zeit in die Augen und sie schien genauso bewegt zu sein wie er. Sie lächelte erst und errötete dann. Doch mit jedem Schritt wurde ihr Blick ehrfürchtiger und mehr und mehr von Glut geprägt. Seine Sehnsucht spiegelte sich in ihren Augen wider. Man sollte nicht meinen, dass es möglich war, dass zwei Menschen, die zu einer Ehe gezwungen wurden, nach nur vier Tagen einander so sehr wollten. Ein Grund mehr zu glauben, dass all das hier Schicksal sei.

Kaum dass sie endlich bei ihm war, nahm er nur noch sie wahr. Er wusste, dass Bruder Sarkan die Worte sprach, die sie aneinanderbanden. Er wusste, dass die Zeugen die Schatulle mit den Symbolen füllten, die für sie beide standen und dass sie alle gemeinsam den Segen sprachen. Er sprach sein Gelübde wie im Nebel und ihr schien es nicht anders zu ergehen. Sie beide legten einen Wunsch in die Schatulle und Kagar nahm sie entgegen, nachdem Bruder Sarkan sie versiegelt hatte. Das war alles Brauch seiner Welt. Nun kamen sie wieder zu einem Brauch ihrer Welt.

Er gab ihr seine Hand und sie legte ihre in seine. Sie reichte ein schön besticktes Band an Bruder Sarkan, der es mit sanften Worten zu ihrer Verbindung um ihre ineinander verschränkten Hände wickelte. Diese Berührung fachte alles in ihm an, Lust, Sehnsucht und irgendetwas Warmes, Prickelndes in der Nähe seines Herzens. Diesen Brauch hier mochte er besonders, denn als Sarkan mit seinen Worten zum Ende kam, durfte er Elli küssen.

Er beugte sich vor und legte seine Lippen sanft auf ihre. Der Kuss war keusch und sanft und gleichzeitig so voller Inbrunst und Gefühl, dass es ihm schwerfiel, stehen zu bleiben. Viel zu kurz war diese Zärtlichkeit, die ihm die Knie weich werden ließ.

Als er sich wieder aufrichtete und sie anlächelte, hörte er ein Raunen durch die Reihen gehen. Natürlich waren die Ordensmitglieder überrascht. Einen Brauch wie diesen gab es nicht innerhalb dieser Mauern, aber der Brauch war wundervoll, das durften sie alle ruhig begreifen. Kas hatte es sofort begriffen, als sie ihm davon erzählt hatte.

Elli wirkte durch das Raunen leicht verunsichert, doch dann nahm sie das Band und legte es ihm um den Hals. Er beugte sich ihr entgegen, damit sie besser herankam. Doch die ganze Zeit sah er ihr weiter in die Augen. Er wollte ihr zeigen, dass er keinesfalls verunsichert war. Das schien sie zu beruhigen. Das Lächeln kehrte zurück in ihre Züge und sie hielt ihm ihre Hand hin. Er verschränkte seine Finger mit ihren und gemeinsam gingen sie den Gang entlang. Die Gäste folgten ihnen hinüber ins Haus der Krieger, wo im Essenssaal alles etwas umarrangiert worden war.

Er führte Elli in den Saal und musterte sie. Wie sie es ausgemacht hatten, war die Halle der Worte nach ihren Bräuchen und der Essenssaal nach seinen Bräuchen geschmückt worden. Lange Stoffbahnen in Rot und Schwarz schmückten die Säulen. Da er Omni war, gab es eine erhöhte Tafel auf einem Podest. Dort nahmen sie Platz und mit ihnen die Zeugen sowie die Omni der anderen Häuser und der oberste Inquisitor. Das Essen wurde aufgetragen und immer wieder ergriff einer an der erhöhten Tafel das Wort. Sie sprachen Segen, wünschten eine kinderreiche Ehe und noch vieles mehr.

Kas hatte Mühe, ihnen zuzuhören. Er plauderte immer wieder mit seiner Frau, scherzte und aß mit ihr. Seine Frau ... Sie war jetzt seine Frau und er ihr Mann. Beim ersten Mal hatte es sich nicht so angefühlt. Er war nicht so aufgeregt gewesen, nicht so glücklich und so überwältigt.

Als Vapor sich erhob, runzelte sie verstimmt ihre Stirn und drehte sich von Kastor weg, sie legte ihre Hand auf den Tisch und beugte sich leicht vor. Neben ihr saß Elisabeth und dann der oberste Inquisitor. Die Leute wurden ruhiger, und noch während sie verstummten, säuselte Elli an Elisabeth vorbei. »Oberster Inquisitor, übernimmt Euer Sohn für Euch die Ehre, den Segen für uns zu sprechen?« Ihr Ton war keinesfalls empört, wozu sie das Recht gehabt hätte. Im Gegenteil, es klang wie eine verwirrte Nachfrage, als hätte sie nicht geplant den obersten Inquisitor so dazu zu bringen, das zu verhindern. Er genoss ihre kluge Art, mit solchen Attacken von Vapor umzugehen.

Der Kopf des Mannes ruckte hoch. Seine Hände erstarrten mitten im Schneiden des Bratens. Als er seinen Sohn entdeckte, kniff er seine Augen zusammen und zog die Schultern leicht hoch. Er sah kurz zu ihr und biss dann seine Lippen zusammen. Er schien zu hadern.

»Euer Sohn wird das sicher gut machen. Ich dachte nur, weil Kastor Omni ist ...« Sie ließ ihre Worte im Raum schweben. Das gab wohl letztlich den

Anstoß, denn nun legte er das Besteck hin, tupfte sich mit einer Serviette die Mundwinkel ab und erhob sich. Der oberste Inquisitor lächelte in die Runde. Es herrschte Schweigen im gesamten Raum, in dem vor allem die Brüder des Hauses der Krieger saßen.

»Meine Brüder und Schwestern, es wird Zeit, dass die Inquisitoren den Segen sprechen«, erhob er das Wort mit ausgebreiteten Armen und nach oben geöffneten Händen. Er faltete seine Hände vor sich. »Danke, mein Sohn, dass du für Ruhe gesorgt hast.« Er neigte einmal den Kopf in die Richtung seines Sohnes. Als Vapor sich nicht sofort setzte, fügte der oberste Inquisitor mit Nachdruck hinzu: »Ich werde nun den Segen für das Paar sprechen«, und betonte dabei das Wörtchen ich mit leicht zusammengekniffenen Augen in Vapors Richtung.

So dermaßen gemaßregelt nickte Vapor nur mit einem hasserfüllten Lächeln und setzte sich wieder hin, er hatte ja auch keine andere Wahl.

Das hatte sie mal wieder geschickt gemacht. Durch einen dezenten Hinweis hatte sie Vapor aufgehalten. Der Hausinquisitor würde nie erfahren, dass Elli dafür gesorgt hatte, dass der oberste Inquisitor diese von Vapors Attacken unterband. Er war beeindruckt von so viel Feingefühl und strategischem Handeln.

Traurig, dass sie recht behalten hatte. Sie hatte ihn gewarnt, dass Vapor versuchen würde auf seine geschickte, hinterlistige Art die Hochzeit zu torpedieren. Kas wünschte sich, Vapor wäre nur halb so machthungrig, wie er wohl war. Er würde heute lieber nicht über das Problem in seinem Haus nachdenken müssen, sondern einfach nur den Tag genießen und sich in vollen Zügen mit seiner Frau an dieser glücklichen Wendung in seinem Leben erfreuen.

Kas lehnte sich zurück, um dem obersten Inquisitor bei dessen Rede zu lauschen. In diesem Moment legte Elli ihre Hand auf die Tischplatte neben ihrem Teller. Er betrachtete ihre filigranen Finger, die sie in einer unbewussten Geste unter ihre Hand zog. Das Bedürfnis nach ihrer Hand zu greifen und diese zarten Finger auf seiner Haut zu spüren, erwachte in ihm.

Er sollte den obersten Inquisitor ansehen, wenigstens so tun, als würde er lauschen, aber Elli legte ihren Kopf zur Seite und eine widerspenstige kleine Locke, die sich aus ihrem Haarknoten gelöst hatte, ringelte sich in ihrem Nacken und lenkte so seine Aufmerksamkeit auf den grazilen Schwung ihrer gebräunten Haut. Sie war schön und wurde mit jedem Tag und jedem Gramm, das sie zulegte, schöner. Er könnte sie den ganzen Tag einfach nur betrachten und er wäre zufrieden. Allerdings fesselten ihn die Gespräche mit ihr noch mehr. Er hätte zu gern mehr Zeit für Unterhaltungen wie am ersten Tag nach ihrer Verlobung.

Es gab noch so viel zu entdecken. Er hatte schon oft gehört wie Paare immer wieder erzählt hatten, dass nach der ersten aufregenden Zeit eigentlich alles nur noch schlechter wurde, weil man erst dann die Fehler und Kanten des anderen entdeckte, aber Kas glaubte nicht, dass ihnen das passieren würde. Mit jedem Tag wurde es aufregender und seine Gefühle für sie tiefer. Er würde noch nicht von Liebe sprechen, aber er war sich sicher, dass das nur noch eine Frage der Zeit war. Sie bannte ihn vollkommen.

Er konnte nicht anders, er legte seine Hand auf ihre und verschränkte seine Finger mit ihren. Sie schaute kurz über ihre Schulter. Ein wissendes Funkeln tanzte in ihren Augen. Sie stützte ihren Ellenbogen auf und legte ihr Kinn auf ihrer zur Faust gerollten Hand ab. Ihr Kopf war so leicht geneigt und unterstrich den Schalk in ihrem Blick.

»Du hast bisher kein bisschen zugehört, hab ich recht?«, flüsterte sie.

»Ich weiß nicht, wie du auf diesen Gedanken kommst«, gab er leise zurück. Dann hob er ihre Hand in seiner an seine Lippen und legte einen sanften Kuss auf ihren Handrücken. Als würde er sie ermahnen zuzuhören, hob er seinen Kopf mit einer nickenden Bewegung in die Richtung des obersten Inquisitors und gab sogar ein leises Pst von sich.

Elli schüttelte amüsiert ihren Kopf und drehte sich ebenfalls zurück in die Richtung des obersten Inquisitors. Dann lehnte sie sich leicht zurück und kam ihm so näher. Zu gerne hätte er seine Arme um sie geschlossen und an sich gezogen. Neckereien wie diese eben bestärkten ihn in seiner Überzeugung, dass sie, wenn sie einander besser kennenlernten, sich eher mehr als weniger mögen würden. Außerdem hatte er schon einige Schwächen entdeckt.

Schwächen, die sie vielleicht sogar für Stärken hielt. Er hatte so viel über sie erfahren und alles zusammen ergab ein relativ komplexes und vielschichtiges Bild. Herausstechend war dabei ihre Selbstlosigkeit. Eine Eigenschaft, die immer mit Ehrfurcht genannt wurde, wenn man die große Ketzerin beschrieben hatte. Und Elli war selbstlos. So sehr, dass er es nicht mehr für eine Stärke hielt.

Als Krieger und Anführer wusste er, dass Selbstlosigkeit und ein gutes Herz einem das Genick brechen konnten. Jeder Mensch brauchte es auch mal, an sich zu denken, die eigenen Wünsche und Ziele zu verfolgen. Anders ging man kaputt und Elli war auf eine Weise kaputt gegangen. Sie war die stärkste und klügste Frau, die er kannte, vermutlich sogar der stärkste und klügste Mensch, den er kannte. Und doch konnte er sie verunsichern, das sollte nicht möglich sein. War es aber. Besonders dann, wenn es darum ging, was sie für sich wollte. Dann traute sie sich oft nicht für das Ziel einzustehen. Sie konnte kämpfen und war genial darin, außer wenn sie für sich selbst kämpfen sollte.

Kas würde liebend gerne für sie kämpfen und dafür sorgen, dass ihre Wünsche sich erfüllten, aber dann würde das in einer Abhängigkeit resultieren und das wollte er nicht. Das hatte sie nicht verdient. Ihre grausame Vergangenheit und ihr Kampf für die Armen hatten ihr sehr viel genommen. Mehr als ihr oder irgendjemanden sonst vielleicht bewusst war. Dinge, die er ihr geben könnte, aber die sie eigentlich selbst einfordern sollte. Er wollte sie beschützen und ihr ihre Wünsche erfüllen, aber das wäre nicht richtig. Daher entschied er, dass er sie begleiten und darin unterstützen würde, zu lernen für sich selbst zu kämpfen und ihre Wünsche zu verfolgen. Er würde ihr Begleiter sein, nicht ihr Held. Denn Elli war ihre eigene Heldin.

Alle im Raum klatschten und der oberste Inquisitor setzte sich wieder. Elli drehte sich zu ihm um und neigte ihren Kopf, als würde sie etwas einschätzen. Sie war so nah, dass er die goldenen Sprenkel in ihrer Iris erkennen konnte, die nur links unterhalb der Pupille in ihren Augen glänzten. Und doch sah er nicht wirklich ihre Augen. Er sah in sie hinein. Sah den wunderschönen Kern hinter dieser machtvollen Fassade, das riesige Herz und die sanfte Güte. Es war, als würden alle seine Wünsche in Erfüllung gehen, ohne dass er geahnt hätte, was er sich wünschte. Er wünschte sich sie. Aber bis heute hätte er das niemals für möglich gehalten.

Kas hatte kein Wort des Mannes wahrgenommen, er war mit etwas sehr viel Wichtigerem beschäftigt gewesen. Er hatte begriffen, was für ein Mann er Elli sein wollte. Beim klassischen Bild einer Ehe wurde es immer so formuliert, dass die Frau für den Mann da war. Aber das wollte er nicht. Sie hatte mehr verdient. Er hatte er begriffen, wer er *für sie* sein wollte.

Elli hob ihre Hand und legte sie an seine Wange. Sich so lange gegenseitig in die Augen zu blicken, empfand er als sehr intim. Ihre Geste machte es beinahe noch schlimmer. Er wäre jetzt gerne allein mit ihr. Dieser Tag sollte endlich zu Ende gehen, damit er mit ihr in diesem großen Bett verschwinden konnte. Allein der Gedanken daran, ohne selbstauferlegte Bremsen ihren Sehnsüchten freien Lauf zu lassen, erhitzte ihn. Er war schon den ganzen Tag in einem vorfreudig angespannten Zustand, der ihn bald wahnsinnig werden ließ.

»Mir scheint, du warst etwas abgelenkt«, flüsterte sie mit rauer Stimme.

»Ist das so?«, fragte er süffisant nach. Er streichelte über ihre leicht gerötete Wange und lächelte sie warm an.

»Was immer dir gerade durch den Kopf geht, es muss warten. Dieses Fest wird noch eine Weile dauern«, erklärte sie.

Seine Schultern sanken herab. Er hatte das Warten satt. Im Grunde wollte er nur mit ihr allein sein, was auch immer dann passieren würde. Hauptsache sie waren unter sich und konnten einander einfach entdecken, auf welcher Ebene auch immer.

Sie hob seine Hand, die immer noch mit ihrer verschränkt war an ihre Lippen und küsste seinen Zeigefinger, indem sie ihre Lippen in einer sehr weichen und langsamen Bewegung um seinen Finger legte. Die Geste fachte das Feuer in ihm an. Es brannte jetzt lichterloh. Hatte sie die Anspielung beabsichtigt?

Sie hob ihren Kopf, als wäre nichts gewesen, griff zu ihrem Becher und hob ihn an ihre Lippen. »Vielleicht gehen uns ja ganz ähnliche Dinge durch den Kopf«, raunte sie, ehe sie den Becher an ihre Lippen lehnte und einen Schluck nahm.

Kas unterdrückte ein Stöhnen. Wie sollte er denn bitte so geduldig sein? Das war die pure Folter.

Elli stellte den Becher ab und lehnte sich an Kastor vorbei, um irgendetwas zu greifen, das dort auf dem Tisch stand. Es interessierte ihn herzlich wenig, was, denn sie war ihm unfassbar nah.

»Das muss für den Moment reichen«, bremste sie ihn leise. »Später gibt's mehr davon.« Mit diesem Versprechen lehnte sich zurück, blickte in den Saal und tat so, als hätte es diese Szene zwischen ihnen nicht gegeben.

Er seufzte schicksalsergeben, was sie zum Lachen brachte. Er würde warten, sofern er nicht vor lauter Vorfreude platzte.

**

Mia wühlte sich durch die Massen der Menschen auf dem Marktplatz. Es hätte ein Tag wie jeder andere sein können, war es aber nicht. Vor einer Stunde hatte sie von einem Wunder gehört. Der Orden hätte Essen für die Armen auf den Marktplatz gebracht. Mia hatte das nicht glauben können und so war sie selbst hergekommen.

Der Platz war so voll, dass sie sich wirklich zwischen den Menschen hindurchzwängen musste. Überall standen Männer des Ordens in roten und schwarzen Roben. Diese Farben kannte sie nicht. Sie kannte nur das Braun der Nicolaner und das Weiß der Inquisitoren. Und diese Männer in den rot-schwarzen Roben verteilten tatsächlich Essen. Mia hatte selbst ein paar Früchte ergattert, die sie noch nie zuvor in ihrem Leben gesehen hatte. Sie steckte sich ein rechteckiges Stück einer gelben Frucht in den Mund und genoss die extreme Süße der Frucht. Sie blieb kurz stehen, weil diese Süße sie überwältigte.

Stehen bleiben war keine gute Idee, sie wurde sofort angerempelt. Es würde sie nicht wundern, wenn das gesamte Nordviertel sich auf den Marktplatz quetschte. Der Lärm war ohrenbetäubend. Aber immer, wenn sie mal näher an einer Gruppe stehender Menschen vorbeikam, fing sie Fetzen der Gespräche auf.

»Der Mann, von dem ich das Brot hab, hat gesagt, es sind die Reste einer

Hochzeit«, erklärte eine Frau mit einer Schürze einer anderen, die noch Mehl im Gesicht hatte. Es sah fast so aus, als wären die beiden direkt von der Arbeit auf den Platz geeilt.

»Ein Omni soll geheiratet haben. Das kann von mir aus gerne häufiger passieren!«

»Wie viele Omni gibt es denn?«, wollte die Frau mit Schürze wissen.

Mia bekam die Antwort nicht mehr mit, denn sie war schon weitergegangen. Sie griff sich das nächste Fruchtstück und steckte es sich in den Mund. Das Fruchtfleisch war viel zarter und weicher. Es zerging regelrecht auf ihrer Zunge. Ein ganz anderer Geschmack, auch süß, aber nicht so penetrant und aufdringlich.

Direkt vor ihr rannten zwei Jungs durch eine Lücke in der Menschenmasse und lachten dabei. Die waren sicher kaum älter als Mia. Dieses ganze Essen war auch wirklich ein Grund zu lachen. Sie hatte es doch gewusst. Ihre große Schwester ließ sie keinesfalls im Stich. Mia war absolut klar, wer da heute geheiratet hatte und auch wieso die Armen das ganze Essen bekamen. Ihre Schwester arbeitete immer noch für sie. Sie hatte sie nicht vergessen und kämpfte nun von innerhalb der Mauern des Feindes für *die Sache* weiter.

Als sie weiterging, fing sie erneut den Fetzen eines Gespräches auf.

»Ist dir auch aufgefallen, dass außer diesen hier heute kaum Ordensmitglieder in der Stadt waren?«, fragte ein Mann seinen Kumpanen und stieß ihn leicht in die Seite.

Mia runzelte ihre Stirn. Der Mann hatte recht. Sie hatte es gar nicht bewusst wahrgenommen, aber es waren kaum Nicolaner in der Stadt gewesen.

Sie hätte gerne noch etwas länger die Stimmung auf dem Platz und das ganze Essen genossen. Sie hatte Brot, Fleisch, Früchte und noch so viel mehr gesehen, was da ausgeteilt wurde. Aber sie hatte leider noch nicht frei. Sie musste sich einer letzten Aufgabe für heute widmen, nach dem sie heute Morgen schon zusammen mit Leanne und den Mäusen den Hafen wieder auf Kurs gebracht hatte und die Hafenarbeiter an die bestehende Ordnung erinnert hatten. Kinder konnten eine Menge Schaden anrichten, wenn sie wollten.

Bei diesem Gedanken musste Mia einfach grinsen. Sie war verdammt stolz auf den schnellen Erfolg, den sie errungen hatten.

Mia quetschte sich ein letztes Mal zwischen den Erwachsenen hindurch, wobei eine der Früchte herunterfiel. Mia bückte sich sofort nach der Frucht, hob sie auf und wischte mit ihren Fingern den Dreck von der Frucht. Sie steckte sich das Stück in den Mund und trat dann in eine Gasse des Nordviertels. Als sie draufbiss, knirschte es leicht, aber dem diesmal leicht sauren Geschmack tat das keinen Abbruch. Sie aß oft Dreck mit, ihre Zähne waren das gewöhnt.

Mit jedem Schritt, den sie sich von der Gasse entfernte, wurde der Lärm leiser. Sie steckte sich die letzte Frucht in den Mund, eine grüne mit schwarzen Kernen. Diese schmeckte sauer und süß zugleich. Die Konsistenz war fester und die Kerne machten lustige Geräusche beim Draufbeißen. Diese würde ihre liebste Frucht werden.

Außer den Orangen der Bäume, die überall in der Stadt verteil waren, hatte Mia noch nie Früchte gegessen. Diese Süße war unglaublich lecker. Sie würde gerne häufiger von so leckerem Essen kosten. Aber noch waren die Verhältnisse nicht so, dass sich Menschen aus dem Nordviertel Früchte leisten konnten. Sie waren froh, wenn sie überhaupt Nahrung hatten.

Mit dem schwindenden Lärm kroch der typische Gestank ihr in die Nase. Sie hatten kein fließendes Wasser, keine gepflasterten Wege und kein Kanalsystem im Nordviertel. Dementsprechend roch es hier.

Mia bog um eine Häuserecke, wobei man diese Bruchbude kaum Haus nennen konnte. Die Balken waren unordentlich aneinander gehämmert und Teile des Daches waren einfache Stofffetzen. Fenster gab es keine, dafür konnte aber jeder durch die ungeraden klaffenden Lücken zwischen den gebogenen Brettern hineinsehen.

An der nächsten Ecke eines ähnlich zusammengestückelten Hauses bog Mia rechts ab, tauchte unter den tiefhängenden Ästen eines Orangenbaumes ab und huschte dann zwischen zwei Häusern in eine sehr schmale Gasse, die besonders schlimm roch. An der schmalsten Stelle der Gasse, die sowieso nicht einmal so breit war, dass Mia zu beiden Seiten ihre Arme ausstrecken könnte, schob sie ein lockeres Brett in der linken Hauswand beiseite und trat in einen dunklen Raum. Wobei dunkel relativ war, da durch die Schlitze zwischen den Latten Licht eindrang. Sie setzte ihre Füße bedacht zwischen den Säcken und Fässern auf, damit sie nichts umschmiss. Sie durfte natürlich ein und aus gehen, wie sie wollte, das durfte sie in allen sicheren Bars und Verstecken, aber dieses Privileg würde man ihr schnell nehmen, wenn sie dabei immer Unordnung hinterließ.

Mia sprang über einen am Boden liegenden Sack und huschte dann in den Flur dahinter. Von hier aus führte eine Treppe ins Dachgeschoss, wo sie wusste, dass er seit gestern war. Melli hatte ihn inzwischen aus ihrer Bar geworfen, weil er sich so widerlich gehen ließ.

Zwei Stufen auf einmal nehmend huschte sie die Treppe hinauf und trat, ohne zu klopfen, ein. Der Gestank ekelte sie sofort. Dieser Idiot hatte sich vollkommen gehen lassen. Ununterbrochen war er betrunken und begann allem und jedem zu erzählen, sie hätte sie alle verraten, sie alle im Stich gelassen. Das entwickelte sich langsam zu einem echten Problem und sie hatte die Nase gestrichen voll von ihm. Er enttäuschte sie bitter.

Ausnahmsweise lag er mal nicht kotzend auf der Matratze oder saß mit einer Flasche in einer Ecke. Diesmal stand er am Fenster und starrte hinaus in die Nacht.

Mia verstand nicht, was ihre Schwester an ihm gefunden hatte. Er war eigentlich nur lästiger Anhang. Aber er litt unter dem Verlust mehr als alle anderen. Also musste sie sich darum kümmern. Sie musste ihn irgendwie wieder auf die Bahn bringen.

»Hallo, Mac«, begrüßte sie ihn. Das war etwas, das sie übernommen hatte. Sie nannte die Leute beim Namen, mit denen sie zu tun hatte. Irgendwie respektierten sie die Leute dann eher.

»Was willst du, Ratte?«, knurrte er.

»Mit dir reden«, sagte sie ruhig. Nicht ausrasten und ausfallend werden, war die Richtlinie, an die sie sich halten musste, wenn sie wollte, dass die Erwachsenen sie respektierten. Das hatte sie von ihrer Schwester gelernt. Auch wenn Mia große Lust hatte, diesem Taugenichts mal ordentlich anzubrüllen. Er hätte es verdient.

»Was willst du mir schon sagen, du kleine Göre?«

»Ich führe ihre Arbeit weiter.« Neben dem Hafen hatte sie sich heute auch mit den Vögeln der Handelsstraße auseinandergesetzt. Die Vögel waren tatsächlich alle gefallen. Mia musste andere Wege finden, die Errungenschaften ihrer Schwester am Leben zu erhalten. Und das würde Zeit kosten. Aber sie war dran und sie hatten einen Plan. Ohne die Mäuse hätte sie keine Chance, aber so schlugen sie sich für die ersten Tage nach dem Tod ihrer Erlöserin eigentlich echt gut.

»Alle arbeiten wir weiter und dienen weiter der Sache. Ganz im Gegensatz zu dir. Nur du meinst dich herausnehmen zu können. Nur du denkst du hättest einen schweren Verlust zu verkraften. Hör auf dich so gehen zu lassen und reiß dich endlich zusammen! Du bist eine echte Enttäuschung.«

Er schnaubte. »Sie ist die Enttäuschung.«

Mia glaubte nicht, was sie da hörte.

»Wie kannst du es nur wagen?«, schleuderte sie ihm entgegen. Sie ballte ihre Hände zu Fäusten und hielt ihre Arme mit unterdrückter Wut fest an ihre Seiten gepresst. Nach allem, was ihre Schwester auch für ihn getan hatte. »Wie kannst du nur so undankbar sein? Sie hat es getan, um uns alle zu schützen!«

»Du hast ja keine Ahnung. Ich war da«, spuckte er mit Abscheu in der Stimme aus. Er wandte sich ab und trat ans Fenster. Er schaute hinaus und seine Mundwinkel zogen sich nach unten, während die Haut seiner Nase sich krauste. Ekel.

»Wo?«

»Bei ihrer Hochzeit«, ätzte er angewidert. »Du hättest sie sehen sollen. Sie hat uns im Stich gelassen und schlägt sich jetzt den Bauch voll. So viel Egoismus hatte ich ihr nicht zugetraut.«

»Du müsstest es doch besser wissen: Es hat einen Grund, dass sie niemals entdeckt worden ist. Sie hat ein meisterhaftes Talent, in eine Rolle zu schlüpfen«, erinnerte sie ihn an die Dinge zu denken, die er eigentlich von ihr wissen sollte.

»Du warst nicht da!«, schrie er sie an. Na ja, mehr das Fenster als wirklich sie. Er drehte den Kopf nur gerade so weit, dass Mia sein Profil sehen konnte.

Obwohl sie wütend auf ihn war, schrie sie nicht zurück. Sie trat auf ihn zu und drehte ihn an der Schulter um, sodass er ihr ins Gesicht sehen musste.

»Selbst wenn sie sich zurückgezogen hat, um ihr eigenes Leben zu leben, wäre das dann nicht wohlverdient? Hätte nicht ausgerechnet sie es wirklich verdient? Was sie alles gegeben hat. Wie sie immer alle über ihre eigenen Bedürfnisse gestellt hat. Denkst du nicht, da hätte sie es verdient, glücklich zu werden?«, fragte sie herausfordernd.

»Natürlich hätte sie das. Aber wenn sie ihre Rolle ablegt, sollte *ich* der Mann an ihrer Seite werden, nicht dieser Wichser!«, schrie er. »Sie hat diesen Bastard angelächelt, hat ihn *geküsst!*« Mac drehte sich wieder dem Fenster zu.

O nein. Verdammte Scheiße. Das war also das Problem. Es rann ihr kalt den Rücken runter. Die erste Lektion ihres Lebens war gewesen, dass gerade Männer unfassbar grausame Dinge tun konnten, wenn sie glaubten, eine Frau würde ihnen gehören.

Mia musste ihre Schwester warnen. Wenn dieser Mann so von seiner Interpretation überzeugt war, wie er gerade wirkte, konnte sie ihn nicht aufhalten. Und doch musste sie es versuchen.

»Hör zu, Mac. Sie dient weiterhin unserer Sache. Sie tut weiterhin alles für die Armen. Sie hat uns Essen geschickt. Sie wird den Orden von innen unterwandern. Sie wird dafür sorgen, dass wir bekommen, was uns zusteht«, versprach sie.

»Und jetzt liegt sie mit diesem Hund im Bett und er steckt seinen dreckigen Schwanz in sie. Sie sollte meine Frau werden«, knurrte er voller Hass. Seine Hände ballten sich an seiner Seite zu Fäusten. Sein Blick war stur aus dem Fenster gerichtet. Mia lehnte sich leicht zur Seite, um ebenfalls hinaussehen zu können. Mac starrte gar nicht ins Leere, wie sie erst angenommen hatte. Sein Blick war auf die Mauern des Ordens gerichtet, die im Süden der Stadt leicht erhöht lagen.

Die Gänsehaut kroch ihr über den gesamten Körper. Sie wusste, was ihre Schwester ihr raten würde, sie würde Mac bewachen und ihn notfalls aus der Stadt bringen lassen. Oder ihn unglaubwürdig dastehen lassen. Aber würde ihre Schwester ihr das auch raten, wenn sie wüsste, um wen es ging?

Jemand muss das Gesamtbild im Auge behalten. Jemand, der seine eigenen Bedürfnisse zurückstecken kann. Jemand, der harte Entscheidungen treffen kann, ohne daran kaputtzugehen. Das kann nur jemand, der etwas wirklich Grausames erlebt hat und dennoch sein Herz nicht verloren hat.

Die Worte hallten ihr durch den Kopf. Sie hatte versprochen das Gesamtbild im Auge zu behalten und er war gerade die größte Bedrohung des Gesamtbildes. Sie stand vor der Entscheidung, wie sie die Gefahr, die er darstellte, ausmerzen sollte.

Sie würde Luke erst einmal bitten jemanden auf ihn anzusetzen, so gewann sie Zeit. Am besten Murat. Sie wollte diese harte Entscheidung noch nicht jetzt treffen. Sie wollte ihm eine Chance geben, sich zu besinnen.

Sie musste in engem Kontakt mit seinen Bewachern stehen, sonst könnte Mac in der Zeit, bevor Mia handelte, sie alle und die gemeinsame Sache bereits zerstören. Wenn er den Menschen verriet, dass ihre Schwester den Omni geheiratet hatte, würde das alles zunichtemachen, was sie sieben lange und harte Jahre aufgebaut hatte. Niemand würde hinterfragen, warum sie es getan hatte. Alle würden glauben, sie wäre zum Feind übergelaufen.

Sie gestand sich ein, dass wenn es nötig wurde, sie ihn aus der Gleichung nehmen würde. Ansonsten würde er ihrer aller Untergang werden. Vielleicht war das auch etwas, worin sie sich von ihrer großen Schwester unterschied. Diese hätte niemals jemandem das Leben genommen, nur weil er eine Gefahr für ihre Sache gewesen war. Dazu war ihr Herz zu gut gewesen. Bei Mia sah das anders aus. Sie würde für *die Sache* alles tun, auch töten.

Kapitel 11

Elli trat mit Kas vor seine Räume. Den gesamten Weg hierher hielt er schon ihre Hand. Seine Räume lagen im zweiten Stock über dem Essenssaal, der heute ihr Festsaal gewesen war. Von unten drangen immer noch Stimmen zu ihnen herauf. Die Brüder würden sicher noch die ganze Nacht feiern.

»Nach dir«, meinte Kas auf einmal und hielt ihr die Tür zu seinen Räumen auf. Nein, jetzt waren es auch ihre Räume.

»Ich habe es nicht vergessen«, zwinkerte er ihr zu und neigte seinen Kopf vertraut in ihre Richtung.

Elli brauchte einen kurzen Moment. Dann wusste sie, was er meinte. Er sprach von ihrem ersten gemeinsamen Frühstück, als er ihr die Tür zum Essenssaal aufgehalten und sie ihn dafür glücklich angelächelt hatte.

»Stimmt.« Sie lächelte warm. Sie reckte sich ihm entgegen und Kas stieg sofort auf den Kuss ein. Ihre Lippen verschmolzen mit seinen. Seine Lippen waren heiß und weich an ihren. Sie mochte dieses Gefühl, aber mehr noch genoss sie das wilde Kribbeln unter ihrem Brustbein.

Sein Atem beschleunigte sich. Kas schlang seinen Arm um ihre Taille und zog sie an sich.

Ellis Arme fanden um seinen Nacken und sie wölbte sich ihm entgegen. Sie stellte sich auf ihre Zehenspitzen, um den Kopf nicht so in den Nacken legen zu müssen. Sofort stützte Kas auch mit seinem zweiten Arm um die Taille ihren Körper und zog sie fest an sich.

Elli löste ihre Lippen von seinen und legte ihre Stirn an seine. Sie lachte leise über ihren stürmischen Kuss. Sie standen immer noch auf dem Gang vor Kastors Räumen und die Tür stand immer noch offen. Sie beide atmeten stoßend und lockerten den Griff um den anderen kein bisschen.

»Wir sollten reingehen«, schlug Elli schließlich vor.

»Das sollten wir«, meinte er, wobei er mit seiner Nase an ihrer Wange entlangstrich.

Sie hob ihr Kinn an und wieder fanden seine Lippen ihre. Elli versank in dem Gefühl seiner Lippen. Kas öffnete leicht seinen Mund und sie folgte sofort. Beim erneuten Begegnen ihrer Lippen drang sie mit ihrer Zunge in seinen Mund ein und ihre Zungen trafen sich. Kas zog sie noch etwas fester an sich und ein leises Stöhnen entfuhr ihr.

»Hattet ihr nicht gesagt, ihr wolltet euch zurückziehen?«, erklang Kagars lachende Stimme vom Ende des Ganges.

Elli und Kas mussten beide grinsen.

»Machen wir doch.«

Kagar sah sie beide demonstrativ mit hochgezogener Augenbraue an.

»Machen wir jetzt wirklich«, beharrte Kas und griff wieder nach der Tür, um sie ihr aufzuhalten.

»Nacht, Kagar.« Sie winkte ihm und trat durch die aufgehaltene Tür. Sie lief durch das Arbeitszimmer direkt in das Schlafzimmer. Hier drin war es ungewöhnlich warm.

Kas trat hinter sie und umfasste ihre Schultern. »Ich dachte, etwas wärmer schadet nicht. Wir wollen ja nicht frieren«, erklärte er und küsste sie auf die Schulter.

»Denkst du nicht, uns wird schon warm?«, neckte sie ihn und linste über ihre Schulter. Kas nahm die Hände von ihren Oberarmen und sie drehte sich ganz zu ihm um.

»Wenn es dir zu warm ist, mache ich ein Fenster auf«, bot er sofort an. Er musterte sie abwartend, wobei seine Schultern und Füße schon zum Fenster zeigten, als wäre er bereits auf dem Sprung.

War er etwa nervös? Es schien fast so. Der Gedanke mit dem Warmmachen war ziemlich süß gewesen, aber sie glaubte wirklich nicht, dass sie es benötigen würden.

»Mir ist die Temperatur relativ egal«, säuselte sie und legte ihre Hände auf seine Brust. Sie fuhr mit ihren Fingern über seine starken Muskeln und beobachtete dabei die Formen, die ihre Finger malten. Sie wollte dasselbe auf seiner nackten Brust tun.

»Wir müssen das heute auch nicht tun. Keiner zwingt uns zu etwas«, brachte Kas heraus.

»Wirkt es für dich so, als ob ich warten wollte?«, fragte sie suggestiv.

Kas schluckte schwer. »Nein.«

»Aber?«, hakte sie nach.

»Es ist ... lange her«, stammelte er leise und seine Augen huschten hin und her.

Wie unsicher er war. Er sollte nicht unsicher sein. Sie war sich absolut sicher, dass er große Lust empfand. Er wollte sie ebenso sehr, wie sie ihn wollte. Den ganzen Tag schon hatte sie mit seiner Lust gespielt und sein Unvermögen, sich gegen die Sehnsucht zu wehren, genossen. Sie mochte diese Form von Macht über ihn. Er wollte sie so sehr, dass er es nicht mehr verbergen konnte und das gefiel ihr mehr, als sie sagen konnte. Also was hielt ihn auf?

Elli hatte so einen Verdacht. Also fuhr sie mit ihren Händen seine Brust hinauf und umschloss seinen Nacken. Sie streckte sich wieder auf ihren Zehenspitzen, bis ihre Lippen an sein Ohr reichten. »Das ist nicht schlimm.«

»Elli!«, stöhnte er verzweifelt.

»Was?«, hauchte sie in seine Ohrmuschel und zog sein Ohrläppchen zwischen ihre Zähne.

Kas stöhnte rau auf.

»Wie soll ich mich denn so beherrschen?«, fragte er verzweifelt und packte ihre Handgelenke in seinem Nacken, um sie aufzuhalten. Aber er konnte nicht. Er schob sie keinen Zentimeter von sich. Stattdessen neigte er seinen Kopf erneut und versiegelte ihre Lippen mit einem hungrigen Kuss. Seine Hände fanden in ihren Rücken und er stöhnte rau, als sie wieder mit ihrer Zunge in seinen Mund stieß. Sie wölbte sich ihm entgegen und spürte deutlich seine harte Männlichkeit an ihrem Bauch. Sie brannte inzwischen selbst lichterloh. Also griff sie mit ihren Händen zwischen sie und begann die Schnürung seines Taillengurtes zu öffnen.

»Elli!«, bat er sie zerrissen, ohne sie aufhalten zu können.

Sie hielt kurz inne und sah ihm fest in die Augen. »Du sollst dich nicht beherrschen«, sagte sie entschlossen und fuhr damit fort, den Knoten zu lösen.

Kas zögerte noch einen Moment, doch als sie den Knoten geöffnet hatte und den Gurt zur Seite warf, ließ er endlich los. Sie zerrte an seiner Robe und er an ihrem Kleid. Schnell wurde ihr Atem keuchend und sie zogen an der Kleidung des anderen. Erst stülpten sie Kastor die Robe über den Kopf, dann schälten sie Elli aus ihrem Kleid. Als Kas daran zog, hörte sie, wie etwas riss, vermutlich eine Naht. Aber es war ihr egal. Sobald sie das Kleid aushatte, schob sie Kas zum Bett. Sie fielen zusammen auf die Matratze und Kas zog sie sich sofort auf die Hüfte.

Elli war genauso heißhungrig wie er. Sie griff zwischen ihre Beine, um ihn aufzurichten, damit sie ihn in sich aufnehmen konnte. Kas bewegte sich, um ihr zu helfen, wobei er daneben stieß. Sie waren ungeübt, natürlich. Aber das war gerade so egal. Beim zweiten Anlauf fand seine Eichel ihre weichen Lippen und Elli seufzte zufrieden aus, als sie die wundervolle Hitze an ihrer Weiblichkeit spürte. Allein dieses Gefühl war berauschend. Aber sie waren ungeduldig. Beide drängten aufeinander zu und Elli probierte verschiedene Winkel ihrer Hüfte aus, bis er endlich ein Stück weit in sie eindrang.

Sie drückte feste gegen ihn, ob sie noch sehr eng war.

»Warte«, brachte er rau hervor.

»Ich will nicht warten«, stöhnte sie und krallte ihre Nägel in seine Brust.

Kas' Hände fanden ihre Hüfte und er stöhnte unterdrückt, als er ein weiteres Stück in sie eindrang. Sie bewegte ihre Hüfte in großen Bewegungen auf und ab, um schneller feucht zu werden. Dann endlich passte alles und er konnte ganz in sie eindringen. Für einen Moment überwältige Elli das Gefühl dieses sanften befriedigenden Drucks. Sie konnte sich nicht bewegen, so sehr genoss sie es. Aber sie war noch sehr eng, also bewegte sie sich und spürte mit jedem Eindringen, wie sie weiter wurde.

»Elli ...«, stöhnte er.

Sie sah hinunter auf ihren Mann und wusste, er war kurz davor zu kommen. Sie spürte jeden Zentimeter, an dem ihre Haut seine berührte. Ihr Finger drückten in seine Brustmuskeln, ihre Beine umschlossen seine Hüfte und in ihrer Mitte waren sie miteinander vereint. Er war ihr vollkommen ausgeliefert, gefangen in seiner Lust und am Rande seiner Beherrschung. Sie war noch nicht bereit für einen Höhepunkt, aber damit hatte sie bei ihrem ersten Sex auch nicht gerechnet.

Elli sah ihn fest an, sie sah, wie er genießend seine Augen schloss, als sie ihn beinahe vollständig aus sich herausgleiten ließ. Dann senkte sie ihre Hüfte kräftig herab und Kas krümmte sich in einem rauen Stöhnen. Sie beugte sich herab und küsste ihn. Dann begann sie ihre Hüfte rhythmisch zu bewegen. Bald schon packte Kas sie an der Hüfte und sie trieb ihn gnadenlos auf seinen Höhepunkt zu.

Elli sah genau, wann seine Beherrschung brach. Sein Gesicht verzog sich vor Lust, seine Lippen öffneten sich zu einem stummen Schrei und Stirn schlug Falten. Im nächsten Moment spürte sie seinen wellenartigen Orgasmus und war sehr zufrieden, dass sie ihn so erregte und sie tatsächlich sexuell Macht über ihn hatte. Es war sehr leicht gewesen, ihn zum Höhepunkt zu bringen.

Elli legte sich auf seine Brust und Kast schloss seine Arme um sie. Sie atmeten beide sehr heftig. Elli spürte die Erregung durch ihre Adern pumpen. Sie war nicht gekommen, aber sie war absolut heiß geworden durch diesen zwar kurzen, aber für sie dennoch schönen Sex.

»Nicht meine glorreichste Tat«, murmelte er in ihr Haar und strich ihre Strähnen aus ihrer Stirn. Er legte einen zärtlichen Kuss auf ihre Haut und zog schloss sie wieder fest in seine Arme.

»Aber absolut zu erwarten«, flüsterte sie.

»Ich werde besser werden.«

Sie bewegte sich leicht. »Ich habe gehört, Übung macht den Meister.«

Kas lachte und zog sie etwas höher. »Ich werde ein emsiger Schüler sein«, versprach er und legte eine Hand an ihr Kinn, um es leicht anzuheben. Er schenkte ihr einen zärtlichen, fast inbrünstigen Kuss. Nur ihre Lippen berührten sich und doch war es intensiv und prickelnd. Elli wollte unbedingt mehr. Aber sie würde sich bis morgen früh gedulden. Sie waren beide ungeübt und brauchten Zeit. Zumindest die eine Nacht konnte sie sich gedulden.

Also stand Elli auf, um sich zu waschen, ehe sie zurück zu ihrem Mann ins Bett kroch. Kas empfing sie mit geöffneten Armen. Sie zögerte keine Sekunde und kuschelte sich mit ihrem Rücken an den muskulösen Mann, der jetzt ihr Ehemann war. Seine kräftigen Arme umschlangen sie und sein warmer Körper berührte an beinahe jeder Stelle ihrer Rückseite ihren Körper. Kas legte einen zärtlichen Kuss in ihre Halsbeuge und hauchte ein »Gute Nacht« gegen ihre Haut.

Elli seufzte auf, kuschelte sich noch etwas enger an ihn und Kas legte einen Arm über sie. Elli verschlang ihre Finger mit seinen und küsste seinen Handrücken, ehe sie ihre Augen schloss und »Gute Nacht« murmelte.

***

Mia stand vor dem geöffneten Tor des Ordens. Heute war Offentag und jeder, der wollte, konnte zu den Heilern, um sich behandeln zu lassen. Sie blicke hinauf zu dem dunkelgrauen Stein der Mauer des Ordens. Sie hasste den Orden, aber sie kam nicht drum herum heute über diese Schwelle zu treten. Sie hatte keine andere Wahl.

Sie hatte sich bei Luke die letzten zwei Tage Berichte über diesen Volltrottel geholt. Murat hatte ihn Tag und Nacht verfolgt, da allen klar war, wie ernst die Lage schnell werden konnte. Die Berichte waren beunruhigend. Mac hatte sich in den letzten zwei Tagen fünfmal in die Mauern des Ordens geschlichen. Er hatte sie beobachtet bei Tag und bei Nacht.

Sie musste jetzt ihre Schwester informieren. Er war tief verletzt. Aber in seinem Schmerz suhlend sah er nur sich und sein Leid. Er war egoistisch. Würde er sie wirklich lieben, würde er nicht einmal mit dem Gedanken spielen, sie zu verraten, denn damit unterschriebe er ihr Todesurteil. Und das Schlimmste war, er drehte sich die ganze Geschichte so, als wäre sie selbst daran schuld. Das wollte ihr nicht in den Kopf, wie man die Dinge so verdrehen konnte.

Mia war nicht kalt, war sie wirklich nicht. Mac tat ihr leid. Aber ihr Mitleid hatte Grenzen. Er war eine Gefahr für alles, was ihre Schwester sieben Jahre lang mühsam aufgebaut hatte, für all das Gute und die Hoffnung in den Straßen. War das nicht ein Leben wert? Diese Frage hatte Mia sich in den vergangenen Tagen oft gestellt. Dabei war ihr klargeworden, warum ihre Schwester sich immer strikt geweigert hatte, einfach ein Leben zum Wohle aller zu beenden. So einfach war das nämlich nicht. Denn wer entschied, was mehr wert war? Wer hatte das Recht dazu? Die einfache Antwort war niemand.

Mia wusste, sie konnte diese Entscheidung treffen, aber bei Weitem nicht so leicht, wie sie anfangs gedacht hatte. Denn Mac hatte gerade einfach eine schlechte Phase. Er war tief verletzt und in seinem Schmerz gefangen. Dadurch verdiente er noch lange nicht den Tod. Und davon abgesehen war *die Sache* dann nicht mehr durch und durch rein, wenn jemand für sie sterben musste. Das war der bitterste Gedanke, dass Mac *die Sache* so oder so verdarb. Es sei denn, der Idiot fing sich wieder. Deshalb wollte sie ihm so viel Zeit wie möglich dafür geben, vielleicht wusste ihre Schwester ja, wie sie ihn wieder auf Kurs bringen konnte.

Mia holte tief Luft und trat über die Schwelle auf Feindesland. Der Kies knirschte unter ihren Sohlen. Sie war drin. Sie folgte den anderen Armen, die ebenfalls hergekommen waren, um die Heiler aufzusuchen. Sie war schon hier gewesen, um zu spitzeln, oben auf den Mauern, aber nie dahinter. Das hatte sie bisher tunlichst vermieden. Es war ein erdrückendes Gefühl, so als wäre sie gefangen.

Vor ihr lief eine Frau, die ein hustendes Kind auf dem Arm hatte. Das Kind lugte über ihre Schulter. Sein Köpfchen war ganz rot. Sicher hatte das Kleine Fieber.

An der ersten Abzweigung ging die Frau nach rechts und Mia folgte ihr. Sie liefen auf ein großes zweistöckiges Gebäude mit gerundeter Fassade zu. Mia wusste, dass das Gebäude einem Bogen glich und auf der Rückseite einen großen Kräutergarten umschloss.

Die Frau mit dem Kind auf dem Arm lief die drei Stufen zum Eingang des Hauses der Heiler hinauf und trat durch die geöffnete Tür. Mia schluckte schwer. Sie wollte eigentlich nicht in ein Haus des Ordens eintreten. Es hatte Monate gedauert, bis sie ihrer Schwester geglaubt hatte, dass auch gute Seelen hinter den Mauern lebten. Die Ordensmitglieder, die die Mauern verließen, hatten sie anderes gelehrt.

Mia spürte bewusst jeden Schritt die Stufen hinauf und trat dann aus der schwülen Hitze des Tages in einen etwas kühleren Raum. Sie wurde von einer Frau nach links geschickt, wo sie in ein Zimmer gebracht wurde. Mia setzte sich auf die Liege, um zu warten.

Das Zimmer war eher klein und hatte ein Fenster, das auf den Kräutergarten zeigte. Das Zimmer war schmal und länglich und hatte eine Regalwand auf der gegenüberliegenden Seite. Mia musterte die Inhalte der Regalwand, Gefäße mit Kräutern, Pasten und Metallbesteck, als eine alte Frau in einer grünen Robe eintrat und die Tür hinter sich schloss.

»Na, Kleine, wie heißt du?«, fragte die Heilerin mit einem freundlichen Gesicht.

Mia schluckte ihren Argwohn hinunter. Es war jetzt wichtig, dass die Alte ihr ihre Rolle abkaufte und zu Elisabeth brachte. Sie musste jetzt wie ein armes Gossenmädchen wirken. Es war an der Zeit zu beweisen, dass sie ebenso in eine Rolle schlüpfen konnte wie ihre Schwester. Sie durfte es nicht vermasseln, es war ihre einzige Chance, Kontakt zu ihrer Schwester aufzunehmen. Sie musste sie dringend vor Mac warnen. Heute war er wieder hinter den Mauern des Ordens, um sie zu beobachten. Die Zeit rannte ihr davon.

»Lena«, antwortete Mia mit gesenktem Kopf und schamvoll abgewandtem Blick. Ja, sie schluckte ihren Argwohn hinunter, aber Anonymität war für sie zu einem neuen kostbaren Gut geworden.

»Wie kann ich dir helfen, Lena?«, fragte die Heilerin freundlich.

»Kann ... kann ich zu Elisabeth? Sie kennt mich schon«, bat Mia mit absichtlich leiser Stimme und nur ab und zu aufschauenden Augen unter hochgezogenen Augenbrauen. Sie presste ihre Oberschenkel im Sitzen aneinander und kreuzte ihre Fußgelenke. Alles Kniffe, die ihre Schwester den Mäusen beigebracht hatte.

Die ältere Frau hob eine Augenbraue hoch und zögerte. Mia griff daraufhin den unteren Saum ihres dreckigen und zerrissenen Hemdchens und zog ihn nach unten, als wollte sie ihren Körper verbergen. Eine Geste, von der jede Frau wusste, was sie bedeutete.

Das erweichte das Herz der alten Frau und sie lenkte ein.

»Ich schaue, ob sie da ist«, meinte sie sanft.

Mia ließ ihre Augen feucht werden. Das würde die Heilerin in ihrer Entscheidung bestärken und sich beeilen lassen. Tatsächlich wartete Mia nicht lange, bis die Heilerin mit Elisabeth zurückkam.

Elisabeth wirkte verwundert, sagte aber nichts. Mia hatte befürchtet, dass Elisabeth ihre vorgetäuschte Bekanntschaft aufdecken und Mias Schauspiel so auffliegen lassen würde. Aber Elisabeth behielt ihr Geheimnis für sich. Mia war dankbar, dass die junge Frau nicht voreilig handelte.

»Danke, Carla.« Elisabeth nickte der alten Heilerin einmal zu, die dann den Raum verließ und hinter sich die Tür schloss.

»Warum wolltest du zu mir?«, fragte Elisabeth ernst, kaum dass die Tür geschlossen war. Sie verschränkte die Arme vor der Brust. Ihre ganze Haltung sprach von Ablehnung und Wachsamkeit.

Mia nickte einmal kurz. Diese Frau war bemerkenswert. Sie hatte die Situation sofort erkannt. Mia wusste, dass die Frau eine Defekte war. Luke hatte es erkannt, als er die Heilerin über zwei Wochen hinweg Tag und Nacht beschattet hatte. Elisabeth spürte, wenn jemand krank oder verletzt war. Also spürte sie jetzt sicher auch, dass Mia gesund war und aus einem anderen Grund hier war.

Mia legte das Gossenmädchen ab und nahm eine aufrechte Haltung ein. Sie hob ihr Kinn und ließ sämtliche Emotionen aus ihrem Gesicht verschwinden. Sie war seit Jahren eine treue Maus der großen Ketzerin und hatte jetzt sogar deren Position eingenommen. Elisabeth konnte das nicht wissen, aber sie würde an Mias Haltung sicher schnell erkennen, dass Mia kein einfaches Mädchen war.

»Ich habe eine wichtige Nachricht für eine Person, die uns beiden sehr wichtig ist«, erklärte Mia daher freiheraus und sprang von der Liege herunter.

»Ich weiß nicht, von wem du sprichst«, wehrte Elisabeth ab.

Mia rollte mit den Augen und holte tief Luft. Erwachsene konnten so einfältig sein. Sie stieß die Luft wieder aus und verzog ihren Mund. »Die Wände haben Ohren. Ich werde dir nicht sagen, um wen es geht, ansonsten bringen wir die Person in Gefahr, deren Schutz wir sichern wollen. Also sei nicht dämlich und hör genau zu«, maßregelte Mia sie.

Elisabeth zog eine Augenbraue nach oben.

»Es droht Gefahr. Ein Freund, den du kennst, suhlt sich im Schmerz des Verlustes und begeht eine dumme Tat nach der nächsten. Ich befürchte, er könnte blind vor Kummer etwas ausplaudern, das nur sehr wenige Menschen wissen.«

Die Heilerin löste ihre verschränkten Arme und richtete sich auf. Ihre Skepsis war verflogen. Ihr Blick pendelte von Mia, der zerlumpten Kleidung zur Liege und wieder zurück zu Mia. Es arbeitete eindeutig in ihrem Kopf. Wow, dass Erwachsene immer alles so zerdenken mussten. Das war so nervenaufreibend. Sie hatte dafür keine Geduld. Die Botschaft war doch klar.

»Du *befürchtest?*«, griff Elisabeth die letzten Worte wieder auf.

Mann! Musste sie denn alles wörtlich nehmen? Wäre es nur eine Befürchtung, wäre sie kaum hier. »Ich halte es für eine sehr reale Gefahr«, zischte Mia entnervt.

»Kaum«, gestand Elisabeth. »Also, was soll ich tun?«

»Gar nichts. Ich werde mit der Situation umgehen, wie ich es für richtig halte, es sei denn, mich erreichen binnen drei Tagen neue Erkenntnisse, die meinem Kopf bisher nicht in den Sinn gekommen sind.«

Elisabeth nickte etwas fahrig.

Es war alles geklärt, sie hatte ihre Nachricht überbracht. Jetzt war es an Elisabeth, die Botschaft weiterzuleiten.

Ein bisschen hoffte Mia, dass ihrer Schwester tatsächlich etwas einfiel, was sie tun konnte, damit sich alles zum Guten wendete, aber das Leben hatte sie anderes gelehrt. Es war eine bittere Pille, aber die Wahrheit war, das Leben wendete selten alles zum Guten. Im Gegenteil, es gab sich die größte Mühe, alles Gute zu zerstören, so wie jetzt gerade auch.

Die Wendungen der letzten Tage waren bitter genug. Sie hatten ihre große

Schwester verloren. Und jetzt, da sie mit den Nachwirkungen dieser Katastrophe ganz gut zurechtkamen, stand schon die nächste ins Haus. Das Leben war ungerecht. Etwas, worüber Mia sich schon nicht mehr aufregte und beschwerte, denn so war es und da brachte es auch nichts, sich zu grämen. Man musste Lösungen finden und damit umgehen. Etwas anderes blieb einem schließlich nicht übrig, wenn man nicht kaputtgehen wollte.

***

Elli schlenderte mit Lis über den Innenhof zwischen den Gebäudeflügeln ihres Hauses. Hier war es relativ still, da die Mauern den Lärm des alltäglichen Lebens vorne auf dem großen Platz zwischen den Häusern des Ordens abschirmten. Sie mochte die Ruhe der Natur. Etwas, das sie zuvor nie hatte genießen können.

Sie setzte sich auf eine steinerne Bank und regte das Gesicht der Sonne entgegen. Mit geschlossenen Augen genoss sie die Wärme auf ihrem Gesicht, während sie hörte, wie Lis sich neben sie setzte. Der Wind raschelte leise in den Palmenblättern und wogte die großen Blätter der Bananenbäume auf und ab. Das charakteristische Krächzen eines Papageis erklang aus einer der nahen Palmen.

»Ich hatte heute eine interessante Patientin«, durchbrach Lis die Stille.

»Wirklich?« Sie erzählte sonst nie von Patienten.

»Ja. Die kleine Maus war ganz schmutzig und dürr«, meinte Lis und Elli fragte sich, ob ihre Freundin den Kosenamen absichtlich benutzt hatte. Sie wusste schließlich, dass ihre Kleinen die »Mäuse« genannt wurden.

»Sie hatte große Sorgen, weil ein alter Freund von ihr sich sehr beunruhigend verhält. Vor nicht ganz einer Woche hat er wohl einen schweren Verlust erlitten, der ihn nicht mehr klarsehen lässt«, erklärte Lis weiter.

Jetzt war Elli sich sicher, dass sie gerade eine Botschaft ihrer Mäuse empfing. Eine, die so dringend und so gefährlich war, dass man nicht den üblichen Weg wählen konnte. Eine, die sie hören musste. Und wenn sie es richtig verstanden hatte, ging es um Mac. Mac, der ihren Fortgang nicht verkraftete.

Aber warum? Sie hatte sich von ihm verabschiedet. Was war vorgefallen?

Er hatte doch gewusst, wie sie handeln würde. War es für ihn schlechter zu verkraften, dass sie den Omni geheiratet hatte, als sie den Foltertod sterben zu sehen?

Vielleicht ... vielleicht auch nicht. Wer wusste schon, wie er womöglich durchgedreht wäre, wenn er wirklich bei ihrer Hinrichtung hätte zusehen müssen. Aber dann hätte *die Sache* auch nicht mehr auf dem Spiel gestanden. Dann wäre es egal gewesen, wenn er durchdrehen und unvernünftig werden würde. Jetzt lagen die Dinge allerdings anders.

»Was befürchtet sie, dass er tut?«, fragte Elli mitfühlend.

Lis sah sie nur ernst an. Was sollte das bedeuten? Warum dieser ernste Blick?

»Was wäre das Schlimmste, das du dir vorstellen kannst?«, fragte die Heilerin tonlos.

Elli schluckte. Das Schlimmste, das sie sich vorstellen konnte? Ein Selbstmord? Ja, das war schlimm, aber in ihrer Welt nicht das Schlimmste, was sie sich vorstellen konnte. Das Schlimmste wäre, wenn die Menschen einander wieder misstrauen würden, wenn der Orden sie wegen Belanglosigkeiten zu Tode foltern würde und wenn die armen, guten Seelen durch das Leid immer weniger würden, bis Habgier, Neid und Hass die Herzen der Menschen beherrschten. Aber wie sollte das auf dem Spiel stehen?

O nein ... oh, verdammter Scheißdreck. Das würde auf dem Spiel stehen, wenn Mac allen erzählte, dass die große Ketzerin gar nicht tot war, sondern hinter den Mauern des Ordens ein gemütliches, zufriedenes Leben führte, während alle anderen weiter litten. Wenn die Menschen glaubten, sie hätte sie alle und *die Sache* verraten. Niemand würde nach den Hintergründen fragen, sie würden, wie es die Natur des Menschen war, das Schlimmstmögliche als Motiv annehmen und sich allein gelassen fühlen. Jeder würde wieder nur noch an sich denken.

Das durfte nicht passieren. Die ganze Arbeit der letzten sieben Jahre wäre verloren und die Dinge wieder herzurichten, würde weit länger brauchen. Sie würde hingerichtet werden und Kas und Elisabeth vielleicht sogar mit ihr. Der Orden würde den Kampf gegen sein inneres Geschwür gar nicht erst antreten und Hass und Missgunst würden auch hier Einzug halten. Alles wäre verloren.

»Hat die Kleine eine Idee, was sie tun soll?«, fragte Elli und konnte das Zittern in ihrer Stimme nicht ganz verbergen. Die Bedrohung war sehr ernst und offensichtlich auch sehr nah. Sie ahnte, was passieren würde, und sie ahnte auch, wer von ihren Mäusen gekommen war. Sicher war Mia es gewesen. So einen wichtigen und gefährlichen Schritt würde sie niemand anderem überlassen. Das hätte Elli früher auch nicht anders gemacht.

»Hat sie wohl, auch wenn sie mir ihre Pläne nicht anvertraut hat. Sie möchte aber wohl noch drei Tage warten, ob er sich fängt oder jemand einen anderen Weg sieht, als den, für den sie sich entschieden hat ...« Elisabeth zögerte kurz. »Elli, ich glaube, sie ist bereit ihn umzubringen«, flüsterte sie.

Elli schluckte und nickte dann fahrig. Das traute sie Mia zu. Mia war Elli in vielen Dingen sehr ähnlich, aber die kleine Maus war bereit, für *die Sache* wirklich alles zu geben. Dass die Dinge für die Maus nicht so einfach waren, zeigte ihr Besuch hier. Früher hätte Mia ihr schon seit Tagen in den Ohren gelegen, sie solle das Problem endlich beseitigen. Aber jetzt, da es tatsächlich Mias Entscheidung war, zögerte sie und suchte nach Alternativen.

Elli hatte ihr Erbe in die richtigen Hände gelegt. Mia ging verantwortungsvoll mit ihrer Aufgabe um. Aber was sollte sie jetzt machen?

Sie konnte sagen, sie hatte die Verantwortung Mia übertragen und Mia sollte die Entscheidung treffen, aber ihr war klar, dass das Macs Tod bedeutete, den sie dadurch automatisch billigte. Mia würde letztlich *die Sache* über ihn stellen. Das war vielleicht auch richtig, Elli fühlte sich nicht in der Position, diese Entscheidung zu bewerten. Zumal Mia nicht um ihre Hilfe gebeten hatte.

Aber sie musste mit Mac reden. Er musste eine Chance bekommen, einsichtig zu handeln. Wenigstens eine Chance hatte er verdient. Auch wenn ein Gespräch mit ihm auf jeden Fall eine Gefahr mit sich brachte. Egal ob sie hinausging oder er hereinkam, so oder so sollte man sie nicht zusammen sehen. Sonst könnten Personen auf beiden Seiten der Mauer möglicherweise doch noch herausfinden, dass die große Ketzerin noch lebte. Wer wusste schon, wie laut sie möglicherweise diskutieren würden. Es musste ein abgelegener Ort sein, außerhalb der Mauern und sogar außerhalb der Stadt.

Vielleicht sollte sie Kas um Rat bitten. Aber war es die richtige Entscheidung? Sie wusste es nicht, aber wenn sie etwas erreichen wollte, gab es keine andere Möglichkeit, als ihm zu vertrauen. Sie hoffte sehr, dass sie es konnte, und sie hielt sich daran fest, dass er mehr als einmal bewiesen hatte, dass er sie schützen wollte, sie achtete und respektierte. Er schätzte sie sogar wert. Das war alles eine gute Basis für das Gespräch.

»Ich denke, man sollte mit dem Mann reden. Am besten jemand, der ihm sehr nahesteht«, brachte Elli schließlich heraus.

»Wie soll das denn gehen?«, zischte Elisabeth aufgebracht.

»Er hat eine Chance verdient, Lis.«

»Mag sein, aber mir fällt nicht ein, wie dieses Gespräch stattfinden könnte.«

»Morgen Nacht. Am Ort der Spatzen. Richte ihm die Nachricht aus.« Elli stand auf und strich ihr Gewand glatt, woraufhin sich Lis ebenfalls erhob. Dann schlug sie den Weg zurück zum Gebäude ein, die steinerne Festung, die ihr neues Zuhause war.

Mac hatte eine Chance verdient, auch wenn sie sich damit in Gefahr brachte! So viel war sie ihm schuldig.

Kapitel 12

Kas saß an seinem Schreibtisch und ging einige Berichte der verschiedenen Einheiten seines Hauses durch. Er machte sich ein paar Notizen, was er mit Kagar besprechen wollte, als die Tür ging.

Er schaute auf und sah Elli in den Raum treten. Erst freute er sich, wie immer, wenn sie heimkam, weil sie dann sehr oft Spaß miteinander hatten, in welcher Form auch immer. Allerdings wirkte sie seltsam angespannt. Ihr Blick war nach unten gerichtet, als würde sie über etwas nachdenken und sie knetete ihre Hände.

Wie in den letzten Tagen auch schon trug sie jetzt rotschwarze Roben seines Hauses. Er mochte diese Farben an ihr. Sie unterstrichen ihre Stärke, wie er fand. Jetzt fummelte sie aber am Bändel ihres Taillengurtes herum. Sie war in Gedanken und irgendetwas wühlte sie auf.

»Setz dich«, bot er ihr den Stuhl ihm gegenüber an.

Elli hob ihren Blick und er sah zum ersten Mal Sorge in ihrem Blick. Echte Sorge, ja beinahe Angst. Ihre Augenbrauen waren in der Mitte leicht nach oben gewölbt, ihre Schultern nach vorne gefallen und ihre ganze Haltung nicht so aufrecht wie sonst.

Elli trat zögernd zu ihm an den Tisch und setzte sich. Sie schluckte einmal deutlich und wich seinem Blick dann sogar aus.

»Was immer es ist, du kannst mir alles sagen«, schwor er ihr sofort, weil er genau sah, wie sie haderte. Aber sie wollte sich ihm anvertrauen, sonst würde sie ihm sicher nicht so offen zeigen, wie es ihr ging.

»Eine Maus hat mir über Lis heute eine Nachricht zukommen lassen«, begann sie und sah ihn unsicher an.

Kas lehnte sich zurück und verschränkte die Hände, ohne eine Frage zu stellen. Sie würde mehr sagen, wenn er ihr Zeit ließ.

Elli begann mit einem Stück Papier vor sich auf dem Tisch zu spielen, während sie ihren Fingern dabei zusah. Sie fuhr fort, mied aber seinen Blick.

»Es gibt ein Problem. Draußen.« Ihre Worte blieben vage. Sie brauchte Zeit. Es kostete sie viel, ihm das anzuvertrauen. Also gab er ihr die Zeit.

»Du hast einiges über die große Ketzerin herausgefunden. Weißt du ... weißt du, wann es begann?« Sie hob ihren Kopf und musterte ihn fragend. Die Unsicherheit begann zu weichen.

»Ich denke es. Soweit ich es in Erfahrung bringen konnte, als sie zwölf war.«

»Fast dreizehn«, korrigierte sie mit einem Nicken. Ihr Blick senkte sich und sie fummelte wieder an dem Papier herum. »Als es anfing ... da war ich ... Da war sie allein. Aber nach einem Jahr fand sie Freunde. Es kamen immer mehr und mehr. Doch noch ein Jahr, zwei Jahre später, als sie schwarze Seuche in der Stadt wütete, verlor sie die meisten von ihnen. Nur zwei der ersten Unterstützer überlebten diese Katastrophe, Mac und Melli«, erzählte sie ihm ihre Geschichte, von der er schon einige Teile kannte. Aber er kannte nur die Handlungen der Legende. Nun bekam er einen Eindruck der Person.

»Mac ist ... Er war ein gezeichneter Junge. Zynisch und voller Hass. Aber bei mir ... Er hat sich Mühe gegeben«, fuhr sie fort. »Er hat aufgehört sich zu prügeln und war immer da. Selbst als Melli begann ihr eigenes Leben zu leben, blieb er an ihrer Seite.«

Kas lehnte sich vor und sah sie abwartend an. Elli hörte auf an dem Papier herumzufummeln und hob ihren Blick ebenfalls. Sie begegnete seinem und holte tief und zittrig Luft. »Es sieht so aus, als wäre er wieder voller Hass – jetzt, da sie gestorben ist. Allerdings kennt er die Wahrheit und die Maus sagt, dass er plant sie allen zu offenbaren.«

Kas' Herzschlag setzte einen Moment aus. Das würde ihren Tod bedeuten. Er konnte kaum Luft holen, so sehr wütete die Angst in seinen Adern.

»Lis glaubt, dass die Maus bereit ist ihn zu töten, um das zu verhindern. Aber das ... Ich muss versuchen ihn umzustimmen. Er war immer für mich da, immer. Er hat eine Chance verdient.«

Ellis Augen wurden feucht und Kas erstarrte einen Moment. Wie sollte er jetzt reagieren? Was sollte er ihr raten? Offenheit und Ehrlichkeit waren ihm immer wichtig gewesen. Also würde er offen und ehrlich sein.

»Das ist gefährlich. Wenn man euch zusammen sieht –«

Sie nickte sofort. »Ich weiß.«

Kas dachte einen Moment nach. »Du willst das Risiko eingehen«, begriff er.

Elli presste ihre Lippen zusammen, nickte dann aber.

»Ich ... Ich bin hin- und hergerissen. Ich will nicht, dass du dieses Risiko eingehst, wenn deine Maus das Problem löst.«

Sie öffnete schon den Mund, um zu antworten, und ihrer gefurchten Stirn und den zusammengekniffenen Augen nach ohne Zweifel etwas Wütendes. Er erhob Einhalt gebietend die Hand. Er war noch nicht fertig.

»Ich weiß aber auch, dass du den Tod eines einstmals so treuen Begleiters nicht einfach zulassen kannst. Ich sehe ein, dass du es versuchen musst, ich an deiner Stelle würde es auch versuchen. Aber bitte verlang nicht von mir, dich ohne Schutz gehen zu lassen.«

Kas stand Todesängste um seine Frau aus. Er versuchte wirklich diese Panik zu unterdrücken und bedacht vorzugehen. Er würden den Kerl am liebsten sofort aufhalten, aber er war nicht dazu in der Lage, einen Menschen umzubringen, weil dieser möglicherweise eine wichtige Information ausplauderte. Und seine Frau ebenso wenig.

Ellis Züge wurden nachgiebiger. Ihre eben noch zusammengepressten Lippen verzogen sich nachdenklich und ihr Kopf war leicht zur Seite geneigt.

»Wer immer mitkommen würde, würde ihn vielleicht verschrecken«, gab sie zu bedenken.

Kastor rieb sich übers Kinn. Da hatte sie vermutlich recht. »Du weißt sicher schon, wo du dich mit ihm treffen willst.«

»Außerhalb der Stadt. Es gibt einen Ort an einem alten Metallwrack. Dort haben wir uns mal einen Wintermonat lang versteckt. Wir nennen ihn den Ort der Spatzen, weil das Wrack ein bisschen wie ein Spatz aussieht«, erklärte sie ihm.

»Gibt es dort einen Punkt, wo ich mich verstecken und dich dennoch im Blick behalten kann?«, fragte er.

Ellis Augen weiteten sich leicht. Sie starrte ihn einfach nur an, als hätte sie ihre Stimme verloren.

»Elli?«, hakte er nach.

»Das würdest du tun?«, fragte sie leise nach.

»Natürlich!«

»Wenn uns jemand erwischt, wirst du mit hineingezogen«, flüsterte sie.

Kastor hätte auflachen können. War ihr denn nicht klar, dass er längst mittendrin steckte? Er stand auf, ging um den Tisch und dann neben ihrem Stuhl in die Hocke. Er sah zu ihr auf und rückte den ganzen Stuhl mit ihr drauf herum, sodass sie einander zugewandt waren.

Kas nahm ihre Hände in seine und rieb mit seinen Daumen über ihre zierlichen Hände. Er beobachtete wie seine Daumen über ihre Haut strichen. »Elli, ich habe in meinem persönlichen Gelübde geschworen, dich immer zu beschützen und dir in schweren Momenten beizustehen. Das war nicht nur so dahingesagt. Es war mir ernst damit.«

Er hob ihre Hände an seine Lippen und sah sie dann von unten an. »Ich will und kann dich nicht aufhalten. Im Gegenteil, ich möchte dich unterstützen und dich beschützen. Wenn du glaubst, ein Gespräch kann ihn zur Besinnung bringen, werde ich dir helfen mit ihm zu sprechen. Wenn du etwas anderes im Sinn hast, werde ich auch dabei einen Weg finden, an deiner Seite zu sein.«

Elli schniefte und kam dann zu ihm in die Hocke. Sie warf ihre Arme um ihn und Kas drückte sie fest an sich.

»Danke«, schniefte sie über seiner Schulter.

Er legte seine rechte Hand an ihren Hinterkopf und hielt sie fest in seinen Armen. Er wünschte, er könnte mehr tun, aber wenigstens konnte er für sie da sein.

***

Elli trug die dunkle Kriegertracht, die die Brüder ihres Hauses zum Training und zu Einsätzen trugen. Das Wichtigste daran waren die Hosen. Elli mochte die Roben nicht besonders. Man konnte zwar viele Dinge darunter verstecken, aber der Rock schränkte sie mehr ein, als sie ertragen wollte. Diese Hosen dagegen waren die pure Freiheit. Oben herum trugen die Krieger einen kurzen Mantel, der nur bis über die Knie reichte. Die Brust und die Schultern waren durch ein Stück verstärkten Stoff etwas besser geschützt. An den Unterarmen waren schwarze Ledergamaschen und eine Kapuze ermöglichte es, besser mit den Schatten zu verschmelzen. Natürlich alles in Schwarz. Kas sah verboten gut in dieser Montur aus, besonders weil sie seine Muskeln so betonte.

Kas folgte ihr. Sie freute sich darüber, wie sehr sie ihn mit ihrem Wissen über Fluchtwege aus den Mauern des Ordens heraus überrascht hatte. Er hatte ihr nicht glauben wollen, dass es einen Zugang zu den Tunneln unter der Stadt innerhalb der Mauern gab. Doch hinter dem Stall war ein Gitter im Boden, neben dem Elli jetzt kniete. Sie schob die Bolzen aus ihren Schienen. Einer klemmte etwas, weil er verrostet war. Aber mit einem Tritt gegen die Schiene löste sie den Bolzen und konnte ihn dann herausziehen. Dann griff sie nach dem Metallgitter und zog es zur Seite.

»Nach dir«, wies sie mit ihrer Hand in das Loch, das nun frei vor ihnen lag.

Kas warf einen skeptischen Blick in den dunklen Kreis, ging dann aber in die Hocke und stieg die Sprossen in der Röhre hinab. Elli folgte ihm und zog das Gitter wieder an Ort und Stelle. Die Bolzen hatte sie in einer Tasche ihres Pulli-Mantels verstaut.

Die Metallsprossen waren kalt und feucht in ihren Händen. Das Metall war rau vom Rost und jeder ihrer Schritte hallte leicht in der Röhre, die sie hinabstiegen.

Kas wartete unten auf sie. Als sie unten stand, blickte sie sich kurz um. Nachdem sie ihre Orientierung gefunden hatte, marschierte sie los.

Elli führte Kas einen alten U-Bahn-Tunnel entlang. Sie wusste weit mehr über die Zeit vor der großen Katastrophe als irgendein anderer Mensch außerhalb der Mauern. Sie war sich nicht sicher, ob dieses Wissen innerhalb der Mauern existierte, außerhalb jedenfalls nicht. Sie wusste es von der alten

Susanna mit dem scheinbar endlosen Leben und die hatte es von ihrer Mutter erzählt bekommen, die eine der Überlebenden der großen Katastrophe gewesen war. Susanna hatte den Defekt ihrer Mutter geerbt und so Wissen gehabt, das sonst keiner hatte. Daher wusste Elli, dass sie in einem U-Bahn-Tunnel lief und die Metallstreben, zwischen denen sie lief, Gleise waren, auf denen die U-Bahnen mithilfe von Strom gefahren waren.

»Ich war noch nie hier unten«, gestand Kas, der neben ihr lief.

»Kaum ein Ordensmitglied war schon hier unten.« Kurz kam in ihr der Gedanke auf, dass sie ihm das vielleicht nicht sagen sollte, denn immerhin versteckten sich die Mäuse in einem dieser Tunnel. Aber das war ein unsinniger Gedanke, der rein aus Gewohnheit geboren war. Sie vertraute ihm und bisher hatte er dieses Vertrauen immer verdient gehabt. Also brauchte sie sich jetzt auch nicht zu sorgen, dass er Jagd auf die Mäuse machen würde.

Der Weg durch die U-Bahn-Tunnel war nicht allzu lang. Sie waren außerhalb der alten Stadt und der Treffpunkt war auch außerhalb. Es waren nur zwei Stationen, wie Susanna die etwas offeneren Höhlen mit Böden auf Hüfthöhe nannte.

Die erste solcher Stationen war komplett zerstört worden. Sie war ein einziger Trümmerhaufen, den Kas interessiert musterte. Aber sie waren nicht hier, um die Tunnel kennenzulernen, sondern um Mac zu treffen. Also schritt Elli forsch weiter und erklärte gar nichts.

An der zweiten Station kletterte sie dann auf diesen erhöhten Boden, lief zu einem Rundbogen und stieg dann die Treppen, die dort an die Oberfläche führten, hinauf. Kas folgte ihr schweigend und mit jedem Schritt angespannter. Es war nicht unangenehm angespannt, eher als würde er sich wappnen. Seine Hand lag an seiner Hüfte, neben den Dolchen, die an einem verborgenen Taillengurt angebracht waren. Er musterte wachsam die Umgebung. Sie fühlte sich tatsächlich beschützt.

An der Oberfläche wandte Elli sich in östlicher Richtung. Man sah das Wrack schon von Weitem selbst im Dämmerlicht der hereinbrechenden Nacht. Susanna hatte ihr erklärt, dass man das ein Flugzeug nannte. Elli fand den Namen immer noch wenig einfallsreich. »Zeug« nannte man Dinge, für die man keinen besseren Namen hatte.

»Siehst du den Baum dort?«, fragte sie und zeigte auf einen Urwaldriesen, der links von dem Wrack stand. Elli hätte Kas diesen Ort gerne bei Tag gezeigt. Sie liebte den Blick auf die Brücke, die hinter dem Wrack über einen blauen Fluss in einem Kiesbett führte. Man konnte dahinter die Ruinen der alten Stadt sehen. Alles war über und über voll mit Pflanzen, die sich die Ruinen zurückerobert hatten. Die Pfeiler der Brücke waren zu großen Teilen von allen möglichen Pflanzen überwuchert. Sie liebte diesen Anblick. Doch jetzt, zu Beginn der Nacht, konnte man nicht mehr so weit sehen.

»Ja.«

»An der Rückseite des Stammes hängen mehrere Lianen, die du nutzen kannst, um in die Astgabel zu kommen«, erklärte sie ihm. Kas zögerte kurz, nickte dann aber.

Elli begleitete ihn noch ein Stück, dann ließ sie ihn allein weitergehen und blieb am Wrack stehen. Der eine Flügel des Wracks war in seiner Mitte abgeknickt. Der Rumpf lag schräg da, sodass der zweite Flügel schräg in den Himmel ragte. Auf dem abgeknickten Flügel nahm sie Platz und wartete. Sie war extra früher gekommen, damit Kas sich verstecken konnte, ehe Mac kommen würde. Daher war sie auf Warten eingestellt.

Sie konnte warten. Sie hatte sehr oft sehr lange irgendwo ausharren müssen. Aber das hier zog sich länger, als es sollte. Die Nacht wurde immer schwärzer, bis Elli nicht einmal mehr den Baum, in dem Kas saß, wirklich ausmachen konnte. Sie hoffte, er würde dennoch bleiben, wo er war.

Ihr begann kühl zu werden. Die Feuchtigkeit der Luft sammelte sich in Tropfen auf der rauen Oberfläche des Flügels. Sie lauschte angestrengt auf jedes Geräusch, das Mac ankündigen würde. Doch in der Nacht waren nur natürliche Geräusche auszumachen. Ein leises Rascheln im Gebüsch neben ihr, das sanfte Rauschen des Windes in den Bäumen und der Schrei eines Nachtvogels. Aber keine Schritte, kein Knacken von Holz, nichts.

Elli begann daran zu zweifeln, dass Mac kommen würde. Aber wieso sollte er nicht kommen? Was konnte ihn abhalten? Vielleicht derselbe Gedanke, der ihn dazu brachte, sie verraten zu wollen? Doch sie würde nicht aufgeben. Sie würde warten, bis er kam. Immerhin bestand die Chance, dass er kam.

Aber er kam nicht.

***

Kas saß in seinem Sessel und musterte seine Frau. Sie saß in dem kleinen Erker hinter seinem Schreibtisch auf der Fensterbank und starrte hinaus in die Nacht. Ihre Beine hatte sie angezogen und die Arme darumgelegt. Diese kleine, zusammengezogene Haltung hatte sie oft in den letzten zwei Tagen eingenommen.

Zwei Tage waren vergangen, seit sie die Nacht dort draußen gewartet hatten. Erst bei Sonnenaufgang waren sie heimgekehrt. Seither war Elli sehr schweigsam und er hatte ihr Zeit gelassen, es auf ihre Weise zu verarbeiten. Er hätte ihr gerne geholfen, gerne mit ihr geredet und sie unterstützt, aber sie wollte allein sein, sich zurückziehen. Er mochte diesen Abstand nicht, sah aber ein, dass sie ihn brauchte.

Heute dann hatte sie die Nachricht ereilt, wie am Abend auf dem Marktplatz ein sturzbetrunkener Bettler eine große Rede hatte schwingen wollen, etwas über die verstorbene große Ketzerin, doch bevor es hätte interessant werden können, war er von dem Markttisch, auf den er gestiegen war, heruntergefallen und hatte sich beim Sturz den Schädel an einem Stein aufgeschlagen. Ein tragischer, aber wenig bemerkenswerter Unfall, der nur den Weg bis in die Mauern gefunden hatte, weil der Kerl etwas über die große Ketzerin hatte sagen wollen. Lis hatte ihnen gerade bestätigt, dass es Mac gewesen war. Seither saß Elli am Fenster in dieser zusammengekauerten Haltung und starrte hinaus.

»Hör bitte auf dich zu quälen. Du hast es versucht«, entschlüpfte es Kas nun doch, weil es ihm wehtat, wie sehr sie sich selbst geißelte.

»Ich habe seine Gefühle unterschätzt. Das war ein Fehler, der mir nicht hätte unterlaufen dürfen«, erwiderte sie tonlos. Sie rührte sich keinen Zentimeter und sah ihn auch nicht an.

»Wir sind Menschen, wir machen Fehler«, wandte er ein.

»Ich nicht«, knurrte sie.

»Auch du bist ein Mensch und auch du machst Fehler.«

»Hör auf!«, schrie sie ihn an und fuhr mit dem Kopf herum. Sie funkelte ihn voller Wut an. Dann wurde sie wieder ruhig und zischte: »Du kennst mich nicht. Ich darf mir keine Fehler erlauben. Durfte ich nie. Denn meine Fehler haben schon immer Leben gekostet.«

Kas schluckte schwer und erhaschte zum ersten Mal einen kurzen Blick auf die große Ketzerin. Auf die Frau, die diese ganze Verantwortung geschultert hatte. Auf die Frau, die mit gerade einmal zwölf Jahren die härtesten Kerle so weit unter Kontrolle gebracht hatte, dass sie ihr folgten. Er hatte sich nie ausmalen können, wie das ein einfaches kleines Mädchen hätte bewerkstelligen können, aber ein einfaches Mädchen war sie nie gewesen. Sie war Respekt einflößend und Ehrfurcht gebietend.

Erst verschlug es ihm die Sprache, aber dann erinnerte er sich an ihr Herz, ihre Güte und Wärme. Die Härte war nur eine Facette. Etwas, auf das man sie reduziert hatte, aber Elisabeth hatte ihn daran erinnert, dass man sie sehen musste, und das würde er niemals vergessen.

Er kam langsam auf sie zu und ließ sich von dem an Hass grenzenden Blick nicht abschrecken. Es war eine Mauer, damit ihr Schmerz nicht ausbrach. Sie versteckte sich vor ihm. Und vor sich selbst.

»Du hast ihn nicht umgebracht. Du bist auch nicht dafür verantwortlich, dass er entschieden hat, nicht mit dir zu reden. Du bist genauso wenig dafür verantwortlich, dass er sich entschieden hat dich zu verraten. Es ist nicht deine Entscheidung gewesen, sondern seine. Es ist verdammt noch mal nicht deine Schuld«, stellte er klar, während er auf sie zuging.

Als er bei ihr ankam, ging er in die Hocke und ergriff ihre Hände. Er drückte sie und schaute ihr von unten in die Augen. »Es tut weh und das ist okay. Aber es war seine Wahl. Du kannst nicht alles Leid dieser Welt verhindern. Du kannst nicht ändern, dass manche sich für den falschen Weg entscheiden. Und du darfst dir nicht für alles die Schuld geben. Es gibt Dinge, die du einfach nicht ändern kannst, egal wie sehr du es versuchst.«

Elli sah ihm tief in die Augen. Sie hielt die Luft an und zog die Unterlippe nach innen zwischen ihre Zähne. Sie wirkte gehetzt und aufgewühlt. »Glaub mir, das weiß ich«, flüsterte sie mit brüchiger Stimme.

»Ja, das tust du. Aber manchmal brauchst du jemanden, der dich daran erinnert, dass du es weißt, damit du es auch glaubst«, sagte Kas und sah, wie viel seine Worte in ihr auslösten.

Ellis Augen wurden feucht und sie nickte unsicher. In diesem Moment wusste er, dass er sie liebte. Natürlich schwärmte er schon eine Weile von all ihren wundervollen schönen Seiten. Sie aber jetzt in ihrer dunkelsten Stunde zu begleiten, an ihrer Seite zu stehen und sie zu unterstützen, bedeutete ihm so viel und zeigte ihm, dass er sie mit all ihren Facetten liebte. Er konnte gar nicht genau benennen, was es war, aber wie sie hier saß und um einen Verräter trauerte, der ihren Tod in Kauf genommen hatte, das berührte ihn mehr, als es sollte.

Er hasste diesen Mac und war froh, dass es gekommen war, wie es gekommen war. Das ängstigte ihn, da ihm klar war, dass Macs Unfall sicher keiner war und er sollte Mord auf jeden Fall und bedingungslos verurteilen, aber er konnte nur erleichtert aufatmen.

Mac hatte die Chance weggeworfen, die Elli ihm gegeben hatte und dann sogar tatsächlich versucht sie zu verraten. Kas wollte es nicht sein, aber er war froh, dass es da draußen jemanden gab, der nicht so moralisch war wie er. Wobei es vielleicht sogar moralischer war, das Wohl vieler über das Leben eines Mannes zu stellen. Ein gefährlicher und ebenso beängstigender Gedanke, den er lieber nicht aussprechen wollte.

»Danke«, flüsterte Elli schließlich und Kas zog sie sich auf den Schoß und hielt sie fest. Jetzt hinderten der Zorn und die Zweifel sie nicht mehr daran, Abschied zu nehmen, und sie konnte trauern. Und so hielt er seine trauernde Frau einfach in den Armen und gab ihr Halt und Trost. Ein Akt, der ihn wieder sehr tief drinnen berührte. Gebraucht zu werden, vertiefte die Gefühle beinahe mehr, als selbst den anderen zu brauchen.

ENDE von Band 1

Anhang

Grundsätze eines wahren Gläubigen

1. Ein wahrer Gläubiger kennt die Schrift, um dem Herrn dienen zu können.

2. Ein wahrer Gläubiger handelt nach dem Glauben und spricht nicht nur die Worte des Glaubens.

3. Ein wahrer Gläubiger sucht andere Gläubige, wenn er zweifelt, um zurück zum Glauben zu finden.

4. Ein wahrer Gläubiger betet täglich. Er wäscht sich vor dem Gebet, um in sich einzukehren und ausgesuchte Worte an den Herrn zu richten. Er reinigt Körper und Geist, ehe er das Wort an den Herrn richtet.

5. Ein wahrer Gläubiger kennt die Strafe der Sünde, damit er die Sünde nie begehen mag.

6. Ein wahrer Gläubiger kennt die Sünden und gibt sein Bestes, sie jeden Tag seines Lebens zu meiden.

7. Ein wahrer Gläubiger gibt mehr, als er nimmt. Er teilt sein Brot.

8. Ein wahrer Gläubiger sieht das Leid und bekämpft es mit den Mitteln, die ihm zur Verfügung stehen.

9. Ein wahrer Gläubiger muss Unrecht bekämpfen, wenn er es sieht. Er ist für den Schutz und die Sicherheit der anderen Gläubigen verantwortlich, denn nur als Gemeinschaft kann der Glaube überleben.

10. Ein wahrer Gläubiger liebt seinen Nächsten wie sein eigen Fleisch und Blut. Er handelt aus Barmherzigkeit und nie aus Rache, Zorn oder Hass.

11. Ein wahrer Gläubiger darf sich selbst niemals über einen anderen erheben. In eine erhöhte Position kann er nur von einem Rat mehrerer Vertreter erhoben werden.

12. Ein wahrer Gläubiger folgt seinem Gewissen. Er muss den Grundsätzen folgen und sie zum Guten einsetzen. Dazu darf er die Augen vor der Wahrheit nicht verschließen und mag sie auch noch so bitter sein.

Personenverzeichnis

Wichtige Personen unter den Mäusen
Mia – behält das Gesamtbild im Auge, nachdem die große Ketzerin gestorben ist
Leanne – Herrin des Hafenviertels
Luke – Meister der Mäuse, nachdem die große Ketzerin gestorben ist
Murat – einer der vier zuverlässigsten und fähigsten Mäuse

Wichtige Personen aus dem Nordviertel
Mac – weicht seit seinem vierzehnten Lebensjahr nicht mehr von Eloises Seite
Melli – begleitete die große Ketzerin seit sie vierzehn war und leitet jetzt eine sichere Bar
Susanna – alte Hure aus dem Bordell mit dem Defekt, nur sehr langsam zu altern

Wichtige Personen im Haus der Krieger
Kastor (Kas) – Omni, Jäger der großen Ketzerin
Kagar – erster Mann des Omni und Kastors bester Freund
Vapor – Hausinquisitor

Andere wichtige Personen im Orden
Elisabeth (Lis) – Heilerin und langjährige Freundin von Eloise
Marla – Kastors Mutter
Balian – Kastors Vater
Victoria (Vicki) – Kastors Schwester
Leonie – Kastors erste Frau

Nebenrollen innerhalb des Ordens
Sima – Erste Köchin im Haus der Krieger
Nadia – Köchin im Haus der Krieger

Ben – Referendar im Haus der Krieger
Edwin – Anwärter im Haus der Krieger
Der Älteste – ranghöchster Krieger ohne Amt im Haus der Krieger
Malior – Meister des Schwertkampfes

<u>Nebenrollen außerhalb des Ordens</u>
Bertie – gerechte Marktständerin
Willi – Berties Mann
Ernie – Küchenjunge in einem von Eloises Verstecken

Danksagung

Ich möchte zuerst denjenigen danken, die auch als Erstes an mich geglaubt haben. Danke meine süßen Mäuse, ich hab euch lieb!

Dann geht mein Dank natürlich an Nicole Boske und Kerstin Kopper vom Impressteam, die mir und meinen Charakteren diese Chance gegeben haben. Ihr habt mir von Anfang an das Gefühl gegeben, dass diese Geschichte es wert ist, erzählt zu werden.

Ein besonderer Dank geht an Lisa Vo Dieu, die mir geholfen hat, wirklich das Beste aus meinem Buch herauszuholen. Danke für deine Stunden der Recherche und deine Geduld mit mir. Du hast mir geholfen einen ganz neuen Blickwinkel zu entdecken und viele Dinge, die für mich selbstverständlich waren, zu hinterfragen.

Ich möchte auch Anna Steinicke und Florian Ünver für all den emotionalen Beistand, die ehrlichen Worte und den bedingungslosen Rückhalt danken, den ihr zwei mir in den letzten Jahren geschenkt habt.

Vielleicht etwas ungewöhnlich, aber ich möchte mich für jeden besonders schweren und besonders schönen Moment meines Lebens bedanken. Jede Sekunde hat mich geformt und mich genau an diesen Punkt meines Lebens gebracht. All die Emotionen, all die Erkenntnisse und all meine Erfahrungen fließen in meine Charaktere und haben so dieses Buch mitgestaltet.

Für tausend Kleinigkeiten und vieles mehr möchte ich meinem *Kreativkrückenteam* Mama, Anki, Josi und Juli danken. Außerdem Patrick Notar (Homepagedesign), Michael Schönteich (künstlerischer Support), Norbert Wesp (IT-Support), Josi Wismar (SocialMediaQueen) und Annika Kitzmann (Autorenporträt).

Und zum Schluss möchte ich mich bei meinem Partner, meinem besten Freund, der Liebe meines Lebens bedanken. Mein halbes Leben begleitest du mich schon und bringst mich dazu, jeden Tag über mich hinauszuwachsen. Danke für deine Geduld, deine Liebe und dein Vertrauen.

Magisch, gefährlich, schicksalhaft

Wenn das Glimmen der Herzen Magie birgt ...

Vor dem Schicksal gibt es kein Entrinnen

Nur Liebe kann die Hoffnung retten

Asuka Lionera
Illuminated Hearts 1: Magierschwärze
Softcover
ISBN 978-3-551-30167-3

Annie J. Dean
Destiny's Hunter. Finde dein Schicksal
Softcover
ISBN 978-3-551-30160-4

Sabine Schulter
Dark Age 1: Bedrohung
Softcover
ISBN 978-3-551-30159-8

www.darkdiamonds.de

Es wird teuflisch und dämonisch ...

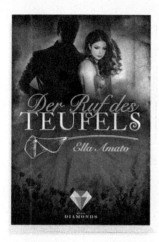

Wenn sich dein Herz nach der Hölle sehnt ...

Wenn eine Dämonin der Hölle den Kampf ansagt ...

Ella Amato
Der Ruf des Teufels
Softcover
ISBN 978-3-551-30150-5

Justine Pust
Devilish Beauty 1:
Das Flüstern der Hölle
Softcover
ISBN 978-3-551-30180-2

www.darkdiamonds.de

Eine dunkle Liebe aus der Welt der Märchen

Ihr Leben lang hat Rosalie gehofft, nie an der königlichen Brautwahl ihres Landes teilnehmen zu müssen. Denn nichts fürchtet sie mehr, als dass die Entscheidung des Mannes mit den königsblauen Haaren und der eisigen Ausstrahlung auf sie fallen könnte. Doch als genau das geschieht, befindet sie sich plötzlich hinter den dicken Mauern einer Festung, die ebenso viele Rätsel aufwirft wie der Mann, der sich in ihr verbirgt ...

Julia Zieschang
Königsblau
Softcover
ISBN 978-3-551-30111-6

www.darkdiamonds.de

Die Dunkelheit ist in dir ...

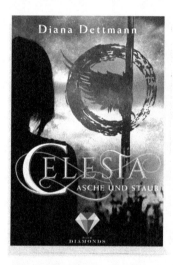

Diana Dettmann
Celesta: Asche und Staub
Softcover
ISBN 978-3-551-30104-8

Emma war noch ein kleines Mädchen, als ihre Mutter verschwand und ein Leben voller Risse zurückließ, die niemand jemals zu flicken vermochte. Mit kaum mehr als einem kläglichen Schulabschluss in der Tasche, fristet sie Jahrzehnte später ihre Abende hinter der Theke einer ranzigen Bar, teilt sich die Wohnung mit einem Mann, den sie nicht liebt, und träumt davon, eines Tages all das hinter sich zu lassen. Bis ihr eines Morgens auf dem Weg nach Hause eine furchteinflößende Kreatur begegnet, die ihrem Leben fast ein Ende setzt. War es der unvermittelt im Nebel auftauchende Fremde, der sie gerettet hat, oder das Feuer, das plötzlich aus ihren Handflächen schoss? Die bittere Wahrheit gibt Emmas Dasein eine jähe Kehrtwendung. Denn von einem Tag auf den anderen wird sie zur Gejagten, mit dem Schicksal ihrer Mutter im Nacken. Doch sie ist nicht allein ...

www.darkdiamonds.de

Impress
Die Macht der Gefühle

Alle Rechte vorbehalten.
Unbefugte Nutzungen, wie etwa Vervielfältigung, Verbreitung, Speicherung oder Übertragung, können zivil- oder strafrechtlich verfolgt werden.

Impress
Ein Imprint der CARLSEN Verlag GmbH
April 2020
© der Originalausgabe by CARLSEN Verlag GmbH, Hamburg 2020
Text © Jessica Wismar, 2020
Lektorat: Li-Sa Vo Dieu
Umschlagbild: shutterstock.com / © aaltair / © DigiZCP
Umschlaggestaltung: formlabor, Dream Design - Cover and Art
Satz und Umsetzung: readbox publishing, Dortmund
Druck und Bindung: CPI Books GmbH, Birkach
ISBN 978-3-551-30253-3
Printed in Germany
www.carlsen.de/impress

Alle Bücher im Internet: www.carlsen.de